Impressum

Eva Rüetschi
Hadramaut oder die Macht der Ohnmächtigen

Illustration Titelseite: Roland Gazzotti, Basel
Basel: Spalentor Verlag AG, 2008
ISBN: 978-3-908142-41-6

www.spalentor-verlag.ch

Eva Rüetschi

Hadramaut

oder die Macht der Ohnmächtigen

SPALENTOR VERLAG
DER BASLER VERLAG

Meinem Vater

«Die Schicksalsfrage der Menschenart scheint mir zu sein,
ob und in welchem Masse es ihrer Kulturentwicklung gelingen wird,
der Störung des Zusammenlebens durch den menschlichen
Aggressions- und Selbstvernichtungstrieb Herr zu werden.»

Sigmund Freud

1

Tina Merz hatte ein erholsames Wochenende hinter sich. Stephan, ihr geschiedener Mann, hatte Sebastian und Lukas am späten Freitagnachmittag für eine zweitägige Wanderung abgeholt und sie erst am Sonntagabend wieder zurückgebracht. Sie hatte die beiden natürlich vermisst, aber die ruhigen Tage trotzdem genossen, hatte keine Anrufe entgegengenommen, nicht gekocht, sondern gegessen, was ihr im Kühlschrank gerade unter die Finger gekommen war, hatte gelesen, zum Fenster hinausgeschaut, nachgedacht, philosophiert und geträumt.

Als sie an diesem Montagmorgen ihr Büro aufschloss, war sie überzeugt, eine ruhige Woche vor sich zu haben. Basel schien, was die Kriminalität anbetraf, in einen Dornröschenschlaf versunken zu sein. In den letzten drei Wochen war nur Routinearbeit angefallen: ein paar Schlägereien mit leichter Körperverletzung, ein handfester Streit zwischen Ehegatten, der für die Ehefrau mit einem blauen Auge, für den Ehemann mit einem blutigen Zahnabdruck im Oberarm endete, ein wütender Sohn, der seinem autoritären Vater mit einer Bierflasche eins übergezogen hatte. Martin Biasotto, ihr langjähriger Assistent, hatte sich am Freitag jammernd ins Wochenende verabschiedet: sein Job sei richtig öde geworden. In diesem Basel sei nur tote Hose, und wenn es so weitergehe, werde er ins Kriminalkommissariat Zürich wechseln.

Sie hatte sich nicht gelangweilt, sondern die Zeit genutzt, um die Aktenberge auf ihrem Schreibtisch abzutragen oder zumindest umzuschichten. Das Abtragen hatte ihr viel Beifall und Lob von ihrem Vorgesetzten und den Damen und Herren am Strafgericht eingebracht.

Als besonders angenehm hatte sich der Umstand ausgewirkt, dass Siegfried Schär, der ungeliebte Kollege, mit dem sie Ressort und Sekretärin teilte, auf einer längeren Ferienreise in Australien weilte. Heute würde er seine Arbeit wieder aufnehmen; sie hatte sich vorgenommen, auch diesem schwierigen Zeitgenossen eine Chance zu geben. Vielleicht hatte er seinen Urlaub genutzt, um über sich und sein gestörtes Verhältnis zu ihr nachzudenken; vielleicht kam er geläutert zurück, trug ab sofort nur noch klassische englische Krawatten und zeigte sich liebenswürdig, kollegial und humorvoll.

Tina Merz wollte in der vor ihr liegenden Woche ihr Büro aufräumen und die letzten noch nicht abgeschlossenen Fälle erledigen. Vier Tage würden ihr dafür zur Verfügung stehen; der morgige Dienstag war anderweitig besetzt. Für diesen Tag hatte Hans Klement, der Chef des Kriminalkom-

missariats, alle leitenden Mitarbeiterinnen und Mitarbeiter ins Seminarhotel auf dem Leuenberg geladen. Es sei Zeit, sich mit der Zukunft zu befassen, hatte er das Aufgebot begründet; man wolle über Veränderungen und aktuelle Trends im Bereich der Kriminalität und der Strafjustiz diskutieren und über neue Strategien und Massnahmen nachdenken.
Die Kommissarin hängte ihre Jacke an den dafür vorgesehenen Haken und sah auf ihre Uhr. Es war kurz vor acht; sie hatte noch einen langen Morgen vor sich. So setzte sie sich in ihren grossen Bürosessel, schlüpfte aus den Schuhen, schwang die Beine auf die Tischplatte und begann, die mitgebrachte Zeitung zu lesen. Sie hatte sich in einen Artikel über Koedukation und ihre negativen Auswirkungen auf die Knaben vertieft, als Hans Klement anrief und sie zu sich bat.
Tina Merz schätzte ihren Chef, seine Liebenswürdigkeit, Intelligenz und Grosszügigkeit, und die Sympathie war gegenseitig. Klement hatte seine manchmal recht schwierige und nicht ganz unbestrittene Mitarbeiterin schon gestützt und verteidigt, als sie noch keine wegen ihrer Erfolge hoch gelobte und bekannte Person war. Aber manchmal hatte er auch seine liebe Mühe mit ihren unkonventionellen Ermittlungsmethoden, mit denen sie immer wieder Konflikte heraufbeschwor und ihn damit zwang, Stellung zu beziehen und Entscheidungen zu treffen.
Als Tina Merz an diesem Morgen das Büro ihres Vorgesetzten betrat, sass dieser hinter seinem ausladenden, blanken Schreibtisch und verteilte die neu hereingekommenen Fälle an die zuständigen Dezernate. Wie immer trug er einen dunklen Anzug, ein gestreiftes helles Hemd und eine mit Sorgfalt ausgewählte, dazu passende Seidenkrawatte. Ein zaghaftes Lächeln stand auf seinem Gesicht, als er die Kommissarin begrüsste.
Sie liess sich auf dem Stuhl vor dem Schreibtisch nieder und musterte ihren Chef eingehend. Nach etlichen Jahren der Zusammenarbeit konnte sie in seinen Gesichtszügen lesen und erkannte rasch, dass sie sich auf eine unangenehme Mitteilung gefasst machen musste.
«Danke, dass du so rasch gekommen bist», begann er. «Ich möchte dich über einen unglücklichen Umstand informieren betreffend den morgigen Tag.»
Tina Merz schwieg und sah nicht ohne Vergnügen, wie er sich mühte, die unangenehme Mitteilung geniessbar zu formulieren.
«Du hast mich vor ein paar Wochen gebeten, die interne Kommunikation auf die Traktandenliste zu setzen.» Klement strich sich liebevoll über den kahlen Kopf. «Wir sind ziemlich knapp mit der Zeit, darum habe ich gedacht ...»

«... die interne Kommunikation ist nicht so wichtig und kann warten», ergänzte die Kommissarin enttäuscht. «Ich nehme an, das Programm steht, und es bringt nichts, wenn ich noch Argumente gegen deinen Entscheid zusammentrage.»

«Die interne Kommunikation ist zweifellos ein interessantes Thema», rechtfertigte sich Klement unbeholfen. «Aber die Diskussion darüber ist offensichtlich ein ...», er suchte nach dem passenden Wort, «... ein weibliches Anliegen. Ich habe bei den Kollegen sondiert, niemand ist daran besonders interessiert – ausser dir natürlich.»

«Das ist ja das Problem, dass niemand ...»

«Ich habe mich heute Morgen noch kurz mit Siegfried Schär unterhalten, der abwesend war, als ich meine kleine Umfrage startete», fuhr Klement fort, ohne auf den Einwand der Kommissarin einzugehen. «Auch ihm liegt nichts an diesem Thema. Er meinte, bei uns wäre alles okay, wenn ...»

«... wenn bloss ich nicht wäre!»

«So direkt drückte er sich nicht aus», kicherte Klement, befreit durch die Offenheit der Kommissarin. «Er stellte nur fest, dass die Kommunikation zwischen Männern stets ohne Schwierigkeiten verlaufe. Erst wenn Frauen dabei seien, gebe es Komplikationen.»

Tina Merz konnte sich ein bitteres Lachen nicht verkneifen. «Typisch. Und gerade er hätte einen Kommunikationskurs dringend nötig. Er gibt uns doch mit jedem Wort zu verstehen, was er von uns hält. – Nichts.»

«Das bildest du dir ein, weil du überempfindlich bist. Eigentlich hat er gar nichts gegen dich ... »

«Er stört sich nur daran, dass ich mich als gleichwertig betrachte, dass ich ihm nicht zudiene und mir nichts von ihm gefallen lasse, dass ich ihn nicht anhimmle und ...»

«Tina, hör auf.» Hans Klement kannte die Klagen der Kommissarin und hatte das Thema satt. «Du hast ja Recht. Schär ist kein einfacher Mensch. Aber warum machst du ein persönliches Problem daraus? Lass ihn doch einfach, wie er ist. Ignorier sein Macho-Gehabe, dann wirst du keine Schwierigkeiten mehr haben.»

Tina Merz kannte die Ratschläge ihres Chefs: keine Konfrontation, keine Konflikte, nur freundliches Nichtbeachten. Sie erhob sich, wandte sich zur Tür und stand unvermittelt dem eben verhandelten Kollegen gegenüber.

«Wenn man vom Teufel spricht, ist er nicht fern», murmelte sie.

«Ah, die Frau Kollegin», bemerkte Schär mit dünnem Lächeln, «und auf dem Sprung wie immer. Hier hat sich offenbar nichts geändert.»

Mit einem knappen Nicken drängte sie sich an ihm vorbei.
«Und ich hoffte, Sie würden die Wochen meiner Abwesenheit nutzen, um etwas liebenswürdiger zu werden» rief er ihr nach, «und weiblicher», setzte er noch drauf.
Tina Merz hatte die letzten Worte nicht mehr verstanden; sie entfernte sich im Laufschritt. Sie war so erregt, dass sie im Korridor mit Heinz Baumann, dem Leiter des Verkehrsdezernates, zusammenstiess, der eben die Treppe vom dritten Stock herunter kam.
«Sie haben ein Temperament», lachte er, während er sich bückte, um das Dossier aufzuheben, das ihm aus der Hand gerutscht war.
«Es tut mir leid», stammelte die Kommissarin und blieb einen Moment stehen.
«Nicht der Rede wert», winkte Baumann ab; und als sie sich in Richtung ihres Büros in Bewegung setzte, ging er neben ihr her.
«Viel zu tun?»
Sie schüttelte den Kopf.
«Auch bei mir läuft nicht viel.»
Baumann deutete ihr Schweigen als Aufforderung, seine Bemerkung zu erläutern.
«Letzte Woche hatten wir allerdings zwei sehr traurige Fälle. Zuerst einen Autofahrer, der in einer engen Strasse einem entgegenkommenden Fahrzeug aufs Trottoir auswich und dabei eine junge Frau mit einem Kinderwagen touchierte; sie hat überlebt, aber das Kind ist tot.»
Sie waren vor dem Büro der Kommissarin angekommen. Tina Merz blieb stehen, um sich zu verabschieden. Aber Baumann war noch nicht fertig.
«Der andere Fall, der uns in die Knochen fuhr, ist ein Unfall mit Fahrerflucht. Ein Mann wurde überfahren, gerade zweiundzwanzig Jahre alt. Hat sich mit Drogen und Medikamenten voll gepumpt, bis er sich kaum noch auf den Beinen halten konnte; dann lief er vor ein Auto.»
«Tot?»
Baumann nickte. «Der Fahrer liess ihn schwer verletzt auf der Strasse liegen und machte sich davon. Er könnte noch leben, wenn man ihn sofort ins Spital gebracht hätte.»
«Fahrerflucht ist eine Gemeinheit.»
«Aber sie nimmt zu», klagte Baumann. «Immer mehr Personen machen sich nach einer Kollision aus dem Staub, ohne sich um den verursachten Schaden oder die verletzten Personen zu kümmern. Ein Mangel an Ver-

antwortungsgefühl, der – wie unser neuester Fall zeigt – schwerwiegende Folgen haben kann.»
Die Kommissarin wünschte dem Kollegen viel Erfolg bei der Suche nach dem flüchtigen Fahrer und verschwand in ihrem Büro. Dort begann sie verbissen, hektisch und ziellos mit der geplanten Aufräumarbeit. Immer noch zornig und erregt durch die unerfreuliche Begegnung mit Siegfried Schär schob sie mit beiden Händen schaufelnd alles, was auf dem Schreibtisch lag, auf den Boden, was unweigerlich dazu führte, dass sich die noch halbvolle Kaffeetasse vom Freitag auf den Spannteppich entleerte.

Barbara Simon, die langjährige Sekretärin, die ihrer Chefin sehr zugetan war und deren Abneigung gegen Siegfried Schär vollumfänglich teilte, registrierte durch die offene Verbindungstür die nervöse Aktivität. Sie ahnte, dass der aus den Ferien zurückgekehrte Kollege die Ursache dafür war, und eilte, für die Kommissarin einen Kaffee zu holen. Später machte sie sich ans Reinigen des Teppichs. Unterdessen räumte Tina Merz ihre Akten und Bücher vom Boden wieder auf den Schreibtisch zurück, wobei sie einiges in den Papierkorb warf, weniges in Ordnern verstaute und das Meiste zu neuen Stapeln aufschichtete.

Am späteren Vormittag, als sich ihre Wut gelegt hatte, trank sie mit Martin Biasotto und Barbara Simon gemütlich einen Kaffee. Sie beendete den Morgen speditiv, indem sie zwei Einstellungsbeschlüsse schrieb und die damit abgeschlossenen Fälle über die interne Post an die Überweisungsbehörde schickte. Am Nachmittag liess sie sich einen Untersuchungshäftling vorführen und verfasste eine längst fällige Anklageschrift.
Kurz nach fünf verabschiedete sie sich und machte sich auf den Weg nach Hause.

2

Obwohl die interne Kommunikation nicht auf der Traktandenliste stand, verfolgte die Kommissarin am folgenden Tag das Seminarprogramm mit grossem Interesse. Die wechselnden Vorträge waren interessant, die Diskussionen anregend. Sogar in der letzten Stunde war sie noch voll dabei. Man diskutierte über Sozialkompetenz, die der Referent als unverzichtbare Voraussetzung für den Beruf des Kriminalkommissars beschrieb. Sie freute sich über ein paar kluge Voten ihrer Kollegen und ärgerte sich einmal mehr über Siegfried Schär, der ihr mit rosa Giraffenkrawatte gegenüber sass, sich offensichtlich langweilte und mit einem süffisanten Grinsen zum Ausdruck brachte, dass er die ganze Diskussion für überflüssiges Geschwätz hielt.

Es war schon fast sieben, als Tina Merz nach Hause kam. Ein Blick in Sebastians Zimmer bestätigte ihr, dass der Fünfzehnjährige wie immer auf dem Bauch lag, die Nase tief in einem Buch. Er schaute kurz auf, liess zufrieden das übliche «Endlich» verlauten und las weiter.

Sie öffnete die Tür zum Zimmer ihres jüngeren Sohnes. Lukas hatte die Turnschuhe angezogen, die der Vater ihm am Wochenende gekauft hatte, und dribbelte im Stand. Jetzt joggte er auf die Mutter zu, legte ihr den Arm um den Hals und gab ihr einen dicken Kuss:

«Ich habe Hunger. Was gibt es zu essen? Übrigens – ich hatte eine Fünf in Mathe.» Er grinste. «Abgeschrieben natürlich; aber es bleibt eine Fünf. Non olet.»

Während Tina Merz den Tisch fürs Nachtessen deckte, liess sie den Tag Revue passieren. Schade, dass Martin Biasotto am Seminar nicht teilgenommen hatte. Sie hätte morgen gern einzelne Anregungen nochmals aufgenommen und mit ihm besprochen. Aber er hatte sich dispensieren lassen.

«Derartige Seminare», hatte er, unterstützt von demonstrativem Gähnen, kommentiert, «sind meist für die Katz. Da treten für Schwindel erregend hohe Honorare namhafte Referenten auf, die uns mit schönen Worten alte Weisheiten als neue Erkenntnis verkaufen. Die Zuhörer sind begeistert und diskutieren engagiert, um schliesslich zum traurigen Schluss zu kommen, dass der tägliche Kampf an der Arbeitsfront keine Zeit für die Umsetzung des Gehörten zulässt.»

Tina Merz lächelte. Sie schätzte die Intelligenz und den oft ziemlich respektlosen Humor ihres Assistenten. Obwohl er gern lachte, war der zweiunddreissigjährige, gut aussehende Secondo ein hervorragender Krimi-

nalist mit wachem Geist; zudem ein gewissenhafter Arbeiter und ihr loyal ergeben. Sie amüsierte sich über seine Spässe und nahm es ihm nicht übel, wenn er hin und wieder über die Stränge schlug.
Auch beim Mittagessen hatte sie den Assistenten vermisst. Sie hatte sich zu Hans Klement gesetzt und versucht, von ihm die Zusage für einige von den Referenten vorgeschlagene Veränderungen zu bekommen. Aber er war ihr wie immer ausgewichen.
«Was willst du denn, Tina?», hatte er sich, von ihren Argumenten in die Enge getrieben, gewunden und mit den Fingerspitzen ein nicht vorhandenes Stäubchen vom Revers seines eleganten dunklen Anzugs gewischt. «Was brauchen wir Veränderungen; die bringen nur Arbeit und Unruhe.» Er hatte sich in seinem Stuhl zurückgelehnt, seine langen Beine mit den weissen Socken unter dem Tisch gestreckt und sie zufrieden angelächelt. «Bei uns läuft doch alles glatt. Die Leiter anderer Dienststellen beneiden mich um meine Leute. Darum wollen wir alles lassen, wie es ist.»
Tina Merz kannte ihren Chef und hatte keine andere Reaktion erwartet. Obwohl sie sonst nicht so rasch aufgab, verzichtete sie diesmal auf eine weitere Diskussion. Zumal Siegfried Schär neben Hans Klement sass und diesem sofort Schützenhilfe leistete. Nicht, weil er für seinen Vorgesetzten besondere Sympathie empfand. Er wollte lediglich die Chance nicht verpassen, der verhassten Kollegin eins auszuwischen; denn seit sie für ihre Ermittlungserfolge vom Regierungsrat explizit gelobt und in den örtlichen Medien gefeiert worden war, hatten sich seine Abneigung und seine Eifersucht noch gesteigert. Zudem mochte er keine Veränderungen, es sei denn, sie würden Stellung und Kompetenzen der Kollegin beschneiden, ihm mehr Lohn einbringen oder sein Arbeitspensum reduzieren.

Tina Merz öffnete den Kühlschrank und ging den Inhalt durch. Maria, ihre italienische Haushalthilfe, hatte eingekauft. Es gab verschiedene Käse, Wurst, Fleisch und reichlich Zutaten wie Oliven, getrocknete Tomaten, Gurken und Zwiebeln. Sie nahm einiges heraus und stellte es auf den Tisch. Dann packte sie das frische Bot aus und rief ihre beiden Söhne zum Essen.

Eine Stunde später sass die Kommissarin auf dem Sofa im Wohnzimmer, den roten Kater Max auf der einen, die Hündin Mottel auf der anderen Seite, und blätterte entspannt in der Zeitung. Sie überflog die ersten Seiten auf der Suche nach Interessantem und Neuem und landete rasch bei den

Todesanzeigen. Sie wollte schon weiter gehen, als ihre Augen an einem ungewöhnlichen Inserat hängen blieben:

> Alles ist Heidentum; euer Denken, euer Handeln und euer Glaube.
> Eure götzendienerische Welt legt den Vollzug von Gottes Geboten
> in die Hände von Menschen als wären sie Gott.
> Ihr verehrt von Menschen gemachte Verfassungen und Gesetze
> und verachtet Gottes Gesetze und Prinzipien.
> Wir werden euch bekämpfen und zerstören,
> was im Widerspruch zum wahren Glauben steht,
> damit das Reich Gottes auch hier Einzug halten kann.
> Wahrlich, wir fürchten für euch die Strafe des grossen Tages.

Die Kommissarin hatte den Text aufmerksam gelesen. Sie schüttelte nachdenklich den Kopf. Wer schrieb so wirres Zeug? Ein religiöser Fanatiker? Sie faltete die Zeitung zusammen, warf sie auf den Boden und stand auf. Es gibt wirklich nichts, was es nicht gibt, schüttelte sie das aufsteigende Unbehagen ab, während sie die Fernbedienung für den Fernseher suchte.

«Im Irak sind heute bei verschiedenen Anschlägen hundertvierzehn Menschen getötet worden», hörte sie die Nachrichtensprecherin sagen. Rasch wechselte sie den Sender. Aber überall tönte es ähnlich. Krieg, Zerstörung und Tod. Sie schaltete den Fernseher wieder aus. Sie hatte keine Lust, Bilder von zerfetzten Körpern und weinenden Menschen zu sehen. Sie schob das Klavierkonzert Nr. 27 von Mozart in den CD-Player und legte sich mit einem Buch aufs Sofa. Später warf sie nochmals einen Blick in die Zimmer ihrer Söhne. Sie lagen beide entspannt auf dem Rükken und schliefen, und es wurde ihr bewusst, was für ein Glück es war, in einem von Krieg und Terror verschonten Land zu leben.

3

Karin Thommen war früh aufgestanden; sie hatte heute ihre letzte Prüfung. Bis zur Abfahrt ihres Zuges um 7 Uhr 28 blieben ihr noch mehr als zwanzig Minuten. So bummelte sie gemächlich durch die Liestaler Hauptstrasse hinunter zum Regierungsgebäude und bog links in die Gasse ein, die zum Parkplatz an der Ergolz führte. Als sie von dort zum Bahnhof hinaufstieg, hörte sie das Geräusch eines einfahrenden Zuges. Ein Blick auf die Uhr sagte ihr, dass es der frühere Kurs war. Spontan presste sie ihre Tasche unter den Arm und rannte los. Im Eiltempo überquerte sie den Bahnhofplatz, hastete die Treppe zur Unterführung hinunter und auf der anderen Seite wieder hoch und sprang mit einem Satz in den hintersten Wagen, unmittelbar bevor sich die automatische Tür schloss und der Zug anfuhr.

Nach Atem ringend stand sie im Einstiegskorridor und überlegte, ob sie hier bleiben oder sich auf die Suche nach einem Sitzplatz machen wollte. Möglicherweise befand sich Benjamin Mächler, ihr Freund, auch in diesem Zug. Er hatte ihr gestern Abend zwar angekündigt, er werde den noch früheren nehmen; er müsse seinem Banknachbarn vor Unterrichtsbeginn noch die Matheaufgaben abschreiben. Aber vielleicht hatte er verschlafen oder seine Meinung geändert. Mit dieser Hoffnung verliess die junge Frau ihren Standplatz und machte sich auf den langen Weg durch den Zug, denn Benjamin Mächler hielt sich normalerweise im vordersten Wagen, direkt hinter der Lok auf.

Karin Thommen war neunzehn Jahre alt und besuchte die Maturklasse des Freien Gymnasiums. Sie war eine hübsche junge Frau mit kurz geschnittenem dunklem Haar und leuchtenden haselnussbraunen Augen, die von langen Wimpern überschattet wurden. Sie lebte mit ihren Eltern und dem um zwei Jahre jüngeren Bruder in einem Reihenhaus in Liestal; ihre Mutter arbeitete teilzeitlich als Physiotherapeutin im Kantonsspital, ihr Vater war als Biologe in der kantonalen Verwaltung tätig.

Seit ein paar Wochen war Karin Thommen mit Benjamin Mächler befreundet. Sie kannten sich schon länger, denn sie hatten vor Jahren der gleichen Pfadfinderabteilung angehört, sich später aber aus den Augen verloren. Vor fünf Wochen waren sie sich bei einem gemeinsamen Bekannten wieder begegnet. Es war so etwas wie Liebe auf den ersten Blick gewesen. Sie hatten geflirtet, geschmust und am frühen Morgen im Auto zusammen geschlafen. Seitdem waren sie ein Paar. Karin befand sich noch

immer im Stadium der ersten Verliebtheit; wenn sie den tiefen Blick Benjamins auf sich ruhen fühlte oder er seinen Arm um sie legte, gingen heisse Wellen durch ihren Körper. Das war ein völlig neues Erleben. Sie hatte noch nie einen festen Freund gehabt. Sie hatte die jungen Männer, die bisher um sie geworben hatten, alle auf Distanz gehalten. Aber Benjamin mit seinem Interesse für Politik, Umweltschutz und Religion, seiner stummen Nachdenklichkeit und seiner in den Augen ihrer Freundin Sarah fast unmännlichen Sensibilität hatte sie im Sturm erobert.
Karin Thommen durchlief die Abteile, ohne nach rechts oder links zu schauen. Als im zweiten Wagen ein junger Mann seinen Arm in den schmalen Durchgang streckte und ihr damit den Weg versperrte, schob sie sich unwillig daran vorbei. Der junge Mann, der mit zwei Freunden in einem Viererabteil sass und schon am frühen Morgen eine Bierflasche in der Hand hielt, rief ihr unwillig nach:
«Blöde Ziege, du bist auch nichts Besseres als wir.»

Mesut Aydin, dunkel, zierlich und kleingewachsen, war Türke und zweiundzwanzig Jahre alt; drei Viertel seines jungen Lebens hatte er in der Basler Region verbracht. Er war ein typischer Vertreter jener Generation von Immigranten, die ihr Herkunftsland kaum noch kannten, aber auch in der Schweiz nicht richtig zuhause war. Er fühlte sich hier als Mensch zweiter Klasse, spürte auf Schritt und Tritt, dass er nicht willkommen war, und lehnte aus Wut und Trotz alles Schweizerische vehement ab. Er war stellenlos, resigniert und fest überzeugt, dass es ihm wesentlich besser ginge, wenn er Rüegg oder Dittli heissen würde.
Mesut Aydin war mit seinem Freund Mehmet Sengül unterwegs. Die beiden fuhren fast täglich frühmorgens zusammen in die Stadt, weil sie es zuhause in der engen Wohnung mit der ewig jammernden Mutter nicht aushielten.
Mehmet Sengül, ein stämmiger, helläugiger Neunzehnjähriger mit dunkelblondem Schopf und Flaum über den Lippen, stammte ebenfalls aus der Türkei, war aber in Basel geboren und in Sissach aufgewachsen. Nach der Schule hatte er eine Lehre als Gärtner angefangen, aber bald Streit mit dem Lehrmeister bekommen; nach einer handgreiflichen Auseinandersetzung hatte ihn dieser von einem Tag auf den andern vor die Tür gesetzt. Seither war Mehmet Sengül ohne Lehrstelle. Wie sein Freund Mesut Aydin war er überzeugt, dass man einem Schweizer wegen einer derart lächerlichen Angelegenheit den Ausbildungsplatz nicht gekündigt hätte.

Die beiden jungen Männer fuhren jeden Tag mit dem gleichen Zug von Sissach nach Basel. Sie verbrachten den Tag mit Kollegen auf dem Claraplatz, tranken Bier, sprachen Mädchen an und träumten davon, in der Türkei zusammen eine Autowerkstatt zu eröffnen und viel Geld zu verdienen.
Im Zug hatten die jungen Türken vor einem halben Jahr den dritten Mann im Abteil kennen gelernt. Lofti el-Haddad war etwas älter als seine beiden Begleiter. Er war ein feingliedriger mediterraner Typ mit ebenmässig geschnittenem Gesicht, einem gepflegten, gekräuselten Bart und leuchtenden schwarzen Augen, die ihn mit ihrem samtenen Blick zum Schwarm vieler junger Mädchen und Frauen machten. El-Haddad war in Algerien geboren und aufgewachsen, hatte in Paris mehrere Semester Geschichte und Literatur studiert und war mit zweiundzwanzig Jahren in die Schweiz gekommen. Er unterrichtete Französisch an einer Schule für Erwachsenenbildung; zweimal die Woche arbeitete er überdies als Aufsicht in einem Jugendtreff in Basel.
Mesut Aydin und Mehmet Sengül bewunderten Lofti el-Haddad, der es zu einer angesehenen Stellung gebracht hatte und offensichtlich gut verdiente, denn er besass eine eigene Wohnung und sogar ein Auto. Sie waren gern mit ihm zusammen, weil sie mit ihm über vieles reden konnten: über Religion, über ihre Zukunft, über Mädchen und über Möglichkeiten, rasch zu etwas Geld zu kommen. El-Haddad gab den Jüngeren gute Ratschläge und half ihnen beim Verfassen von Bewerbungsschreiben; hin und wieder lud er sie zu einem Drink ein und manchmal nahm er sie am späten Abend mit, wenn er mit seinem Auto vom Jugendtreff nach Hause fuhr.

Karin Thommen hatte die unfreundliche Bemerkung des jungen Türken gehört, reagierte aber nicht, sondern hastete weiter in den nächsten Wagen. Als sie dort am zweiten Abteil vorbei kam, wurde sie von einer jungen Frau angesprochen:
«Hallo Karin, sieht man dich auch wieder einmal!»

Sie stoppte ihren Lauf und drehte sich um; sie erkannte Mia Peterli, die Tochter ihrer Nachbarn. Mia war vier Jahre älter als sie und arbeitete als Primarlehrerin in Frenkendorf. Sie hatte vor drei Jahren das Elternhaus verlassen und war zu ihrem Freund, einem fünfunddreissigjährigen Architekten, nach Gelterkinden gezogen. Karin hatte damals über die Wahl der Nachbarstochter den Kopf geschüttelt, denn der kleingewachsene,

untersetzte Albert mit dem schütteren Haar war ihr wenig attraktiv erschienen.
Mia packte Karin am Arm und zog sie auf den freien Sitzplatz neben sich. «Ich habe dich eine Ewigkeit nicht mehr gesehen», plapperte sie los. «Ich wollte dich schon lange anrufen und einladen. Wir haben eine tolle Wohnung und ... », sie stockte, um flüsternd fortzufahren: «Ich bin unterwegs zum Arzt. Ich glaube, ich bekomme ein Kind. Aber ...» Sie hielt sich den gestreckten Zeigefinger an die Lippen, «Albert weiss es noch nicht. Er ist geschäftlich für ein paar Tage in Belgien. Aber wenn er heute Abend nach Hause kommt ...» Sie kicherte. «Er ist ganz wild auf Nachwuchs. Wenn sich der Test bestätigt, werde ich ihn mit einer Flasche Champagner empfangen.» Sie lehnte sich lächelnd zurück und strich sich über den noch völlig flachen Bauch. «Und du? Wie geht es dir? Was machst du? Fertig mit der Schule?»
Karin Thommen hatte Mia Peterli eigentlich kurz abwimmeln wollen; aber jetzt war sie doch neugierig geworden. Und weil sie ohnehin zweifelte, dass sich Benjamin Mächler im Zug befand, blieb sie sitzen, und es dauerte nicht lange, da waren die beiden jungen Frauen in ein munteres Gespräch über Prüfungen, Berufstätigkeit, Heirat und Babypause vertieft.

Benjamin Mächler stand im Einstiegskorridor des vordersten Wagens. Er war in Begleitung seines Mitschülers Andreas Weiss. Wer die beiden jungen Männer beobachtete, bekam unweigerlich den Eindruck, Mächler bringe seinem Gesprächspartner wenig Interesse und Sympathie entgegen. Während dieser angeregt und mit viel Gestik sprach, schaute er – vom Begleiter abgewandt – abwesend durch die schmalen Fenster der Wagentür hinaus in die vorbeisausende Landschaft. Nur selten gab er auf Fragen eine einsilbige Antwort. Weiss schien das wenig zu bekümmern; er war guter Laune, sprach fröhlich über die gestrige Englischprüfung und berichtete anschliessend, dass er bald für drei Monate nach Utah fahren werde, wo sein Patenonkel eine Farm betreibe.
Benjamin Mächler war ein schlanker, gut aussehender junger Mann. Es gab Leute, die behaupteten, er habe Ähnlichkeit mit James Dean. Heute morgen allerdings war davon nicht viel zu bemerken. Er war nur notdürftig rasiert, sein dunkles Haar hing ihm ungekämmt ins blasse Gesicht und sein graues T–Shirt machte den Eindruck, als habe es in der vergangenen Nacht als Schlafanzug gedient. Er wirkte müde und nervös und sah

immer wieder auf die Uhr, als fürchte er, einen wichtigen Termin zu verpassen.

Der Zug hielt in Pratteln. Zwei junge Mädchen stiegen ein. Doris Scheidegger und Katrin Sutter standen unmittelbar vor dem Schulabschluss und waren auf dem Weg nach Basel, um an einem Einführungskurs für kaufmännische Azubis teilzunehmen. Als sie Benjamin Mächler und Andreas Weiss bemerkten, zögerten sie und tauschten einen kurzen Blick. Dann ergriff wie immer Doris Scheidegger die Initiative:
«Komm, lass uns ins Abteil gehen; vielleicht finden wir einen Sitzplatz.»
Katrin Sutter zuckte mit der Achsel und folgte der Freundin; ihr resignierter Gesichtsausdruck liess aber unschwer erkennen, dass sie lieber bei den beiden Jungen stehen geblieben wäre. Vor allem der schlanke Dunkle mit den grauen Augen, der so abweisend zum Fenster hinausstarrte, gefiel ihr. Sie war schon früher auf ihn aufmerksam geworden; bisher hatte er ihr aber keine Beachtung geschenkt. Die Gelegenheit, auf engem Raum nahe bei ihm zu stehen und ihm beim nächsten Stopp in die Arme zu fallen, war verlockend.
«Komm endlich», unterbrach die Stimme der Freundin ihre Gedanken. Während sie sich anschickte, dem Ruf zu folgen, warf sie nochmals einen Blick zurück auf Benjamin Mächler. Es würde vielleicht bald eine andere Gelegenheit geben, mit dem Boy Bekanntschaft zu machen; an einem Tag, an dem er besser gelaunt war.
Katrin Sutter drängte sich an einem jüngeren Mann vorbei, der im schmalen Gang zwischen den Abteilen stand. Widerwillig liess er sie passieren. Der freigegebene Platz war allerdings so knapp, dass sie beim Vorbeigehen mit seinem Körper in Berührung kam.
Er murmelte etwas Unverständliches, das nicht sehr freundlich, sondern wie eine Beschimpfung klang.
Hani Moussa war sechsundzwanzig Jahre alt und stammte aus Nablus in Palästina. Äusserlich entsprach er dem typischen Araber: schlank, feingliedrig und dunkel. Er war vor zwei Monaten in die Schweiz eingereist und hatte hier um politisches Asyl ersucht. Er wohnte in Sissach und war unterwegs, um in der Stadt ein paar wichtige Dinge zu erledigen.

Doris Scheidegger und Katrin Sutter hatten sich inzwischen durch den Wagen geschlängelt und tatsächlich noch zwei freie Sitzplätze ergattert. Im gleichen Abteil, auf der Bank gegenüber sass eine ältere Dame, die

leise schimpfte und die beiden jungen Frauen sofort ins Gespräch zog. Beatrice Hofer, eine fast siebzigjährige ehemalige Krankenschwester im dunklen Hosenanzug mit eingebundenem Fuss, beklagte sich über die Leute im benachbarten Abteil. Dort sassen zwei junge Paare. Der eine der beiden Männer hatte sich soeben eine Zigarette angezündet und war von Beatrice Hofer höflich, aber dezidiert darauf aufmerksam gemacht worden, dass das Rauchen im Zug verboten sei. Der Zurechtgewiesene hatte die Frau mit seinen schwarzen Augen fixiert und stumm einen tiefen Zug aus seiner Zigarette genommen.
«Warum sind die Schweizer alle Polizisten?», wandte er sich dann laut an seinen Freund.
«Und erst noch freiwillig und unbezahlt», ergänzte dieser grinsend, und alle – auch die beiden jungen Frauen – lachten Beatrice Hofer vergnügt ins missbilligende Gesicht.

Arima Saraj, Marco Bertoli, Felicitas Brändli und Ismail Hamous hatten soeben ihre Lehre abgeschlossen. Die beiden Mädchen waren auf dem Weg nach Paris, um dort das bestandene Examen zu feiern. Die beiden jungen Männer, die sie von der Schule her kannten, hatten sie zufällig im Zug getroffen.

In Muttenz stiegen nochmals Leute zu. Unter anderem Adele Kessler, eine zierliche Mittfünfzigerin, mit dem 2-jährigen David und der 4-jährigen Tanja. Sie hatte die beiden Enkel bei der Schwiegertochter abgeholt, um dieser den Besuch eines PC–Kurses zu ermöglichen. Thomas Steiner, ein etwa vierzigjähriger Mann mit blassem Gesicht, half ihr, die beiden Kinder in den Zug zu heben. Als sie den überfüllten Wagen betraten, standen Marco Bertoli und Ismail Hamous sofort auf und boten ihre Sitzplätze an. Adele Kessler nickte den Beiden dankbar zu, setzte sich und schob ihre Enkel neben sich auf die Bank. Während der Weiterfahrt betrachtete sie mit stummem Wohlwollen die jungen Männer, die im Durchgang standen und mit ihren beiden Begleiterinnen scherzten und lachten. Einmal kreuzten sich die Blicke von Ismail Hamous und Adele Kessler, und sie lächelten einander zu.

Pünktlich um 7 Uhr 37 fuhr der Zug in den Basler Bahnhof ein.

4

Tina Merz eilte über die Wettsteinbrücke. Sie schaute weder nach rechts noch nach links, sondern hielt die Augen fest geradeaus gerichtet. Nicht einmal hinüber zum Münster warf sie einen Blick, denn sie war wie üblich zu spät. Einmal sah sie kurz auf die Uhr: Fünfzehn Minuten vor acht! In einer Viertelstunde stand die Besprechung mit einem Vollzugsbeamten in ihrer Agenda. Sie würde zu spät kommen und damit ihren schlechten Ruf bestätigen.

Am Kunstmuseum musste sie am Strassenrand warten, um ein paar Autos vorbeizulassen, die in die Rittergasse einbogen. Ungeduldig trat sie von einem Fuss auf den anderen. Endlich war die Strasse frei. Sie erreichte das gegenüberliegende Trottoir, stiess mit einem entgegenkommenden Schüler zusammen, entschuldigte sich, während sie dem Jungen auf die Schulter klopfte, und hastete weiter. Etwa eine Minute später, sie befand sich beim grossen Eingangsportal zum Antikenmuseum, erschütterte eine heftige Detonation die Stadt und liess den Boden und die umliegenden Gebäude erzittern. Irgendwo gingen klirrend ein paar Fensterscheiben in die Brüche. Tina Merz war stehen geblieben. Was war das? Eine Sprengung? Sie schüttelte den Kopf; eine solche Aktion wäre bestimmt angekündigt worden. Aber was dann?

Sie schaute sich um. Die Strasse war voller Leute; die meisten waren stehen geblieben und schauten sich fragend und ratlos um. Einige sprachen andere Passanten an und erkundigten sich nach den Ursachen der Detonation in der irrigen Annahme, diese wüssten Bescheid. Die Antworten kamen als Auswahlsendung: eine Sprengung, eine Bombe, ein Erdbeben. Einige der Befragten zuckten auch nur mit der Achsel und suchten mit den Augen nach jemandem, der mehr wissen könnte.

Plötzlich setzte ein Hupkonzert ein; mehrere Autos hatten mitten auf der Strasse angehalten und blockierten die Fahrbahnen. Die Fahrer liessen die Fensterscheibe herunter und riefen den nächsten Passanten immer wieder die gleichen Fragen zu: «Was ist los? Was war das?»

Tina Merz stand noch immer vor dem Eingangsportal des Antikenmuseums und schaute hilflos in das sich anbahnende Verkehrschaos. Langsam wandte sie ihren Blick in Richtung Bahnhof, woher die Erschütterung gekommen war. War ein Güterzug explodiert? Das konnte eigentlich nicht sein. Der Güterbahnhof war weit entfernt, und in den Bahnhof SBB durften nur Personenzüge einfahren. Mechanisch setzte sie sich in Bewegung.

In ihrem Kopf drehte sich alles um die gleiche Frage: Was kann diese gewaltige Detonation ausgelöst haben?
Als sie eine halbe Minute später den Bankenplatz überquerte, sah sie über dem Kirschgartenmuseum eine dunkle Rauchwolke aufsteigen. Grössere Teile des südlichen Himmels waren bereits bedeckt, und die Wolke wurde immer bedrohlicher. Jetzt stieg ihr auch ein beissender Geruch in die Nase; ein Geruch nach Staub und Verbranntem.
Sie war wieder stehen geblieben und sah sich um. Der Verkehr war inzwischen völlig zum Erliegen gekommen. Auf dem Bankenplatz standen die Autos in immer länger werdenden Schlangen; die Lenker wollten wegen der wachsenden dunklen Rauchwolke nicht in die Elisabethenstrasse einfahren. Rückwärts ging auch nichts mehr. So blockierten sie mit ihren Fahrzeugen den Verkehrsstrom, der vom Steinenberg geradeaus oder nach links in den St. Alban-Graben abfliessen sollte.
Direkt neben der Kommissarin stand ein Mann, der aus seinem Fahrzeug ausgestiegen war.
«Was ist denn los?», rief er ihr zu. «Warum fahren die nicht?»
Anstelle einer Antwort wies Tina Merz auf die dunkle Wolke, die nun den ganzen südlichen Himmel bedeckte. Der Fahrer warf einen Blick in die angezeigte Richtung und stieg wieder in sein Auto. Tina Merz beobachtete, wie er sein Telefon nahm und eine Nummer eintippte.
Aus den Geschäftshäusern rund um den Bankenplatz strömten Leute.
«Was war das?», ertönte auch hier wieder die gleiche Frage.
Der Anblick der wachsenden dunklen Wolke hatte die Phantasie der Kommissarin angeregt; in ihrem Kopf begann ein Film abzulaufen, ein Film, wie er täglich in den Abendnachrichten über den Bildschirm flimmerte: Zerstörung und Tod, herumrennende Helfer, weinende Frauen, schreiende Kinder. Hilf- und fassungslose Menschen.
Sie setzte sich langsam in Richtung Elisabethenstrasse in Bewegung. Als sie den Klosterberg erreichte, war sie der dunklen Rauchwolke sehr nah. Die Luft war durchsetzt mit feinem Staub, der das Atmen unangenehm machte. Sie war einen kurzen Moment versucht, in Richtung Bahnhof weiterzugehen, lenkte dann aber ihre Schritte hinunter zur Heuwaage. Im Waaghof würde sie am ehesten erfahren, was sich zugetragen hatte. Dort mussten die Informationen über das Geschehen zusammenlaufen. Im Weitergehen hörte sie die Sirenen von Feuerwehr-, Kranken- und Polizeiwagen, die in rasender Fahrt über das Heuwaageviadukt zum Bahnhof unterwegs waren.

Auch in der Steinentorstrasse hatten mehrere Autos ihre Fahrt unterbrochen und blockierten den Verkehr. Auch hier standen Leute herum und starrten entsetzt und ratlos zum Himmel hinauf. Einige hielten ihre Taschentücher vor den Mund, um Rauch und Staub nicht einatmen zu müssen. Vor dem Hotel Radisson spekulierten vier Angestellte laut über die Ursache der Detonation, und aus dem Tram, das soeben in die Haltestelle Heuwaage eingefahren war, stiegen ängstliche Leute und stellten die Fragen, die alle bewegten: «Was ist los? Was ist geschehen? Brennt es? Sind Menschen zu Schaden gekommen? Können wir helfen?»

Tina Merz liess sich nicht aufhalten. Mehrfach angesprochen, zuckte sie mit der Achsel und hastete Ziel gerichtet durch die Menschenansammlung weiter. Die letzten hundert Meter legte sie im Laufschritt zurück.

Sie stand vor der Tür des Waaghofes und kramte in der Tasche hektisch nach ihrer ID, als sich das Gittertor zum Hof öffnete, und hintereinander vier Fahrzeuge herausschossen. Aus den mobilen Sirenen auf dem Dach ertönte vierfach penetranter Alarmruf. Tina Merz bemerkte im zweiten Auto Kurt Schmiedlin, den Chef der Spurensicherung; er winkte ihr mit erhobener Hand zu, bevor sein Wagen davon raste. Das letzte der vier Autos setzte zur Fahrt an, als sie im Inneren Hans Klement und Martin Biasotto erkannte. Sie sah, wie ihr Chef dem Fahrer die Hand auf die Schulter legte und ein paar Worte sagte, worauf das Auto auf dem Trottoir stoppte. Die hintere Tür öffnete sich, und Hans Klement streckte seinen Kopf heraus.

«Los, Tina, komm», winkte er ihr. «Wir brauchen dich.»

Hastig stieg sie in den Wagen und drückte sich neben ihren Assistenten auf die hintere Sitzbank.

«Was ist los? Was ist passiert?»

«Wir wissen es noch nicht», lautete die hilflose Antwort. «Man hat eine gewaltige Explosion im Bahnhof gemeldet.»

«Ein Güterwagen?»

Klement schüttelte den Kopf. «Das war auch mein erster Gedanke. Aber es gibt keine Güterwagen mit gefährlicher Fracht im Personenbahnhof. Die Meldung klang eher nach Bombenattentat. Offenbar im westlichen Teil; dieser soll völlig zerstört sein.»

«Ein Bombenattentat?», wiederholte die Kommissarin ungläubig. «Hier bei uns in Basel?» Sie starrte ihren Chef entsetzt an. «Gibt es Tote? Verletzte?»

Die Antwort erübrigte sich. Das Auto hatte inzwischen den Bahnhofplatz erreicht. Stumm stiegen die Polizeileute aus. Fassungslos starrten sie auf das Bahnhofgebäude, das vor wenigen Jahren renoviert worden war. Es präsentierte sich wie eine Kriegsruine: an der Fassade waren sämtliche Scheiben zerbrochen; einige fehlten ganz, von anderen hingen Stücke noch im Rahmen. Die Fahnenmaste auf den beiden Ecktürmen waren geknickt, die Fahnen verschwunden. Mehreren der steinernen Statuen, die den Mittelteil des Gebäudes zierten, waren durch die Wucht der Explosion Köpfe und Arme abgerissen worden. Aus dem geborstenen Dach stieg immer noch schwarzer, stinkender Rauch in den Himmel. Der Geruch war fast unerträglich.
Tina Merz bekam einen Hustenanfall und begann hektisch in ihrer Tasche zu wühlen. Martin Biasotto, aufmerksam wie immer, reichte ihr ein schön gefaltetes weisses Taschentuch, das sie dankbar entgegennahm und sich vor Mund und Nase band.
Hans Klement war zum Gebäude vorausgegangen. Die Kommissarin und ihr Assistent standen noch immer neben dem Fahrzeug, das sie hergebracht hatte. Jetzt machten auch sie sich auf den Weg, um sich den Schaden näher anzusehen.
Das Durchkommen war äusserst schwierig. Der Platz war zwar inzwischen abgesperrt, aber er war trotzdem voller Menschen; sie rannten mit Löschgerät, Bahren und Werkzeug hin und her, riefen sich Informationen und Anweisungen zu, telefonierten, schimpften oder standen einander einfach hilf- und ratlos im Weg. Dazwischen stauten sich die Feuerwehr-, Polizei- und Sanitätswagen, und in der Ferne hörte man die Sirenen weiterer herannahender Rettungsfahrzeuge. Gestrandete Trams blockierten die Zufahrten zum Platz. Darin sassen glotzende Passagiere, die ungläubig das hektische Treiben beobachteten, das wie in einem Katastrophenfilm aus Hollywood um sie herum ablief.
Der Weg zum Bahnhofsgebäude war mit Glassplittern und Trümmerteilen übersät. Die Kommissarin bewegte sich dicht hinter ihrem Assistenten vorwärts, die Augen immer auf seine Fersen gerichtet. Sie registrierte, wie er mit den Füssen mehrere neue Parfumpackungen zur Seite schob. «Wie kommen denn die hierher?», ging es ihr durch den Kopf. Und wie wenn er die stumme Frage gehört hätte, gab ihr Biasotto über die Schulter, den Kopf nur leicht zur Seite gedreht, die Antwort:
«In der Bahnhofüberführung gibt es ein Kosmetikgeschäft. Die müssen von dort bis hierher geschleudert worden sein.»

Vor dem SWISS-Büro, das wie durch ein Wunder intakt geblieben war, sassen, betreut von zwei Sanitätern, mehrere verletzte Personen und warteten auf ein Fahrzeug, das sie von der Unglücksstelle weg in medizinische Pflege bringen würde. Einige hatten offensichtlich Schmerzen, denn ihr Wimmern und Stöhnen war deutlich zu hören.
Tina Merz taten die Menschen leid. Aber sie leben, tröstete sie sich, sie leben und werden bald in ärztlicher Obhut sein. Anderen geht es vermutlich bedeutend schlechter.
Martin Biasotto nahm ihren Arm. «Komm, lass uns einen Blick ins Innere des Gebäudes werfen.»
Sie folgte ihm stumm. Ordnungskräfte waren dabei, zwischen Glas und Trümmerteilen einen Weg zum Eingang freizuschaufeln. Das machte das Vorwärtskommen leichter. Aber die Kommissare mussten immer wieder zur Seite treten, um Sanitätern und Feuerwehrleuten, die auf Bahren Verletzte und Tote hinaustrugen, Platz zu machen. Zweimal wurden sie angehalten, um sich auszuweisen. Je geringer ihre Distanz zum Gebäude wurde, desto langsamer kamen sie voran. Schliesslich erreichten sie ihr Ziel.

Der Eingang zur grossen Bahnhofhalle war mit breiten, orange farbenen Blachen abgesperrt; zwei bullige Polizisten standen davor und liessen niemanden unkontrolliert eintreten. Sie erkannten die Kommissare, grüssten sie militärisch mit der Hand am gelben Schutzhelm, verwehrten ihnen aber dezidiert den Zutritt.
«Wir können Sie ohne Atemschutz nicht eintreten lassen», entschuldigte sich der Ältere. «Da drin ist die Luft so dick, dass ein normales Atmen nicht möglich ist. Zudem ist es gefährlich; die Wucht der Explosion hat Dach und Seitenwände gesprengt, es gibt immer noch ungelöschte Brände. Sie könnten durch herabfallende Gebäudeteile verletzt werden.»
Durch den Schlitz in der Absperrung, der laufend auf und zu ging, registrierte Tina Merz im Innern des zerstörten Bahnhofs ein hektisches Treiben. Sehen konnte sie nicht viel, aber sie hörte die Stimme des Platzkommandanten, der versuchte, Ordnung in die chaotischen Vorgänge zu bringen, indem er Befehle ausgab, Richtungen wies, auf Gefahren aufmerksam machte und immer wieder alle, die nicht für direkte Hilfe oder die Bekämpfung der Brände benötigt wurden, aufforderte, den Ort unverzüglich zu verlassen.
Die Kommissarin lächelte den beiden Türstehern matt zu und nahm ihren Assistenten am Arm.

«Ich glaube nicht, dass es für uns hier etwas zu tun gibt. Wir stehen nur im Weg. Lass uns ins Büro gehen; dort ist die Luft besser. Das Gehirn braucht Sauerstoff, wenn es arbeiten soll.»
«Du glaubst doch nicht etwa, dass dies ein Fall für uns ist?», erkundigte sich Biasotto ungläubig.
«Ich glaube gar nichts», antwortete sie bereits im Gehen. «Ich brauche Gewissheit, und die finden wir nur im Strafgesetzbuch.»

5

Tina Merz und Martin Biasotto legten den kurzen Weg zum Waaghof schweigend und fast im Laufschritt zurück. In ihren Köpfen hatten sich die Bilder vom zerstörten Bahnhof, den verletzten Menschen und den hektischen Aktivitäten der Helfer festgemacht. Noch immer war unentwegt das Heulen der Sirenen zu hören, und bis hinunter zur Heuwaage atmeten sie den Staub ein, der eine gute Stunde nach der Explosion noch immer auf die Dächer und Strassen der Umgebung herabrieselte. Menschen kamen ihnen entgegen, manche, um am Unglücksort Hilfe zu leisten, andere, um sich neugierig am Schauspiel des Schreckens zu weiden.
Mit ihrem Assistenten betrat die Kommissarin ihr Büro. Sekunden später gesellte sich Frau Simon mit einem dicht beschriebenen Zettel in der Hand zu ihnen. Sie warf einen stummen Blick auf die erstarrte Miene ihrer Chefin, verliess den Raum wieder und kehrte mit zwei doppelten Espressos zurück.
«Das wird Ihnen gut tun», bemerkte sie, als sie den Kaffee abstellte. «Es muss furchtbar sein, was sich da oben abspielt. Die Schilderung im Radio bringt einen schon zum Heulen.»
Tina Merz hatte sich inzwischen an den Tisch gesetzt und führte abwesend ihre Tasse zum Mund. Frau Simon nahm den Zettel wieder auf, den sie zuvor auf dem Schreibtisch abgelegt hatte, und blieb unschlüssig wartend neben ihrer Chefin stehen; nach einer Weile schob sie sich die Lesebrille auf der Nase zurecht und räusperte sich. «Es ist unfassbar», bemerkte sie leise und bekümmert. «Wer tut so etwas? Und warum hier?»
Die Fragen weckten die Kommissarin aus ihren düsteren Gedanken. Sie richtete sich auf, schlug die Beine übereinander und nickte ihrer Sekretärin zu, worauf diese begann, von ihrem Zettel die neuesten Informationen abzulesen.
«Vor ein paar Minuten hat unsere Pressesprecherin ihr erstes Communiqué durchgegeben», eröffnete sie. «Bis jetzt weiss niemand, mit wie vielen Verletzten und Toten wir rechnen müssen. Es wird noch Stunden dauern, bis die Rettungskräfte die Trümmer soweit abgeräumt haben, dass man die Menschen, die allenfalls noch darunter liegen, herausholen kann. Seit einer guten halben Stunde ist das erforderliche Gerät an Ort und Stelle, so dass mit den Bergungs– und Aufräumarbeiten begonnen werden konnte.»
Die Stimme der Sekretärin war beim Ablesen der Informationen monoton und geschäftsmässig geworden. Jetzt schaute sie von ihrem Zettel auf und ihre Augen wanderten langsam zum Fenster. «Es muss entsetzlich

sein, verletzt und mit Schmerzen unter Trümmern begraben zu liegen», murmelte sie mit Tränen in den Augen und viel Mitgefühl in der Stimme. «Dann schon lieber tot.»
«Machen Sie weiter», unterbrach Tina Merz die beängstigenden Gedanken.
«Die Hilfe der benachbarten Kantone ist inzwischen angelaufen», las Frau Simon mechanisch weiter ab. «Man schickt nach Basel, was man zur Zeit nicht unbedingt selbst benötigt. Zahlreiche Rettungswagen sind unterwegs. Alle grossen Spitäler der Nordwestschweiz und des benachbarten Auslands haben sich zur Aufnahme von Verletzten bereit erklärt. Man hat die Ärzte in den Kliniken angewiesen, alle nicht dringenden Operationen abzusagen, um Zeit und Raum für die Notfälle zu schaffen. Mehrere Mediziner aus Basel und Umgebung haben spontan ihre Praxen geschlossen und sich zum Unglücksort begeben, um erste Hilfe zu leisten. Vor dem Bahnhof wurde eine Triagestelle eingerichtet; die Menschen werden entsprechend dem Platzangebot und den erlittenen Verletzungen in die verschiedenen Spitäler eingewiesen. Der Zivilschutz hat bereits zweihundert Leute auf dem Platz, die mithelfen, die Trümmer zu beseitigen und die Verschütteten zu bergen. Man ist auch daran, die unterirdischen Notspitäler bereitzustellen, damit diese bei Bedarf benutzt werden können.»
Während Frau Simon die letzten Sätze ablas, hatte das Telefon im Sekretariat zu läuten begonnen. Sie legte ihren Zettel wieder auf dem Schreibtisch der Kommissarin ab und eilte, den Anruf entgegenzunehmen.
Tina Merz und Martin Biasotto blieben zurück und warteten stumm auf ihre Rückkehr. Ein Klopfen weckte sie aus ihren Gedanken. Noch bevor die Kommissarin reagieren konnte, öffnete sich die Tür und auf der Schwelle erschien die massige Gestalt von Siegfried Schär. Er machte ein paar staksige Schritte in den Raum hinein und blieb dann mit gespreizten Beinen stehen. Schweigend betrachtete er die deprimierten Kollegen. Seine Augen wanderten von Tina Merz zu Martin Biasotto, der mit den Händen in den Hosentaschen am Fenster stand und in den traurigen Morgen hinausschaute. Plötzlich wandte er sich mit einer heftigen Gebärde an die Kommissarin:
«Wenn man auf mich gehört hätte, wäre das nicht passiert», pöbelte er sie an. «Dann hätte man dieses Ausländerpack längst an die Grenze gestellt. Aber Sie und Ihresgleichen können ja nicht genug davon kriegen.»
Er machte ein paar bedrohliche Schritte auf sie zu. «Sie würden selbst Jack The Ripper die schweizerische Staatsbürgerschaft nachwerfen.»

Er hielt inne und fuchtelte wild mit den Händen in der Luft. «Und Sie waren auch immer gegen den Zivilschutz», wechselte er abrupt das Thema. «Jetzt sehen Sie, wie unverzichtbar er ist. Undenkbar, wenn wir ihn abgeschafft hätten, wie Sie und ihre linken und staatsfeindlichen Freunde gefordert haben. Eine Katastrophe wäre das. Eine richtige Katastrophe.»
«Es ist jetzt nicht der Moment für rhetorische Meisterleistungen», kommentierte Martin Biasotto sarkastisch. «Mir wäre lieber, Sie würden den Mund halten und verschwinden.»
Schär schnappte nach Luft. Derweil sass Tina Merz mit versteinerter Miene auf ihrem Stuhl und starrte vor sich auf den Boden. Sie hatte keine Lust, mit dem Kollegen zu streiten, der sein Entsetzen über das Geschehen und seine Hilflosigkeit mit einem aggressiven Ausbruch gegen sie abreagierte. Ja, sie war gegen den Zivilschutz gewesen, einen Zivilschutz mit Schutzbauten und sinnlosen Übungen. Sie hatte über die Vorstellung der Befürworter, dass sich die Bevölkerung nach einem Atomangriff unter die Erde verkriechen und Wochen, Monate oder sogar Jahre dort ausharren würde, immer nur ein ungläubiges Kopfschütteln übrig gehabt. Sie war noch heute davon überzeugt, dass nur im Interesse der Baulobby für Milliarden von Franken Keller und Bunker errichtet und Material gelagert worden war. Aber sie war auch immer für die Schaffung eines Katastrophencorps eingetreten.
Inzwischen war Frau Simon zurückgekommen.
«Weiss man schon mehr über die Ursache des Unglücks?», wandte sich die Kommissarin, den aufgebrachten Kollegen ignorierend, an die Sekretärin.
«Die Pressesprecherin meint, es deute alles auf einen Terroranschlag hin», antwortete diese und drehte Siegfried Schär demonstrativ den Rücken zu. «Jedenfalls könne man sich die Explosion bisher nicht anders erklären. Die Bombe sei vermutlich in der Bahnhofüberführung hochgegangen.»
«Die Überführung», überlegte Biasotto laut, «die muss zur Zeit der Explosion voller Passanten gewesen sein. Um halb acht sind dort jede Menge Pendler unterwegs.»
Die Kommissarin sah die Bilder vor sich: fröhliche, nichts ahnende Menschen auf dem Weg in die Schule, zur Arbeit, zum Einkaufen. Und innerhalb einer Sekunde: Chaos, zerfetzte Körper, ungläubiges Entsetzen und Trauer. «Weiss man inzwischen mehr über die Zahl der Toten und Verletzten?», erkundigte sie sich düster.
Frau Simon schüttelte den Kopf. «Aber er hat Recht.» Sie deutete mit dem Kinn auf Martin Biasotto. «Es waren viele Menschen in der Bahnhof-

überführung. Viele Pendler. Und ganz schlimm soll es einen Zug aus dem Baselbiet erwischt haben. Er fuhr wenige Minuten vor der Explosion in den Bahnhof ein; die meisten Passagiere waren ausgestiegen und befanden sich in der Überführung, als diese in die Luft flog.»
Die Kommissarin schaute ihre Sekretärin entsetzt an. «In diesem Zug waren doch bestimmt viele Kinder und Jugendliche.»
Frau Simon nickte. Tina Merz fiel in dumpfes Brüten. Martin Biasotto kam vom Fenster zum Tisch, liess sich neben seiner Chefin nieder, stützte den Kopf in beide Hände und starrte wortlos auf die Tischplatte. Auch Siegfried Schär nahm einen Stuhl, setzte sich und sah schweigend vor sich hin. Das Entsetzen über die Ereignisse verdrängte für einen kurzen Moment seine Aggressionen.
«Wer tut so etwas?», murmelte Frau Simon die an diesem Morgen immer wieder gestellte Frage.
«Das kann nur diese verdammte al-Qaida gewesen sein», stiess Schär plötzlich heftig hervor. «Für diese Terroristen ist der Tod auf dem elektrischen Stuhl noch eine viel zu humane Strafe. Erst wenn die alle eliminiert sind, gibt es wieder Sicherheit und Ruhe auf dieser Welt.»
«Aber warum hier? Bei uns? Wir sind doch neutral und haben keine Truppen im Irak», wandte die Kommissarin ein.
«Damit willst du wohl sagen: wir tragen Wasser auf alle Seiten, sind nett zu allen und machen unsere Geschäfte mit jedem, wenn es uns etwas einbringt?» Martin Biasotto hatte seinen sarkastischen Humor wieder gefunden.
Seine Bemerkung blieb vorerst unkommentiert im Raum stehen. Schär ignorierte den Assistenten seiner Kollegin, den er verabscheute, und Tina Merz hing ihren eigenen Gedanken nach.
«Es könnte tatsächlich ein Anschlag der al-Qaida sein», fasste sie das Ergebnis ihrer Überlegungen wenig später zusammen. «Die islamischen Fundamentalisten hassen uns und verabscheuen die Art und Weise, wie wir leben. Und», sie wandte sich an ihren Assistenten, der begonnen hatte, Figuren auf ein Papier zu zeichnen, «gibt es bestimmt schweizerische Firmen, die vom Krieg im Irak profitieren; wir lassen uns einen guten Deal doch nicht entgehen. Zudem sympathisieren wir mit Israel. Und zu guter Letzt würde es mich sehr wundern, wenn die saudische Königsfamilie nicht prall gefüllte Konten auf unseren Banken hätte. Aus der Sicht bin Ladens und seiner al-Qaida sind das ausreichende Gründe, um uns zu strafen.»

Biasotto nickte und widmete sich weiter seinen Zeichnungen.
«Ich sagte es schon, wir haben es mit Märtyrern zu tun; mit religiösen Fanatikern, die sich im Namen Gottes umbringen», zeterte Schär an seiner Stelle. «Ich habe gelesen, es gebe in Europa jede Menge sterbewillige Fanatiker. Sie haben in Madrid und in London zugeschlagen und in Deutschland versucht, Züge hochgehen zu lassen. Warum nicht auch bei uns?»
«Er hat Recht», murmelte Biasotto, und es fiel ihm schwer, dieses Zugeständnis zu machen. «So ein Attentat kann nur die al-Qaida begehen. Nur sie hat die Leute, die Mittel und die Erfahrung für so ein Verbrechen. Und warum sollte sie uns verschonen? Weil wir so bieder und nett sind?» Er lachte bitter. «Die Zeiten sind vorbei, wo sich die Schweiz aus den internationalen Konflikten heraushalten und unbekümmert davon profitieren kann. Die Wirklichkeit hat uns längst eingeholt.»
«Aber in London war es nicht die al-Qaida, die die Bombe in der U–Bahn gelegt hat», wandte die Kommissarin ein. «Das waren Engländer.»
«Engländer?», höhnte Schär. «Eine Schwalbe macht noch keinen Frühling, und ein erschlichenes Stück Papier aus einem Banditen noch keinen loyalen Bürger.»
Diese Simplifizierung liess die Kommissarin und ihren Assistenten verstummen. Schär, der inzwischen realisiert hatte, dass er unter den Anwesenden keine Anhänger für sein Glaubensbekenntnis fand, stand auf, um anderswo Unterstützung zu suchen.
«Es gibt keinen Zweifel», murmelte er auf dem Weg zur Tür, «dieser Anschlag geht auf das Konto von eingewandertem Pack.» Er drehte sich nochmals zu seinen Kollegen um und schob frohlockend nach: «Das habt ihr jetzt von eurer hoch gepriesenen multikulturellen Gesellschaft.»
Damit verliess er den Raum, die Tür laut hinter sich zuschlagend.

Die Zurückgebliebenen verharrten in bedrücktem Schweigen, bis im Sekretariat erneut das Telefon klingelte, und Frau Simon eilte, es abzunehmen. Tina Merz atmete laut auf. Sie war erleichtert, dass Schär den Raum verlassen hatte. Sie erhob sich und ging zum Bücherregal. Ihre Augen flogen prüfend über die zahlreichen juristischen Werke, bevor sie mit sicherem Griff das Strafgesetzbuch herausholte. Nach einem kurzen Blick ins Inhaltsverzeichnis schlug sie zuerst Artikel 340, danach Artikel 26 auf. Sie las stumm und ihre Miene zeigte, wie zufrieden sie war, denn sie fand bestätigt, was sie eigentlich bereits gewusst hatte: für Sprengstoffdelikte war der Bund zuständig.

«Wenn ich mich nicht täusche, hat die Bundesanwaltschaft in den letzten Jahren diverse Ermittlungsverfahren gegen mutmassliche Terroristen geführt.» Biasotto hatte seiner Chefin über die Schulter geschaut. «Ich habe alle diesbezüglichen Berichte und Medienmitteilungen gesammelt. Ich werde den Ordner heraussuchen, denn der Bund wird garantiert unsere Unterstützung anfordern.»
Er griff nach seiner Jacke, die er zuvor über einen Stuhl gehängt hatte, und war im Begriff, das Büro der Kommissarin zu verlassen, als er von Frau Simon zurückgerufen wurde.
«Der Chef hat telefoniert; es gibt neue Informationen», kündigte die Sekretärin an. «Bis jetzt hat man über vierzig Tote geborgen. Über hundertfünfzig Verletzte sind in die umliegenden Spitäler verteilt worden; einige schweben in Lebensgefahr. Klement lässt Ihnen ausrichten, dass Sie sich bereit halten sollen. Der Bundesanwalt ist mit dem Helikopter unterwegs nach Basel. Man werde eine Task Force zusammenstellen aus eidgenössischen und kantonalen Ermittlern. Der Chef wünscht, dass Siegfried Schär und Sie beide darin Einsitz nehmen.»
«In dieser Reihenfolge?», erkundigt sich die Kommissarin verärgert.
Einen Moment lang war die Sekretärin von der Frage überrascht. Dann nickte sie. «Ja, in dieser Reihenfolge.»
«Und wer soll das Ganze leiten?»
«Dazu hat er sich nicht geäussert.»

Eine Stunde später erschien Hans Klement mit einem gut aussehenden, schlanken Mann im Büro der Kommissarin. Er stellte seinen Begleiter als Bundesanwalt Samuel Bärlocher vor und forderte Tina Merz auf, sie zum Mittagessen zu begleiten. Auch ihr Assistent sei eingeladen, denn der Herr Bundesanwalt wolle alle Personen kennen lernen, die bei den künftigen Ermittlungen für eine leitende Funktion vorgesehen seien. Am Nachmittag werde eine erste Sitzung stattfinden, in der das weitere Vorgehen, die Modalitäten der Zusammenarbeit, die Aufteilung der Zuständigkeiten und die Informationspolitik abgesprochen würden.

6

Hans Klement hatte im Restaurant Zoologischer Garten einen Tisch reservieren lassen. Zwölf Personen liessen sich gegen halb eins daran nieder: Bundesanwalt Bärlocher, sein Stellvertreter Eugen Theiss sowie zwei weitere Personen aus dem Stab der Bundesanwaltschaft, die als Urs Zweifel und Andrea Niederhauser vorgestellt wurden. Von Seiten des Kriminalkommissariats nahmen neben Hans Klement, Tina Merz, Martin Biasotto und Siegfried Schär, auch Kurt Schmiedlin und sein Stellvertreter Martin Lang sowie die Pressesprecherin Gabrielle Tanner teil; ausserdem sass der Platzkommandant Marcel Hasler mit am Tisch, und später gesellte sich für eine halbe Stunde auch Regierungsrätin Lilian Blumer zur Runde.

Die Stimmung war den Ereignissen entsprechend gedämpft. Die Kleidung der Männer und Frauen war schmutzig, und ihre Gesichter gezeichnet von den Erlebnissen der letzten Stunden. Man beschrieb sich gegenseitig die Bilder der Zerstörung und des menschlichen Leids, die keiner der Anwesenden aus seinem Gedächtnis löschen konnte, und immer wieder war auch hier die Frage zu hören: Wer tut so etwas? Warum hier? In unserer friedlichen, neutralen Schweiz?

Hans Klement hatte Tina Merz den Platz gegenüber dem Bundesanwalt zugewiesen. Sie sass zurückgelehnt, die Beine unter dem Tisch gestreckt, und beobachtete Bärlocher durch halbgeschlossene Augen, während er sich mit ihrem Vorgesetzten unterhielt. Ihr forschender Blick entging ihm nicht, und während er seinem Gesprächspartner zuhörte und mit leichtem Kopfnicken immer wieder seine Zustimmung signalisierte, trafen sich ihre Augen; sie lächelten sich fast unmerklich zu.

Samuel Bärlocher war Mitte vierzig und ein ausgesprochen gut aussehender Mann. Er war vor drei Jahren völlig überraschend zum Bundesanwalt gewählt worden. Böse Zungen munkelten, er habe diese Wahl dem Umstand zu verdanken, dass er mit dem Vorsteher des Eidgenössischen Justizdepartementes gut bekannt sei. In juristischen Kreisen schüttelte man über dieses Geschwätz allerdings den Kopf. Bärlocher hatte sich mit mehreren hervorragenden Publikationen einen Namen gemacht. Er galt als exzellenter Jurist und glänzender Analytiker, als loyaler Kollege und kompetente Führungspersönlichkeit.

Der Bundesanwalt war durch die Ereignisse des heutigen Morgens tief erschüttert. Er hatte sich in den letzten Jahren eingehend mit dem islamischen Terror befasst und seit längerem befürchtet, dass auch der Finanzplatz Schweiz ins Visier der internationalen Bombenleger geraten könnte. Er hatte vor kantonalen Polizeiorganen Vorträge gehalten, in denen er auf die Gefahr hinwies, und immer wieder auf Lücken im vorhandenen Sicherheitssystem aufmerksam machte. Heute morgen waren seine schlimmsten Befürchtungen Wirklichkeit geworden. Immerhin hatte er mit Genugtuung zur Kenntnis genommen, dass die örtlichen Rettungsorganisationen hervorragende Arbeit leisteten. Die Bergung der Toten und Verletzten war rasch vorangeschritten. Nun musste er die Suche nach den Tätern organisieren. Der Bund war zwar für die Ermittlungen in diesem Fall zuständig, aber er war für die Detailarbeit vor Ort auf die Hilfe der betroffenen Kantone angewiesen.

Tina Merz liess den Mann nicht aus den Augen. Er gefiel ihr; sein schmales Gesicht mit der hohen Stirn und vor allem die Art, wie er zuhörte und sich von Zeit zu Zeit mit seinen gepflegten Händen durch das dunkle, von weissen Strähnen durchzogene, üppige Haar fuhr. Sie beobachtete, wie seine dunklen Augen, in denen sich das Licht des über dem Tisch hängenden Leuchters spiegelte, immer wieder forschend die Runde der anwesenden Personen durchwanderten, wie wenn er sich fragte, ob die hier versammelten Fähigkeiten ausreichten, um die Terroristen zu finden und dingfest zu machen.

Sie wandte ihren Blick zu Siegfried Schär, der sich auf den Platz links neben dem Bundesanwalt gedrängt hatte und sich laut mit dessen Stellvertreter Eugen Theiss unterhielt. Im Augenblick schimpfte er mit seiner grellen Stimme über die Islamisten; stempelte alle Muslime zu Fanatikern und potentiellen Terroristen, um schliesslich die Israelis anzuprangern, die mit ihrer verfehlten Grossmachtpolitik die Urheber allen Übels seien und die ganze Welt ins Verderben stürzten.

Die Kommissarin tauschte einen viel sagenden Blick mit ihrem Assistenten und schüttelte nur für ihn sichtbar den Kopf; sie gab ihm damit zu verstehen, dass dieses Mittagessen keine passende Gelegenheit sei, sich mit dem von platten Vorurteilen beherrschten Kollegen anzulegen.

Biasotto schluckte folgsam seinen bereits formulierten verbalen Angriff auf Schär herunter und begann zur Ablenkung, die Speisekarte zu studieren. Beruhigt richtete die Kommissarin ihre Aufmerksamkeit auf Eugen Theiss.

Der Stellvertreter des Bundesanwalts war ein kleiner, zur Fülle neigender Mann ohne Alter mit schweren Tränensäcken und schütterem graublon-

dem Haar, der sein Gesicht hinter einer dicken, übergrossen Hornbrille versteckte. Er hörte mit offenem Mund zu, was Siegfried Schär zu sagen hatte, und seine Miene zeigte deutlich, dass der Basler Kommissar ihn beeindruckte und dessen Äusserungen seine Zustimmung fanden.
Unwillkürlich spürte Tina Merz Ablehnung und Antipathie. Sie glaubte in Theiss' Zügen einen rechthaberischen Zug zu erkennen. Zudem machte der Mann einen abgelöschten Eindruck und war alles andere als attraktiv; sein Gesicht mit den tiefen Furchen um Mund und Nase erinnerte sie an ein Panzernashorn. Jetzt nahm er die Brille ab, putzte mit der Serviette die Gläser und tupfte sich anschliessend die wässrig hellen Augen trocken.
«Er hat den Blick eines Schlafmitteltesters», flüsterte ihr Biasotto in diesem Augenblick ins Ohr. Er hatte seinen Platz verlassen und stand hinter ihrem Stuhl. Er war ihren Augen gefolgt, und der Mann, den sie ins Visier genommen hatte, vermochte auch ihm nicht zu gefallen.
Die Kommissarin lächelte ihrem Assistenten zu und mahnte ihn mit dem Zeigefinger, sich dem Ernst der Stunde entsprechend zu verhalten.
Wenig später beobachtete sie, wie Bärlocher aus der Innentasche seines Kittels einen Zettel zog, eine zierliche, randlose Lesebrille auf die Nase setzte und sich erhob. Klement schlug mit der Gabel an sein Glas. Sofort verstummten alle.
«Meine Damen und Herren», begann Bärlocher. «Ein gemeines Verbrechen führt uns zusammen. Wir stehen alle noch unter dem Eindruck der Bilder, die wir heute morgen gesehen haben und die keiner von uns je vergessen wird. Wir werden gemeinsam hart arbeiten, damit wir die Urheber dieser schändlichen Tat bald finden. Unsere Arbeit zu organisieren, wird heute unsere erste gemeinsame Aufgabe sein.» Er sah auf den Zettel, den er vorhin aus seinem Kittel gezogen hatte.
«Nach meinen derzeitigen Informationen hat sich die Zahl der Toten inzwischen auf vierundfünfzig, die Zahl der zum Teil schwer Verletzten auf hunderteinundneunzig erhöht. Die Bergungsarbeiten laufen noch immer auf Hochtouren; sie werden vermutlich bis zum Abend abgeschlossen sein. Die Versorgung der Verletzten klappt optimal; alle bekommen dank der interkantonalen und internationalen Unterstützung die erforderliche medizinische Hilfe.»
Er machte eine Pause und liess seine Worte nachwirken.
«Ohne vorgreifen zu wollen», setzte er seine Ausführungen nach einem forschenden Blick durch die Runde fort, «können wir feststellen, dass es sich bei der Explosion mit höchster Wahrscheinlichkeit um einen terrori-

stischen Akt handelt.» Seine Augen richteten sich wieder auf das Papier in seiner Hand. «Wir haben heute morgen eine Botschaft erhalten. Sie stammt vermutlich von den Tätern; ich will sie Ihnen vorlesen.»

«Hadramaut!
Die aber ungläubig sind und Unsere Zeichen verwerfen,
denen wird schmähliche Strafe.
Allahu akbar! al-Qaida Europa.»

Bärlocher legte den Zettel vor sich auf den Tisch. «Der Text ist um halb zwölf übers Internet bei der Basler Zeitung eingegangen.»
«Woher kam die Botschaft?» erkundigte sich Schmiedlin sofort.
«Das war selbstverständlich auch unsere erste Frage», antwortete Bärlocher mit einem anerkennenden Seitenblick auf den Chef der Spurensicherung. «Wir werden das Email zurückverfolgen. Ich rechne mit Ihrer Unterstützung.»
«Damit dürfte nun jedem klar sein, wem wir diese Schweinerei zu verdanken haben», meldete sich Schär mit scharfer Stimme. «Dieses elende Islamistenpack. Man muss es in der ganzen Welt jagen und töten. Keiner darf übrig bleiben. Es müssen alle eliminiert werden, damit wieder Ruhe und Ordnung einziehen können.»
Für einen Moment herrschte peinliches Schweigen; schliesslich ergriff der Bundesanwalt wieder das Wort:
«Auch wenn im Augenblick einiges dafür spricht, dass wir es mit der Terrororganisation al-Qaida zu tun haben, dürfen wir andere Möglichkeiten nicht aus den Augen verlieren.»
«Und wer der Täter ist, weiss man letztlich erst, wenn er hinter Schloss und Riegel sitzt», murmelte Biasotto mit einem vernichtenden Seitenblick auf Schär. Er wandte sein Gesicht dem Bundesanwalt zu. «Wer ist al-Qaida Europa?»
«Fragen Sie mich etwas einfacheres», erwiderte Bärlocher dankbar, dass die Aufmerksamkeit der Runde von Schär weg zu Biasotto wechselte. «Der Organisation, die sich so nennt, wird direkt oder indirekt die Verantwortung für die meisten Terroranschläge in Europa zugewiesen. Wir haben in der Bundesanwaltschaft eine Spezialistin für islamischen Terror. Sie hat mir versprochen, an diesem Essen teilzunehmen; ich nehme an, sie wird jeden Augenblick erscheinen. Sie kann Ihre Frage beantworten.»
«Die Botschaft der Täter klang irgendwie altertümlich», entfuhr es Tina

Merz. «Möglicherweise handelt es sich um ein Zitat. Vielleicht aus dem Koran?»
«Auch das spricht für islamische Täter», frohlockte Schär laut. Er hatte das peinliche Schweigen nach seinen letzten Äusserungen als Zustimmung interpretiert. «Nur dieses Gesindel kennt sich im so genannt heiligen Buch der Mohammedaner aus.»
«Könnte, muss aber nicht sein», widersprach die Kommissarin vehement. «Den Koran kann sich jeder im Internet herunterladen.»
«Du meinst, auch Trittbrettfahrer können Koranverse zitieren.» Biasottos Bemerkung war weniger eine Frage als eine Ergänzung zur Aussage seiner Chefin, die – wie er glaubte – nicht von allen Anwesenden verstanden worden war.
«Blödsinn», schnauzte Schär. «Wie kommen Sie auf Trittbrettfahrer? Wer soll das sein? Und wenn, dann ist es sicher trotzdem einer von diesen Brüdern.» Er klopfte sich selbstgefällig mit der Hand auf die Brust, was Tina Merz an das Imponiergehabe eines Gorillamännchens erinnerte. «Ich sage schon lange, wir befinden uns im Krieg. In einem Kulturkampf auf Leben und Tod. Aber keiner hört auf mich. Ihr erwacht erst, wenn es zu spät ist.»
Nach dieser Bemerkung herrschte wieder peinliches Schweigen. Mehrere der Anwesenden wechselten viel sagende Blicke. Aber wie so oft in derartigen Situationen war man sich zwar einig: Schärs Statement war völlig daneben; aber niemand brachte den Mut auf, ihn zurechtzuweisen.

Schliesslich fühlte sich Hans Klement als Gastgeber verpflichtet, das Gespräch wieder in Gang zu bringen. «Besinnen wir uns auf unsere Aufgabe und überlassen wir das Kriegsgeschäft denen, die es gelernt haben», holte er die Runde zum eigentlichen Thema zurück. Dann wandte er sich an Bärlocher. «Ich nehme an, Sie brauchen einen Arbeitsraum im Waaghof.»
Der Bundesanwalt nickte.
«Eines unserer Praktikantenbüros ist im Augenblick frei. – Wenn Ihnen das reicht.»
Bärlocher lächelte. «Selbstverständlich reicht das. Ich werde es mit meinem Stellvertreter und unserer Terrorspezialistin teilen. Sie werden sich mehr hier in Basel aufhalten als ich.» Er blieb einen Augenblick stumm; in seinem Kopf arbeitete es. Schliesslich wandte er sich nach einem langen, nachdenklichen Blick auf Siegfried Schär an Tina Merz. «Wären Sie, Frau Kollegin, bereit, hier vor Ort die Leitung zu übernehmen?»

Die Augen der Kommissarin suchten Kontakt zu Hans Klement. Mit einem angedeuteten Nicken signalisierte dieser seine Zustimmung. Sie wandte sich wieder dem Bundesanwalt zu. «Wenn Sie meinen.»
«Ich finde», fuhr Schär mit seiner knarrigen Stimme dazwischen, «es ist nicht gut, wenn die Leitung dieses Falles einer Frau übertragen wird.» Er war sichtlich erregt und lockerte, um sich Luft zu verschaffen, den dicken Knoten seiner rosa getupften Krawatte. «Frauen sind hier fehl am Platz, und Kollegin Merz ist überdies ... » Seine Stimme überschlug sich, und er brach ab; er griff sich mit der Hand an den Adamsapfel und schnappte nach Luft. Er hatte gerade noch rechtzeitig realisiert, dass er mit Frontalangriffen auf Tina Merz in dieser Runde nicht punkten konnte, und suchte nach einem Ausweg. «Bei diesen – diesen Ermittlungen müssen in erster Linie Mohammedaner befragt werden», stolperte er mühsam vorwärts, «Personen also, die nicht gewohnt sind, Frauen mit übersteigertem ... », beinahe hätte er gesagt, «Selbstwertgefühl», korrigierte sich aber rasch: «die nicht gewohnt sind, Frauen in leitender Position gegenüber zu stehen. Darum darf nicht eine Kommissarin die Leitung dieses Falles übernehmen. Hier braucht es einen erfahrenen Mann, der ...»
Jeder in der Runde hatte inzwischen verstanden, was Schär mit seinem Einwand sagen und erreichen wollte. Alle Augen wandten sich erwartungsvoll zum Bundesanwalt. Aber es war Martin Biasotto der mit klarer Stimme entgegnete:
«Wir sind keine Muslime und schon gar keine Islamisten», stellte er sachlich fest, und seine Schadenfreude über das öffentliche Fehlverhalten des verhassten Kollegen war offensichtlich. «Wir müssen uns davor hüten, irgendwelche Konzessionen an den Islam zu machen. Das gilt ganz besonders dort, wo es um die Rechte der Frau geht. Wenn es so etwas überhaupt gibt, dann ist das der Kulturkampf, den es auszufechten gilt. Darum ist eine Frau als Leiterin der Ermittlungen in diesem Fall genau die richtige Wahl.»
Samuel Bärlocher war peinlich berührt vom Gehabe des Basler Kommissars, der ihm von Hans Klement als fähiger Mitarbeiter beschrieben worden war. Als Gentleman liess er sich aber nichts anmerken, sondern wandte sich mit ernster Miene an Tina Merz. «Dann darf ich davon ausgehen, dass Sie die Leitung übernehmen?»
Sie nickte stumm mit einem dankbaren Seitenblick zu ihrem Assistenten.
«Dann laufen ab sofort alle Informationen bei dir, beziehungsweise bei Frau Simon zusammen», folgerte Hans Klement. «Ich werde dir Yesrim

von Känel zuteilen», überlegte er laut; «sie stammt aus Ägypten und spricht arabisch.»
«Danke.» Die Kommissarin nahm jede Verstärkung gern an.
«Und deine unerledigten Fälle kannst du abgeben. Thomas Morf wird sie übernehmen, damit du dich ganz auf dieses Verfahren konzentrieren kannst.»
«Und ich, was ist mit meinen unerledigten Fällen?»
Klements Augen wanderten von Tina Merz zu Siegfried Schär, der wütend an seiner Serviette herumzupfte; einen Augenblick betrachtete er ihn nachdenklich. «Selbstverständlich werden wir auch Sie entlasten, Herr Kollege», beeilte er sich zu versichern. Er schämte sich für seinen Mitarbeiter und wollte ihn so rasch wie möglich zum Schweigen bringen, um zu verhindern, dass er ein weiteres peinliches Votum abgab.
Während diesem unerfreulichen Intermezzo hatte eine etwa vierzigjährige, schlanke Frau im eleganten dunklen Jackenkleid das Restaurant betreten. Sie war am Eingang stehen geblieben und sah sich suchend um. Bärlocher hatte sie bereits bemerkt; er stand auf und winkte ihr, worauf sie mit leichten, sportlichen Schritten durch den Saal zu der versammelten Tischrunde kam. Mit sympathischem Lächeln reichte sie dem Bundesanwalt und danach allen Anwesenden die Hand.
«Das ist Ursula Mansour», stellte Bärlocher die Neuangekommene vor. «Sie ist unsere Terrorspezialistin und wird Sie bei Ihren Ermittlungen begleiten und unterstützen. Sie kennt sich im Islam bestens aus und spricht Arabisch. Ihr Mann ist Libanese. – Bist du gut gereist?», wandte er sich an seine Mitarbeiterin. «Hast du dir schon ein Bild machen können?» Und als die Gefragte mit ernstem Gesicht stumm nickte, setzte er noch hinzu. «Eine scheussliche Sache.»
Tina Merz hatte die Berner Kollegin nicht aus den Augen gelassen. Sie beobachtete, wie diese sich den eleganten, schwarz und weiss gemusterten Seidenschal um die Schulter drapierte, mit der Hand zweimal durch das dichte, kurz geschnittene, dunkle Haar fuhr und sich am unteren Tischende auf dem für sie freigehaltenen Stuhl niederliess.
«Grauenhaft», stimmte sie jetzt ihrem Vorgesetzten zu; ihre Stimme war angenehm weich, aber trotzdem energisch. «Ich habe heute morgen zum ersten Mal in meinem Leben erfahren, dass ich hassen kann.» Sie griff zur Speisekarte. «Habe ich noch Zeit zum Essen?»
Bärlocher nickte. «Im Augenblick ja, aber es werden arbeitsreiche Tage auf uns zukommen.»

Ursula Mansour lachte. «Ich kenne keine anderen.» Dann berichtete sie ernst: «Ich habe noch vor meiner Fahrt hierher Kontakt mit allen Fluglinien aufgenommen, damit sie uns ihre Passagierlisten zustellen. Und die Zollämter werden uns alle auffälligen Einreisen der letzten Tage und Wochen melden. Auch der Kontakt zu den Kollegen in den umliegenden Ländern ist hergestellt. Sie werden uns darüber informieren, ob eine der von ihnen beobachteten Personen kürzlich in die Schweiz eingereist ist.»
«Du gehst also davon aus, dass es sich bei den Tätern um international gesuchte islamische Fanatiker handelt?»
«Das Attentat trägt eine ziemlich deutliche Handschrift. Darum kann ich mir im Augenblick nichts anderes vorstellen. Allerdings», Ursula Mansour zögerte, «es fehlt ein typisches Element.»
Alle Augen waren auf sie gerichtet.
«Bisher haben die islamischen Terroristen bei ihren Attentaten in einer Stadt meist an mehreren Orten gleichzeitig zugeschlagen. Heute morgen war das nicht der Fall.»
Nachdenkliches Schweigen.
«Vielleicht kannst du uns ein paar Erklärungen geben», forderte der Bundesanwalt seine Mitarbeiterin Minuten später auf. «Es stehen einige Fragen im Raum.»
«Und das wären?»
«Wer ist al-Qaida Europa?»
Ursula Mansour nahm sich Zeit, über die Antwort nachzudenken. «Leider wissen wir das nicht genau», erwiderte sie schliesslich. «Die Organisation hat sich zu den Anschlägen auf die Pendlerzüge in Madrid vom 11. März 2004 bekannt. Auch die Attentate in London tragen nach Ansicht von Experten die Handschrift von bin Ladens islamischem Terror-Netzwerk.» Sie schaute nachdenklich in die Runde. «Das Problem ist nur, dass al-Qaida keine Organisation im eigentlichen Sinn des Wortes ist, sondern eher einer Idee entspricht, die sich zu einem Glauben, einer Ideologie entwickelt hat. Junge Leute auf der ganzen Welt identifizieren sich mit dieser Idee, vor allem wenn es um den Kampf – den Dschihad – gegen Amerika und die westliche Welt geht.»
«Was bedeutet das Wort?», wollte Klement wissen.
«Sie meinen Dschihad?», fragte Ursula Mansour zurück; und ohne auf Klements Bestätigung zu warten, gab sie ihre Erklärung ab. «Das Wort Dschihad stammt aus dem Koran und bedeutet dort ‹umfassende Anstrengung und Bemühung um den Glauben›. Heute steht es meist syn-

onym für Krieg. Der Dschihadismus ist zur religiös-politischen Bewegung geworden, die den Krieg zur Verteidigung der islamischen Werte propagiert und nicht nur religiöse Ziele verfolgt, sondern auch realpolitische Macht anstrebt.»

Sie wandte ihr Gesicht Hans Klement zu. «Zufrieden?» Als der Angesprochene stumm nickte, setzte sie ihre durch seine Frage unterbrochenen Ausführungen fort:

«Heute wird der Dschihad nicht nur von der al-Qaida, sondern von einem weit umfassenderen globalen Terrornetzwerk propagiert und geführt. Wir gehen davon aus, dass es in Europa tausende von militanten, selbst ernannten Gotteskriegern in lockerer Formation gibt, die sich zu Kleingruppen zusammenschliessen, um Anschläge zu planen und durchzuführen. Al-Qaida liefert ihnen Waffen und Munition und bildet das Dach, unter dem sie sich sammeln. Diese kleinen Terrorgruppen bedrohen jedes westliche Land, also – wie wir heute morgen bitter erfahren mussten – auch die Schweiz.»

«Glauben Sie», meldete sich Schmiedlin, «dass es auch unter den schweizerischen Muslimen Gotteskrieger gibt, die bereit sind, Terroranschläge zu verüben?»

Ursula Mansour nickte. «Wir müssen leider davon ausgehen. Vermutlich handelt es sich bei den heutigen Attentätern um eine Kleingruppe von hier lebenden Terroristen, die nur im weitesten Sinn im Auftrag der Organisation bin Ladens handeln.»

«Was bedeutet Ha... Hadramaut oder so ähnlich?», erkundigte sich Tina Merz.

Ursula Mansour sah die Kommissarin verständnislos an. «Wie bitte? Ich habe Ihre Frage nicht verstanden.»

Tina Merz zeigte auf den Zettel mit der bei der Basler Zeitung eingegangenen Botschaft, der noch immer vor dem Bundesanwalt auf dem Tisch lag. «Im Text der Attentäter kommt ein Wort vor, dessen Bedeutung ich nicht verstanden habe.»

Samuel Bärlocher nahm den Zettel auf und reichte ihn seiner Mitarbeiterin.

«Hadramaut», las diese laut. Sie suchte in ihrem Gedächtnis. Schliesslich zuckte sie ratlos mit der Achsel. «Tut mir leid; der Begriff ist mir nicht bekannt; aber ich werde der Sache nachgehen.»

Damit wandte sie sich ihrem Essen zu, ein Zeichen für die anderen, das ebenfalls zu tun.

7

Etwas mehr als vierzig Personen versammelten sich kurz vor 14 Uhr im grossen Sitzungszimmer des Kriminalkommissariats. Hans Klement hatte Konzertbestuhlung angeordnet, so dass ausreichend Sitzplätze vorhanden waren. Es dauerte eine Weile, bis sich alle vorgestellt, begrüsst, durch die dichten Stuhlreihen gedrängt und gesetzt hatten.

Unter den Sitzungsteilnehmern befanden sich neben den Personen, die am gemeinsamen Mittagessen teilgenommen hatten, etwa zehn weitere Mitarbeiter des Kriminalkommissariats, einige Kaderleute des Justizdepartements und etwa zwanzig Angehörige des Polizeikorps. Anwesend war auch eine Delegation von mehreren Personen aus dem Kanton Basel-Landschaft. Die Regierung in Liestal hatte sich am späteren Vormittag zu einer dringlichen Sondersitzung zusammengefunden. Im danach veröffentlichten Communiqué hatte sie unter anderem erklärt: aus Solidarität zu den Baselbieter Opfern und dem schwer getroffenen Nachbarkanton wolle man sich trotz der nicht eingeplanten hohen Kosten an den Ermittlungsarbeiten beteiligen.

Samuel Bärlocher hatte sich erhoben und machte Anstalten, die Sitzung zu eröffnen, als sich die bereits geschlossene Tür noch einmal öffnete, und Siegfried Schär verspätet den Raum betrat. Niemand hatte ihn vermisst, jetzt aber starrten ihn alle an. Er war weiss wie ein Leichentuch, sein Gesicht war verzerrt wie eine tragische Maske aus dem altgriechischen Theater. Er wandte sich an Hans Klement, der in der ersten Reihe zwischen Ursula Mansour und Kurt Schmiedlin Platz genommen hatte.

«Ich habe soeben von meiner Frau erfahren, dass meine Nichte heute Morgen getötet wurde», stiess er atemlos hervor. «Loretta war gerade siebzehn Jahre alt und die einzige Tochter meiner älteren Schwester. Jetzt ist sie tot.»

Die letzten Worte klangen so ungläubig, dass man den Eindruck gewann, Schär habe ihren tragischen Inhalt noch gar nicht erfasst.

«Mein Schwager hat vor einem halben Jahr in Seltisberg ein Haus gekauft», wandte er sich an die versammelten Frauen und Männer. «Meine Nichte fuhr jeden Tag mit dem Zug in die Stadt. Sie besuchte die Diplommittelschule. Sie war ein nettes, braves Mädchen, das seinen Eltern nur Freude bereitete.» Er fuhr sich mit dem Handrücken über die feuchten Augen.

Tina Merz hätte sich noch vor ein paar Stunden nicht vorstellen können, dass Schär fähig war, Trauer über den Verlust eines Menschen zu empfinden. Sie war echt erschüttert, als sie ihn jetzt Schmerz erfüllt vor sich sah. «Das ist schrecklich. Mein aufrichtiges Beileid», murmelte sie voller Mitgefühl.

Schär schaute durch sie hindurch. «Sie befand sich auf der Rolltreppe, die vom Bahnsteig zur Überführung geht, als die Bombe explodierte. Sie hatte keine Chance.» Er schnäuzte sich in sein Taschentuch. «Ein Stück Glas hat sie am Hals getroffen und ihre Hauptschlagader verletzt. Sie verblutete innert Minuten.»

Es war still im Raum; in den Gesichtern spiegelte sich Betroffenheit und Mitgefühl. Die Väter und Mütter unter den Anwesenden dachten voller Sorge an ihre Kinder.

Bärlocher stand die ganze Zeit etwas hilflos vor den versammelten Mitarbeitern und wartete. Jetzt wandte er sich an Schär. «Der Tod Ihrer Nichte tut uns allen sehr leid. Wir teilen Ihre Trauer und verstehen, wenn Sie sich zurückziehen möchten.»

Schär würdigte ihn keiner Antwort. Er suchte mit den Augen den Raum ab, drängte sich stumm durch die Reihe, in der er einen der wenigen noch freien Stühle erspäht hatte, und setzte sich.

Für den Bundesanwalt, der ihn stumm beobachtet hatte, war das der Moment, die Sitzung zu eröffnen. «Nach dieser traurigen Nachricht wenden wir uns betroffen unserer Arbeit zu, einer Arbeit, deren Ziel es ist, die Mörder dieses Mädchens zu finden und ihrer gerechten Strafe zuzuführen. Der Erfolg unserer Ermittlungen wird dazu beitragen, dass künftig derartige Terrorakte nicht mehr vorkommen.»

Er liess eine kurze Pause verstreichen, um den Anwesenden Zeit zu geben, ihre Betroffenheit abzulegen und sich wieder der Arbeit zuzuwenden.

«Wir haben für 17 Uhr unsere erste Medienkonferenz einberufen. Es bleiben uns also gute zwei Stunden für einen allgemeinen Informationsaustausch, die Verteilung der Aufgaben und den Entscheid über das weitere Vorgehen. Ich schlage vor, wir beginnen mit dem allgemeinen Informationsaustausch.»

Seine Augen wanderten prüfend über die Gesichter der Anwesenden. Als sich kein Widerspruch regte, gab er der aufmerksamen Zuhörerschaft die neueste Zahl der Toten und Verletzten bekannt. Dann beschrieb er mit ein paar wenigen Sätzen die laufenden Arbeiten am Unglücksort und schloss seine Einführung mit Lob und Dank für die Rettungskräfte. Als er seine Ausführungen beendet hatte, nickte er Kurt Schmiedlin, dem Leiter der Spurensicherung, zu.

Dieser erhob sich und stellte sich vor die dicht besetzten Reihen. «Wir gehen davon aus», begann er stockend, und jeder merkte, dass ihm das Sprechen vor den vielen Leuten schwer fiel, «dass der Sprengstoff in der Bahnhofüberführung deponiert war. Die Täter haben ihn vermutlich in Rucksäcken oder Taschen dorthin gebracht. Im Augenblick wissen wir noch nicht, wie die Explosion ausgelöst wurde, ob wir es mit einem Selbstmordattentat zu tun haben oder ob die Zündung mittels Fernschaltung oder einem Zeitzünder erfolgte.» Schmiedlin blätterte seine diversen Zettel durch. «Auch über den verwendeten Sprengstoff können wir erst Angaben machen, wenn die Ergebnisse der Laboruntersuchung vorliegen. Angesichts der Wucht der Explosion gehen wir aber davon aus, dass eine grössere Menge, vermutlich etwa fünfzig Kilo, verwendet wurde.»

«Können wir daraus schliessen, dass mindestens zwei Personen am Anschlag beteiligt waren?», erkundigte sich der Bundesanwalt, der sich inzwischen auf seinen Platz in der vordersten Reihe gesetzt hatte.

In seiner bedächtigen Art nahm sich Schmiedlin Zeit für die Antwort. «Diese Schlussfolgerung wäre meines Erachtens verfrüht», antwortete er schliesslich. «Ein kräftiger Mann ist durchaus in der Lage, ein Gewicht von fünfzig Kilo zu transportieren.»

Als keine weiteren Fragen gestellt wurden, schloss der Leiter der Spurensicherung mit einer angedeuteten Verbeugung seine Ausführungen ab und kehrte an seinen Platz neben Hans Klement zurück. Er war erleichtert, seinen Auftritt hinter sich zu haben.

Jetzt übernahm Ursula Mansour die Leitung der Sitzung.

Tina Merz sass mit ihrem Assistenten in der zweiten Reihe, direkt hinter Hans Klement. Martin Biasotto hielt seinen Laptop auf den Knien und schrieb mit. Er unterbrach in den folgenden zwei Stunden seine Arbeit nur, wenn jemand eine Frage stellte; dann wanderten seine Augen zwischen der fragenden und der antwortenden Person hin und her.

«Wir haben es unzweifelhaft mit einem terroristischen Akt zu tun», begann Ursula Mansour ihre Ausführungen. «Damit wir alle vom Gleichen ausgehen, wollen wir zuerst einige Inhalte klären.»

Sie warf einen Blick auf den Notizblock, den sie zur Gedankenstütze in der Hand hielt.

«Beginnen wir mit dem Begriff des Terrorismus.» Ihre Augen gingen zur Zimmerdecke, während sie im Kopf nach einer einfachen Definition suchte. «Unter Terrorismus verstehen wir Gewaltakte, die sich gegen eine staatliche Ordnung richten mit dem Ziel, politische Veränderungen herbeizuführen, die mit demokratischen Mitteln nicht erreicht werden können. In der Bevölkerung sollen Angst und Schrecken verbreitet und das Gefühl hervorgerufen werden, die Regierenden seien unfähig, den Schutz des Einzelnen zu gewährleisten.»

Ursula Mansour schaute schweigend in die Runde, um sich zu versichern, dass ihr alle folgen konnten. Dann warf sie einen weiteren Blick auf ihre Notizen:

«Mit ihrem Gewaltakt wollen die Terroristen die Regierung der angegriffenen Länder zu bestimmten Reaktionen provozieren; erst wenn diese erfolgen, haben sie ihr Ziel erreicht. Es ist deshalb von entscheidender Bedeutung, wie ein Land auf einen Terrorakt reagiert.»

Der Blick der Bernerin wanderte langsam durch die Reihen der Zuhörer. Sie wusste, dass die versammelten Männer und Frauen langwierige und aufwendige Ermittlungen vor sich hatten, und wollte Zuversicht und Entschlossenheit vermitteln.

«Wir werden unseren Terroristen einen Strich durch die Rechnung machen und kühles Blut bewahren», stellte sie entschlossen fest. Sie legte den gestreckten Zeigefinger ihrer linken, zur Faust geballten Hand auf den Mund, eine Geste, die deutlich machte, wie konzentriert ihr Gehirn arbeitete. «Unsere erste Aufgabe ist es, den Kreis der Attentäter zu definieren. Aller Wahrscheinlichkeit nach handelt es sich um junge Männer, die sich selbst als Anhänger der al-Qaida bezeichnen. Es könnten Gaststudenten aus der arabischen Welt sein, aber auch einheimische, das heisst unter uns lebende, vielleicht sogar hier geborene und aufgewachsene junge Ausländer, deren Familien aus einem muslimischen Land in die Schweiz eingewandert sind. Im letzten Fall könnte die Identifizierung der Attentäter schwierig werden.»

«Darf ich eine Frage stellen?», erkundigte sich ein Mann in der dritten Reihe.

«Selbstverständlich», ermunterte ihn Ursula Mansour.

«Sie sagten, die Täter würden sich selbst als Anhänger der al-Qaida bezeichnen. Das klingt fast, als wären sie in Tat und Wahrheit nicht Mitglieder dieser Organisation.»

Ursula Mansour warf einen prüfenden Blick in die Gesichter ihrer Zuhörer. Alle Augen waren erwartungsvoll auf sie gerichtet, so dass sie annehmen durfte, die Frage sei von allgemeinem Interesse.

«Man geht heute davon aus, dass al-Qaida keine fest umrissene Organisation ist, sondern ein internationales Geflecht verschiedener fundamen-

tal-islamischer Terrorgruppen. Als selbsternannter Wortführer und Idol dieser losen Gruppen gilt der Saudi Osama bin Laden, den das US-Magazin *Time* als einen der hundert einflussreichsten Menschen einstuft. Weltweit.» Das Mienenspiel der Sprecherin war düster, ihre Stimme leise und eindringlich. «Al-Qaida nutzt diese Verehrung; sie wirbt im Namen bin Ladens in der ganzen Welt junge Leute an und bildet sie in eigens dafür eingerichteten Lagern zu Terroristen aus.»
Sie machte ein paar Schritte auf den Fragesteller zu.
«In diesen Lagern geben Kriegsveteranen, die in Afghanistan, Bosnien, Tschetschenien, im Kosovo oder im Irak gekämpft haben, ihre Erfahrung an junge, radikalisierte und kampfbereite Männer und Frauen weiter. Nach der Ausbildung kehren diese in ihre Herkunftsländer zurück und bilden dort örtliche Terrorzellen. Sie bewegen sich in ganz Europa, bereit für ihre Ideale und Ziele zu sterben.»
«Was bedeutet das für unseren Fall?», wollte Hans Klement wissen.
Ursula Mansour fuhr sich mit der Hand durchs Haar, während sie die Antwort formulierte. «Das bedeutet, dass der Befehl für die Anschläge von heute morgen vermutlich nicht von der Führung der al-Qaida kam, auch wenn sich die Attentäter als Anhänger oder sogar als Mitglieder dieser Organisation bezeichnen. So war es jedenfalls bei allen bisherigen Terroranschlägen in Europa. Die Tätergruppen wurden durch allgemeine Hetzschriften im Internet zu ihrer Tat angeregt und bezogen von dort sowohl die Anleitung zur Durchführung ihres Verbrechens als auch zur Herstellung ihrer Bomben.»
Wieder ging der Blick der Sprecherin forschend durch die Reihen der ihr interessiert folgenden Zuhörer.
«Gibt es weitere Fragen?»
Eine junge Frau aus dem Polizeikorps hob die Hand: «Wenn ich Sie richtig verstehe», begann sie etwas zaghaft, «dann kämpfen in den Reihen von al-Qaida zum Beispiel im Irak junge Leute aus der ganzen Welt; auch junge Leute aus Europa. Weiss man, warum sie das tun? Warum der Fundamentalismus eine derartige Faszination ausübt, dass junge Menschen bereit sind, dafür zu sterben?»
Ursula Mansour nahm sich Zeit, um über die Frage nachzudenken; während vierzig Augenpaare jeder ihrer Bewegungen folgten, schrieb sie mehrere Sätze auf ihren Notizblock.
«Der Einfluss des islamischen Fundamentalismus ist im wesentlichen auf drei Gründe zurückzuführen», leitete sie schliesslich ihre Antwort ein.

«Eine Ursache liegt darin, dass seit der Mitte des 20. Jahrhunderts in fast allen muslimischen Staaten Einparteien- und Militärregime an der Macht sind. Sie unterdrücken alle fortschrittlichen Kräfte, bekämpfen deren Forderung nach Meinungsvielfalt, Freiheit und Demokratie und schicken sie ins Gefängnis, ins Exil oder in den Tod. So verlieren alle Erneuerungsbewegungen ständig ihre führenden Köpfe und damit ihre Energie und Ausstrahlungskraft.»

Sie warf einen Blick auf ihre Notizen.

«Der zweite Grund für die Stärkung des Fundamentalismus hat aussenpolitische Ursachen. Die Muslime waren bis 1967 überzeugt, unter Gottes besonderem Schutz zu stehen. Nach der demütigenden Niederlage im Sechstagekrieg gegen Israel verloren sie den Glauben an ihre Führer, ihre Armeen und an sich selbst. Religiös-fundamentalistische Kreise nahmen ihre Chance wahr und redeten den arabischen Völkern ein, nicht das winzige Israel habe ihre überlegenen Armeen geschlagen, sondern Allah selbst. Er habe die Araber dafür bestraft, dass sie vom wahren Islam abgewichen seien. Sie forderten die Rückbesinnung auf die strengen Regeln der Scharia. Die Bevölkerung lief den Predigern in Scharen zu. In der Folge kam es in den meisten muslimischen Ländern zu einer Re-Islamisierung der Gesellschaft. Die Fundamentalisten sind damit aber nicht zufrieden; sie wollen mehr. Sie propagieren den Dschihad und streben für alle Staaten mit mehrheitlich muslimischer Bevölkerung einen auf dem Recht der Scharia basierenden Gottesstaat nach iranischem Vorbild an.»

Ursula Mansour trat an den kleinen Tisch an der seitlichen Wand und nahm einen Schluck aus dem dort für sie bereitgestellten Glas.

«Schliesslich», nahm sie ihre Erläuterungen wieder auf, «verhindern das rapide Bevölkerungswachstum und die Unfähigkeit der Führungsschicht in allen arabischen Staaten die wirtschaftliche Entwicklung und nehmen den jungen Menschen die Hoffnung auf eine bessere Zukunft. Um ein paar Zahlen zu nennen: Wenn man die Öleinnahmen ausser Acht lässt, exportieren die 260 Millionen Araber weniger als die 5 Millionen Finnen.»

Die Sprecherin versicherte sich mit einem kurzen Blick auf die Uhr, dass noch ausreichend Zeit für die vorgesehenen Traktanden blieb.

«Die drei genannten Gründe bilden den Nährboden, auf dem sich der islamische Fundamentalismus und Terror entwickeln und ausbreiten kann. Seine Anhänger kämpften ursprünglich für die Errichtung eines Gottesstaates in den muslimischen Ländern; in den letzten Jahren haben sie den Dschihad auf die westlichen Demokratien ausgedehnt.»

Ursula Mansour legte den Notizblock, den sie die ganze Zeit in Händen gehalten hatte, ab, hob den Kopf und richtete ihre Augen zur Zimmerdecke.

«Als ich heute morgen die Unglücksstelle inspizierte, wurde ich von verschiedenen Leuten angesprochen. ‹Warum tun Menschen so etwas?›, wollten sie wissen. ‹Was haben wir getan, dass man uns so hasst?›. Ich möchte Ihnen die Gründe kurz erläutern: In der islamischen Welt hat sich in den letzten Jahrzehnten das Gefühl aufgebaut, vom Westen, und ganz besonders von Amerika, bedrängt, erniedrigt und gedemütigt zu werden. Die Ursachen dafür liegen einerseits in der ökonomisch-militärischen Übermacht des christlichen Abendlandes, andererseits im amerikanischen ‹Way of life›, der in die islamischen Gesellschaften eindringt und deren überlieferte Traditionen und Werte untergräbt. Darum sehen die Islamisten in ihrem Fundamentalismus das letzte ideologische Bollwerk gegen die weltweite Amerikanisierung.»

«Das macht mir die Brüder direkt sympathisch», flüsterte Martin Biasotto der Kommissarin ins Ohr. «Die Amerikaner sind nämlich schlimmer als weiland Dschingis Khan. Seine Horden haben den kulturellen Kern der unterworfenen Länder nicht angetastet; wenn hingegen die Amerikaner kommen, dann bleibt nichts als verbrannte Erde zurück: MacDonald, Shopping und Business.»

Die Kommissarin hatte alle Mühe, nicht laut herauszulachen. Gott sei Dank meldete sich ein Mann im roten Pullover zu Wort und lenkte sie ab: «Wir dürfen uns von dieser al-Qaida keine Angst einjagen lassen», ermahnte er die Versammlung. «Mit ihrem Terror tötet sie zwar unschuldige Menschen, aber ernsthaft gefährden kann sie keine der westlichen Demokratien.»

«Das ist eine zutreffende Bemerkung», freute sich Samuel Bärlocher und erhob sich. «Sie bringt uns zu einem wesentlichen Punkt, den wir noch nicht angesprochen haben.» Er nickte Ursula Mansur zu und setzte sich wieder.

Diese hatte sich die Äusserung des roten Pullovers auf ihren Block geschrieben, wollte aber, bevor sie dazu Stellung nahm, noch ein paar Bemerkungen zum Dschihad loswerden.

«Das Fernziel von al-Qaida ist die Weltherrschaft des Islam», stellte sie langsam und eindringlich fest, während sie ihren Notizblock beschrieb. «Sie will mit ihren Terrorakten Zwietracht sähen zwischen den Vereinigten Staaten und der islamischen Welt. Man wolle, so Osama bin Laden, die

USA in regionale Konflikte hineinziehen und sie so für alle Muslime zum Feind Nummer eins machen.»
«Das Ziel hat er mit dem Irakkrieg erreicht», rief ein Zuhörer in die angespannte Stille.
«Leider», nickte Ursula Mansour ernst, ohne weiter auf den Zwischenruf einzugehen. «Gelungen ist es ihm, weil Regierung und Medien in Amerika mitgespielt haben; denn Terrorismus ist auch Theater und Wettstreit um Aufmerksamkeit. Und bin Laden ist es gelungen, mit dem Attentat auf das World Trade Center Milliarden von Menschen an die Bildschirme zu bringen und seinen Terrorakt zum globalen Medienereignis zu machen.» Sie hob die Hände zu einer hilflosen Geste und wandte sich an den Mann mit dem roten Pullover. «Und jetzt zu Ihrer vorherigen Bemerkung: Angesichts der Stärke Amerikas waren die Anschläge vom 11. September 2001 ein Wespenstich in die dicke Haut eines Elefanten. Der eigentliche Schaden wurde durch die Fernsehbilder verursacht. Damit gelang es den Terroristen, die amerikanische Bevölkerung in Angst und Schrecken zu versetzen und ihre Regierung zu höchst umstrittenen Reaktionen zu provozieren.»
«Alles gute Christen», murmelte Biasotto, «und haben doch eine Heiden-Angst.»
Ein Lächeln überflog das Gesicht der Kommissarin; sie legte aber sofort mahnend den Zeigefinger vor den Mund. Ursula Mansour sprach weiter. «Dank der unglücklichen Reaktion der Regierung Bush und der amerikanischen Medien gelang, was sich die Terroristen nicht in ihren wildesten Träumen vorgestellt hatten: Die Angst schränkt Bürgerrechte ein, entschuldigt Folter, rechtfertigt die Missachtung der Genfer Konvention etc., etc.»
Es war still im Raum; die Aufmerksamkeit der Zuhörer war gefesselt von dem, was sie hörten. Schliesslich hob ein Angehöriger der Polizei die Hand und erkundigte sich, ob al-Qaida durch die weltweite Verfolgung nicht geschwächt sei. Sie habe doch ihre Basis in Afghanistan verloren, bin Laden und die Führung der Organisation müssten sich verstecken und Polizei und Geheimdienste in den westlichen Ländern seien sehr viel aufmerksamer geworden.
«Das trifft alles zu», bekam er zur Antwort. «Al-Qaida ist schwächer geworden, aber darum nicht weniger gefährlich. Sie braucht Erfolge, um ihre Präsenz und Stärke zu demonstrieren und ihre Anhänger bei der Stange zu halten. Und wenn unsere Geheimdienste auch viel aufmerksamer geworden sind, beweisen die Anschläge von London und Madrid und

auch das, was wir heute in Basel erlebten, dass das Netz Löcher hat. Zudem», Ursula Mansour nahm einen Schluck aus ihrem Wasserglas, um ihren vom vielen Reden trockenen Mund zu befeuchten, «zudem glaube ich nicht, dass der so genannte ‹Krieg gegen den Terror› das richtige Mittel ist, um Fundamentalismus und Terrorismus wirksam zu bekämpfen. Al-Qaida ist kein Staat, den man militärisch besiegen kann. Spätestens seit Vietnam wissen wir, dass milliardenteure Armeen letztlich nichts ausrichten können gegen einen Terroristen, der nachts am Strassenrand einen Sprengsatz versteckt und sich danach wieder unter die Zivilbevölkerung mischt. Und schliesslich bestätigt der Irakkrieg eine alte Erkenntnis: eine militärische Invasion vermag ein tyrannisches Regime zu beseitigen, aber sie kann keine Demokratie produzieren.»
Noch während die Bernerin sprach, hatte sich die Tür geöffnet, und Frau Simon kam herein. Sie steuerte auf den Bundesanwalt zu und übergab ihm einen Zettel. Als sie zur Tür zurückging, suchten ihre Augen in der Reihen der Zuhörer nach der Kommissarin. Sie lächelte zufrieden, als sie sie gefunden hatte; fast unmerklich hob sie die rechte Hand und verliess, ohne ein Wort gesprochen zu haben, das Sitzungszimmer.
Bärlocher warf einen Blick auf das Papier. Sein Gesichtsausdruck zeigte, dass es eine gute Botschaft enthielt. Er erhob sich und stellte sich neben Ursula Mansour.
«Ich darf Ihnen die neuesten Meldungen bekannt geben: der Platzkommandant teilt mit, man komme mit den Aufräumarbeiten gut voran. Er gehe davon aus, dass alle Opfer geborgen seien. Damit bleibt es bei der eingangs genannten Zahl von Toten und Verletzten.»
Ein verhaltenes Aufatmen ging durch den Raum. Mehrere Anwesende liessen ein erleichtertes «Gott sei Dank» hören.
Bärlocher hatte einen kurzen Blick auf die Uhr geworfen und ein paar leise Sätze mit Ursula Mansour gewechselt, worauf diese sich auf ihren Platz setzte und dem Bundesanwalt die Leitung der Sitzung überliess.
In der restlichen Zeit wurden die beiden verbliebenen Traktanden diskutiert und die erforderlichen Entscheide gefällt. Das Ergebnis sah folgendermassen aus: Die Steuerung der gesamten Ermittlungen lag in den Händen der Bundesanwaltschaft; Eugen Theiss war Anlaufstelle für Auskünfte und Informationen. Die Leitung vor Ort übernahm Tina Merz. Sie sei eine erfahrene und erfolgreiche Kommissarin, die auch über die für diesen heiklen Fall erforderliche Distanz und Neutralität verfüge, kommentierte Bärlocher die Wahl und nickte, nach einem kurzen Seitenblick

auf Siegfried Schär, der Kommissarin zu. Anschliessend kündigte er an, dass sich die Bundesanwaltschaft in den kommenden Tagen in erster Linie mit der Überprüfung der international unter Beobachtung stehenden Terroristen beschäftigen werde. Sie werde dafür ihre Beziehungen zu den ausländischen Polizeiorganen und Geheimdiensten nutzen. Sache der hiesigen Ermittler sei es, die Ergebnisse der Spurensicherung auszuwerten und im Raum Basel die Suche nach den Attentätern nach den üblichen Verfahren voranzutreiben.
Pünktlich um 16 Uhr 30 schloss Samuel Bärlocher die Sitzung.

8

Durch die engen Gänge des Waaghofs machten sich Tina Merz und Martin Biasotto auf den Weg zu ihren Büros. Die Kommissarin hatte das Bedürfnis, sich über die Eindrücke der letzten Stunden mit ihrem Assistenten auszutauschen und die für ihre Arbeit erforderlichen Schlüsse zu ziehen. Es blieb ihnen dafür allerdings nur eine knappe halbe Stunde, denn der Bundesanwalt wünschte ihre Anwesenheit bei der Medienkonferenz, die auf 17 Uhr angesetzt war. So besprachen die beiden Kommissare im Gehen die wichtigsten, sofort einzuleitenden Schritte.

Frau Simon erwartete sie mit einem Kaffee. «Ich bin richtig stolz, dass Sie diese Ermittlungen leiten dürfen», bemerkte sie lächelnd, und reichte Tina Merz die Tasse. «Das ist eine Auszeichnung. Dieser Fall zieht die Aufmerksamkeit des ganzen Landes, ja der ganzen Welt auf sich.»

Die Kommissarin lächelte zurück. «Wenn ich an die vielen Fettnäpfchen denke, die bei diesen Ermittlungen auf mich warten, kann ich nur hoffen, dass ich vor Land und Welt eine gute Figur machen werde. Und die Liebe des Kollegen Schär ist durch meine Ernennung auch nicht heisser geworden.»

«Es wäre ganz was Neues, wenn dir daran gelegen wäre», grinste Biasotto. «Und was die Fettnäpfchen angeht, Frau Simon und ich werden dafür sorgen, dass du hin und wieder eines auslässt.» Er setzte sich an den Tisch. «Dieser Bärlocher ist jedenfalls ein guter Mann. Seine Bemerkung ‹sie hat die nötige Distanz und Neutralität›, war ein treffender Seitenhieb auf Schär. Er hat Menschenkenntnis.»

Tina Merz nickte. «Ich will nicht bestreiten, dass ich mich sehr geehrt fühle. Aber ich weiss auch, was die Ernennung bedeutet: viel Arbeit, Ärger und wenig Lorbeeren.» Sie nahm einen Schluck aus ihrer Tasse. «Der Bundesanwalt gefällt mir auch. Seine überlegte und bedächtige Art wirkt in dieser turbulenten Situation beruhigend. Im Übrigen ist auch diese Ursula Mansour nicht ohne. Wir werden von ihrem Wissen profitieren können.»

Biasotto musterte seine Chefin mit einem nicht zu deutenden langen Blick. «Jedenfalls ist sie ein schlagender Beweis dafür, dass man auch im engen Rock grosse Schritte auf der Karriereleiter zurücklegen kann.»

Die Kommissarin lachte so heftig, dass sie sich verschluckte. Sie hatte ihren Kaffee im Stehen ausgetrunken und sah auf die Uhr. «Ich muss gehen.» Sie stellte die Tasse ab, griff nach Kugelschreiber und Notizblock und verliess im Laufschritt ihr Büro.

Es war der grösste Andrang von Journalisten, den das Kriminalkommissariat Basel je erlebte. Aus der ganzen Schweiz waren die Medienvertreter angereist, aus halb Europa und sogar aus Amerika und dem Nahen und Fernen Osten.
Bärlocher war darauf vorbereitet. Er hatte zwei Dolmetscherinnen aufgeboten; eine jüngere Dame mit Brille für Englisch, eine etwas ältere, korpulente für Französisch.
Als die Kommissarin schwer atmend das grosse Sitzungszimmer betrat und ihren Platz neben dem Bundesanwalt einnahm, herrschte ein geschäftiges Treiben: Aktentaschen wurden ausgepackt und Schreibutensilien bereitgelegt, Mikrophone getestet, Scheinwerfer installiert und Kameras gerichtet. Es dauerte noch volle zehn Minuten, bis Bärlocher die Konferenz eröffnen konnte.
Nach einer kurzen Begrüssung informierte er über die Zahl der Toten und Verletzten und sprach nochmals allen Betroffenen sein Mitgefühl aus. Er beschrieb den durch die Explosion verursachten Sachschaden und den Stand der Aufräumarbeiten. Er schilderte ausführlich, wie die Rettungskräfte bei der Bergung der verschütteten Menschen vorgegangen waren und wie man die Verletzten auf die Spitäler der Region verteilt hatte. Zu guter Letzt bedankte er sich mit warmen Worten bei den umliegenden Kantonen, Städten und Gemeinden für die spontan geleistete Hilfe. Nach fünf Sätzen legte er jeweils eine Pause ein und schwieg, bis die Dolmetscherinnen das Gesagte übersetzt hatten. Schliesslich kam er zu dem Punkt, auf den alle Journalisten mit Spannung gewartet hatten, auf den Stand der Erkenntnisse.
«Zur Täterschaft können wir leider noch keine Angaben machen», teilte er den Medien mit. «Aber die vorhandenen Spuren weisen unzweifelhaft auf einen Terroranschlag hin. Im Augenblick gehen wir davon aus, dass möglicherweise unter den Toten, die wir in unmittelbarer Nähe des Explosionsortes gefunden haben, auch die Täter zu suchen sind.»
«Dann handelt es sich also um ein Selbstmordattentat?», unterbrach einer der Journalisten.
«Wir gehen im Augenblick davon aus», antwortete Bärlocher liebenswürdig. «Sicher sind wir erst, wenn wir wissen, wie die Bombe gezündet wurde und die Identität der Bombenleger kennen.»
Anschliessend las der Bundesanwalt die Botschaft vor, die am Mittag bei der Basler Zeitung eingegangen war, und kommentierte, es spreche einiges dafür, dass es sich bei den Attentätern um Angehörige oder zumindest

um Sympathisanten der al-Qaida handle. Man werde das sehr genau prüfen, aber auch andere Möglichkeiten nicht aus den Augen lassen. Schliesslich erklärte er den aufmerksam zuhörenden Journalisten ausführlich, wie man die Zuständigkeiten zwischen Bund und Kanton aufgeteilt hatte, stellte Tina Merz als Leiterin der örtlichen Ermittlungen vor und schloss mit einem Aufruf an die Bevölkerung, alle Wahrnehmungen, die etwas zur Klärung des Verbrechens beitragen könnten, beim Kriminalkommissariat zu melden.

Als Bärlochers letzte Worte von den Dolmetscherinnen übersetzt waren und den Journalisten die Möglichkeit eröffnet wurde, Fragen zu stellen, gingen zahlreiche Hände hoch.

Tina Merz kam nicht umhin, den Bundesanwalt zu bewundern. Er nahm alle Fragen – auch die aggressiven, dummen und überflüssigen – mit Ruhe und Geduld entgegen und setzte schliesslich zu einer grundsätzlichen Bemerkung an:

«Die Bundesanwaltschaft und das Basler Kriminalkommissariat sind entschlossen, ihre anspruchsvolle Arbeit auch in diesen Zeiten der Verunsicherung, der Aufregung und der Hektik engagiert, sorgfältig und mit der nötigen Gelassenheit auszuführen. Dazu gehört, dass wir mit Informationen nicht kurzfristig Aufsehen erregen, Ängste schüren und Medienberichte anheizen. Ich möchte Sie bitten, uns bei diesen Bestrebungen zu unterstützen und bei Ihrer Berichterstattung Augenmass zu bewahren.»

Bärlocher hatte die Hände wie zum Gebet gefaltet und seine Stimme war sehr eindringlich geworden.

«Wir befinden uns in einer Situation, in der Ihre Interessen und die Interessen der Polizei nicht immer übereinstimmen: Sie wollen über alles informiert sein; wir müssen Teile unseres Wissens für uns behalten, um unsere Ermittlungen nicht zu gefährden. Es wird uns also nicht möglich sein, Sie in jedes Detail unserer Arbeit einzuweihen, zu jeder Frage Stellung zu nehmen, Spekulationen zu kommentieren oder die Strategie unserer Ermittlungen offen zu legen. Sie tun Ihre Arbeit, und wir respektieren das; wir tun unsere Arbeit und bitten Sie, das auch zu respektieren.»

Tina Merz beobachtete die zuhörenden Medienleute. Ihre Gesichter spiegelten, was in ihren Köpfen vorging: der grössere Teil fühlte sich durch die Ausführungen des Bundesanwalts gelangweilt und liess seine Worte gleichgültig und schweigend über sich ergehen. Nur ein paar wenige hörten wirklich zu und dachten ernsthaft über das Gehörte nach.

«Verantwortungsbewusstsein im Umgang mit Bildern und Botschaften von Terroristen ist unabdingbar», führte Bärlocher weiter aus. «Die Terroristen haben sich zu Schaustellern und Entertainern entwickelt, die die Medien und insbesondere das Fernsehen als Bühne nutzen. Sie planen ihre Aktionen meist mediengerecht, das heisst, bei jedem Terrorakt ist auch ein Stück Selbstinszenierung dabei. Ob diese glückt, hängt davon ab, wie die Medien reagieren. Denn erst durch die Übertragung der Nachrichten und Bilder von Zerstörung, Tod und Leid verbreitet sich Angst und Schrecken über die ganze Welt, kommt die Wirkung zustande, die der Terror erreichen will. In diesem Sinne werden Sie, verehrte Damen und Herren, von den Terroristen für ihre Zwecke benutzt – instrumentalisiert.»
«Unsinn», ertönte ein Zwischenruf.
Bärlocher beachtete ihn nicht.
«Al-Qaida und andere Terrororganisationen haben in den letzten Jahren ihre Fernsehpräsenz mit Propagandafilmen massiv ausgebaut und im Umgang mit den Medien beachtliche Professionalität entwickelt. Nehmen sie Abu Musab al-Sarkawi, den inzwischen getöteten Statthalter der al-Qaida im Irak. Er hat die Wirkung seines grausamen Terrors um ein Vielfaches verstärkt, indem er die Aufnahme von Hinrichtungen an Fernsehsender verschickte und über das Internet verfügbar machte. Höhepunkt bildete das Video mit der Enthauptung der amerikanischen Geisel Nicholas Berg. Auf einem anderen Film konnte jeder mitverfolgen, wie maskierte Kämpfer einen Anschlag vorbereiteten: Sie vergruben Sprengstoff, beteten und warteten auf das amerikanische Fahrzeug, das mit der Bombe in die Luft ging.»
Bärlocher liess das Gesagte wirken; seine Augen glitten forschend durch die Reihen der Journalisten.
«Liebe Freunde», leitete er schliesslich von seinen allgemeinen Ausführungen zur Beantwortung der Fragen über, «in diesem Sinne appellieren wir an Ihre journalistische Sorgfaltspflicht und an Ihr Verantwortungsbewusstsein.»
Er verstärkte die Wirkung seiner Worte, indem er eine kurze Pause einlegte, und wandte sich dann seinem Stellvertreter zu. «Herr Theiss hat Ihre Fragen notiert; wir werden sie jetzt beantworten, so weit wir heute dazu in der Lage sind.»
In den folgenden fünfzig Minuten versuchten die Vertreter der Bundesanwaltschaft den Wissensdurst der Journalisten zu befriedigen, was ihnen

selbstverständlich nur halbwegs gelang. Tina Merz hörte schweigend zu und schrieb alles auf, was für ihre Ermittlungen von Nutzen sein konnte. Um 18 Uhr 30 brach der Bundesanwalt die Sitzung ab, wobei er zusicherte, man werde die Medien bald wieder zusammenrufen, um über den Fortschritt der Ermittlungen zu informieren.

9

Der Tag mit seinen vielen Ereignissen und Eindrücken war intensiv und anstrengend gewesen. Die Kommissarin war erschöpft und hatte nur noch einen Wunsch: so schnell wie möglich nach Hause zu kommen, sich hinzulegen und nachzudenken. Nach den letzten Worten des Bundesanwalts packte sie deshalb ihre Sachen rasch zusammen und verabschiedete sich. Als sie Hans Klement die Hand reichte, gingen seine Augen forschend über ihr Gesicht:

«Du weisst, was du zu tun hast?»

Sie empfand die Frage als überflüssig und nickte nur stumm. Auf dem Weg zurück ins Büro wurde ihr bewusst, dass der Chef sich nicht danach erkundigt hatte, ob sie sich zum weiteren Vorgehen schon Gedanken gemacht habe; seine Frage war vielmehr ein Appell, vielleicht sogar eine Ermahnung gewesen, ihm um Himmels Willen keinen Ärger zu bereiten. Sie biss auf die Zähne und schluckte den aufkommenden Groll herunter.

Im Büro wurde sie von ihrem Assistenten erwartet; er hatte die neusten Nachrichten.

«Ich war nochmals am Bahnhof», teilte er mit. «Es sieht dort etwas besser aus als am Morgen, aber es fahren noch immer keine Züge, und man sagte mir, es werde noch mindestens eine Woche dauern, bis der normale Fahrplan wieder eingehalten werden könne. Man ist aber daran, Lösungen für die Übergangszeit zu suchen.»

Das Interesse der Kommissarin war lau; die Probleme der SBB interessierten sie nur am Rande. Dann entdeckte sie die dicht beschriebenen Blätter, die Biasotto vor sich liegen hatte. Sie streckte die Hand danach aus.

«Das ist die Liste der bisher identifizierten Toten.» Der Assistent reichte ihr ein Papier mit etwa vierzig Namen. «Es haben sich viele Angehörige gemeldet, mit deren Hilfe die Identifikation rasch von Statten ging. Aber es gibt einige Leichen, die noch keinen Namen haben. Dies», er übergab ihr mehrere zusammengeheftete Blätter, «sind die Verletzten. Hier sind beinahe alle identifiziert. Es fehlen nur vier, die nicht befragt werden konnten und bisher auch nicht als vermisst gemeldet wurden.»

Tina Merz überflog die Reihe der Toten. Sie kannte niemanden und spürte etwas wie Erleichterung. Hinter den Namen standen Adresse und Jahrgang, und es bestätigte sich, was sie befürchtet hatte: Viele junge Menschen waren unter den Opfern: Aschari Mirza, 1981, Aydin Mesut, 1988, Bertoli Marco, 1990, Brändli Felicitas, 1990, Hamous Ismail, 1989, Kessler

David, 2006, Peterli Mia, 1985, Thommen Karin, 1989, Scheidegger Doris, 1992, Saraj Arima, 1990, Sengül Mehmet, 1990, Sutter Katrin, 1991, Weiss Andreas, 1989, ...

Tränen stiegen ihr in die Augen und die Buchstaben verschwammen, als sie an das Leid dachte, dass über all die Familien gekommen war, die an diesem Morgen ihre Kinder, Väter und Mütter verloren hatten. Sie gab Biasotto die Listen zurück.

«Uns stehen in den nächsten zwei Wochen rund hundert Mitarbeiter zur Verfügung, um die Ermittlungen voranzutreiben», rapportierte dieser weiter. «Beim grösseren Teil handelt es sich um Angehörige unseres Polizeikorps. Das Baselbiet hat dreissig Personen geschickt, und auch die Kantone Aargau und Solothurn werden je fünf Mitarbeiter zur Verfügung stellen. Die Baselbieter sind zudem bei der laufenden Spurensicherung dabei und wollen uns auch bei der Auswertung mit ihrem Labor unterstützen. Sie sind schwer betroffen. Sechsundzwanzig der bisher identifizierten Toten stammen aus dem Kanton Baselland.»

Tina Merz hatte schweigend zugehört. Jetzt nickte sie abwesend. «Gute Leute?»

«Ich hatte noch keine Gelegenheit, ihre Bekanntschaft zu machen», antwortete Biasotto mit hochgezogenen Schultern. «Ich habe deshalb alle, mit denen wir in den nächsten Tagen und Wochen eng zusammenarbeiten werden, für morgen 8 Uhr 30 zu einer Besprechung eingeladen. Hier ins Kriminalkommissariat.» Als die Kommissarin nicht reagierte, ergänzte er. «Ich dachte, du willst dich als Chefin vor Ort vorstellen und ganz offiziell die Leitung übernehmen.»

Tina Merz war zufrieden. «Hast du dir bezüglich Arbeitsverteilung und Vorgehen schon Gedanken gemacht?»

«Klar», lautete die nicht überraschende Antwort. «Kurt Schmiedlin meint, die Resultate der Spurensicherung würden in Raten eingehen. Bis alle vorliegen, könne es mehrere Wochen dauern. Ich meine, wir sollten sofort mit der Befragung der Zeugen beginnen. Dazu gehören insbesondere die überlebenden Passagiere dieses Baselbieter Zugs sowie alle Personen, die sich unmittelbar vor der Explosion in der Bahnhofüberführung aufgehalten haben; das sind im Wesentlichen die Passanten sowie die Leute in den Geschäften und den Cafés.»

«Hast du ....»

«Ja, habe ich», fiel ihr Biasotto ins Wort. «Heute Abend wird auf allen Fernsehkanälen der Schweiz und des benachbarten Auslands ein Aufruf

ausgestrahlt; die Leute werden gebeten, uns ihre Beobachtungen zu melden. Morgen wird der gleiche Aufruf in allen Zeitungen der Region erscheinen.»
«Wie steht es mit den telefonischen Extraleitungen für die eingehenden Anrufe?»
«Die Techniker sind daran, eine Zentrale für die Sondernummern einzurichten. Sie wird morgen ab 7 Uhr zur Verfügung stehen.»
«Wenn ich dich nicht hätte!»
«Du hast mich», lachte Biasotto und rieb sich die Hände. «Bei aller Tragik, die mit diesem Fall verbunden ist; es warten spannende Tage auf uns.»
Tina Merz gähnte. «Im Augenblick bin ich vor allem müde. Es war alles sehr anstrengend.» Sie griff nach ihrer Jacke. «Kannst du mir deinen Laptop leihen? Ich bring ihn morgen zurück.»
«Wenn du ihn brauchst.»
«Ich werde diese Nacht im Internet verbringen. Ich habe bei den Ausführungen von Ursula Mansour realisiert, wie wenig ich über die muslimische Welt und den islamischen Terror weiss. Ich muss einiges nachholen, wenn wir bei diesen Ermittlungen erfolgreich sein wollen.»
Biasotto grinste. «Auch ich habe mich entschlossen, mein Abendprogramm zu ändern. Zum Leidwesen von Silvia, die mir gestern ans Herz legte, sie habe heute einen freien Abend und wolle endlich die DVDs unserer letzten Ferienreise anschauen.» Er verzog resigniert den Mund. «Wir sind langsam Weltmeister im planen und verzichten. Immer kommt etwas dazwischen. Entweder ein Notfall bei ihr, oder meine Chefin hängt mir eine Zusatzarbeit an.» Er seufzte. «Aber was solls, mit irgendetwas muss man das Leben ja verbringen. Und das Internet ist bestimmt mindestens so spannend wie unsere albernen Ferienfilme.» Er rieb sich die Hände. «Ich schlage vor, du suchst heraus, was im Internet über den islamischen Terror im Allgemeinen zu finden ist, und ich beschäftige mich mit al-Qaida.»
Ohne die Zustimmung der Kommissarin abzuwarten, verschwand er durch die Verbindungstür in seinem Büro. Wenig später kam er mit einer schwarzen Tasche zurück, in die er seinen Laptop eingepackt hatte. Er legte sie auf den Tisch.
«Nimm ihn mit; ich habe zuhause einen PC. – Hast du ein passendes Modem?»
Er ging nochmals in sein Büro zurück und brachte ein kleines Kästchen mit Kabel. «Kannst du damit umgehen?»

«Sebastian wird mir helfen.» Tina Merz packte das Modem zum Laptop in die Tasche und wandte sich zum Gehen. Unter der Tür drehte sie sich nochmals um.
«Die Medienkonferenz war gut.»
Biasotto schwieg und wartete.
«Bärlocher hat informiert; aber er hat auch sehr eindringlich an das Verantwortungsbewusstsein der Journalisten appelliert.»
«Und du meinst, dass die so etwas haben?»
«Sei nicht so negativ; wir haben ein positives Menschenbild.»
«Schutt bleibt Schutt. Und bekanntlich findet man darin nur selten ein Goldstück. Mir imponiert Bärlocher nicht wegen seines Appells an das Verantwortungsbewusstsein der Medien. Der ist ohnehin für die Katz. Mir gefällt er, weil er keine Angst vor starken Frauen hat. Also ist er ein starker Mann. Und die Spezies mag ich, zumal sie einigermassen rar ist.»
Tina Merz lachte. Dann wurde ihr Gesicht wieder ernst. «Schrecklich für Schär, dass seine Nichte umgekommen ist.»
«Schade um die junge Frau», stimmte Biasotto emotionslos zu. «Aber wegen Schär würde ich mir nicht allzu viel Gedanken machen. Er wird darüber hinwegkommen. Da spielen sich zur Zeit ganz andere Tragödien ab. Nicht nur bei den Angehörigen der Toten; denk an die Familien, die um ihre Verletzten und Schwerverletzten bangen.»
«Aber Schär schien doch schwer getroffen.»
«Bekanntlich läuten die Glocken anders, wenn ein guter Freund stirbt. Das wusste schon Martin Luther. Aber vermutlich gibt es andere Dinge, die Schär mehr ...» Biasotto verstummte.
«Verschweigst du mir etwas?»
«Ich wollte es dir eigentlich erst morgen sagen, wenn du ausgeruht bist und deine Nerven nicht mehr so angespannt sind.»
Die Kommissarin schloss die bereits geöffnete Tür. «Sag schon, was ist passiert.»
Biasotto verzog das Gesicht zu einem verächtlichen Grinsen. «Ihr wart kaum für die Medienkonferenz verschwunden, veranstaltete unser Freund und Kollege im Korridor ein Riesenlamento. ‹Eine Gemeinheit, so etwas›, rief er aus. Und ‹das lasse ich mir nicht länger gefallen. Sie wird alles vermasseln. Es wird Klagen und Beschwerden regnen. Wie immer.› Schliesslich brummelte er: ‹Ihr werdet noch an mich denken. Aber dann ist es zu spät.› Darauf verschwand er in seinem Büro und liess eine ziemlich irritierte Runde zurück.»

«So?»
Biasotto nickte eifrig. «Ausser ihm scheint sich aber niemand daran zu stossen, dass man nicht ihm, sondern dir die Leitung übertragen hat. Im Gegenteil, es kamen mehrere Kollegen auf mich zu und versicherten mir, sie seien dankbar für den mutigen Entscheid des Bundesanwalts. Ich soll dir ausrichten, man werde dich in jeder Beziehung unterstützen.»
«Das ist immerhin etwas.» Damit wandte sich die Kommissarin wieder dem Ausgang zu, besann sich aber und drehte sich nochmals um.
«Die Buchhandlungen in der Stadt haben heute länger geöffnet. Ich werde mir auf dem Heimweg noch etwas Lektüre zum islamischen Terror besorgen. Soll ich dir auch etwas bringen?»
Biasotto schüttelte den Kopf.
«Wir werden bei unseren Ermittlungen bestimmt mit Muslimen in Kontakt kommen. Darum muss ich mehr über den Islam wissen. Ich denke, ich werde mir den Koran besorgen.»
«Tu, was du nicht lassen kannst; aber komm bitte morgen nicht mit einem Kopftuch zur Arbeit.»

10

Die Kommissarin verliess den Waaghof und überquerte die Heuwaage in Richtung Stadtzentrum. Es roch noch immer nach Rauch und Verbranntem, aber der Verkehr hatte sich inzwischen normalisiert, und die Menschen waren unterwegs, als wäre die Stadt an diesem Morgen nicht von einem schrecklichen Unglück heimgesucht worden. Der Alltag hatte das Szepter wieder übernommen.
Fünf Minuten später betrat sie die Buchhandlung und erkundigte sich nach dem Koran. Das Buch sei leider ausverkauft, eröffnete ihr die Buchhändlerin bedauernd; es hätten heute schon mehrere Kunden danach gefragt. Man werde es nachbestellen, und es sei übermorgen wieder erhältlich. Die Kommissarin war enttäuscht und begann ziellos, die Regale nach interessanter Lektüre zu durchstöbern. Schliesslich kaufte sie einen amerikanischen Bestseller über die Vorgeschichte des 11. September 2001, der laut Buchhändlerin viel Interessantes über die Ursachen des Terrors und die Psychologie der Terroristen enthielt, sowie Tiziano Terzanis ‹Briefe gegen den Krieg›, ein schmales Büchlein, das ihr Stephan vor ein paar Tagen sehr empfohlen hatte.
Wenig später war sie wieder auf dem Heimweg. Über den Marktplatz gelangte sie zur Mittleren Brücke. Beim Käppelijoch blieb sie stehen, beugte sich über die Brüstung und sah hinunter ins Wasser. Der Rhein floss ruhig und unbeirrt in seinem Bett, wie wenn nichts geschehen wäre. Sie hob den Kopf und schaute hinüber zum Münster. Für einen kurzen Moment spürte sie ein Glücksgefühl: Ein schreckliches Unglück war über die Stadt hereingebrochen und hatte nicht nur das Leben der direkt Betroffenen und ihrer Angehörigen verändert, sondern allen Menschen das Gefühl der Sicherheit genommen. Der träge dahin fliessende Rhein und die altehrwürdige Kirche erinnerten sie daran, dass es Dinge gab, die auch die schlimmsten Ereignisse unversehrt überdauerten, zu denen man sich hinwenden konnte, wenn die Grundfesten des Lebens ins Wanken gerieten und manches verloren ging und zerbrach, was einem viel bedeutet hatte.

Hans Klement steuerte sein Auto durch die Stadt in Richtung Bruderholz. Es war ein scheusslicher Tag gewesen, aber letztlich war er doch zufrieden; Tina Merz würde wie immer gute Arbeit leisten, davon war er überzeugt. Ärgerlich war, dass man Siegfried Schär vor den Kopf gestossen hatte. Natürlich wäre er für die Leitung dieses heiklen Falles der falsche Mann. Seine ausländerfeindlichen Ausbrüche beim Mittagessen waren mehr als

peinlich gewesen. Zudem brauchte es für diese aufwendige Ermittlungsarbeit jemand, der nicht ständig auf die Uhr sah. Trotzdem hätte er eine andere Lösung vorgezogen; er hätte die Leitung beiden Kommissaren übertragen, und damit wäre die Kirche im Dorf geblieben.
Klement hielt vor einer roten Ampel. Während er wartete und die Passanten betrachtete, die vor ihm auf dem Zebrastreifen die Strasse überquerten, kam ihm die Auseinandersetzung zwischen den beiden Kommissaren in den Sinn, deren Zeuge er am Montag unfreiwillig geworden war. Zugegeben, Schär war ein lausiger Kerl, immer schlechter Laune, unkollegial und nörglerisch. Aber Tina Merz blieb ihm nichts schuldig.
Die Ampel wechselte auf grün.
Möglicherweise hätte es mit der gemeinsamen Leitung nicht geklappt, überlegte Klement weiter, während er seinen Wagen startete, aber es wäre einen Versuch wert gewesen; vielleicht hätten sich die zwei Streithähne angesichts der gegebenen Situation zusammengerauft. – Aber eigentlich brauchte er sich über den Entscheid gar keine Gedanken zu machen. Lilian Blumer, seine Chefin im Regierungsrat, hatte ihm keine Wahl gelassen. Für sie komme nur Tina Merz als Leiterin der Ermittlungen in Frage, hatte sie klar und unmissverständlich erklärt, als er ihr am Morgen auf dem Bahnhofplatz begegnet war. Und bei der kurzen Besprechung vor dem Mittagessen hatte Bärlocher, ohne die beiden Kommissare zu kennen, nachgedoppelt, als er feststellte: die Leitung des Falles müsse einer Person übertragen werden, die absolut integer und nicht ausländerfeindlich sei und vor allem keine Vorurteile gegen Muslime habe. Damit war Schär ausgeschieden.
Klement lächelte. Frauen gaben ihm immer wieder Rätsel auf. Und Blumer und Merz waren ganz besondere Kaliber. Die wussten, was sie wollten, und allen männlichen Vorurteilen zum Trotz verstanden sie sich dabei auch noch ausgezeichnet.
Er strich sich über den kahlen Kopf, bog nach links ab und steuerte seinen Wagen auf den Vorplatz seiner Garage. Jedenfalls war der Entscheid klar und liess keinen Raum für aufreibende Diskussionen. Zudem war wenigstens Tina Merz zufrieden. Er seufzte, als er an den Ärger dachte, den die von ihm sehr geschätzte Mitarbeiterin mit ihren unkonventionellen Ermittlungsmethoden immer wieder heraufbeschwor. Sie hatte die sanfte Ermahnung beim Abschied bestimmt verstanden; aber bringen würde diese nichts, davon war er überzeugt. Und selbst wenn die Kommissarin ihr Temperament im Zaum halten konnte, würde bestimmt Mar-

tin Biasotto für Unannehmlichkeiten sorgen. Aber leider konnte der Assistent aus diesem Fall nicht herausgehalten werden. Tina Merz wollte nur mit ihm zusammenarbeiten und zu Recht; Biasotto war ein guter Mann, oft etwas vorlaut und manchmal richtig frech, aber er war engagiert und hatte einen ausgeprägten kriminalistischen Riecher.
Klement stieg aus seinem Wagen und ging über den schmalen Weg durch den Vorgarten zur Haustür. Nach diesem turbulenten Tag freute er sich auf einen ruhigen Abend. Die Kommissarin würde das Kind schon schaukeln. Und wenn es Ärger gab, konnte man ihn dafür nicht verantwortlich machen. Sie war schliesslich auf ausdrücklichen Wunsch von Regierungsrätin und Bundesanwalt mit der Leitung dieses Falles betraut worden. Darauf würde er sich bei Schwierigkeiten immer berufen können. Und wenn sie den Fall mit Bravour löste, was er eigentlich erwartete, würden bestimmt auch für ihn ein paar Blätter vom Lorbeerkranz abfallen.

Samuel Bärlocher sass im Helikopter, der ihn zurück nach Bern flog. Er sah zum x-ten Mal auf die Uhr. Er wusste, dass Bundesrat Ineichen in seinem Büro auf ihn wartete, und das machte ihn nervös. Der Vorsteher des Eidgenössischen Justizdepartementes war am frühen Morgen zu einer Sitzung mit dem italienischen Justizminister nach Rom geflogen und am frühen Nachmittag vorzeitig zurückgekommen, um sich von ihm aus erster Hand über die Ereignisse in Basel informieren zu lassen.
Wieder streiften die Augen des Bundesanwaltes die Uhr. Er kam ungern zu spät. Und der Gedanke, einen Bundesrat warten zu lassen, war ihm höchst unangenehm. Die Verspätung ging allerdings nicht auf sein Konto. Er hatte sich in der Medienkonferenz so kurz wie möglich gehalten. Aber als er mit Theiss zum Helikopterlandeplatz aufbrechen wollte, war dieser Schär aufgetaucht und hatte volle zwanzig Minuten auf ihn eingeredet. Eine unangenehme Person.
Bärlocher kniff den Mund zusammen und schüttelte betrübt den Kopf. Schon der Auftritt beim Mittagessen war äusserst peinlich gewesen. Am Nachmittag, als er vom Tod seiner Nichte berichtete, hatte der Mann ihm aber wieder Leid getan.
Er schaute durch die Fenster des Helikopters hinaus in den Abendhimmel. Seine Gedanken wechselten vom Erscheinen des betroffenen Kommissars zu Beginn der Sitzung zur Begegnung nach der Medienkonferenz. Die Trauer hatte nicht lange angehalten. Er sah das vor Wut verzerrte Gesicht vor sich. Schär hatte ihm vor dem Sitzungszimmer abgepasst und

ihn mit hässlichen Angriffen gegen Kommissarin Merz konfrontiert. Er hatte von mangelnder Teamfähigkeit, fehlendem Anstand und illegalen Ermittlungsmethoden gesprochen, hatte geschimpft, gedroht und die übelsten Szenarien vorausgesagt. Die Kollegin sei eine ungehobelte Emanze, die kein Fettnäpfchen auslasse. Sie sei streitsüchtig und darum unfähig, mit anderen zusammenzuarbeiten. Ihre Erfolge verdanke sie allein der Tatsache, dass sie immer wieder Männer finde, die für sie arbeiteten. Man werde noch an seine Worte denken.

Ein Glück, ging es dem Bundesanwalt durch den Kopf, dass die Basler Justizdirektorin sich strikte gegen die von Klement vorgeschlagene Doppelleitung gewehrt hatte und nur Tina Merz als Leiterin der Ermittlungen akzeptieren wollte.

Vor seinen Augen erschien das Bild der Kommissarin. Sie hatte ihm sofort gefallen, und er vertraute auf seine Menschenkenntnis. Sie würde gute Arbeit leisten und die Täter finden; sonst hätte sich die Regierungsrätin nicht so für sie eingesetzt. Dann war da auch noch dieser gut aussehende Biasotto. Auch über ihn hatte sich Schär negativ geäussert. Aber ihm war auch der junge Mann auf Anhieb sympathisch gewesen. Er mochte Menschen mit klarem Blick und Humor. Und die Art, wie die Kommissarin und ihr Assistent mit einander kommunizierten…

Bärlocher schmunzelte.

Hoffentlich, überlegte er später, als der Helikopter bereits zur Landung ansetzte, kommt es nicht zum offenen Streit zwischen den beiden Kommissaren; das würde zuviel Energien absorbieren. Hoffentlich fand sich Schär mit der gegebenen Situation ab.

Als er sich zum Aussteigen erhob, beschloss Bärlocher, mit Ursula Mansour über sein Unbehagen und seine Befürchtungen zu sprechen; sie verstand sich auf den Umgang mit Menschen und hatte schon manche schwierige Situation gemeistert. Sie würde die Basler Kommissarin bestimmt loyal unterstützen.

Auch Eugen Theiss sass im Helikopter. Direkt hinter seinem Chef, dem Bundesanwalt. Er war bekümmert und verstimmt. Er sah viel Arbeit auf sich zukommen, Arbeit, die seinen geordneten Tagesablauf durcheinander wirbelte. Er schloss die Augen, lehnte sich in den Sessel zurück und liess den Tag Revue passieren. Vor ihm erschienen die Gesichter der Menschen, denen er begegnet war. Der Chef des Kriminalkommissariats war ein netter Mann, der sich nicht aus der Ruhe bringen liess und seine

Mitarbeiter nicht schikanierte. Aber diese Kommissarin? Sie hatte auf ihn einen zu forschen Eindruck gemacht. Zudem hatte er unfreiwillig mitbekommen, was ihr Kollege dem Chef vorgetragen hatte. Wenn nur die Hälfte davon stimmte, würde es früher oder später Ärger geben. Und dieser Schär gefiel ihm; er war ein mutiger Mann. Er hatte sich beim Mittagessen gut mit ihm unterhalten. Und was die Muslime und Ausländer anging, nun ja, er würde seine Meinung bestimmt nicht so laut vortragen, aber grundsätzlich war er mit allen Äusserungen des Basler Kollegen einverstanden. Und darum wäre ihm dieser als Leiter vor Ort hundert Mal lieber gewesen, als dieses selbstbewusste Frauenzimmer.
Theiss seufzte. Ihm reichte eine Frau im Team; eine Frau, die alles besser wusste und damit seine Autorität in Frage stellte. Im Übrigen hatte Schär Recht: eine weibliche Leitung bei Ermittlungen gegen Muslime war fehl am Platz.
Theiss runzelte die Stirn, zog die Mundwinkel herunter und kratzte sich hinter dem Ohr. Er hatte eigentlich nichts gegen Frauen. Aber die Leitung in diesem Fall war eine Nummer zu gross für eine weibliche Person. Vielleicht nahm der Bundesanwalt, nachdem dieser Schär ihm eingeheizt hatte, die Ernennung wieder zurück. Bei allen Vorbehalten, die er gegen seinen Chef hatte, der Mann konnte Fehler einsehen und korrigieren.

Als Siegfried Schär zuhause eintraf, war Elle dabei, den Tisch für das Abendessen zu decken. Sie war eine feinfühlende Frau und spürte sofort, dass ihr Mann unglücklich war.
«Ein schrecklicher Tag, und er wird viel Arbeit für dich bringen», bemerkte sie mit vor Bedauern und Mitgefühl sanfter Stimme, als sie ihm die Wange zum Kuss bot. «Und dass Loretta tot ist ...»
«Ich habe Basil immer gesagt, er soll nicht ins obere Baselbiet ziehen», knurrte Schär und zog sein Jackett aus. «Aber er wollte ja nicht auf mich hören. Niemand hört auf mich.»
Elle schwieg; sie hatte in zweiundzwanzig Ehejahren gelernt, ihrem Mann nicht zu widersprechen und so unangenehme und sinnlose Auseinandersetzungen zu vermeiden. Sie betrachtete forschend seine verzerrten Gesichtszüge.
«Ärger?»
Er nickte stumm.
«Die Merz?»
Keine Antwort war auch eine Antwort.

Elle überlegte, was geschehen sein könnte. «Sie hat sich wieder in den Vordergrund gedrängt?»
«Und wie», lautete die viel sagende Antwort. «Man hat ihr die Leitung der Ermittlungen übertragen.»
Elle konnte nur schwer glauben, was sie hörte. «Und dich hat man einfach übergangen? Das … das kann doch nicht wahr sein.»
«Aber es ist so. Sie hat dem Bundesanwalt schöne Augen gemacht. Und ihm nach dem Mund geredet. Dabei weiss sie so gut wie ich, dass nur diese ausländischen Strolche zu einem derart gemeinen Verbrechen fähig sind. Aber in ihre Sicht der Dinge passt das nicht hinein.»
Schär stand am Fenster und schaute hinaus in den gepflegten Garten. Seine Stimme zitterte, und er schlug einen jammernden Ton an.
«Ich weiss nicht, warum die Anderen nicht merken, dass diese Frau unmöglich ist. Rechthaberisch, inkompetent und ständig auf der Suche nach Streit. Es fehlt ihr auch das geringste Gefühl für Anstand. Sie hat keine Achtung, keinen Respekt vor Menschen, die es zu etwas gebracht haben, behandelt alle, wie wenn sie mit ihr Säue gehütet hätten.»
Elle wusste, dass sie ihren Mann nicht unterbrechen durfte, wenn er seine Litanei herunter betete. Als ihm die Worte ausgingen, erkundigte sie sich leise, fast zaghaft: «Und Klement?»
«Immer das Gleiche», kam es scharf und fast verzweifelt zurück. «Er hat den Narren an ihr gefressen. Aber ich habe ihm angesehen, dass ihm die Entscheidung zuwider war. Sie wurde ihm aufgedrängt. Aber ihm fehlt der Mut zum Widerspruch. Darum mögen ihn die Leute. Er tut niemandem weh, trägt Wasser nach allen Seiten und lässt andere entscheiden.»
«Und wie geht es weiter?»
«Ich hoffe nur, dieser Bundesanwalt kommt auf seinen Entscheid zurück. Ich habe ihm die Augen geöffnet, habe ihm beschrieben, was ihn erwartet, wenn er die Leitung bei dieser inkompetenten und herrischen Frau lässt.»
Ob das klug war? Elle legte nachdenklich das Besteck zurecht und ging in die Küche, um das Teewasser aufzusetzen.
Schär blieb frustriert und unglücklich zurück. Warum hatte dieses unmögliche Weibsstück immer die Nase vorn? Mit List und Tücke gelang es ihr immer wieder, die Leute für sich einzunehmen. Dabei musste doch jeder merken, wie ehrgeizig sie war. Und dass sie Meinungen vertrat, die nicht in ein Kriminalkommissariat passten. Klement war parteiisch, er fiel immer wieder auf ihren Charme herein. Charme! Schär schnaubte. Er jedenfalls konnte keinen erkennen. Und dieser Bundesanwalt? Er war sich

noch nicht im Klaren, was er von ihm halten sollte. Vielleicht war der Mann kein Weichei wie der Klement. Vielleicht kam er zur Einsicht, dass er einen Fehler gemacht hatte, und dann würde er ihn doch noch zum Leiter ernennen.

Wenig später sassen sich Elle und Siegfried Schär am schön gedeckten Tisch gegenüber.

«Dieser permanente Ärger schadet deiner Gesundheit», stellte sie nach einem fürsorglichen Blick auf das trübe Gesicht ihres Ehemannes fest. «Wir sollten bald wieder verreisen. Nur für ein paar Tage. Bea war kürzlich in Oman, Marlies in Dubai, beides sollen höchst interessante Länder sein. Und herrliche Einkaufsparadiese.»

«Von mir aus», knurrte er, ohne von seinem Teller aufzuschauen. «Ob Oman oder Dubai, mir ist beides Recht. Hauptsache sie liegen weit weg vom Basler Kriminalkommissariat.»

11

Sebastian und Lukas schauten nur kurz auf, als die Kommissarin nach Hause kam. Sie hockten am Boden vor dem Fernseher und verfolgten schweigend die neuesten Meldungen über die Ereignisse des Tages. Tina Merz blieb unter der Tür stehen. Sie sah den Bundesanwalt, der zu den Journalisten sprach, und sich selbst stumm neben ihm sitzen. Natürlich gefiel sie sich nicht. Ihre Frisur war zu unordentlich, und die rote Jacke wirkte zu grell, zu fröhlich für den Ernst der Stunde.
«Ein cooler Typ, dieser Bärlocher», kommentierte Lukas, ohne den Bildschirm aus den Augen zu lassen. «Den kannst du mal zum Essen mitbringen.»
«Wir hatten heute frei», teilte Sebastian ganz gegen seine sonstige Gewohnheit gesprächig mit. «Aus unserer Klasse ist ein Mädchen schwer verletzt worden. Franziska wohnt im Gundeldingerquartier und benutzt die Bahnhofüberführung als Schulweg. Sie sei ins Spital in Liestal eingeliefert worden, sagte der Rektor.»
«Aus meiner Klasse ist niemand verletzt», meldete Lukas, und es klang fast, als wäre er darüber enttäuscht. «Habt ihr den Täter schon?»
«Andi meint, derartige Verbrechen sollte man mit dem Tode bestrafen», berichtete Sebastian weiter.
«Das haben wir heute auch diskutiert», fiel ihm Lukas eifrig ins Wort. «Aber unser Lehrer sagt, ein Rechtsstaat sei verpflichtet, das Leben seiner Bürger zu schützen und jeden zu strafen, der einen anderen tötet. Darum sei die Todesstrafe bei uns nicht zulässig.» Er schaute zweifelnd zur Mutter, um zu erfahren, wie sie in dieser Sache dachte.
«Ich teile die Meinung deines Lehrers», bemerkte Tina Merz ernst. «Niemand hat das Recht, einem anderen das Leben zu nehmen. Auch der Staat nicht. Allein schon deshalb, weil es keine Möglichkeit zur Wiedergutmachung gibt.»
«Genau», stimmte Sebastian zu. «In Amerika, wo über Kapitalverbrechen noch Geschworenengerichte urteilen, gibt es jede Menge Justizirrtümer. Da sind schon Dutzende von Unschuldigen hingerichtet worden.»
Lukas schaute zweifelnd zur Mutter. «Stimmt das?»
«Ob es Dutzende sind, weiss ich nicht. Aber mehrere waren es bestimmt. Die Justiz ist eben nicht unfehlbar.»
«Aber Amerika ist doch auch ein Rechtsstaat», wunderte sich Lukas.
«Seit Bush an der Regierung ist, gilt das nicht mehr. Jedenfalls nicht uneingeschränkt», antwortete Sebastian sehr bestimmt.

«Wer behauptet das?», erkundigte sich die Kommissarin.
«Unser Geschichtslehrer», lautete die klare Antwort. «Er sagt, seit dem 11. September 2001 gebe es in den USA so etwas wie ein Notstandsrecht; man habe die Grundrechte eingeschränkt und für gewisse Menschen gälten Sondergesetze.»

Zehn Minuten später sassen die Kommissarin und ihre beiden Söhne am Tisch beim Abendessen.
«Ihr müsst euch auf jeden Fall die Filme der Videoüberwachung anschauen», riet Sebastian. «Bisher wurden die meisten Terroristen damit überführt.»
«Wird jeder, der in den Bahnhof geht, gefilmt?», staunte Lukas. «Und wie sind Terroristen? Woran erkennt man sie? Sehen sie anders aus als wir?»
«Das wissen wir noch nicht», antwortete die Kommissarin nachdenklich und schnitt sich ein Stück Käse ab. «Aber deine Anregung ist gut; wir werden als erstes ein Täterprofil erstellen.»
«Ein Täterprofil?»
«Wie kann man nur so blöd sein», klagte Sebastian wichtig. «Ein Täterprofil erstellen heisst, man denkt sich auf Grund von Tathergang und Spuren aus, was der Täter für ein Mensch sein könnte.»
«Genau so ist es», bestätigte Tina Merz.
«Und wie ist so ein Mensch, der eine Bombe legt und so viele Menschen tötet? Überhaupt, warum tut einer so etwas?», erkundigte sich Lukas.
«Weiss man schon etwas über das Motiv?», ergänzte Sebastian klug die Fragen des jüngeren Bruders. «In der Klasse behaupten sie, es seien bestimmt wieder die Islamisten gewesen. Wie in Spanien und in England. Die wollen uns bekehren, wollen, dass wir so leben wie sie und unsere Frauen Kopftücher tragen.» Er lachte beim Gedanken, wie die Mutter schimpfen würde, wenn sie nur noch mit Kopfbedeckung ausgehen dürfte.
«Vielleicht war es auch einer, der berühmt werden will», flüsterte Lukas geheimnisvoll. «So wie der, der in Ephesus den Athenetempel angezündet hat.»
«Das war nicht der Athenetempel, du Blödmann», belehrte Sebastian den Jüngeren, «das war der Tempel der Artemis.»
«Jedenfalls wollte der Mann berühmt werden; darum hat er den Brand gelegt», beharrte Lukas. «Heute kommst du ins Fernsehen, wenn du ein Krimineller bist. Und wenn du Glück hast, macht Hollywood noch einen Film über dich.»

«Was hast du im Gefängnis davon, wenn du berühmt bist», dämpfte Sebastian die Euphorie des Bruders. «Ich werde auch einmal berühmt, komme auch einmal im Fernsehen, aber nicht, weil ich ein Verbrecher bin, sondern weil ich ein tolles Buch geschrieben habe.»
«Was für ein Buch?»
«Wusstest du, dass der Tempel in Ephesus in der Nacht abbrannte, in der Alexander der Grosse geboren wurde?», lenkte Sebastian ab. «Und der Mann, der ihn anzündete, hiess .... »
«Pscht», Lukas legte dem Älteren die Hand auf den Mund. «Man darf den Namen nicht aussprechen, damit der Mann sein Ziel nicht erreicht.»
Sebastian befreite sich von der Hand des Bruders. «Ich weiss jedenfalls, wie er hiess.»
«Ich weiss es auch», gab Lukas störrisch zurück, «aber ich will, dass der Name in Vergessenheit gerät.»
«Du weisst ihn nicht, sonst würdest du ihn sagen.»
«Tu ich nicht; ich will, dass man den Mann vergisst», beharrte Lukas. «Du bist blöd, wenn du das nicht kapierst.» Er führte seinen Zeigfinger an die Schläfe und verdrehte die Augen.
«Kann mir einer von euch einen Laptop ans Internet anschliessen?», schaltete sich Tina Merz in den brüderlichen Wettstreit ein. «Ich muss mich unbedingt über ein paar Dinge informieren.»
«Sicher kann ich das», murmelte Sebastian. «Sofern du das richtige Modem hast.»
«Du kannst an meinen Computer», offerierte Lukas. «Dann schlafe ich in deinem Bett. Das ist so schön gross.»
Die Kommissarin überlegte kurz und nahm das Angebot ihres Jüngeren dankend an. Damit konnte sie viel Zeit sparen. Und sie hatte so ihre Zweifel, ob das mit dem Modem auf den ersten Anhieb klappen würde.

Als sie den Tisch abräumte, klingelte das Telefon. Michael Martinek, ein guter Freund aus Salzburg, teilte ihr mit, er habe von dem Anschlag gehört und sich Sorgen um sie gemacht. Er sei erleichtert, dass ihr nichts passiert sei. Ob sie bei den Ermittlungen mitarbeite?
Sie hatte das Gespräch kaum beendet, als Stephan, ihr geschiedener Mann, sich meldete. Er sei stolz, dass ihr die Leitung vor Ort übertragen worden sei, stellte er einleitend fest. Aber es wundere ihn nicht, schliesslich sei sie das beste Pferd im Stall des Kriminalkommissariats. Sie werde den Fall bestimmt mit Bravour lösen. Falls sie einen wohlwollenden Ge-

sprächspartner oder juristische Hilfe benötige, stelle er sich gern zur Verfügung.

Nach diesen Telefonaten trank Tina Merz einen Kaffee und setzte sich mit einem zweiten in Lukas' Zimmer an den PC.

Zuerst surfte sie einfach, um sich zu informieren, was alles im Internet unter den Stichworten Terror, al-Qaida und Islamismus zu finden war. Sie staunte über die Menge des Materials, begann zu lesen und erinnerte sich erst nach zwei Stunden, als sie in die Küche stolperte, um die Kaffeetasse nachzufüllen, dass ihr Biasotto aufgetragen hatte, sich in erster Linie über den Terror im Allgemeinen schlau zu machen.

Später, es war bereits nach Mitternacht, lud sie sich den Koran herunter. Sie vertiefte sich in das heilige Buch der Moslems und vergass die Zeit. Als sie um drei endlich den Computer abschaltete, hatte sie mehr als zwei Dutzend Blätter voller interessanter Informationen ausgedruckt, die sie ihrem Assistenten unbedingt weitergeben wollte.

12

Am nächsten Morgen war sie trotz ihrer Nachtarbeit bereits vor 8 Uhr im Büro. Übermüdet zwar, aber voller Tatendrang. Martin Biasotto war noch nicht da. Sie überflog das Konzept, das er gestern für das geplante Meeting mit den ihnen zugeteilten Mitarbeiterinnen und Mitarbeitern erarbeitet hatte, setzte ein paar Ergänzungen dazu und liess sich vor ihrem PC nieder, um die Nummer von Moritz Harrer herauszusuchen. Harrer war ein bekannter forensischer Psychiater; zudem ein Schulfreund von Stephan. Sie hatte schon öfter mit ihm zusammengearbeitet, denn er wurde vom Strafgericht regelmässig als Experte konsultiert, wenn Zweifel an der Schuldfähigkeit eines Angeklagten aufkamen.

Sie hatte Glück und erreichte den Arzt in seiner Praxis. Nach kurzer Begrüssung stellte sie die Fragen, auf die zahlreiche Menschen seit vierundzwanzig Stunden eine Antwort suchten: welches sind die Gründe, die aus jungen Leuten Terroristen machen? Wie sieht die Psyche eines Menschen aus, der sich selbst umbringt und Dutzende ihm unbekannte Passanten mit in den Tod reisst?

Moritz Harrer war ein gewissenhafter Mann; darum antwortete er nicht sofort, sondern dachte in Ruhe nach. Schliesslich erkundigte er sich, ob die Polizei sicher sei, dass der Täter auch sich selbst getötet habe.

Nachdem Tina Merz dies verneint hatte, nahm er sich nochmals eine Denkpause. Schliesslich begann er, seine Gedanken zu formulieren:

«Das Problem, das Sie mir unterbreiten, beschäftigt die Psychiatrie seit Jahren. Ich wäre deshalb durchaus in der Lage, Ihnen rasch eine allgemeine, aber wenig verbindliche Antwort zu geben. Ich gehe davon aus, dass Ihnen daran nichts liegt. Wenn Sie differenzierte Aussagen wollen, muss ich mich mit Ihrer Frage eingehender befassen. Dafür brauche ich ein paar Tage Zeit.»

Tina Merz hatte nichts anderes erwartet. «Wie viel? Wie viel Tage brauchen Sie?», erkundigte sie sich ungeduldig und ertappte sich dabei, dass sie mit den Fingern nervös auf dem Schreibtisch Klavier spielte. «Ohne Täterprofil kann ich den Kreis der Verdächtigen nicht einschränken, weiss ich nicht, wo ich nach den Attentätern suchen soll.»

Wieder schaltete Moritz Harrer eine Denkpause ein. «Es ist mir klar, dass Sie unter Druck stehen», kam es dann verständnisvoll durchs Telefon. «Die Öffentlichkeit erwartet rasche Ergebnisse. Aber ich helfe Ihnen nicht, wenn ich Ihnen ein ungenaues oder sogar falsches Psychogramm liefere. Im schlimmsten Fall leite ich Sie damit sogar auf eine falsche Spur.

Darum ...», er blätterte in seiner Agenda, «... ich benötige drei Tage für einen mündlichen Bericht. Wenn Sie etwas Schriftliches wollen, dauert es einen Tag länger.»
«Ich bin vorerst mit mündlichen Ausführungen zufrieden.»
Harrer lachte. «Gut. Wenn Ihnen das reicht ...»
Tina Merz überdachte kurz ihren Wochenplan. «Ginge es am Montag, am Vormittag?» Und bevor der Psychiater zu ihrem Vorschlag Stellung genommen hatte, schob sie nach: «Können Sie in den Waaghof kommen? In mein Büro? Ich würde gern ein paar Kollegen aufbieten. Sie sollen hören, was Sie berichten.»
Harrer hatte eigentlich einen späteren Termin vorschlagen wollen, da sein Montag mit Patientengesprächen voll belegt war. Aber er verstand den Wissensdurst und die Ungeduld der Kommissarin. So zog er in seinem Kalender gutmütig einen dicken Strich vor dem Neun-Uhr-Patienten. Er würde zwei Konsultationen verschieben müssen, aber sie waren nicht so dringend.
«Ich werde um Viertel nach neun bei Ihnen sein.»
Tina Merz war zufrieden. Sie schrieb den Termin in ihre elektronische Agenda ein, notierte auf einem Zettel, wen Frau Simon für das Gespräch aufbieten sollte, deponierte diesen im Sekretariat neben dem PC und machte sich auf den Weg in die provisorische Telefonzentrale, die über Nacht im Sitzungszimmer im ersten Stock eingerichtet worden war.
Obwohl es erst ein paar Minuten nach acht war, liefen die Leitungen heiss. Der Aufruf in den Zeitungen, am Radio und im Fernsehen zeigte Wirkung. Die zehn Männer und Frauen, die an den Telefonen sassen, waren voll beschäftigt, so dass Tina Merz mit niemandem reden konnte. Sie blieb deshalb nur kurz im Raum stehen, versuchte im Durcheinander von Klingeln und Stimmengewirr vergeblich einzelne Informationen zu erhaschen, schaute zwei Männern über die Schulter, während sie Stichworte zu einer Aussage notierten, und kehrte schliesslich mit der Gewissheit in ihr Büro zurück, dass die Bevölkerung ihr Möglichstes tat, um die Polizei bei ihrer schwierigen Arbeit zu unterstützen.
Als sie wieder an ihrem Schreibtisch sass, zeigte ihr ein Blick auf die Uhr, dass in wenigen Minuten die von Martin Biasotto einberufene Sitzung beginnen sollte. Sie nahm die Liste mit den Sitzungsteilnehmern und suchte sie nach Bekannten ab; sie notierte gerade zwei Namen, als die Tür zum Nebenzimmer aufflog und ihr Assistent auf der Schwelle erschien.

«Komm, Chefin, wir wollen die anderen nicht warten lassen!» Er bemerkte die Liste, die sie vor sich hatte. «Bist du bereit?» Er nahm ihr den Kugelschreiber aus der Hand. Und als sie noch immer keine Anstalten machte, sich zu erheben, mahnte er: «Denk an deinen Ruf. Du willst doch nicht schon bei der ersten Sitzung zu spät kommen.»

Das half. Tina Merz sprang auf, suchte im Durcheinander auf ihrem Schreibtisch die vorbereiteten Unterlagen zusammen und folgte ihrem Assistenten, der ungeduldig unter der offenen Tür auf sie wartete und dabei immer wieder besorgt auf die Uhr sah.

Als sie auf dem Weg ins Sitzungszimmer am Büro von Siegfried Schär vorbeihasteten, sah sie durch die halb offene Tür den Kollegen Zeitung lesend am Schreibtisch sitzen. Sie stoppte ihren Lauf, rief Biasotto zu: «Ich komme sofort», und streckte ihren Kopf durch den Türspalt in Schärs Büro:

«Herr Kollege, haben Sie vergessen, dass um 8 Uhr 30 ein Informationsmeeting stattfindet?»

Der Angesprochene schüttelte den Kopf: «Ich vergesse nie etwas.»

Es klang ziemlich arrogant.

Sie deutete mit dem Zeigefinger auf die Uhr an ihrem Handgelenk. «Aber es ist schon zwei Minuten nach halb neun; Sie müssen sich beeilen, wenn Sie den Anfang nicht verpassen wollen.»

Schär machte keine Anstalten, sich zu erheben. «Klement hat mich dispensiert. Nach dem Fauxpas von gestern versucht er, Terrain gut zu machen.»

«Fauxpas?»

Er lachte gezwungen. «Man hat Ihnen die Leitung hier vor Ort übertragen. Wenn das kein Fauxpas ist! Offensichtlich ist wieder einmal einer auf Sie hereingefallen. Auf ihren angeblichen Charme, den zu entdecken mir bisher nicht vergönnt war. Aber es wird nicht lange anhalten. Spätestens beim ersten Ärger, den Sie verursachen, werden auch die Herren in Bern Ihr wahres Gesicht erkennen und ihren Entscheid bitter bereuen.»

«Und darum kommen Sie jetzt nicht mit in die Sitzung?»

«Der Chef hat mir zugesagt, dass ich nicht Ihrem Kommando unterstehe. Das ist das Mindeste, was er an Wiedergutmachung leisten konnte. Das fehlte noch, dass Sie mir zu sagen haben, was ich tun und lassen soll. Ich werde mit besonderen Aufgaben betraut.»

Tina Merz schüttelte den Kopf. Hans Klement war also wieder einmal schwach geworden. Hatte dem Druck nicht standhalten können. Aber sie

wollte sich nicht ärgern. Sie hatte beide Hände voll zu tun und brauchte ihre Kraft für ihre Arbeit. Und die Idee mit den besonderen Aufgaben gefiel ihr immer besser, je länger sie darüber nachdachte. Vielleicht hatte Klement bei seiner ängstlichen Wiedergutmachung sogar eine salomonische Lösung gefunden, und sie war den nörgelnden und missgünstigen Kollegen los.
«Das finde ich richtig gut», teilte sie deshalb mit, ohne die Unwahrheit zu sagen. «Aber Sie sollten mich trotzdem an diese erste Sitzung begleiten. Hier bietet sich die beste Gelegenheit, die Kollegen über Ihre Sonderstellung zu informieren.»
Schärs Miene hellte sich auf. «Da haben Sie ausnahmsweise sogar Recht.» Er drehte sich in seinem Sessel, nahm Bleistift und Block vom Schreibtisch und eilte der Kommissarin, die bereits wieder im Laufschritt zum Sitzungszimmer unterwegs war, nach.
Zum grossen Erstaunen der mit den Verhältnissen im Kriminalkommissariat vertrauten Mitarbeiter betraten die Beiden wenig später gemeinsam und einmütig wie selten den Raum.

Martin Biasotto hatte für die Sitzung zwanzig Männer und Frauen aufgeboten, die er von früher als gewissenhafte Ermittler kannte oder die ihm von dritter Seite als solche empfohlen worden waren. Die fünfzehn Basler, vier Baselbieter und ein Aargauer waren als Leiter von Ermittlungsgruppen vorgesehen und sollten die Vorarbeiten leisten, die es Tina Merz und Martin Biasotto ermöglichten, die Attentäter zu finden und dingfest zu machen. Anwesend waren auch Kurt Schmiedlin, der Chef der Spurensicherung, und schliesslich – wie von Hans Klement versprochen – Yesrim von Känel, die als gebürtige Ägypterin fliessend Arabisch sprach. Frau Simon wollte alles, was beschlossen wurde, schriftlich festhalten, um die Beschlüsse den Sitzungsteilnehmern später in Form eines Protokolls zustellen zu können. Eugen Theiss und Ursula Mansour hatten sich entschuldigt; sie seien damit beschäftigt, die beim Bund registrierten verdächtigen Personen zu überprüfen und bei den Polizeiorganen der EU-Staaten und der USA Informationen über allfällige Bewegungen von international gesuchten Terroristen einzuholen.
Das Meeting dauerte den ganzen Vormittag. Nach einer kurzen allgemeinen Einleitung eröffnete Tina Merz den Teilnehmenden, was ihre künftige Aufgabe sei; sie entwarf eine einfache Projektorganisation und beschrieb die Strategien sowie die Teilziele der gemeinsamen Arbeit. Nach ihr in-

formierte Kurt Schmiedlin über die bisherigen Ergebnisse der Spurensicherung. Anschliessend wurden unter der Moderation von Martin Biasotto die Aufgaben verteilt. Es wurden elf psychologisch geschulte Personen ausgewählt und mit der Befragung der Verletzten und der Angehörigen der Toten sowie der Beschaffung von DNA-Material und Photographien betraut. Sechzehn Mitarbeiter hatten die Aufnahmen der Überwachungskameras zu beschaffen und darin nach verdächtigen Personen zu suchen. Eine Gruppe von sechs älteren Polizeileuten erhielt den Auftrag, einen Plan zu erstellen, in dem der Standort aller Toten und Verletzten im Zeitpunkt der Explosion festgehalten war. Zwölf Ermittler übernahmen die Sichtung der in der Telefonzentrale eingehenden Informationen sowie die Klärung allfällig sich daraus ergebender Rückfragen. Von den verbleibenden rund fünfzig Mitarbeitern sollte sich ein Teil mit der Identifikation der Personen befassen, die sich vor der Explosion in der Bahnhofüberführung aufgehalten hatten, während der andere Teil so schnell wie möglich mit der Befragung von Zeugen beginnen wollte.

Zuletzt wies die Kommissarin darauf hin, dass leider noch kein Täterprofil zur Verfügung stehe, dass man dieses aber für den kommenden Montag erwarte. Nach dem Bekenntnis von al-Qaida Europa stünden bis auf Weiteres Angehörige islamischer Staaten zuoberst auf der Liste der Verdächtigen. Man suche in erster Linie junge Männer im Alter von achtzehn bis dreissig Jahren, mediterraner Typ, die vermutlich mit Rucksäcken unterwegs gewesen seien. Alle Personen mit diesen Merkmalen, die im Verlaufe der Ermittlungen identifiziert würden, seien auf einer separaten Liste zu vermerken. Auch die Toten und Verletzten. Man werde in Bern abklären, ob sie als Mitglied oder Sympathisant einer Terrorgruppe bekannt seien. Sollte das zutreffen, wären Umfeld und Kontakte genauer unter die Lupe zu nehmen.

Die Kommissarin ermahnte die Anwesenden nachdrücklich, jede Spur zu verfolgen und keinen Hinweis ungeprüft zu lassen. Die Gruppenleiter wurden verpflichtet, täglich, jeweils nach 17 Uhr, per Email einen kurzen schriftlichen Bericht über die Ergebnisse ihrer Arbeit zu übermitteln. Tina Merz würde diese Berichte gemeinsam mit Martin Biasotto und weiteren ausgewählten Personen auswerten und allfällige daraus resultierende Schritte selbst vornehmen oder in Auftrag geben. Bei besonderen Vorkommnissen oder Erkenntnissen sei die Leitung der Ermittlungen unverzüglich zu kontaktieren.

Schliesslich bot Tina Merz den versammelten Kriminalisten die Möglichkeit, Fragen zu stellen. Nur ein einziger meldete sich, ein kleiner Mann im alternativen Look aus dem Kanton Aargau.
«Ich finde das alles gut und richtig», begann er schüchtern, die Augen vor sich auf den Boden gerichtet. «Aber warum beschränken wir uns bei der Suche nach der Täterschaft auf Personen mit muslimischem Hintergrund? Möglicherweise handelt es sich bei den Terroristen um Schweizer. Denken Sie nur an die Jurassier, die haben auch Bomben gelegt. Oder die Attentäter gehören einer noch unbekannten Minderheit an, die sich unterdrückt fühlt und auf sich aufmerksam machen will, oder es sind ganz gewöhnliche Verbrecher, vielleicht eine Art Amokläufer, denen es einfach Freude macht, andere zu töten und der Bevölkerung Angst einzujagen, weil sie meinen, sie seien ...»
«Blödsinn», zischte Schär. «Schweizer sind keine Terroristen und bei uns gibt es keine unterdrückten Minderheiten. Die Jurassier waren eine Ausnahme und sind erst noch halbe Franzosen. Im übrigen haben ihre Bomben nie jemanden getötet. Unsere Terroristen sind bestimmt ...»
Jetzt griff die Kommissarin rasch ein. «Herr Kollege, ich wäre dankbar, wenn Sie Ihre persönliche Meinung für sich behielten.» Sie wandte sich dem Fragesteller zu. «Sie haben natürlich Recht. Die Bomben müssen nicht zwingend von muslimischen Fundamentalisten gelegt worden sein. Aber es spricht doch vieles dafür. Nicht nur die Botschaft, die sie uns geschickt haben; auch die Art und Weise, wie sie vorgegangen sind, ähnelt dem Tathergang in Madrid und in London oder den geplanten Attentaten in Deutschland. Darum wollen wir zuerst diese Personengruppe ins Visier nehmen. Aber wir werden die anderen Möglichkeiten nicht ausser Acht lassen.»
Der Zwischenruf Schärs hatte die Kommissarin daran erinnert, dass sie dem Kollegen versprochen hatte, die Anwesenden über seine Sonderstellung zu informieren. Sie tat dies mit ein paar wenigen Sätzen und schloss die Sitzung mit der Mitteilung, dass man sich am kommenden Dienstag wieder treffen wolle; dann lägen bestimmt mehr konkrete Erkenntnisse und Resultate aus der Spurensicherung vor.

«Bist du zufrieden?», erkundigte sich Martin Biasotto, als sie zu ihren Büros zurückgingen.
«Gibt es einen Grund, nicht zufrieden zu sein?»
«Ich weiss nicht.» Biasotto war sich selbst noch nicht im Klaren, worauf

er hinaus wollte. «Ich habe den Eindruck, wir sind Kriminalmanager geworden. Wir verteilen die Arbeit und setzen uns mit einem Kaffee an den Schreibtisch, um auf die Ergebnisse zu warten.»
«Möchtest du all die vielen Einvernahmen selbst erledigen?»
«Natürlich nicht. Aber ... »
«Komm schon, Martin. Wir werden noch genug zu tun bekommen. Vorläufig ist es unsere Aufgabe, die Übersicht zu behalten und die Richtung der Ermittlungen vorzugeben. Lass die anderen die Vorarbeiten erledigen. Schon heute Abend werden die ersten Ergebnisse auf unserem Schreibtisch liegen; dann können wir loslegen.»
Sie öffnete die Tür zu ihrem Büro.
«Meinst du?», zweifelte Biasotto. Seine Miene machte deutlich, dass die Ausführungen der Chefin ihn nicht überzeugt hatten. «Ich finde es halt einfach spannend, Leute zu befragen und mich in einem Fall nach und nach zur Lösung vorzuarbeiten. Das ist wie Striptease. Du ziehst dem Täter ein Kleidungsstück nach dem anderen aus, bis er nackt vor dir steht.»
«Geduld!» mahnte die Kommissarin belustigt über den frivolen Vergleich und legte ihrem Assistenten beruhigend die Hand auf den Arm. «Das werden wir auch dieses Mal erleben. Aber zuerst muss der Spreu vom Weizen getrennt werden. Wenn wir über die Ergebnisse unserer Ermittlungsgruppen zum interessanten Kern vorgestossen sind, dann sind wir an der Reihe, dann kannst du mit deinem Striptease beginnen.»

Frau Simon, die ihre Chefin ungeduldig erwartetete, stand schon eine Weile unter der Tür zum Sekretariat; sie hielt diverse Zettel in der Hand und machte jetzt durch wiederholtes lautes Räuspern auf sich aufmerksam.
«Es sind mehrere Telefonate hereingekommen», entschuldigte sie sich, während sie ihre Notizen ordnete. «Unter anderem hat der Chefredaktor der Basler Zeitung angerufen, es sei heute Morgen eine neue Botschaft eingegangen. Wenn nicht alles täusche, komme sie wieder von den Attentätern.»
Wie elektrisiert wandten sich die Kommissarin und ihr Assistent der Sekretärin zu.
«Soll ich zurückrufen?»
«Er wartet darauf.»
Tina Merz nahm den Zettel mit der Telefonnummer der Basler Zeitung an sich und lief zu ihrem Schreibtisch.

Frau Simon folgte ihr. «Dann hat sich ein junger Mann gemeldet», rapportierte sie im Gehen. «Ein Benjamin Mächler. Er sei im Zug aus dem Baselbiet gewesen, der um 7 Uhr 37 in Basel eingefahren sei. Er müsse unbedingt mit Ihnen sprechen.»
«Hat er gesagt, was er will?»
Frau Simon schüttelte den Kopf. «Er wollte nur mit Ihnen reden.»
«Ich kann mich nicht mit jedem Betroffenen persönlich unterhalten.»
«Das sagte ich ihm auch. Sie seien sehr beschäftigt», pflichtete die Sekretärin bei. «Ich habe ihn an die Anrufzentrale verwiesen. Aber er beharrte darauf, mit Ihnen persönlich zu sprechen.»
Die Kommissarin zuckte mit der Achsel und griff zum Telefon.
«Er wirkte so traurig, so verloren», bemerkte Frau Simon leise. «Vielleicht braucht er Hilfe.»
Die Kommissarin warf ihrer Sekretärin einen langen Blick zu, der ihre Ratlosigkeit verriet. «Es tut mir leid. Ich bin Kriminalkommissarin. Wenn der Junge psychologische Betreuung braucht, gibt es kompetentere Stellen.»
Frau Simon begriff, dass das Thema damit abgehakt war. «Herr Theiss von der Bundesanwaltschaft hat telefoniert», informierte sie weiter. «Er war ziemlich ungehalten, weil ich nicht bereit war, Sie aus Ihrer Sitzung heraus zu holen. Er meinte, Sie müssten rund um die Uhr für ihn zu sprechen sein.»
Tina Merz schmunzelte. «Und meinte er das so, wie er es sagte?»
«Ich glaube schon. Er macht nicht den Eindruck, über viel Humor zu verfügen.»
«Ein Velofahrer», spottete Biasotto, der unter der offenen Tür stehend das Gespräch mitverfolgt hatte. «Bücklinge nach oben, treten nach unten.»
«Und was wollte er, dieser Velofahrer?»
«Er trug mir auf, Ihnen auszurichten, dass er jeden Tag pünktlich um 16 Uhr 30 über den aktuellen Stand der Dinge informiert werden wolle. Um 16 Uhr 30. Darauf legte er Wert. Jedenfalls wiederholte er die Uhrzeit mehrmals.»
«Wir haben verstanden», schmunzelte der Assistent. «Der Mann, der von anderen erwartet, dass sie ihm rund um die Uhr zur Verfügung stehen, will pünktlich Feierabend machen.»

Tina Merz schwieg. Dieser Theiss bestätigte das Bild, das sie sich am Vortag von ihm ausgemalt hatte. Eine Beamtenseele im negativsten Sinn des Wortes. Sie erinnerte sich an seine Miene während des gestrigen Mit-

tagessens und der Pressekonferenz. Ein abgelöschtes Panzernashorn mit grossen blassen Augen hinter einer dicken Brille.
«Der Schlafmitteltester zeigt sein wahres Gesicht», bemerkte Biasotto bissig.
Die Kommissarin schwieg.
Der Assistent zog seinen geschlossenen Mund zu einem breiten Grinsen auseinander. «Liebe Tina, aufgepasst! Da steht ein Fettnapf.»
«Du meinst, mit diesem Theiss könnte es Ärger geben?»
Martin Biasotto nickte. «Genau das meine ich.» Er durchquerte den Raum, blieb vor der Verbindungstür zu seinem Büro stehen und drehte sich nochmals um. «Was war denn das mit Schär? Was sind das für Sonderaufgaben, die er übernehmen will?»
«Die gibt es nicht», antwortete Tina Merz achselzuckend. «Oder sagen wir besser: noch nicht. Unser Chef hat wieder einmal den Krebsgang eingelegt, weil der Kollege sich bei ihm beklagte, er sei übergangen worden.» Sie machte mit der Hand eine wegwerfende Bewegung. «Du kennst ihn; wenn er Farbe bekennen oder zu einem strittigen Entscheid stehen soll, macht er lauwarme Zugeständnisse auf unsere Kosten. Aber eigentlich ist es ganz gut so. Wir werden für Schär eine Beschäftigung suchen, und wenn wir keine finden, werden wir uns etwas einfallen lassen. So fühlt er sich für Besonderes auserwählt und pfuscht uns nicht ins Handwerk.»
Biasotto nickte, hob die Hand zum Gruss und verschwand in seinem Büro.
Die Kommissarin wandte sich dem Telefon zu und begann die Nummer der Basler Zeitung einzutippen. Frau Simon atmete erleichtert auf, wartete, bis die Chefin alle Zahlen eingegeben hatte, und verliess dann, für den Moment zufrieden, auf Zehenspitzen den Raum.

Obwohl die Mittagspause schon seit zwanzig Minuten fällig war, befand sich Rolf Häusermann, Chefredaktor der Basler Zeitung, noch in seinem Büro und wartete auf den Rückruf der Kommissarin. Als sie sich endlich meldete, wiederholte er zunächst mechanisch, was sie schon wusste: es sei heute Morgen via Internet eine zweite Botschaft eingegangen; sie stamme offensichtlich von den Terroristen und enthalte nur einen einzigen Satz:
«Also ward das Wort deines Herrn bewahrheitet wider die Ungläubigen: dass sie die Bewohner des Feuers sind.»
Unterschrieben habe wieder die al-Qaida Europa. Einer seiner Redakteure stamme aus der Türkei und sei Muslim; er habe spontan erklärt, der Text sei ein Zitat aus dem Koran. Später habe er sogar die genaue Stelle gefunden.[1]

Diese Bemerkung hätte sich Häusermann sparen können, denn die Kommissarin hatte die Quelle der Botschaft sofort identifiziert; schliesslich hatte sie sich mit dem Heiligen Buch der Muslime die halbe Nacht um die Ohren geschlagen.
Trotzdem bedankte sie sich höflich für den Hinweis und bat Häusermann, das Email mit der Botschaft auf ihren Computer weiterzuleiten. Man werde versuchen, den Absender zu eruieren. Zudem wolle sie den Text analysieren lassen; vielleicht gebe es darin Anhaltspunkte, die bei der Suche nach den Terroristen helfen könnten.
Sie wollte sich verabschieden, aber Häusermann hatte eine weitere Neuigkeit, die er stolz präsentierte:
«Ich weiss nicht, ob Sie am Dienstag unsere Zeitung gelesen haben», begann er geheimnisvoll. Er wartete auf ihre Stellungnahme; als diese ausblieb, sprach er mit eindringlicher Stimme weiter, flüsternd, wie wenn er fürchtete, jemand könnte ihn belauschen.
«Wir hatten den Auftrag, einen seltsamen Text zu veröffentlichen, einen Text, der nicht aus dem Koran stammt, aber ähnlich klingt. Das jedenfalls sagt mein türkischer Mitarbeiter. Er enthielt ...»
Der Kommissarin fiel es wie Schuppen von den Augen. Natürlich, das seltsame Inserat, das ihr am Dienstagabend aufgefallen war. Diese Anklage von Heidentum, götzendienerischer Welt und Verachtung von Gottes Gesetzen und Prinzipien. Sie hatte sie noch in den Ohren, diese unheilvolle Drohung: *«Wir werden diese heidnischen Einflüsse bekämpfen und wir werden zerstören, was im Gegensatz zum wahren Glauben steht.»* Das war die erste Botschaft der Terroristen! Eine Warnung vor dem, was am nächsten Tag geschehen würde.
«Ich habe diesen merkwürdigen Text gelesen», teilte sie dem Chefredaktor mit. Sie glaubte sich rechtfertigen zu müssen: «Aber ich bin nicht auf die Idee gekommen, dass damit ein Attentat angekündigt wird. Ich dachte, der Verfasser sei ein Spinner. Einer, der sich wichtig macht.» Sie seufzte. «Vielleicht hätten wir den Anschlag verhindern können, wenn wir die Botschaft als Warnung und Ankündigung erkannt hätten.»
«Wenn ...», wiederholte Häusermann nüchtern. «Machen Sie sich keine Vorwürfe. Niemand hat den Text ernst genommen. Jedenfalls niemand, den ich kenne.»
Die Kommissarin war schon weiter.
«Wissen Sie, wer das Inserat aufgegeben hat?»
Häusermann lachte resigniert. «Leider haben wir nichts herausgefunden.

Den Auftrag hat uns die Publicitas übermittelt. In der dortigen Inseratenannahme arbeitet zur Zeit eine Aushilfskraft, die angibt, der Text sei mit der normalen Post eingegangen, in einem Briefumschlag mit vierhundert Franken und einem Zettel mit dem Vermerk, das Geld sei für die Publikation in der Zeitung vom kommenden Dienstag.»

«Und die Aushilfskraft hat das auftragsgemäss erledigt? Ohne Rückfrage?»

«So ist es. Sie meint, sich zu erinnern, dass der Brief mit einer französischen Marke frankiert war.»

«Das muss eine sehr selbständige Person sein, diese Aushilfskraft.»

Tina Merz überlegte, welche Möglichkeiten es gab, das Geheimnis des Auftraggebers zu lüften. «Ist der Zettel mit dem Auftrag noch vorhanden? Oder hat ihn die selbständige Aushilfskraft weggeworfen?» Sie wartete die Antwort nicht ab. «Ich wäre dankbar, wenn Sie mir die Zeitung vom Dienstag nochmals zustellen würden. Ich weiss nicht, ob ich hier oder zuhause noch ein Exemplar auftreiben kann. Ich möchte mir den Inseratentext gern etwas gründlicher ansehen.»

«Ich schicke Ihnen einen Boten.»

«Danke.»

Kaum hatte die Kommissarin den Hörer aufgelegt, stand Frau Simon wieder vor ihr.

«Was soll ich mit Benjamin Mächler machen?»

Tina Merz wehrte mit erhobener Hand ab. «Er tut mir leid», murmelte sie. Für einen Moment wanderten ihre Gedanken zu dem unbekannten, traurigen jungen Anrufer. «Ich habe für derlei Gespräche keine Zeit; dafür haben wir Psychologen. Einer von ihnen soll ...»

«Aber der Junge wollte unbedingt mit Ihnen reden.»

Die Kommissarin zuckte hilflos mit der Achsel.

Frau Simon legte den Zettel mit der Telefonnummer Mächlers auf den Schreibtisch und brachte damit schweigend zum Ausdruck, dass sie nicht bereit war, die abschlägige Antwort zu akzeptieren.

«Da war noch ein Anruf von ...»

Die Gedanken der Kommissarin waren noch immer bei Benjamin Mächler. «Geben Sie Martin die Nummer. Nein, lassen Sie sie hier. Vielleicht werde ich am Nachmittag zurückrufen – oder jemanden damit beauftragen.»

«Ich werde mir erlauben, Sie heute Abend an das Telefonat zu erinnern», kündigte die Sekretärin an, als sie mit leeren Händen zufrieden den Raum verliess.

Minuten später erschien Martin Biasotto mit einem Bündel von dicht beschriebenen Blättern, das er auf dem Besprechungstisch ablegte. Abwartend blieb er in der Mitte des Raumes stehen und betrachtete Tina Merz stumm mit gerunzelter Stirn und sorgenvoller Miene.
«He, Chefin», stiess er plötzlich hervor. «Es ist schon bald halb eins. Hast du keinen Hunger? Was ist los? Bist du krank?»
Die Kommissarin erwachte aus ihren Gedanken und zeigte auf den Tisch.
«Deine Arbeit von heute Nacht?»
Biasotto nickte.
«Dann lass uns essen gehen; nachher wollen wir unsere Informationen austauschen.»

13

Nach einem schnellen Imbiss kehrten Tina Merz und Martin Biasotto in den Waaghof zurück. Sie schauten kurz in der provisorischen Telefonzentrale vorbei, in der es immer noch sehr lebhaft zuging, und liessen sich dann am Besprechungstisch im Büro der Kommissarin nieder. Frau Simon brachte ihnen einen Kaffee und die neuesten Informationen; betroffen nahmen sie zur Kenntnis, dass in der Nacht zwei junge Frauen im Spital ihren bei der Explosion erlittenen Verletzungen erlegen waren. Sieben weitere Personen schwebten noch immer in Lebensgefahr.

In den nachfolgenden eineinhalb Stunden tauschten die Kommissare die Informationen aus, die sie in nächtlicher Stunde über al-Qaida und den islamischen Terror aus dem Internet zusammengetragen hatten. Tina Merz schilderte ihre Gedanken und Wahrnehmungen bei der Lektüre des Korans: «Die Schrift ist nicht vergleichbar mit dem Neuen Testament», erklärte sie ihrem Assistenten. «Sie erinnert, was Mentalität, Atmosphäre und Fakten angeht, eher an das Alte Testament. Christus war Psychologe und Philosoph; seine Erkenntnis, dass der Mensch sein Glück nur in der Nächstenliebe und im Frieden finden kann, ist heute so aktuell wie vor zweitausend Jahren. Mohammed war, zumindest in der zweiten Lebenshälfte, Soldat und Heerführer. Ihm ging es weniger um Liebe und Frieden, als um Disziplin, Macht und Autorität. Er regelte das Leben seiner Anhänger bis ins letzte Detail, und da er tief im Denken seiner Zeit verwurzelt war, ist seine Botschaft nur bedingt auf unsere moderne Zeit übertragbar.»
«Gibt es denn im Koran keine Verse über Toleranz, Liebe und Vergebung?», wunderte sich Biasotto. «Die sind doch der Kern jeder Religion.»
«Du bist vom Christentum geprägt, lieber Freund, auch wenn du dich nicht mehr als gläubig bezeichnest», lautete die rasche Antwort der Kommissarin. Sie nahm das Bündel mit den Koranversen, die sie aus dem Internet kopiert hatte, vom Tisch und begann darin zu blättern. «Natürlich gibt es auch im Buch der Muslime Verse über Liebe, Frieden, Vergebung und Barmherzigkeit. Aber ein grosser Teil des Korans handelt vom Dschihad.»
«Dann gibt es aber doch Abschnitte, die dem Neuen Testament entsprechen. Im Übrigen ist der Gott der Juden, Christen und Muslime der selbe.»
«Aber der christliche Gott hat durch das Neue Testament eine Wesensveränderung erlebt; er ist nicht mehr der Gott des alten Testamentes, der Gott des Zorns und der Strafe.»

«Wenn einer dich auf die rechte Wange schlägt, dann halte ihm die linke hin. – Das meinst du doch?»
«Genau; dieser Satz ersetzt das Aug um Auge, Zahn um Zahn, oder wie es im Islam heisst: wenn einer dir ein Auge aussticht, dann steche ihm beide aus.»
Biasotto starrte seine Chefin ungläubig an. «Das steht so im Koran?»
Sie lachte. «Ich habe davon gelesen, die entsprechende Stelle aber bei meinem nächtlichen Ausflug ins heilige Buch der Muslime nicht gefunden. Immerhin soll dieser Satz zur Zeit Mohammeds die Handlungsmaxime auf der arabischen Halbinsel gewesen sein. Und das hat den Propheten geprägt.» Wieder blätterte sie in ihren Papieren. «Für uns atmet der Koran den Geist einer fremden, mittelalterlichen Welt. Er ist auch voller Widersprüche; vor allem, wenn man den ersten und den zweiten Teil einander gegenüber stellt: den ersten Teil hat Mohammed in Mekka empfangen. Dort drehte sich sein Leben um Gebete und Meditationen; darum ist darin vom Frieden und der Zusammenarbeit mit Andersgläubigen die Rede. In Medina wurde Mohammed zum Militärführer, und entsprechend ist die dortige Offenbarung von Krieg und Eroberung geprägt.»
Biasotto schwieg; er versuchte, aus dem Gehörten die richtigen Schlussfolgerungen zu ziehen. «Und wie gehen die muslimischen Theologen mit diesen Widersprüchen um?», erkundigte er sich schliesslich.
«Es gibt das so genannte Naskh–Prinzip», erklärte die Kommissarin stolz auf ihr Wissen, dem staunenden Assistenten. «Islamische Gelehrte haben entschieden, im Falle eines Widerspruchs hebt die neuere Offenbarung die ältere auf.»
«Damit wird der friedliche Teil des Korans durch den weniger friedlichen ausser Kraft gesetzt.»
«Richtig», bestätigte die Kommissarin nachdrücklich. «Die ganzen frühen Aussagen über Liebe und Barmherzigkeit verlieren durch die späteren Aufrufe zum Krieg gegen die Ungläubigen ihre Gültigkeit.»
«Und als Ungläubige gelten auch die Christen, obwohl sie an den selben Gott glauben.»
«Du sagst es», bestätigte sie. *«Wenn ihr ... auf die Ungläubigen stosst, dann schlagt sie auf den Nacken, bis ihr viele von ihnen getötet und verwundet habt»*, las sie aus ihren Notizen vor. «So steht es in der Sure 47 Vers 4.»
Sie nahm ein neues Blatt, gab aber, bevor sie die aufgeschriebene Koranstelle vorlas, ihrem verwirrten Assistenten folgende Erklärung: «Der Islam ist nicht nur eine Vision, ein geistiges Bekenntnis wie das Christen-

tum. Er greift mit vielen detaillierten Vorschriften und Verboten in den Alltag der Gläubigen ein. Und er verpflichtet seine Anhänger, jede andere Religion zu vernichten und durch den Islam zu ersetzen. Darum steht in Sure 4 Vers 89: *«Jene, die den Islam ablehnen, müssen getötet werden. Wenn sie sich abkehren, ergreift sie und tötet sie, wo immer ihr sie findet.»*
«So etwas nimmt heute aber niemand mehr ernst», kommentierte Biasotto entsetzt.
Die Kommissarin wiegte langsam den Kopf hin und her. «In dieser Absolutheit kann ich dir leider nicht beipflichten. Natürlich wollen auch die meisten Muslime im Frieden leben. Aber was im Koran steht, ist für die wirklich Gläubigen die absolute Wahrheit, und darum sind diese Verse bis heute nicht zurückgenommen worden. Sie werden von Hasspredigern zitiert, wenn sie junge Leute für den Dschihad gewinnen wollen. Und dieser Dschihad ist letztlich die Motivation hinter fast jedem terroristischen Akt, der im Namen des Islam verübt wird.»
Martin Biasotto schüttelte irritiert den Kopf.
«Der Dschihad ist der Kampf gegen jeden, der der Ausbreitung des Islam im Wege steht. Oder der Kampf gegen jeden, der sich weigert, den Islam anzunehmen», zitierte Tina Merz von einem ihrer Zettel. *«Allah hat ihnen Gärten bereitet, durcheilt von Bächen, ewig darin zu verweilen. Das ist die grosse Glückseligkeit![2]»* las sie weiter. *«Das ist das Paradies, das auf jeden wartet, der im Dschihad den Tod findet.[3]»*
«Ich verstehe noch immer nicht, was die Muslime eigentlich gegen uns Christen haben?», grübelte Biasotto. «Sie negieren die Existenz von Christus nicht und ....»
«Richtig. Aber sie bestreiten, dass er Gottes Sohn ist. Und sie sind überzeugt, dass die Christen 325 mit dem Beschluss des ersten Konzils von Nicäa Gott beziehungsweise Allah verraten haben, denn Allah ist für sie der einzige Gott.»
Der Assistent sah seine Chefin erstaunt an, stellte aber keine Frage.
Die Kommissarin nutzte die Gelegenheit, ihr zu nächtlicher Stunde erworbenes Wissen an den Mann zu bringen.
«Am Konzil von Nicäa stand die Frage zur Diskussion, ob Christus Gott gleich oder nur Gott ähnlich sei. Zu Beginn war die so genannte trinitarische Partei, die die Göttlichkeit Christi befürwortete, in der Minderheit, und die Arianer, die Christus nur als Gott ähnliches Wesen bezeichneten, waren in der Mehrheit. Aber die Trinitarier waren den Arianern bezüglich Rhetorik, Beharrlichkeit und Einfluss überlegen. Am Schluss des Konzils

wurde per Abstimmung das erste christliche Glaubensbekenntnis verabschiedet, in dem Christus als Gottes Sohn angesprochen wird.»
«Du meinst, wenn die Arianer besser argumentiert hätten, wären sie als Sieger aus der Diskussion hervorgegangen? Dann wäre Christus für uns nicht Gottes Sohn, sondern ein Prophet wie Mohammed?»
«Genau. Dann hätten wir heute wie die Muslime nur einen einzigen Gott.»
Martin Biasotto war nachdenklich geworden. «Aber wir haben doch nur einen einzigen Gott!»
«Bist du sicher?», erkundigte sich die Kommissarin hinterhältig. «Unser Gott hat doch einen Sohn; und dieser hat eine Mutter, und dann gibt es noch die Scharen von Heiligen. Und alle werden verehrt und angebetet. Darum bin ich gar nicht sicher, ob das Christentum noch eine monotheistische Religion ist.»
«Jetzt geht dein agnostischer Eifer mit dir durch», lachte Biasotto. «Niemand behauptet, die Heiligen seien Gott gleich. Und in der Dreifaltigkeit werden Gottvater, Sohn und Heiliger Geist eins.»
«Weisst du, was ein Trivultus ist?»
Der Assistent schüttelte den Kopf.
«Es ist die Darstellung der Dreifaltigkeit durch drei männliche Köpfe, die zusammen nur vier Augen haben. 1628 verbot Papst Urban VIII. dieses Bild, das stark an ein mittelalterliches Fabeltier erinnert.»
«Ich gebe zu, diese Dreifaltigkeit ist ein merkwürdiges Konstrukt.»
«Das ist sie tatsächlich, und die Lehre davon ist in der Bibel nicht zu finden; sie wurde erst im Jahr 381 am Konzil von Konstantinopel begründet, vermutlich um den Monotheismus zu retten.»
«Für eine praktizierende Agnostikerin weisst du erstaunlich viel über Christentum und Kirchengeschichte», staunte Biasotto.
Der Gesichtsausdruck der Kommissarin zeigte, dass sie sich über das Kompliment freute. «Übrigens, wenn du einmal einen prächtigen Trivultus sehen willst, solltest du auf einer deiner nächsten Fahrten ins gelobte Land Italien im Tessin eine Pause einlegen. In der romanischen Kirche von Giornico befindet sich hinter dem Altar ein wunderschönes Exemplar.»

Nach einer weiteren halben Stunde des intensiven Gedankenaustauschs legten die beiden Kommissare eine kurze Pause ein. Frau Simon nutzte die Gelegenheit, um einen hereinkommenden Anruf durchzustellen. Einer der Gruppenleiter teilte mit, er habe sich wegen der Videofilme bei den

SBB erkundigt. Man habe ihn an eine Stelle in Olten verwiesen. Dort sei ihm mitgeteilt worden, der Mitarbeiter, der über die Videoüberwachung Auskunft geben dürfe, sei zur Zeit in einer wichtigen Sitzung und könne nicht vor morgen Vormittag erreicht werden.

Die Kommissarin bedankte sich mit höflichen Worten für die Information. Gegenüber ihrem Assistenten machte sie aber aus ihrem Zorn keinen Hehl. Offensichtlich hätten gewisse Amtsstellen noch nicht begriffen, dass es Zeit sei, den Finger herauszunehmen – schimpfte sie völlig undamenhaft, während sie eine kurze Notiz über das Telefonat niederschrieb. Sie würde dem Bundesanwalt Bescheid geben. Er musste mit seiner Autorität den Leuten bei den SBB Beine machen.

Biasotto hörte seiner Chefin amüsiert zu. «Ein Testfall für deine Ungeduld», schmunzelte er. «Wenn es nicht läuft, wie du dir vorstellst, wirst du ungehalten und rennst zum Chef, um zu petzen. Es wird Zeit, dass wir aktiv werden, dann bist du beschäftigt und kommst auf bessere Gedanken.»

Um halb vier trafen sich die beiden Kommissare mit Kurt Schmiedlin im Polizeilabor. Sie sahen sich die Photos vom Explosionsort an, beobachteten, wie kleinste Materialspuren analysiert wurden, und liessen sich vom Leiter des Labors die mühsame Kleinstarbeit erklären. Kurz nach vier Uhr kehrten sie in den Waaghof zurück.

Während Martin Biasotto einen Teil der von Frau Simon entgegengenommenen Anrufe erledigte, sah Tina Merz die neuste Liste mit den Toten und Verletzten durch, die man mit den Personen ergänzt hatte, die inzwischen verstorben oder identifiziert worden waren. Auf beiden Listen waren die arabisch klingenden Namen mit gelbem Leuchtstift markiert. Sie stellte fest, dass es eine stattliche Zahl von jungen Männern und Frauen gab, die auf Grund ihrer Herkunft als Attentäter in Frage kamen. Hier würden sie mit ihren Ermittlungen ansetzen.

Sie liess sich vor dem PC nieder und schrieb alle Namen, hinter denen sie eine muslimische Herkunft vermutete, auf ein separates Blatt. Dann verfasste sie einen kurzen Brief an Eugen Theiss, in dem sie ihn ersuchte, die aufgelisteten Personen nach bisherigen Auffälligkeiten zu überprüfen. Als sie fertig war und den Brief mit der separaten Liste abgeschickt hatte, blieb sie vor dem PC sitzen. Ihre Gedanken beschäftigten sich mit Theiss. Ob sie den Berner Kollegen auf die Dringlichkeit ihres Anliegens hinweisen sollte? Ein Fettnapf? Rasch entschied sie sich für einen anderen Weg und schickte eine Kopie von Liste und Begleitbrief an Ursula Mansour und Frau Simon. Dann öffnete sie ihre Mailbox.

Das erste Email, das sie las, kam von Ursula Mansour. «Ich habe», schrieb die Bernerin, «in den mir zur Verfügung stehenden Unterlagen nachgeschaut und für den Terminus ‹Hadramaut› folgende Erklärung gefunden: Hadramaut ist der Name einer Region im Jemen. Die Familie bin Laden, das heisst der Vater Osama bin Ladens, ist von dort nach Saudiarabien ausgewandert. Wenn man das Wort übersetzt, heisst es soviel wie: der Tod ist gekommen.»
Nach der Lektüre des Emails sass die Kommissarin mehrere Minuten in Gedanken unbeweglich vor dem Bildschirm. Warum hatten die Attentäter das Wort ‹Hadramaut› vor ihre Botschaft gesetzt? Wollten sie damit sagen, dass «der Tod gekommen war»? Oder hatten sie den Namen der jemenitischen Heimatregion der Familie bin Laden als Einleitung gewählt, um damit ihre Verbundenheit mit dem Führer der al-Qaida zum Ausdruck zu bringen? Mit der Verwendung des Wortes hatten sie jedenfalls deutlich gemacht, dass sie sich in der islamischen Welt gut auskannten und auch mit der Lebensgeschichte bin Ladens vertraut waren.
Für Tina Merz war damit klar, dass sie die Terroristen im richtigen Umkreis suchten; nur Muslime verfügten über derartiges Wissen. Zufrieden wandte sie sich den anderen Emails zu.
Die Ermittlungsgruppen hatten inzwischen ihre Arbeit aufgenommen. Die Kommissarin fand in ihrer Mailbox die Berichte über die ersten Befragungen. Hoffnungsvoll las sie sich durch und war am Ende ihrer Lektüre enttäuscht; es gab nichts, was man als heisse Spur bezeichnen konnte. Auch bei den Mitteilungen aus der provisorischen Telefonzentrale war kein Fleisch am Knochen. Immerhin teilten zwei Gruppenleiter mit, es gebe einen interessanten Hinweis, den man aber erst weiterleiten wolle, wenn er auf seine Richtigkeit überprüft worden sei.
Als die Kommissarin ihren PC herunterfuhr, war sie unzufrieden mit sich und der Welt. Sie brauchte rasche Ergebnisse. Die Öffentlichkeit wartete darauf. Eine Viertelstunde später verabschiedete sie sich von Frau Simon. Deren vorwurfsvolle Feststellung, das Telefon mit Benjamin Mächler sei immer noch nicht erledigt, quittierte sie mit einer abwehrenden Handbewegung, worauf die Sekretärin ihr gestand, der junge Mann habe vor einer Stunde wieder angerufen; er beharre darauf, mit der Kommissarin zu sprechen.

Auch an diesem Abend sass Tina Merz noch lange vor dem Computer und surfte im Internet, während Lukas sich wohlig in ihrem Bett räkelte. Kurz nach zehn Uhr öffnete sich die Tür und Sebastian schaute herein. Als er

sie vor dem Computer sitzen sah, verschwand er wieder, um wenig später mit einem Buch in der Hand zurückzukehren. Er legte es schweigend neben dem PC ab und las dabei den Text, den sie auf dem Bildschirm hatte.
«Keine Lektüre zum Einschlafen», konstatierte er. Zögernd blieb er neben ihr stehen, sagte aber nichts mehr. Tina Merz musterte seinen Gesichtsausdruck. Sie hatte das Gefühl, er wolle ihr etwas mitteilen und suche nach den geeigneten Worten.
«Gibt es noch was?», erkundigte sie sich, um ihm den Einstieg ins Gespräch zu erleichtern.
Sebastian nagte an der Unterlippe. Schliesslich schüttelte er stumm den Kopf und verliess das Zimmer.
Um Mitternacht war sie so müde, dass die Texte auf dem Bildschirm vor ihren Augen verschwammen. Beim Abschalten des Computers fiel ihr Blick auf das Buch, das Sebastian zurückgelassen hatte. Sie nahm es mit ins Bett und begann, zu lesen. Schon nach wenigen Abschnitten war sie wieder hellwach.
Der Autor des Buches war ein ägyptischer Intellektueller, der vom Islam zum Christentum übergetreten war. Er schilderte, wie er deswegen von seiner Familie verstossen, von Fundamentalisten verfolgt worden und nur knapp einem Mordanschlag entkommen war. Unter Zitierung vieler Koranstellen beschrieb er den Islam als eine rückwärts orientierte Religion voller Aggression, Hass und Intoleranz, die die Saat des Terrorismus in sich trage.
Tina Merz verschlang Seite für Seite. Als die Münsterglocke zwei schlug, stand sie auf, holte sich in der Küche einen Kaffee und las weiter. Erst um halb vier legte sie das Buch zur Seite, löschte das Licht und versuchte zu schlafen. Aber sie war zu aufgewühlt. In ihrem Kopf wirbelten die Gedanken durcheinander. Sie versuchte zu ordnen und zu werten, was sie gelesen hatte, aber dafür war sie doch zu müde. Eins hatte sie allerdings begriffen: Für Mohammed war die Offenbarung und damit jeder Buchstabe des Koran unanfechtbare Wahrheit, die nicht hinterfragt und an der nicht gezweifelt werden durfte. Jetzt verstand sie, weshalb es für streng gläubige Muslime ein Ding der Unmöglichkeit war, sich in die westliche Gesellschaft zu integrieren. Die Ablehnung Andersgläubiger, die Todesdrohung gegen die, die zu einer anderen Religion konvertierten, die strikte Unterstellung der Frau unter die Gewalt des Mannes waren grundlegende, von Gott gegebene Normen, die in diametralem Gegensatz zu dem stand, was in den säkularisierten westlichen Demokratien gelebt wurde.

14

Sie erwachte mit heftigem Kopfweh. Obwohl das Morgenlicht ins Zimmer flutete, und sie ahnte, dass es längst Zeit zum Aufstehen war, blieb sie liegen. Sie nahm verschwommen wahr, dass Sebastian unter der offenen Tür erschien und schimpfte, es sei schon sieben und es stehe noch kein Frühstück auf dem Tisch. Sie hörte ihn, aber nur aus weiter Ferne, und seine Tirade ging sie nichts an. So blieb sie liegen, bis Lukas ihr brutal die Decke wegzog.

«He, Tina, wir müssen zur Schule», maulte er, «und unser Klassenlehrer hat erst kürzlich reklamiert, es sei eine Verletzung der elterlichen Füsorgepflicht, wenn Jugendliche ohne Frühstück zum Unterricht geschickt würden. Willst du das auf dir sitzen lassen?»

Nein, das wollte sie nicht. Zudem fror sie ohne ihr Duvet. Mühsam stand sie auf und tappte ins Badezimmer.

«Endlich», knurrte Sebastian, der vor dem Spiegel stand und an einem Pickel herumdrückte.

Sie warf sich kaltes Wasser ins Gesicht, schluckte eine Kopfwehtablette und begab sich in die Küche, wo Lukas inzwischen am Kochherd hantierte. Wenig später standen warme Milch, Ovomaltine und Kaffee sowie Toast, Butter und Honig auf dem Tisch.

Während sie unter der Dusche stand, vertilgten die beiden Söhne ihr Frühstück; kurz darauf verliessen sie lachend miteinander das Haus.

Um zwanzig vor neun Uhr trudelte sie im Waaghof ein. Der Spaziergang durch die morgenfrische Stadt hatte ihr gut getan; die Kopfschmerzen waren verschwunden, und sie konnte wieder einigermassen klar denken. Sie wurde von Martin Biasotto und Frau Simon bereits erwartet.

«Ich hatte soeben ein längeres Gespräch mit dem Mitarbeiter der SBB, der für die Videoüberwachung des Basler Bahnhofs zuständig ist», berichtete der Assistent atemlos, während sie sich ihrer Jacke entledigte. «Es ist mir in der Zwischenzeit auch klar geworden, warum die es nicht eilig hatten, mit uns in Kontakt zu treten.»

Tina Merz setzte sich an den Besprechungstisch und nickte dankbar, als Frau Simon einen Kaffee vor sie hinstellte. Biasotto blieb in der Mitte des Raumes stehen und wartete nervös, bis die Sekretärin, die eigentlich auch gern ein paar Informationen losgeworden wäre, den Raum verlassen hatte.

«Seit 2001 werden die grossen Bahnhöfe und die meisten Regionalzüge mit Videokameras überwacht», leitete der Assistent seine Mitteilung ein.

«Es sei nach wie vor umstritten, ob diese Massnahme etwas bringe. Umfragen hätten aber ergeben, dass die Akzeptanz bei den Fahrgästen hoch sei. Zudem zeige die Videoüberwachung eine präventive Wirkung, was den Vandalismus betreffe; dieser sei nach der Installation der Kameras signifikant zurückgegangen.»

Die Kommissarin hatte ihrem Assistenten ruhig und interessiert zugehört. Jetzt wurde sie langsam ungeduldig, was sich im Umstand manifestierte, dass sie begann, mit den Fingern auf den Tisch zu trommeln. «Komm endlich zur Sache», knurrte sie ungehalten.

Biasotto lachte. «Es ging mir am Telefon wie dir jetzt. Ich unterbrach den Mann schliesslich bei seinen allgemeinen Ausführungen und erinnerte ihn an den Grund meines Anrufs. Daraufhin räusperte er sich lange und umständlich.» Biasotto machte seinen Gesprächspartner lautstark nach, was ihm einen wütenden Blick seiner Chefin einbrachte. «Schliesslich versprach er mir ohne weitere Ausführungen, er werde mir die vorhandenen Aufnahmen schicken.»

«Ein Bote soll sie abholen.»

«Nicht so schnell, liebe Tina. Die Sache hat nämlich einen Haken.»

Die Kommissarin ahnte Unangenehmes. «Komm schon, spuck es aus.»

«Es habe leider eine Panne gegeben, gestand mir der Mann nach erneutem ausführlichem Räuspern. Leider sei dort, wo die Aufnahmen aus den verschiedenen Kameras zusammengeführt und dann weiter ins Überwachungszentrum geleitet würden, am Dienstagabend eine Sicherung ausgestiegen. Man habe sie am Mittwochmorgen ersetzen wollen, und der Techniker sei auch schon unterwegs gewesen. Die Explosion sei ihm zuvorgekommen.»

Die Kommissarin war sprachlos. «Das stimmt doch nicht? Du machst Witze?»

«Leider nicht», erwiderte Martin Biasotto deprimiert. «Es gebe aber Aufzeichnungen vom Dienstag, versicherte mir der Mann, und diese Aufnahmen seien intakt.»

«Was heisst schon Dienstag?», knurrte Tina Merz, «Sie sollen uns die Aufnahmen der ganzen letzten Woche schicken. Bestimmt haben die Attentäter die Stelle, wo sie die Bombe deponierten, ausgiebig erkundet.»

«Ich teile deine Ansicht. Die Videoaufzeichnungen werden aber leider nur vierundzwanzig Stunden aufbewahrt. Nachher werden sie automatisch gelöscht.»

Jetzt sagte die Kommissarin nichts mehr.

«Der Mann von den SBB entschuldigte sich hundert Mal für das Missgeschick. Und vielleicht haben wir Glück und erkennen die Attentäter auf dem Film vom Dienstag», versuchte Biasotto seine Chefin zu trösten.
«Vielleicht, vielleicht», spottete diese. «Warum sind überall Stümper am Werk, die unsere Arbeit erschweren?»
«Es gibt halt viel von der Sorte, Chefin», versuchte Biasotto die Kommissarin zu besänftigen. «Zu viele.»
«Ich habe so sehr auf diese Videoaufzeichnungen gehofft. Bei den bisherigen Attentaten waren sie immer ein Schlüssel zur Aufklärung.»
«Lass dich nicht entmutigen, Tina. Wir werden einen anderen Schlüssel finden.»
Aber die Kommissarin liess sich nicht so einfach trösten. «Das ist nur der erste Rückschlag», jammerte sie. «Und es wird bestimmt nicht der einzige bleiben.»
«Chefin», versuchte Biasotto sie aufzuheitern, «wir werden den Fall auch ohne diese Videofilme lösen.»
Die Kommissarin hatte Mühe, die schlechte Nachricht wegzustecken. Zusammengesunken, die Augen starr und blicklos in die Ferne gerichtet, sass sie mit düsteren Gedanken reglos am Tisch, als Frau Simon ins Zimmer kam und mitteilte, Benjamin Mächler habe sich wieder gemeldet. Nervös suchte die Sekretärin auf dem Schreibtisch der Kommissarin einen Ort, um die Post abzulegen, fand aber keinen und nutzte schliesslich die freie Stelle auf dem Besprechungstisch neben der leeren Kaffeetasse.
«Vor fünf Minuten rief ein Silvan Pfaff an, einer Ihrer Gruppenleiter, er habe eine interessante Information. Er wolle Sie darüber noch heute persönlich informieren.»
Die Kommissarin nickte stumm.
«Dann werde ich Pfaff einen Termin geben. Er wartet darauf.» Frau Simon warf einen Blick auf die Zettel in ihren Händen. «Ein Wachtmeister Bodmer hat mitgeteilt, er habe bei einer Kontrolle festgestellt, dass im Claraspital ein junger Mann liegt, der beim Attentat verletzt wurde, aber auf der offiziellen Liste nicht verzeichnet ist.»
«So etwas kann passieren. Was ist das Problem?»
«Bodmer hat den Verdacht, das sei kein Zufall. Der junge Mann sei neunzehn Jahre alt und stamme aus Nordafrika. Möglicherweise habe er versucht, der Registrierung und damit unserer Kontrolle zu entgehen.»
«Das ist allerdings eine interessante Feststellung. Wir werden uns den Mann gelegentlich anschauen. Wie war sein Name?»

Frau Simon nahm den Zettel mit dem Anruf Bodmers, den sie bereits hinter die anderen geschoben hatte, wieder hervor: «Khalil Khima. Ich habe mich beim zuständigen Arzt erkundigt, ob er vernehmungsfähig sei. Er meinte, in ein bis zwei Tagen sei eine Befragung möglich.»
«Danke, das war gute Arbeit», lobte die Kommissarin ihre Mitarbeiterin. Diese war aber noch nicht fertig. «Es sind jetzt alle Toten bis auf zwei identifiziert», informierte sie weiter. «Eine der beiden noch unbekannten männlichen Leichen soll in unmittelbarer Nähe des Explosionsortes gefunden worden sein.»
«Bis wann können wir mit der Identifizierung rechnen?»
Frau Simon zuckte mit der Achsel. «Das konnte mir niemand sagen.» Sie legte mehrere Blätter vor der Kommissarin auf den Tisch. «Das sind die nachgeführten Listen der Toten und Verletzten. Die Liste der Toten musste leider um mehrere Namen ergänzt werden. Ich habe die neuen rot angestrichen. Diese beiden Frauen hier gehören dazu», die Sekretärin zeigte auf zwei markierte Namen. «Sie starben beide gestern innerhalb einer Viertelstunde. Mutter und Tochter. Aus dem Iran. Sie waren nur etwa acht Meter von der Stelle entfernt, an der die Bombe explodierte. Sie hatten beide schwere innere Verletzungen.»
Tina Merz hatte inzwischen ihren Ärger wegen der Videofilme vergessen «Es ist nicht auszuschliessen, dass die beiden Frauen ins Umfeld der Terroristen gehören. Erkundigen Sie sich bei der Fremdenpolizei und schicken Sie die Liste mit den neuen Namen nach Bern. – Soweit es sich dabei um Personen mit muslimischer Herkunft handelt. Man soll sie dort überprüfen.»
Frau Simon nickte. «An wen soll ich sie schicken?»
«Man hat uns angewiesen, alles an Eugen Theiss zu übermitteln», instruierte Biasotto die Sekretärin.
«Schicken Sie eine Kopie an Ursula Mansour», ergänzte Tina Merz rasch. «Sie soll wissen, was wir hier tun und welche Anfragen und Informationen von uns zur Bundesanwaltschaft gehen.»
«Gut», Frau Simon war zufrieden. «Ich lege einen Ordner an mit Kopien von allem, was wir nach Bern übermitteln. Dann haben wir die Sache unter Kontrolle.» Sie spürte den fragenden Blick der Kommissarin. «Dieser Theiss ... » die Sekretärin suchte nach den richtigen Worten, denn sie wollte auf keinen Fall den Eindruck erwecken, sie tratsche über Vorgesetzte. «Er hat gestern zwei Mal telefoniert und bei beiden Anrufen beklagte er sich zehn Minuten lang, er sei völlig überlastet. Ich … ich glaube, der Mann ist nicht gerade verrückt nach Arbeit.»

Tina Merz konnte sich ein Lachen nicht verkneifen. Sie vertraute der Menschenkenntnis ihrer Sekretärin. Mit mehrfachem, nachdenklichem Nicken gab sie dieser zu verstehen, dass sie ihre Beurteilung teile, und wandte sich dann ihrem Assistenten zu. «Und du? Hast du weitere Neuigkeiten? Vielleicht ausnahmsweise etwas Erfreuliches?»
«Chefin, ich bin nicht wie Theiss, ich bin von Arbeitswut besessen», sprudelte Biasotto hervor. «Ich brenne darauf, endlich handfeste Leistungen zu erbringen. Was haben die ersten Befragungen ergeben? Gibt es einen Ansatzpunkt? Eine heisse Spur?»
Tina Merz hatte begonnen, ihre Post durchzusehen. Sie hielt einen Brief in der Hand, auf dem nur ihr Name stand und darunter in grossen von Hand geschriebenen Buchstaben: *‹Hadramaut›*. Sie drehte das Kuvert; es war ohne Adresse und ohne Postmarke. Ein ungutes Gefühl überkam sie; sie spürte Beklemmung, massives Unbehagen. Eine anonyme Zuschrift? Sie vertrat stets die Meinung, solche Sendungen sollten ungeöffnet und ungelesen direkt in den Papierkorb wandern. Aber sie wusste natürlich, dass anonyme Informationen auch schon zur Lösung von Fällen beigetragen hatten. Sie legte den Briefumschlag vor sich auf den Tisch. Ob er von den Attentätern kam? Oder von einem Trittbrettfahrer?
«Du hörst mir gar nicht zu», stellte Biasotto gereizt fest. Er hatte die Kommissarin beobachtet, kam näher und griff nach dem Briefumschlag, «Was ist das?»
«Vermutlich anonym», murmelte sie.
Martin Biasotto, der die Prinzipien seiner Chefin kannte, trat ein paar Schritte zurück und riss den Umschlag auf. «Wir können es uns schlicht nicht leisten, Informationen nicht zur Kenntnis zu nehmen», kommentierte er sein Vorgehen. Er entnahm dem Kuvert ein Blatt und warf einen kurzen Blick darauf. «In welcher Form sie uns auch immer ...» Er verstummte und hielt der Kommissarin das Papier vor die Augen.
«Die aber ungläubig sind – wehe ihnen! Er wird ihre Werke zunichte machen.» Die Unterschrift fehlte.
«Das muss wieder eine Koranstelle sein», murmelte sie, während sie zum Telefon griff und die Nummer von Yesrim von Känel eingab. «Wir wollen das abklären, bevor wir den Zettel ins Labor schicken.»
Biasotto hatte den Brief, den er nur an den Ecken angefasst hatte, auf den Tisch gelegt und besah sich eingehend das Kuvert. «Er kam nicht mit der Post; er wurde unten in den Briefkasten geworfen», murmelte er. «Das heisst, die Attentäter leben und halten sich in der Stadt auf.»

«Das heisst es nicht», widersprach die Kommissarin. «Es heisst nur, dass diejenigen, die die Verantwortung für den Anschlag übernehmen, am Leben sind. Und das wäre typisch für al-Qaida. Die Führer schicken andere in den Tod und bleiben selbst im Trockenen.»
«Okay», lenkte Biasotto rasch ein. «Dann will ich meine Schlussfolgerung anders formulieren: wenn diese Botschaft nicht von einem Trittbrettfahrer geschrieben wurde, leben die Drahtzieher des Attentats unter uns. Hier in Basel.»
«Oder halten sich zumindest zur Zeit hier auf», stimmte die Kommissarin zu. Sie legte das Telefon ab. «Yesrim von Känel ist nicht in ihrem Büro. Mach eine Kopie und schick den Brief ins Labor.»
Martin Biasotto nickte und verliess den Raum. Minuten später war er zurück und legte die kopierte Botschaft auf den Schreibtisch der Kommissarin. «Nachher starten wir durch wie eine Rakete in Cape Kennedy», bemerkte er mit einem Augenzwinkern unternehmungslustig und verschwand wieder.
Er hatte die Tür noch nicht hinter sich geschlossen, als Yesrim von Känel anrief. «Sie haben mich gesucht?», erkundigte sie sich. Ohne die Antwort der Kommissarin abzuwarten, gab sie stolz ihr in der Zwischenzeit erworbenes Wissen zum Besten: «Ich habe ein Verfahren gefunden, mit dem ich Ihre Botschaften im Koran sofort identifizieren kann», meldete sie. «Der Text der ersten Botschaft entspricht der Sure 22 Vers 57.»
«Wir haben wieder eine Nachricht bekommen. Sie müsste ebenfalls dem Koran entnommen sein», meldete die Kommissarin und griff nach dem Blatt mit dem kopierten Text.
«Kein Problem», kam die fröhliche Antwort durchs Telefon. «Wie lautet sie?»
Tina Merz las den Text vor.
«Ihr Gefühl ist richtig», meldete Yesrim von Känel Sekunden später zurück. «Der Satz entspricht der Sure 47 Vers 8.»
«Das geht aber schnell», bewunderte Tina Merz.
«Man muss nur das richtige Programm finden; bei der Bibel läuft das genau so.»
«Vielen Dank und bis zum nächsten Mal», verabschiedete sich die Kommissarin etwas abrupt. Aus dem Büro von Frau Simon drangen laute Stimmen zu ihr und neugierig, wie sie nun einmal war, wollte sie wissen, wer sich da mit ihrer Sekretärin herumstritt. Sie kam nicht dazu, von ihrem Stuhl aufzustehen. Die Tür zum Sekretariat wurde aufgerissen, und ein

junger Mann stürmte herein. Dahinter erschien eine lamentierende Frau Simon, die sich dem Eindringling in den Weg gestellt hatte, aber von diesem einfach zur Seite geschoben worden war.
Die Kommissarin betrachtete den Besucher, der nach Atem ringend vor ihr stand. Er war vermutlich etwa zwanzig Jahre alt. Seine grauen Augen, die in seltsamem Kontrast standen zum dunklen, lockigen Haar, waren aufgeschwollen. Ein Dreitagebart betonte die Blässe seines Gesichts. Er trug Jeans und eine blaue Jacke. Um den Hals hatte er einen langen roten Schal gewickelt, dessen Enden ihm über die Brust herabhingen und mit denen er immer wieder nervös spielte. Die ganze Person wirkte ungepflegt, wie jemand, der in den Kleidern unter der Brücke genächtigt und die Morgentoilette vergessen hatte.
«Ich muss mit Ihnen reden», stiess er zwischen zwei Atemzügen hervor. «Ich versuche schon seit Tagen an Sie heranzukommen, aber Sie sind besser geschützt als der amerikanische Präsident.» Er stutzte einen Moment und sah sich im Raum um. «Sie sind doch Frau Merz?»
Die Kommissarin nickte Frau Simon zu, um ihr anzuzeigen, dass alles in Ordnung sei und sie sich zurückziehen könne. Dann forderte sie den Besucher mit einer Handbewegung auf, am Tisch Platz zu nehmen, und öffnete die Tür zum Nebenraum.
Martin Biasotto sass am Schreibtisch und hielt das Telefon in der Hand. Er hatte soeben mit Kurt Schmiedlin gesprochen. «Er wird den Zettel sofort untersuchen», informierte er die Kommissarin sitzend. «Er ist aber nicht sehr hoffnungsvoll, was Spuren angeht.»
Tina Merz hatte nur mit halbem Ohr zugehört. «Kommst du? Ich habe einen Besucher, der dringend mit uns reden möchte.»
Die beiden Kommissare setzten sich zu ihrem Gast an den Tisch, und nachdem Tina Merz sich erkundigt hatte, was es denn so Dringendes zu besprechen gebe, begann dieser, nach einem prüfenden Seitenblick auf Biasotto, sein Anliegen vorzutragen.
«Ich bin Benjamin Mächler. Ich war am Mittwoch im Bahnhof unmittelbar, bevor die Bombe hochging.»
Tina Merz nickte stumm und wartete. Mächler hatte sich inzwischen etwas beruhigt. Biasotto fühlte sich durch den Besucher gestört und aufgehalten. «Wir haben zu tun», stellte er fest. «Kommen Sie zur Sache.»
Mächler achtete nicht auf den Assistenten. «Ich hatte es am Mittwochmorgen ziemlich eilig. Ich musste noch Matheaufgaben abschreiben.» Er hatte das Gefühl, sich näher erklären zu müssen. «Ich nehme sonst immer

den späteren Zug. Aber an diesem Morgen war ich früher unterwegs. Wegen der Mathe.»
«Gut», rekapitulierte die Kommissarin. «Sie hatten es eilig. Und wenn ich Sie richtig verstehe», ihre Augen glitten über den unversehrten schlanken Körper des jungen Mannes, «befanden Sie sich zur Zeit der Explosion nicht mehr in der Bahnhofüberführung.»
«Genau so war es», bestätigte Mächler und wandte unter dem forschenden Blick der Kommissarin die Augen ab.
«Aber Sie haben etwas Wichtiges beobachtet?»
Mächler schüttelte den Kopf. «Nein, ich sagte doch schon: ich hatte es eilig. Ich schaute weder nach links noch nach rechts. Ich kam mit dem Zug von Sissach und bin mehr oder weniger im Laufschritt vom Perron durch die Überführung zum Ausgang des Bahnhofs gelaufen. Aber ...»
«Sie haben also nichts beobachtet?» Biasotto konnte seinen Unmut nicht mehr verbergen. «Was wollen Sie denn hier?»
«Ich ... Ich möchte ... ich denke....»
«Denken Sie nicht, sprechen Sie», doppelte die Kommissarin ebenso ungehalten nach. «Wir haben wenig Zeit und eine Menge Arbeit. Kaffeekränzchen müssen wir auf später verschieben.»
«Mein ... Ich ... » Mächler war einen Moment verunsichert. «Meine Freundin ist tot», stiess er plötzlich heraus und dann heulte er los. Seine Schluchzer klangen herzzerreissend und weckten das Mitgefühl der Kommissarin. Sie legte dem Jungen die Hand auf den Oberarm in der Hoffnung, ihn damit etwas zu beruhigen.
«Ein schreckliches Unglück», murmelte sie, seinen Arm streichelnd.
«Ich wusste nicht, dass sie im selben Zug ist», schluchzte Mächler. «Sie sagte mir am Dienstagabend, sie nehme den späteren Kurs. Sonst hätte ich doch auf dem Perron auf sie gewartet.»
«Dann wären Sie jetzt beide tot», kam es trocken von Martin Biasotto. «Und das würde niemandem etwas bringen. Weder Ihrer Freundin noch Ihnen.»
Mächler setzte zum Widerspruch an, hielt sich dann aber zurück.
«Und was können wir für Sie tun?», erkundigte sich die Kommissarin etwas freundlicher und streifte mit den Augen ihre Uhr. Der heulende junge Mann tat ihr Leid, aber sie war die falsche Adresse, wenn er Trost suchte.
«Ich ... ich möchte helfen, die Täter zu finden», stiess Mächler plötzlich zornig hervor. «Das sind Schweine. Sie gehören hinter Schloss und Riegel. Nein, sie ... »

Bevor er weiterreden konnte, schnitt ihm Tina Merz das Wort ab. «Danke für das Angebot», sagte sie freundlich, aber dezidiert und stand auf, um dem jungen Mann anzuzeigen, dass das Gespräch beendet sei. «Diese Ermittlungen sind kein Detektivspiel, sondern blutiger Ernst. Und dafür braucht es ausgebildete und erfahrene Polizeileute und Kriminalisten.» Sie bemerkte den flackernden Blick des Gastes und spürte, dass sie ein Zugeständnis machen musste. «Sollten wir trotzdem Verwendung für Sie haben, werde ich mich bei Ihnen melden.» Sie nahm einen Zettel vom Schreibtisch. «Schreiben Sie Ihre Adresse und Telefonnummer auf, damit wir Sie bei Bedarf erreichen können.»
Mächler sass zusammengesunken auf seinem Stuhl. Jetzt hob er den Kopf, zog ein schmutziges Taschentuch aus dem Hosensack und schnäuzte sich. Schliesslich stand er widerwillig auf, nahm den Kugelschreiber, den die Kommissarin ihm die ganze Zeit hingehalten hatte, ging zum Schreibtisch und schrieb seine Adresse und Handynummer auf den dort bereit liegenden Zettel. Er drehte sich um. Sein Blick ging von Tina Merz zu Martin Biasotto, der sich ebenfalls erhoben hatte.
Nach einer langen Minute des Schweigens murmelte die Kommissarin: «Wir haben wirklich viel zu tun», und streckte dem Gast die Hand hin. «Und wie gesagt, wenn wir Sie brauchen, werden wir uns melden.»
Ratlos stand Mächler zwischen den beiden Kommissaren. Er war enttäuscht, wollte eigentlich noch etwas Wichtiges sagen und tat sich schwer, den Raum zu verlassen, in den er mit so viel Mühe vorgedrungen war. «Auch ein Freund aus meiner Klasse ist tot», murmelte er in der Hoffnung, damit doch noch zu erreichen, was man ihm abgeschlagen hatte. Seine Augen wanderten noch immer von Tina Merz zu ihrem Assistenten und wieder zurück. «Wir waren zusammen im Zug; er erzählte mir, dass er nach der Matur seinen Paten in Amerika besuchen wolle. Er hat sich so auf diese Reise gefreut.»
Tina Merz und Martin Biasotto schwiegen und warteten. Mächler stand im Raum und suchte nach einem Anker, mit dem er sich darin festmachen konnte.
«Haben Sie schon eine heisse Spur?», erkundigte er sich, um ein Gespräch in Gang zu bringen.
«Es tut uns leid.» Die Kommissarin ging zum Ausgang, «Aus laufenden Ermittlungen können wir keine Informationen geben.» Sie öffnete die Tür und wartete stumm, bis Mächler endlich begriff, dass er keine Chance hatte, und den Raum schweigend und mit gesenktem Kopf verliess.

«Was wollte der Mann wirklich?», rätselte Biasotto, als sie wieder allein waren.
«Ich weiss es nicht», antwortete Tina Merz, die sich wieder ihrer Post zugewandt hatte. «Er träumt vom Detektiv spielen.»
«Ist er dafür nicht etwas zu alt?»
«Mag sein, aber vermutlich hat ihn der Tod seiner Freundin völlig aus der Bahn geworfen, und in diesem Zustand kann ein Junge in seinem Alter auf seltsame Ideen kommen. Jedenfalls haben wir in diesem Fall keine Zeit für Lehrlinge und Amateure. Gibt es schon eine Antwort auf die Personenliste, die wir gestern nach Bern geschickt haben?»
«Ich habe nichts gehört. Aber die DVDs mit den Aufnahmen der Videokameras sind eingetroffen.»
«Und?», kam es hoffnungsvoll.
«Leider muss ich dich enttäuschen. Es sind nur die angekündigten Filme vom Dienstag. Genau zwölfeinhalb Stunden vor dem Anschlag haben die Kameras den Geist aufgegeben.»
Die Kommissarin machte sich mit einem langen Seufzer Luft. «Dann werden wir uns halt anschauen, was wir haben.»

15

In den folgenden zwei Stunde sahen sich die Kommissare im Projektionsraum Teile der vorhandenen Videoaufzeichnungen an. Sie suchten nach jungen Männern mit orientalischem Aussehen. Mehrmals entdeckten sie Personen, die – zumindest was das Äussere betraf – dem Bild entsprachen, das sie sich von den Terroristen gemacht hatten. Sie liessen dann den Film zurücklaufen, um sich die Leute nochmals genauer anzusehen. Aber es war niemand dabei, der sich verdächtig bewegte, den Explosionsort in Augenschein nahm, oder auch nur suchend herumstand. Als sie die Vorführung beendeten, machte sich Enttäuschung breit.
«Und das ist tatsächlich alles, was man uns geschickt hat?», erkundigte sich Tina Merz nochmals in der Hoffnung, ihr Assistent habe einen lausigen Scherz mit ihr getrieben. «Auf dem Perron und im Zug wurden keine Aufnahmen gemacht?»
«Leider nicht», schüttelte Biasotto den Kopf. «Der Mann von den SBB erklärte mir, man habe dies bisher nicht für nötig gehalten. Weder auf den Basler Perrons, noch in den hiesigen Lokalzügen gebe es nennenswerten Vandalismus.»
«Vandalismus nicht, dafür aber ein Bombenattentat mit vielen Toten und Verletzten.»
Sie beschlossen, die Videoaufzeichnungen kommentarlos der zuständigen Ermittlungsgruppe zu übergeben und eine Kopie nach Bern zu schicken; vielleicht konnten die Fachleute mehr herauslesen.

Schweigend und deprimiert gingen sie zu ihren Büros zurück. Vor dem Sekretariat trafen sie einen kleinen, schmächtigen Mann mit kahlem Kopf und grosser Hornbrille, der wie ein Tiger im Käfig ungeduldig hin- und herlief und offensichtlich auf sie wartete. Als er Tina Merz erkannte, schaute er vorwurfsvoll auf seine Uhr.
«Endlich», stiess er dazu hervor, was die Kommissarin unweigerlich an Sebastian erinnerte.
Der Mann realisierte sofort, dass er den Ankömmlingen keinen passenden Empfang bereitet hatte. «Entschuldigen Sie», er gab seinem Gesicht einen zerknirschten Ausdruck. «Ich habe in zwanzig Minuten meine nächste Befragung. Darum stehe ich unter Zeitdruck.»
Der mit Frau Simon abgesprochene Termin fiel der Kommissarin ein. «Sie sind Wachtmeister Pfaff», stellte sie liebenswürdig fest. «Wir sind neugierig, was Sie uns zu berichten haben.»

«Ich möchte Ihnen zwei Informationen zukommen lassen», begann Pfaff, nachdem er im Büro der Kommissarin Platz genommen und einen dicken schwarzen Ordner vor sich hingelegt und aufgeschlagen hatte. «Ich habe gestern eine ältere Dame namens Beatrice Hofer befragt. Sie meldete sich bei uns, nachdem sie im Radio Ihren Aufruf gehört hatte. Sie befand sich im Zug aus dem Baselbiet, der um 7 Uhr 37 in den Bahnhof einfuhr. Da sie kürzlich am Fuss operiert wurde und deshalb zur Zeit gehbehindert ist, wartete sie, bis alle Leute den Wagen verlassen hatten, um dann ihrem Tempo entsprechend aussteigen zu können. Sie befand sich im Zeitpunkt der Explosion deshalb noch auf dem Perron, was ihr das Leben gerettet hat.»
Pfaff legte ein Blatt um, griff in die Tasche seines Jacketts, holte ein sorgfältig zusammen gefaltetes Taschentuch heraus und schnäuzte sich umständlich.
«Während der Fahrt von Liestal nach Basel», setzte er seinen Bericht fort, nachdem er sein Taschentuch wieder zusammengelegt und verstaut hatte, «sass Frau Hofer in einem Viererabteil. Im Abteil auf der anderen Seite des Durchgangs hatten sich vier junge Leute niedergelassen; einer der beiden Männer – es habe sich ganz offensichtlich um Ausländer gehandelt – zündete sich eine Zigarette an. Frau Hofer machte ihn auf das Rauchverbot aufmerksam, worauf der junge Mann sie ausgelacht und sich ziemlich negativ über die Schweizer geäussert habe. Sein Hass sei richtig spürbar gewesen. Frau Hofer könnte sich vorstellen, dass die beiden jungen Männer am Attentat beteiligt waren.»
Tina Merz hatte anfänglich konzentriert zugehört. Bei den letzten Sätzen von Pfaffs Schilderung hatte sie missmutig die Brauen hochgezogen und einen viel sagenden Blick mit ihrem Assistenten gewechselt.
«Woran hat Frau Hofer denn erkannt, dass es sich bei den vier jungen Leuten um Ausländer handelt?», erkundigte sie sich. Ein aufmerksamer Zuhörer hätte dem Ton ihrer Frage entnehmen können, dass die Antwort sie eigentlich gar nicht interessierte, denn sie hatte den Hinweis der Zeugin bereits als Irrläufer abgeschrieben.
«Das habe ich auch gefragt», antwortete Pfaff eifrig. «Die Frau sagte, das Aussehen der jungen Leute sei eindeutig gewesen: dunkler Teint und sehr dunkle Haare. So wie eben nur Ausländer sie hätten. Zudem sei ihr Deutsch eindeutig ausländisch gefärbt gewesen. Und eines der beiden Paare habe ein paar Worte gewechselt, die sie nicht verstanden habe. Sie vermutet, es sei Arabisch gewesen; sie kenne den Klang dieser Sprache von ihren Ferien in Tunesien.»

Die Kommissarin strich sich die Haare aus der Stirn und schwieg. Die Aussage gab nichts her. Aber sie wollte Wachtmeister Pfaff nicht enttäuschen. «Eine unserer Ermittlungsgruppen ist daran, Photos von allen Toten und Verletzten zu beschaffen. Man soll dieser Frau Hofer die Bilder vorlegen. Wenn sie die vier jungen Leute identifizieren kann, werden wir weiter sehen. Gibt es sonst noch etwas?»
Pfaff nickte. «Ich habe gestern die Frau interviewt, die im Zeitpunkt der Explosion im *Caffe Spettacolo* hinter der Theke stand. Helen Krieger heisst sie.»
«*Caffe Spettacolo*?»
«Das war die Kaffeebar in der Bahnhofüberführung», klärte Pfaff die Kommissare auf. «Die Frau hat trotz der Nähe zur Explosion nur leichte Verletzungen davon getragen. Sie hatte Glück, die massive Theke hat sie geschützt.»
«Und was hat diese Frau Krieger beobachtet?», erkundigte sich Martin Biasotto erwartungsvoll.
«Sie werden es noch schriftlich bekommen. Aber ich meine, diese Information sei so wichtig, dass ich sie Ihnen sofort übermitteln wollte.»
«Dann übermitteln Sie.» Tina Merz war angespannt und ungeduldig; sie hatte den Eindruck, dieser Pfaff halte sie mit seinen angeblich interessanten Hinweisen nur von der Arbeit ab.
«Die Zeugin erzählte mir, – wie gesagt, Sie bekommen es noch schriftlich – also, sie erzählte mir, sie habe unmittelbar vor der Explosion zwei Männer beobachtet, die sich vor ihrer Kaffeebar stritten.»
«Zwei Männer, die stritten?», wiederholte Biasotto gespannt.
«Helen Krieger konnte die beiden durch die Scheibe beobachten. Sie hätten heftig gestikuliert und auf einander eingeredet.»
«Hat sie verstanden, was gesprochen wurde?»
Pfaff schüttelte den Kopf.
«Und wie sahen die beiden aus?» Tina Merz war wieder voll bei der Sache.
Pfaff blätterte in seinen Akten. «Der eine trug Jeans, eine dunkle Jacke mit hellem Kragen und schwarze Turnschuhe», las er ab. «Er sei gross und schlank gewesen. Der andere, möglicherweise auch eine Frau, war mindestens einen Kopf kleiner und ebenfalls schlank. Er habe eine helle blaugraue Jacke getragen.»
«Besondere Merkmale? Haarfarbe? Schnurrbart?», drängte die Kommissarin ungeduldig.

Pfaff kratzte sich am Kopf. «Das ist so eine Sache», antwortete er zögernd, wie wenn er die Spannung im Raum erhöhen wollte. «Die Zeugin konnte die Gesichter der Beiden nicht sehen; der Kleinere habe eine graue Baseballmütze aufgehabt und ihr den Rücken zugekehrt. Der Kopf des Grösseren sei unter einem Motorradhelm versteckt gewesen.»
«Schade», kommentierte die Kommissarin enttäuscht. «Hatten die beiden Gepäck bei sich?»
«Die Zeugin glaubt, sich zu erinnern, dass der Kleinere einen dunklen Rucksack getragen hat.»
«Gut beobachtet», lobte Biasotto.
«Könnten es Ausländer gewesen sein?»
«Dazu wollte sich Frau Krieger nicht äussern.»
«Sie waren nicht dunkel?»
«Sie hat das verneint. Zumindest sei ihr nichts aufgefallen. Aber letztlich, betonte sie immer wieder, könne sie keine konkrete Aussage machen, da sie vom Kopf der Beiden nicht viel gesehen habe.»
«Wie alt?»
«Sie glaubt, es seien junge Leute gewesen.»
«Also zwischen zwanzig und dreissig?»
«Sie gab kein Alter an. Sie sagte nur, die Gestalt, die Gestik und die Kleider der beiden hätten jung gewirkt.»
«Und sie hat auch nicht gehört, in welcher Sprache die beiden sich stritten?»
«Frau Krieger war sehr beschäftigt. Die Bar sei ziemlich voll gewesen.» Die Miene des Wachtmeisters drückte aufrichtiges Bedauern aus. «Es tut mir leid, aber ich kann nicht mehr sagen.»
«Würde die Zeugin die Männer wieder erkennen?», wollte Biasotto wissen.
Pfaff zuckte mit der Achsen. «Darüber haben wir nicht gesprochen.»
Die Kommissarin überlegte, was die Zeugenaussage für ihre Ermittlungen bringen könnte.
«Auch wenn die Frau die Gesichter nicht genau sehen konnte, ist es wichtig, dass man ihr die Photos zeigt, die unsere Ermittlungsgruppe zusammenträgt. Wer weiss, vielleicht kann sie uns doch einen wichtigen Tipp geben.»
«Hilft Ihnen meine Information weiter?», erkundigte sich Pfaff erwartungsvoll. Er wollte für seinen Bericht gelobt werden.
«Wir wissen es noch nicht», erwiderte Tina Merz nachdenklich. «Es wäre hilfreich, wenn ein zweiter Zeuge die Beobachtungen bestätigen könnte.»

«Wie gesagt, Frau Krieger meint, die zweite, kleinere Person könnte von der Gestalt her auch eine Frau gewesen sein. Eine grössere Frau, die ihr Haar unter der Mütze verbarg.»
Die Kommissarin war noch immer am Nachdenken; ihr Gefühl sagte ihr, dass sie die beiden streitenden jungen Leute im Auge behalten musste. «Wenn ich Sie richtig verstanden habe, dann hat der Streit unmittelbar vor der Explosion stattgefunden?»
Pfaff nickte eifrig. «Richtig. Die Männer seien plötzlich verschwunden und kurz darauf sei die Explosion erfolgt.»
«Hat Frau Krieger den Zeitraum zwischen dem Verschwinden und der Explosion genauer definiert?»
Pfaff schüttelte bedauernd den Kopf.
«Wenn Sie es wünschen, werde ich ...»
Die Augen der Kommissarin gingen zu ihrem Assistenten. «Vielen Dank, wir werden das selbst erledigen.»
«Darf ich fragen, warum das wichtig ist?»
Martin Biasotto hatte den Sinn der gestellten Frage natürlich sofort begriffen. «Je nach dem», erklärte er dem staunenden Pfaff, «müssen wir die beiden unter den Lebenden oder unter den Toten suchen.»
Jetzt kapierte auch der Wachtmeister. «Sie meinen, wenn die Bombe unmittelbar nach dem Verschwinden der Beiden hochging, sind sie wahrscheinlich tot; wenn sie mehr Zeit hatten, um sich vom Ort der Explosion zu entfernen, sind sie möglicherweise mit dem Leben davon gekommen.»
«Genau das meinen wir», bestätigte Biasotto liebenswürdig.
«Wenn Sie nichts dagegen haben», wandte sich Pfaff beflissen an die Kommissarin, «würde ich die Mitarbeiter in den Geschäften, die dem *Caffe Spettacolo* gegenüber liegen, nach ihren Beobachtungen fragen.»
Rasch hob Biasotto abwehrend die Hände. «Danke für das Angebot. Aber – wie gesagt – wir werden alles Weitere selbst erledigen.»
«Glauben Sie denn, die beiden Männer könnten etwas mit dem Anschlag zu tun haben?», wandte sich Pfaff etwas enttäuscht an die Kommissarin.
«Wir wissen es noch nicht», lautete deren Antwort. «Aber möglich wäre es schon. Sie haben uns jedenfalls einen interessanten Hinweis gebracht. Wir werden die Spur weiterverfolgen.»
Pfaff sah auf die Uhr und stand auf. «Ich muss», sagte er bedauernd und wandte sich zur Tür. Auf der Schwelle drehte er sich nochmals um. «Würden Sie mich informieren, wenn die Beobachtungen von Frau Krieger durch andere Zeugen bestätigt werden? Es wäre doch super, wenn ich

Ihnen den entscheidenden Tipp für die Aufklärung des Falles gebracht hätte.»

Tina Merz lächelte. «Wir werden Sie informieren. Keine Angst. Sobald wir mehr wissen.»

«Vielen Dank», verabschiedete sich Pfaff.

«Ich erwarte Ihren schriftlichen Bericht», rief ihm die Kommissarin noch nach.

«Was hältst du von Pfaffs Informationen?», wandte sich Tina Merz neugierig an ihren Assistenten, nachdem der Wachtmeister die Tür hinter sich geschlossen hatte.

«Die vier jungen Leute dieser Ausländer feindlichen älteren Schachtel kann man vergessen. Sie haben nichts mit dem Attentat zu tun.» Biasotto war aufgestanden und blickte, die Hände in den Hosentaschen, zum Fenster hinaus.

«Einverstanden», stimmte die Kommissarin zu. «Aber wir werden dieser Frau Hofer trotzdem die Photos zeigen.»

«Chefin», widersprach Biasotto und kam zum Tisch zurück. «Du wirst doch auf Grund dieser bescheuerten Aussage nicht eine Ermittlung einleiten?»

Tina Merz lächelte ihrem Assistenten zu; sie teilte sein Urteil über den Wert von Frau Hofers Aussage. Trotzdem hielt sie am geplanten Vorgehen fest. «Vorurteile, mein lieber Schwan, haben zwar schon manche Ermittlung ins Pfefferland geführt, aber voreiliges Abschreiben von Zeugenaussagen ebenso. Wir müssen allem nachgehen, auch wenn wir uns wenig oder nichts davon versprechen. Was denkst du über die Beobachtung von Frau Krieger?»

«Da ist vermutlich mehr Fleisch am Knochen», überlegte Biasotto laut. «Aber wenn wir nicht wissen, wie die beiden Personen aussehen, ist es doch sehr fraglich ...»

«Jetzt könnten die Videoaufnahmen helfen.»

«Könnten, Chefin. Wir haben keine. Es wird uns nichts anderes übrig bleiben, als das zu tun, was du vorgeschlagen hast: wir suchen andere Zeugen, die die Aussage von Frau Krieger bestätigen.»

«Das heisst, wir machen uns auf die Suche nach der Nadel im Heuhaufen», spottete die Kommissarin resigniert.

«Lassen wir es darauf ankommen.»

Biasotto hatte den Satz noch nicht zu Ende gesprochen, als das Telefon klingelte. Tina Merz war versucht, den Anruf zu ignorieren, entschloss sich dann aber doch, den Hörer abzunehmen.

Es meldete sich ein Beat Schuler, der sich als Gefreiter und Leiter der Ermittlungsgruppe vorstellte, die mit der Befragung des Bahnpersonals beschäftigt war. Der Mann war hörbar erregt. Jedenfalls rang er nach Atem, wie wenn er soeben vom Jogging zurückgekommen wäre.
Er hätte nicht gewagt, sie anzurufen, berichtete er im Tempo des Gehetzten. Aber er habe soeben den Kollegen Pfaff im Korridor getroffen, und der habe ihm von den beiden Männern erzählt, die sich kurz vor der Explosion in der Bahnhofüberführung gestritten hätten.
Die Kommissarin eröffnete dem Anrufer, sie werde den Lautsprecher einschalten, damit ihr Assistent mithören könne, denn sie glaube, er habe eine wichtige Mitteilung zu machen.
«Ich weiss nicht, wie wichtig sie ist, aber sie bestätigt die Beobachtung von Wachtmeister Pfaffs Zeugin», meinte Schuler bescheiden.
«Na, dann beginnen Sie doch erst einmal, und wir werden nachher beurteilen, welche Bedeutung Ihrer Mitteilung zukommt», ermunterte Tina Merz den Anrufer. Sie hörte das Rascheln von Papier und nahm an, Schuler blättere in seinen Akten.
«Ich habe gestern Robert Bässler, einen Mitarbeiter der Bahnhofverwaltung befragt», begann dieser etwas ruhiger mit seiner Berichterstattung. «Er wohnt an der Dornacherstrasse; sein Arbeitsweg führt ihn täglich zwischen halb acht und acht durch die Bahnhofüberführung.»

Biasotto stand dicht neben seiner Chefin und hörte gespannt mit.
«Am letzten Mittwoch war Bässler wie üblich so gegen Viertel vor acht, also unmittelbar vor der Explosion der Bombe, in der Überführung unterwegs, als ihm zwei Männer auffielen, ein grösserer und ein kleinerer, die heftig gestikulierend auf einander einsprachen.»
«Hat er verstanden, um was es ging?»
«Nein», antwortete Schuler, «er hörte nur, wie der Kleinere ‹gib auf› sagte und der Grosse mit heftigem Kopfschütteln antwortete.»
«Das heisst, die Beiden sprachen Deutsch?»
«Der Kleinere auf jeden Fall. Den Grösseren hat der Zeuge nicht gehört.»
«Und es waren zwei Männer?»
Schuler stockte. «Jedenfalls hat Bässler nichts anderes gesagt.»
«Kann er die beiden Personen beschreiben?»
«Leider nur ungenau», antwortete Schuler niedergeschlagen, «er sei ziemlich rasch an ihnen vorbeigegangen. Und – retrospektiv gesehen – ist es ein Glück für ihn, dass er nicht stehen blieb.»

«Aber er muss doch trotzdem etwas vom Äussern der beiden Männer mitbekommen haben.»
«Er erinnert sich daran, dass der eine ziemlich grösser war als der andere und der Kleinere eine helle Jacke trug.»
«Die Gesichter. Die Gesichter interessieren uns», trieb Tina Merz den Anrufer an. «Würde er die beiden wieder erkennen?»
Schuler antwortete nicht sofort. «Der Zeuge sagt, er habe nicht auf die Gesichter geachtet», antwortete er schliesslich kleinlaut. «Zudem habe der Grössere einen Motorradhelm getragen und der Kleinere ...», er zögerte, «die kleinere Person hatte ihre Mütze bis auf die Augen herunter gezogen.»
«Bart? Brille?», wollte die Kommissarin wissen. «Das muss doch trotz der Kopfbedeckung erkennbar gewesen sein.»
«Dem Zeugen ist nichts aufgefallen.»
«Hatten die beiden Männer etwas bei sich?»
«Bässler hat diese Frage zuerst verneint. Später sagte er mir, an der Wand, dort, wo die Rolltreppe vom Gleis Nummer 10 heraufkomme, habe er zwei Gepäckstücke gesehen.»
«Rucksäcke?»
«Er meint, es könnten Rucksäcke gewesen sein.»
«Und diese Gepäckstücke gehörten den Streitenden?»
«Das weiss der Zeuge nicht. Sie standen einfach dort an der Wand, ohne dass sie sichtbar jemandem zugeordnet werden konnten.»
«Und wie ging es weiter?», drängte Tina Merz.
«Bässler ging an den Männern vorbei. Unmittelbar bevor er die Rolltreppe hinunter zur Bahnhofhalle betrat, sei er vom Kleineren beiseite geschoben und überholt worden. Der Mann sei gerannt, wie wenn der Teufel hinter ihm her wäre.»
«Frag nach der Explosion», flüsterte Biasotto der Kommissarin zu.
«Wo befand sich Bässler im Zeitpunkt der Explosion?», erkundigte sich diese wie geheissen; sie hatte sofort erkannt, was ihr Assistent in Erfahrung bringen wollte.
«Er befand sich am Ende der Rolltreppe», antwortete Schuler, «also fast schon in der grossen Halle. Und das war sein Glück. Er wurde durch die Wucht der Explosion in die Halle hinein geschleudert und kam mit ein paar Prellungen und Schürfungen davon. Er ist bereits wieder am Arbeitsplatz.»
«Das ist eine wichtige Aussage», lobte die Kommissarin den Gefreiten. «Ich nehme an, ich bekomme sie noch schriftlich. Zudem möchte ich

Anschrift und Telefonnummer des Zeugen; so schnell wie möglich.»
Sie hatte den Hörer noch nicht abgelegt, da hatte Martin Biasotto den Raum schon verlassen, um Sekunden später mit Jacke und Laptop wieder vor ihr zu stehen.
«Ich werde diesen Bässler aufsuchen, Chefin. Ich muss diese Aussage bestätigt haben und noch ein paar zusätzliche Fragen stellen. Okay?»
Die Kommissarin lächelte über den Eifer ihres Assistenten. «Gut. Und ich werde in der Zwischenzeit die Namen der Personen ausfindig machen, die sich im Zeitpunkt der Explosion in den Geschäften an der Südseite der Bahnhofüberführung aufgehalten haben.»
«Diese beiden Männer sind eine heisse Spur.» Biasotto rieb sich die Hände. «Und wenn es sich dabei um die gesuchten Terroristen handelt, dürfen wir davon ausgehen, dass der eine bei der Explosion starb, während der andere unverletzt blieb.»
«Jetzt bist du mir zu schnell», stoppte Tina Merz den Gedankengang ihres Assistenten. «Es sind nicht alle Menschen umgekommen, die sich im Zeitpunkt der Explosion in der Überführung aufhielten. Und es gibt Personen in der Halle, die durch herabstürzende Balken, herumfliegende Gegenstände und vor allem durch Glasscherben getötet oder verletzt wurden.»
«Sorry, Chefin, das war tatsächlich etwas voreilig», fügte sich Biasotto dem Einwand. Er packte seine Laptoptasche. «Ich melde mich, wenn ich zurück bin.»
«Lass dich von Frau Simon anmelden», rief die Kommissarin ihm noch nach; aber der Assistent hatte, berauscht vom Gefühl, endlich aktiv werden zu können, den Raum bereits verlassen.
Mit einem lachenden Kopfschütteln wechselte Tina Merz ins Sekretariat, gab Frau Simon den Auftrag, Herrn Robert Bässler, Mitarbeiter bei der Bahnverwaltung, telefonisch mitzuteilen, dass Martin Biasotto, Kriminalkommissar, zu ihm unterwegs sei.

Zurück in ihrem Büro stellte sie die Nummer von Kurt Schmiedlin ein. «Ich habe zwei Anliegen», eröffnete sie dem Leiter der Spurensicherung. «Zum ersten brauche ich Namen und Telefonnummern der Personen, die am Mittwochmorgen in den Geschäften der Bahnhofüberführung gearbeitet haben.»
«Der Toten und der Lebenden?», erkundigte sich Schmiedlin.
«Tote kann ich nicht mehr befragen.»
«Gut. Und das zweite Anliegen?»

«Ich brauche eine Liste der Frauen und Männer, die in der grossen Bahnhofshalle verletzt oder getötet wurden.»
«Die können Sie haben. Wir wissen allerdings nicht, ob sie vollständig ist.»
«Hmm?»
«Wir haben natürlich die Toten und Schwerverletzten registriert. Aber Leichtverletzte? So viel ich weiss, hat es in diesem Bereich eine Panne gegeben. Es wurden Personen medizinisch versorgt und dann entlassen, ohne dass man ihre Namen aufgenommen hat. Es ging dermassen chaotisch zu an diesem Mittwochmorgen.»
«Ich verstehe. Also einfach die Liste mit den Toten und Verletzten.»
«Aus der grossen Bahnhofhalle.»
«Richtig.»
«Noch etwas?»
«Weiss man inzwischen, wo die Bombe platziert war?»
«Sie befand sich zwischen dem *Caffe Spettacolo* und der Rolltreppe zum Gleis 10.» Schmiedlin sprach diese wichtige Mitteilung aus, als würde er über das Wetter von Morgen berichten.
«Also doch.»
«Was meinen Sie mit diesem ‹also doch›?»
«Ein Zeuge hat an dieser Stelle zwei verlassene Gepäckstücke gesehen.»
«Die Bombe könnte in diesen Gepäckstücken versteckt gewesen sein.»
«Und warum weiss ich davon nichts?» In dieser Frage klangen Ungeduld und Misstrauen mit.
«Ich weiss es selbst erst seit einer guten Stunde. Und der Bericht an Sie ist unterwegs.»
«Und wie wurde der Sprengstoff zur Explosion gebracht?»
«Mit einem Handy.»
«So?» Die Antwort klang enttäuscht, denn Tina Merz hatte blitzschnell die Schlussfolgerung gezogen, dass mittels Handy eine Explosion ausgelöst werden konnte, ohne dass sich der Täter in unmittelbarer Nähe aufhielt.
Schmiedlin ahnte, was im Kopf der Kollegin vorging. «Bedaure. Aber diese Erkenntnis ist eindeutig.
«Das heisst, es besteht keine Gewissheit, dass sich der Täter im Zeitpunkt der Explosion im Bahnhof aufgehalten hat», stellte die Kommissarin resigniert fest. «Und es ist offen, ob wir es mit einem Selbstmordattentat zu tun haben oder nicht.»
«Tut mir leid.»

«Das wäre für einen Anschlag der al-Qaida ziemlich untypisch.»
«Auch das ist richtig.»
«Was waren das für Gepäckstücke?», wechselte Tina Merz den Gesprächsgegenstand.
«Schwarze Rucksäcke oder Sporttaschen. Das ist alles, was zur Zeit bekannt ist.» Schmiedlin wusste, dass Geduld nicht zu den hervorragenden Charaktereigenschaften der Kollegin gehörte; deshalb sprach er ganz gegen seine bedächtige Art ohne Pause weiter. «Unser Labor wird in ein paar Stunden mehr wissen; man ist dort daran, die Gewebe der Gepäckstücke zu analysieren, so dass wir möglicherweise auch über den Hersteller bald etwas erfahren. Ich werde Sie informieren, sobald das Ergebnis Schwarz auf Weiss vorliegt.»
«Gut.»
«Es gibt noch etwas», kam Schmiedlin zögernd auf den vorherigen Gesprächsgegenstand zurück. «Wir haben das Handy gefunden, mit dem die Bombe gezündet wurde.»
«Wo?»
«In der Überführung, etwa fünfzehn Meter vom Explosionsort entfernt.»
«Und was heisst das?»
«Ein Glücksfall! Das Handy ist zumindest halbwegs intakt.» Schmiedlin zog laut Luft ein, bevor er die nächste Information preisgab. «Wir haben die SIM-Karte sichergestellt.»
Die Mitteilung machte die Kommissarin stumm.
«Wenn wir Glück haben, gelingt es unseren Experten, den Eigentümer zu ermitteln und herauszufinden, mit welcher Nummer der Zündungsmechanismus ausgelöst wurde.»

16

Kurz vor zwölf Uhr, Biasotto war vom Gespräch mit Robert Bässler noch nicht zurück, entschloss sich Tina Merz in Bern anzurufen; sie wollte sich bei Eugen Theiss erkundigen, ob die Personen, deren Namen sie ihm am Vortag zugestellt hatte, inzwischen überprüft worden waren. Sie fand das Telefonverzeichnis der Bundesanwaltschaft rasch und tippte die Nummer ein. Ungeduldig wartete sie, während es klingelte. Niemand nahm ab. Sie sah auf die Uhr: Es war erst zehn vor zwölf. Ob Theiss schon in der Mittagspause war? Sie registrierte, dass der Tonfall des Klingelns sich veränderte; offensichtlich wurde sie umgeleitet. Wieder vergingen Minuten. Sie wollte schon aufgeben, als der Berner sich meldete.
«Guten Tag», begrüsste ihn Tina Merz erleichtert, «ich hoffe, ich störe Sie nicht bei einer wichtigen Sache.»
«Genau das tun Sie», kam die schroffe Antwort. «Ich bin zur Zeit mit meiner Frau in unserer Ferienwohnung am Thunersee, um mich vom Stress der letzten Tage zu erholen. Wo brennts denn?»
Die Kommissarin realisierte, was für eine laute, aber müde Stimme der Mann besass. Sie fragte sich auch, von welchem Stress er sich erholen musste. Sie konnte sich nicht vorstellen, dass ein Typ wie er Überstunden schuftete. Sie verscheuchte ihre unfreundlichen Gedanken und erkundigte sich in bewusst freundlichem Ton, ob er ihre Liste erhalten und die darauf verzeichneten Personen überprüft habe.
Jetzt wurde Theiss noch lauter. «Und deswegen stören Sie mich hier in meiner wohlverdienten Musse? Ich habe meine Sekretärin doch angewiesen, Telefonate nur im Notfall durchzustellen.»
«Herr Kollege», setzte Tina Merz zu einer völlig überflüssigen Erklärung an, «wir haben ein scheussliches Verbrechen aufzuklären, da gibt es keine ...»
Sie wollte Musse sagen, bremste aber im letzten Moment, denn vor ihren Augen erschien ein grosser grauer Fettnapf, so einer aus Grossmutters Zeiten, wie er heute auf fast jedem Flohmarkt zu kaufen war. Sie durfte keinen Streit provozieren; sie wollte die Leitung des Falles behalten.
«Für uns ist das ein Notfall», rechtfertigte sie sich deshalb schnell und kleinlaut. «Wir brauchen Ihre Auskünfte, sonst kommen wir mit unserer Arbeit nicht voran.»
«Man kann das sicher auch so sehen», kam Theiss ihr versöhnlich entgegen; er hatte inzwischen beschlossen, sich mit dieser unangenehmen Basler Kommissarin, die offensichtlich die Sympathie des Bundesanwalts gewonnen hatte, nicht anzulegen. «Ich habe Ihre Liste gestern kurz vor Feier-

abend erhalten. Sie liegt auf meinem Schreibtisch, und das ist gut so. Ich werde mich bei Ihnen melden, sobald die Überprüfung abgeschlossen ist. Aber», Theiss rechnete halblaut nach, «bis zum nächsten Mittwoch werden Sie sich gedulden müssen. Wenn ich am Montag ins Büro zurück komme, wird viel Arbeit auf mich warten. Und sie wird der Reihe nach erledigt. Genau der Reihe nach. Ich bin kein Chaot.»
Da der Berner in seinem letzten Satz das ‹ich› stark betonte, war eindeutig, dass er sich von jemandem absetzen und diesem jemand eine ans Schienbein geben wollte. «Wem?», fragte sich Tina Merz, «mir?» Dann sah sie den grauen Fettnapf wieder vor sich und rasch schob sie die aufkommende Lust, den Angriff scharf zu parieren, beiseite. Statt dessen begann sie nachzurechnen. Sie hatte die Liste gestern um halb fünf nach Bern gesandt; wenn Theiss diese Uhrzeit als kurz vor Feierabend bezeichnete, dann hatte er sein Büro vermutlich noch vor 17 Uhr verlassen. Ein beneidenswerter Mann! Offenbar machte er so etwas wie Dienst nach Vorschrift. Und das in einer Situation, in der die Zeit für die Terroristen lief und hier in Basel die Arbeit allen um die Ohren sauste.
Sie versuchte, den standhaften Berner von der Dringlichkeit ihres Anliegens zu überzeugen: «Hören Sie», ihr Ton kam schärfer als beabsichtigt. «Wenn Sie meine Liste bis Mittwoch liegenlassen, bleibt hier bei uns die Arbeit stehen. Und das wäre fatal. Wir müssen die verdächtigen Personen so rasch wie möglich unter die Lupe nehmen, die Ermittlungen voran treiben.»
Wie Siegfried Schär erlebte Theiss den Arbeitseifer seiner Kollegin als Vorwurf an die eigene Adresse. «Warum denn so aggressiv?», erkundigte er sich verärgert. «Keiner der Toten wird durch diese jüd...» er korrigierte sich rasch, «überflüssige Hast wieder lebendig. Und die Bombenleger sind ohnehin tot. Die laufen uns nicht mehr davon. Also, was wollen Sie?»
Tina Merz schwieg betroffen. Hatte der Mann tatsächlich ‹jüdische Hast› sagen wollen? Arbeitete sie mit einem latenten Antisemiten zusammen? Sie würde auf der Hut sein.
«Es tut mir leid für die Störung», sagte sie mechanisch. Und fügte noch bei: «Ich wünsche Ihnen einen schönen Tag und gute Erholung.»
Sie hörte nicht mehr, wie Theiss sich freundlich bedankte und ihr ein geruhsames Wochenende wünschte. Sie hatte sich inzwischen entschlossen, bei Ursula Mansour Hilfe zu holen. Sie suchte sich deren Nummer heraus und gab sie ein. Die Berner Kollegin meldete sich nach einmaligem Läuten.

«Nett, von Ihnen zu hören», begrüsste sie die Kommissarin freudig und fügte schmunzelnd hinzu: «Ihr Anruf kommt nicht ganz unerwartet.»
«Ach ja?», war alles, was Tina Merz als Kommentar dazu einfiel.
Aber Ursula Mansour sprach schon weiter. «Sie ärgern sich bestimmt über Eugen. Tun Sie das nicht», legte sie der Anruferin ans Herz. «Setzen Sie Ihre Energie besser ein. Eugen ist, wie er ist. Eine gekränkte Beamtenseele.» Am Schweigen der Kommissarin erkannte die Bernerin, dass ihr diese nicht folgen konnte.
«Ihm fehlt leider die Fähigkeit zur Selbsteinschätzung», führte sie ihre Bemerkung deshalb näher aus. «Er arbeitet schon seit zweiundzwanzig Jahren für die Bundesanwaltschaft, verfügt über ein beachtliches Beziehungsnetz, erinnert sich an jeden Fall, der über seinen Schreibtisch ging, und kennt fast alle strafrechtlichen Entscheide des Bundesgerichts. Er war überzeugt, mit diesem Rucksack über die besten Voraussetzungen für die Wahl zum Bundesanwalt zu verfügen. Seit ihm Samuel Bärlocher vor die Nase gesetzt wurde, hält er sich für ein verkanntes Genie und jammert bei jeder Gelegenheit, man habe ihn übergangen, weil er nicht das gleiche Parteibuch besitze wie der vorgesetzte Bundesrat.»
Ursula Mansour gab ein spöttisches Lachen von sich, das in den Augen der Kommissarin eigentlich nicht zu ihr passte. «Wir leben damit», berichtete die Bernerin weiter, «und Sie tun gut daran, wenn Sie sich ebenfalls arrangieren. Umdribbeln Sie den Mann, indem Sie mir von allem, was Sie ihm schicken und was mit Arbeit verbunden ist, eine Kopie zustellen. Genau so, wie Sie es getan haben.»
«Ich bin ein ungeduldiger Mensch», seufzte Tina Merz, «und werde mich nicht damit abfinden, dass meine Anfragen an die Bundesanwaltschaft eine Woche brauchen, um beantwortet zu werden.»
«Das müssen Sie auch nicht», tröstete Ursula Mansour die niedergeschlagene Kollegin, «dafür bin ich ja da. Nicht von ungefähr habe ich den Auftrag, alle Arbeiten zu erledigen, die keinen Aufschub ertragen. Auch die von Eugen. Ich verfasse unsere Stellungnahme oder Antwort, so schnell ich kann, und lege sie auf seinen Schreibtisch. Eugen unterschreibt sie und schickt sie ab und brüstet sich gelegentlich damit, wie schnell er arbeitet.» Sie kicherte.
«Haben Sie ...»
«Natürlich habe ich die Namen auf Ihrer Liste überprüft, und es gibt ein paar hochinteressante Entdeckungen.»
«Sie machen mich neugierig.»

«Die Überprüfung konnte in der kurzen Zeit allerdings erst oberflächlich erfolgen», leitete die Bernerin ihre Ausführungen ein. «Insbesondere unsere Nachfragen im Ausland sind noch nicht alle beantwortet, so dass wir allenfalls noch etwas nachschieben müssen.»
Die Kommissarin hörte, wie ihre Gesprächspartnerin in ihren Akten blätterte.
«Beginnen wir mit den beiden toten Türken Mehmet Sengül und Mesut Aydin. Sie sind bei uns registriert.»
«So?»
«Sie stammen beide aus Anatolien, sind aber in der Schweiz aufgewachsen. Ihre Namen sind bei uns verzeichnet, weil sie in Strafverfahren verwickelt waren. Insbesondere Mehmet Sengül ist wiederholt negativ aufgefallen. Er griff im letzten Sommer nach einem Fussballmatch in Zürich einen Polizisten tätlich an und verletzte ihn mit einem Messer. Im vorigen Jahr begann er eine Lehre als Gärtner; als sein Lehrmeister ihn tadelte, weil er immer wieder zu spät zur Arbeit erschien, schlug er ihn spitalreif. Die Familie Sengül wollte sich kürzlich in Sissach einbürgern lassen. Mit dem Hinweis auf «fehlende Integration» – ich zitiere aus den Akten – wurde das Einbürgerungsgesuch abgewiesen. Mehmet scheint ein schwieriger Zeitgenosse zu sein, und die Ablehnung durch die Gemeinde Sissach hat ihn nicht einfacher gemacht, sondern seinen Hass gegen die Schweiz und die Schweizer noch wachsen lassen. »
«Ein zorniger junger Mann?»
«Ein sehr zorniger junger Mann, der spürt, dass er in unserer Gesellschaft keine echte Chance hat, und seine Wut darüber mit den Fäusten abreagiert.»
«Könnte er einer der Terroristen sein?»
«Er wäre ein so genannter Turnschuhterrorist, ein Underdog, der aus Frust über seine Chancenlosigkeit zum Bombenleger wird.»
«Das reicht aus als Motiv für vielfachen Mord?»
«Ich verstehe Ihre Zweifel, aber wir kennen das Profil: Der Täter sagt sich: Ich bekomme keine meinen Fähigkeiten entsprechende Ausbildung; ich habe kein Geld, keine bequeme Wohnung, kein schönes Auto. Ich habe sie nicht, und ich habe keine Chance, sie je zu bekommen, weil ich Türke bin. Eines aber kann ich tun: ich kann diejenigen, die alles haben, was mir vorenthalten bleibt, in ihrem Genuss stören.»
«Ist die Familie Sengül religiös?»
Ursula Mansour hatte das Nein schon auf der Zunge. Ihre Augen waren über die vor ihr liegende Akte geglitten und an einem auf dem Seitenrand

gekritzelten Vermerk hängen geblieben. «Ich lese hier», antwortete sie langsam, «dass die Mutter von Mehmet Sengül kein Kopftuch trägt, und es nie Schwierigkeiten gab wegen der Schwester, die in Sissach zur Schule ging.»
«Was meinen Sie mit Schwierigkeiten?»
«Banu Sengül war in einer gemischten Klasse und hat mit ihren Mitschülern den Turn- und Schwimmunterricht besucht.»
«Ach so. Und warum zögerten Sie mit der Antwort?», erkundigte sich die Kommissarin, die die Reaktion ihrer Gesprächspartnerin aufmerksam verfolgt hatte.
«Weil die Eltern Sengül die Tochter mit achtzehn Jahren in die Türkei verheirateten», lautete die nachdenkliche Antwort. «Auch das war ein Argument gegen die Einbürgerung der Familie. Es gab Hinweise, dass es sich bei dieser Ehe um eine Zwangsheirat handelt.»
«Das verstehe ich nicht», kommentierte Tina Merz ungläubig. «Atatürk hat für die Türkei das Schweizerische Zivilgesetzbuch übernommen. Dass darin die Zwangsehe vorgesehen ist, wäre mir neu.»
«Theorie und Praxis, Frau Kommissarin», seufzte Ursula Mansour resigniert, «Atatürks Reformen waren eine Revolution. Aber die weiten Täler Anatoliens haben sie nie erreicht. Dort gelten noch immer die Stammesgesetze, und die Ehre der Familie ist höheres Recht als die Selbstbestimmung des Einzelnen, insbesondere, wenn es sich um weibliche Personen handelt.»
«Gibt es Hinweise darauf, dass Mehmet Sengül regelmässig in die Moschee ging?»
«In unseren Akten steht nichts davon. Es ist Ihre Aufgabe, das herauszufinden. Dabei interessiert uns nicht nur die Häufigkeit seiner Besuche; wichtiger sind seine Kontakte.»
«Sie meinen, er könnte Kontakt zu Islamisten gehabt haben?»
«Er könnte an einen radikalen Werber geraten sein.»
«An einen, der ihn für den Dschihad gewann?»
«Genau. An einen, der die Wut des jungen Mannes und seinen Frust über seine Chancenlosigkeit nutzte, um ihm mit aus dem Zusammenhang gerissenen Textstellen des Koran das Paradies zu versprechen, wenn er sich als Märtyrer für Allah opfert.»
«Wir werden der Sache nachgehen.»
«Ich schicke Ihnen eine Kopie der Akten.»
«Danke.»

«Der zweite Türke mit dem Namen Mesut Aydin ist ebenfalls durch seine Aggressivität aufgefallen. Unter anderem hat er einen seiner Lehrer bedroht, weil er ihn vor der Klasse als Feigling beschimpfte.»
«Und der Lehrer tat dies ohne Grund?»
«Natürlich nicht! Aydin hatte eine Klassenkameradin geschlagen, in die er verliebt war. Sie aber wollte nichts von ihm wissen und hatte sich einem anderen zugewandt.»
«Wir werden auch sein Umfeld unter die Lupe nehmen. Gab es bisher Anschläge, an denen Türken beteiligt waren?»
«Leider ja. Lange Zeit glaubte man, die Türken seien gegen den Dschihad-Virus immun. Inzwischen haben uns die Attentatsversuche in Deutschland eines Besseren belehrt.»
Die Kommissarin nahm das schweigend zur Kenntnis,
«Kommen wir zum nächsten Namen auf der Liste, zum Algerier Lofti el-Haddad. Er hat das Attentat überlebt.»
Es verging ein Moment, bis Ursula Mansour das einschlägige Dossier gefunden und geöffnet hatte.
«Über diesen Mann bestehen umfangreiche Akten. Er stammt aus einer gut bürgerlichen Familie – sein Vater ist Rechtsanwalt in Oran – und verfügt über ein abgeschlossenes Ingenieurstudium. Er absolvierte seine Ausbildung in Paris und verkehrte dort in radikal islamischen Kreisen.»
«Das klingt sehr verdächtig.»
«Lofti el-Haddad», bestätigte Ursula Mansour, «passt ziemlich genau ins Bild vom jungen, erfolgreichen und angesehenen Muslim, der sich dem Dschihad verschreibt und als Terrorist betätigt. Er ist achtundzwanzig Jahre alt und seit zwei Jahren verheiratet, was terroristische Aktivität aber nicht ausschliesst.»
«Und wovon ernährt er seine Familie?»
«Er unterrichtet an einer Privatschule. Zudem arbeitet er an zwei Nachmittagen und Abenden in einem Jugendzentrum; er ist dort als Animator und Sozialarbeiter tätig.»
«Und was steht in Ihrem Dossier sonst noch über ihn?»
«Lofti el-Haddad stand im Verdacht, im Kontakt mit den beiden Männern gewesen zu sein, die im Jahr 2000 ein Attentat auf den Weihnachtsmarkt in Strassburg planten. Er wurde längere Zeit vom französischen Geheimdienst beobachtet, aber man konnte ihm nichts nachweisen. Seit sechs Jahren wohnt er in der Schweiz.»
«Wird er hier weiter überwacht?»

«Selbstverständlich. Aber unsere Polizei hat bisher nichts festgestellt, was auf Kontakte zum radikalen Islam hinweist.»
«Trotzdem ein Verdächtiger?»
Ursula Mansour nahm den zweifelnden Unterton in der Frage wahr, wollte aber mit der Basler Kommissarin, die eine Frau nach ihrem Geschmack war, im Augenblick keine Grundsatzdiskussion führen. «Es gibt noch zwei weitere interessante Personen auf Ihrer Liste», setzte sie stattdessen ihre Information fort. «Nämlich Mirza Aschari und Hani Moussa. Aschari war Perser und kam vor zweiundzwanzig Jahren angeblich auf der Flucht vor Chomeinis Polizei nach Europa. Seine Familie liess sich zuerst in Deutschland nieder, später wechselte sie in die Schweiz, weil der Vater – ein Chemiker – hier bei Novartis eine Stelle fand. Aschari studierte in Hamburg und Basel Medizin und arbeitete, bis er am letzten Mittwoch ums Leben kam, als Anästhesist im Kantonsspital Liestal.»
«Das klingt alles nach gut bürgerlicher Existenz.»
«Richtig. Wir hätten eigentlich gegen Aschari nichts einzuwenden, wenn er in Hamburg nicht regelmässig die al-Quds-Moschee besucht hätte, wie ein Teil der Attentäter vom 11. September.»
«Tatsächlich?», kam es aufgeschreckt von der Kommissarin.
Ursula Mansour kannte diese Reaktion. «Diese Besuche allein reichen noch nicht aus, um jemanden des Terrorismus zu überführen», bemerkte sie mit dem Unterton einer dezidierten Lehrerin, und man spürte, dass diese Ermahnung schon öfters über ihre Lippen gekommen war. «Verhängnisvoll ist nur, dass Aschari genau in dem Zeitpunkt in Hamburg war, als Mohammed Atta dort sein Attentat auf das World Trade Center vorbereitete. Zudem gab es einen gemeinsamen Bekannten; diesem konnte zwar bisher keine aktive Rolle bei den Vorbereitungen zum New Yorker Attentat nachgewiesen werden, aber er hat am 14. September 2001 die Bundesrepublik ziemlich fluchtartig in Richtung Pakistan verlassen, weil er unter dem dringenden Verdacht stand, im Auftrag der al-Qaida junge Leute für den Dschihad anzuwerben.»
«Und Mirza Aschari?»
«Er wurde seit seiner Rückkehr aus Hamburg beobacht, blieb jedoch völlig unauffällig. Aber er könnte ein Schläfer sein.»
«Ein Schläfer? Jetzt müssen Sie mir helfen: wer schläft, tut doch nichts Böses.»
Ursula Mansour lachte. «Es wäre schön, wenn es so wäre. Nur, wir bezeichnen Personen als Schläfer, die einem ausländischen Geheimdienst oder

einer Terrororganisation angehören, aber unauffällig und passiv unter uns leben, bis sie von ihrer Organisation geweckt, das heisst aktiviert werden.»
«Und Mirza Aschari war so ein Schläfer?»
«Wir wissen es nicht. Aber seine Biographie deutet darauf hin. Er war sehr intelligent und hat drei Jahre in Hamburg, also fern von seiner Familie studiert. Bevor er in die Hansestadt zog, hat er nie eine Moschee besucht – das jedenfalls behauptet seine Schwester Sadira – und er war alles andere als fromm. In Hamburg veränderte er sich total: Er trug den Bart der Fundamentalisten, traditionelle Kleidung und lehnte jeden näheren Kontakt zu Frauen ab.»
«Und das Kantonsspital Liestal hat diesen Mann als Arzt eingestellt?», fragte die Kommissarin ungläubig.
«Natürlich nicht», lautete die rasche Antwort. «Ein halbes Jahr nach seiner Rückkehr in die Schweiz rasierte Aschari seinen Bart ab und kleidete sich wieder wie jeder andere Mann hierzulande. Zudem verfügte er über exzellente Zeugnisse. Er soll ein hervorragender Arzt gewesen sein.»
«Frauen?»
«Eben nicht. Und das macht uns misstrauisch.»
«Sie meinen also, dieser Mirza Aschari könnte die Bombe gelegt haben und dabei umgekommen sein?»
«Wir halten es für möglich.»
«Und der andere Mann?»
«Der andere Mann heisst Hani Moussa und ist Palästinenser. Wir wissen kaum etwas von ihm, weil er sich erst zwei Monate in der Schweiz aufhält. Er kam angeblich als Asylbewerber hierher und immatrikulierte sich als Student an der wirtschaftswissenschaftlichen Fakultät der Basler Universität.»
«Und was macht ihn verdächtig?»
«Er hat einen Bruder, der eine leitende Position in der Hizbollah innehat und seit mehreren Monaten in einem israelischen Gefängnis sitzt. Er gilt als Drahtzieher für mehrere Selbstmordattentate.»
«Gibt es bei uns neuerdings wieder Sippenhaft?», erkundigte sich die Kommissarin spitz.
«Moussa», antwortete Ursula Mansour, ohne auf die ironische Zwischenfrage einzugehen, «würde gut ins Bild des internationalen Terroristen passen. Und das familiäre Umfeld ist Grund genug, um ihn zu beobachten.»
«Also auch verdächtig?»

«Bis zum Beweis des Gegenteils, ja.»
«Dann haben wir jetzt ziemlich viel zu tun», konstatierte die Kommissarin trocken. «Ich werde Leute ausschicken, um das bisherige Leben der Verdächtigen zu überprüfen.»
«Tun Sie das, und ich empfehle Ihnen, mit denjenigen zu beginnen, die das Attentat überlebt haben; also mit el-Haddad und Moussa. Und informieren Sie mich, wenn Sie etwas Interessantes entdecken.»
«Und Theiss?»
«Machen Sie sich seinetwegen keine Sorgen. Ich regle das. Ich habe einige Erfahrung, wie man unfähige Vorgesetzte umgeht.»
«So ganz ohne Erfahrung bin ich in diesem Bereich auch nicht», schmunzelte die Kommissarin. Sie brannte darauf, ihrem Assistenten die neuen Informationen weiterzugeben und an die Arbeit zu gehen. Als sie aber Anstalten machte, sich zu verabschieden, wurde sie von der Berner Kollegin aufgehalten.
«Es gibt noch etwas, was Sie wissen müssen.» Ursula Mansour erwartete eine Frage; als diese ausblieb, sprach sie weiter. «Wir haben Informationen vom deutschen Geheimdienst, dass zwei – wenn man dem russischen Nachrichtendienst glaubt – überaus gefährliche tschetschenische Terroristen sich in den Tagen vor unserem Terroranschlag in Süddeutschland aufgehalten haben.»
Die Kommissarin sagte immer noch nichts. Was gingen sie zwei russische Terroristen in der Bundesrepublik an.
«Es handelt sich um die Brüder Letschi und Salman Gakajew.»
«Tschetschenische Terroristen? Das sind doch russische Oppositionelle», stellte die Kommissarin fest.
«Wenn Sie wollen.» Ursula Mansour spürte die Ungeduld der Gesprächspartnerin. «Man könnte sie auch als Freiheitskämpfer bezeichnen.»
Tina Merz war sich über die Tragweite dieses letzten Satzes nicht ganz im Klaren.
«Was haben diese tschetschenischen Rebellen oder Freiheitskämpfer mit unseren Ermittlungen zu tun?»
«Darf ich etwas ausholen?»
«Wenn es sein muss.»
«Die Tschetschenen sind ein Volk im Nordkaukasus, das dem sunnitischen Islam anhängt.»
So langsam dämmerte der Kommissarin, auf was die Berner Kollegin hinauswollte.

«Der Krieg zwischen den Russen und den Tschetschenen hat eine lange Geschichte. Nach zahlreichen Versuchen, ihr Herrschaftsgebiet nach Osten zu erweitern, die immer wieder am erbitterten Widerstand Tschetscheniens gescheitert waren, gelang es Moskau zu Beginn des 19. Jahrhunderts, das Land zu unterwerfen und in das russische Reich einzugliedern.»
Nach diesem Beginn in längst vergangenen Zeiten machte sich Tina Merz auf längere Erklärungen gefasst. So lehnte sie sich bequem im Sessel zurück, schlüpfte aus den Schuhen und schwang die Beine auf den Schreibtisch.
Unterdessen fuhr Ursula Mansour in ihren Ausführungen fort: «1944 löste Stalin die damalige Sowjetische Teilrepublik Tschetschenien auf und liess einen grossen Teil der Bevölkerung nach Sibirien, Kirgisien und Kasachstan deportieren. Erst 1957 durften die Überlebenden in ihre Heimat zurückkehren. Viele der heutigen Tschetschenen wurden also in der Deportation geboren.»
«Darum ihr Zorn gegen Russland», konstatierte die Kommissarin.
Die Bernerin nahm die mitfühlende Aufmerksamkeit ihrer Zuhörerin zufrieden zur Kenntnis. «Als sich die Sowjetunion anfangs der Neunzigerjahre auflöste, proklamierten die Tschetschenen die selbständige Republik, was von Moskau aber nicht akzeptiert wurde», setzte sie ihre historische Lektion fort. «Jelzin verhängte eine Wirtschaftsblockade über das Land, und als es zwischen einzelnen Stämmen und politischen Gruppen zu kriegerischen Auseinandersetzungen kam, nahm er das zum Vorwand für eine militärische Intervention. Seither tobt in Tschetschenien ein grausamer Krieg.»
«Und weil es sich bei den Tschetschenen um islamische Glaubensbrüder handelt», überlegte die Kommissarin laut, «sind ihnen ausländische Muslime zu Hilfe gekommen.» Sie hatte auf die Uhr gesehen und festgestellt, dass es längst Zeit für das Mittagessen war.
«Richtig», bestätigte Ursula Mansour. «Auch Muslime aus Europa und Amerika.»
«Mitglieder der al-Qaida?»
«Wenn wir dem russischen Nachrichtendienst glauben wollen, hat die Terrororganisation bin Ladens in der ganzen Welt Kämpfer für den Tschetschenienkrieg angeworben und in ihren Lagern in Afghanistan und Pakistan ausgebildet.»
«Das klingt, wie wenn Sie Zweifel an dieser Aussage hätten.»
«Die Zweifel bestehen tatsächlich», bestätigte Ursula Mansour. «Wir vermuten, dass die Russen diese Behauptung aufstellen, um ihre militärische

Intervention als Teil des so genannten ‹Krieges gegen den Terror› verkaufen zu können.»
«Hmm?»
«Vermutlich will sich die russische Führung mit dem Krieg aber in erster Linie die tschetschenischen Erdölvorkommen sichern.»
Tina Merz war sprachlos. «Dann dient auch dieser Feldzug keinen hehren Zielen?»
«Um den Krieg zu rechtfertigen, beruft sich Moskau auf seine neue Verfassung, die keinen Austritt aus der russischen Föderation zulässt. Aber die Tschetschenen haben diese Verfassung nie anerkannt.»
«Dann steht auch hinter diesem Krieg einmal mehr das Öl», fasste Tina Merz resigniert zusammen.
«Es ist schmutzig; aber so ist Politik.»
«Schon wieder eine Illusion weniger.»
«Hinter dem Krieg stehen möglicherweise auch sicherheitspolitische Interessen» tröstete Ursula Mansour die Kollegin. «Und das Bedürfnis, im Zeichen des neuen Feindbildes keinen neuen islamischen Staat im christlichen Europa entstehen zu lassen.»
Tina Merz war nachdenklich geworden. «Aber warum tut der Westen nichts gegen diesen Krieg? Die UNO könnte doch Druck auf Moskau ausüben.»
«Könnte», bestätigte Ursula Mansour bitter. «Aber Moskau behauptet, Tschetschenien sei eine abtrünnige russische Provinz, und beruft sich auf das völkerrechtliche Prinzip der territorialen Integrität. Damit wird der Konflikt zur inneren Angelegenheit.»
«Und wo bleibt das Selbstbestimmungsrecht? Das ist doch auch ein völkerrechtliches Prinzip.»
«Richtig. Und in der Zeit des kalten Krieges hat der Westen dieses Prinzip unentwegt als das höchste Gut propagiert. Aber die Zeiten ändern sich und damit auch die Interessen der hohen Politik.»
«Die mangelnde Weitsicht unserer Politiker», seufzte Tina Merz. «Sie schützen die bestehende Weltordnung und verkennen, dass sich in vielen Teilen der Welt die Völker erst jetzt zu Nationen formieren..»
«So ist es.»
«Zudem lassen sich Konflikte dieser Art nie militärisch lösen», grübelte die Kommissarin weiter. «Selbst, wenn es gelingt, den Gegner zu besiegen und seine Freiheitsbestrebungen zu unterdrücken, bricht der Streit früher oder später wieder aus. Aber», sie war hungrig und wollte endlich zum

Mittagessen, «kommen wir doch zu unseren beiden tschetschenischen ...», sie zögerte, «... Freiheitskämpfern zurück.»
«Ich sehe, Sie haben Stellung bezogen», konstatierte Ursula Mansour schmunzelnd.
«Das hatte ich bereits», gab die Kommissarin nachdenklich zur Antwort. «Aber nachdem ich jetzt einiges mehr weiss, habe ich kurz die Seite gewechselt.» Sie zog die Achsel hoch. «Sie haben mir gerade eindrücklich vor Augen geführt, dass man sich erst eine Meinung bilden darf, wenn man dafür ausreichende Kenntnis besitzt.»
Ursula Mansour lachte, wurde aber sogleich wieder ernst. «Eigentlich wollte ich Ihnen nur ein paar Informationen über die Brüder Gakajew geben. Sie sind vor acht Tagen mit einem Auto von Hamburg nach Süden aufgebrochen. In Freiburg haben sie Rast gemacht. Fahrt und Verfolgung gingen anschliessend weiter bis zur Raststätte kurz vor der Schweizer Grenze, wo sie nochmals einen Halt einlegten. Dann fuhr das Auto nach Weil am Rhein. Erst dort bemerkten die Verfolger vom deutschen Geheimdienst, dass nur noch Letschi Gakajew im Wagen sass. Sein Bruder Salman hat sich vermutlich bei der Autobahnraststätte abgesetzt, und es ist nicht auszuschliessen, dass er über die grüne Grenze in die Schweiz wechselte.»
«Soweit kann ich Ihnen folgen», bemerkte die Kommissarin, froh dass ihre Gesprächspartnerin zum eigentlichen Thema zurückgekehrt war. «Aber warum sollte dieser Salman Gakajew hier bei uns in Basel die Bahnhofüberführung in die Luft jagen? Was haben wir mit dem Tschetschenienkrieg zu tun?»
«Die Frage stellt sich tatsächlich», stimmte Ursula Mansour zu. «Bisher sind die Tschetschenen vor allem in Russland aktiv gewesen. Aber sie könnten ihre Taktik geändert haben. Vielleicht wollen sie die Weltöffentlichkeit auf den Krieg in ihrer Heimat aufmerksam machen.»
«Vielleicht.»
«Ich wollte Sie eigentlich nur darüber informieren, dass es weitere Verdächtige gibt.»
«Danke.»
Ursula Mansour erklärte nochmals, sie werde der Kommissarin alle Unterlagen schicken, und die beiden Frauen vereinbarten, sich über alle wichtigen Vorkommnisse auf dem Laufenden zu halten. Dann verabschiedeten sie sich herzlich.

17

Nach diesem Gespräch war Tina Merz sehr zufrieden. Endlich gab es Verdächtige und konkrete Aufträge, endlich hatte die Warterei ein Ende, und sie konnten loslegen. Und die Zusammenarbeit mit Ursula Mansour entwickelte sich gut; die Frau hatte Grips. Und politische Kenntnis.
Sie hatte sich bin anhin über Ursachen und Ziele des Tschetschenienkrieges noch nie Gedanken gemacht. Sie hatte zur Kenntnis genommen und geglaubt, was sie darüber in den Zeitungen gelesen und am Fernsehen gesehen und gehört hatte. Bei Ursula Mansour klang vieles anders als in den Medien. Ob das die Wahrheit war? Ob es überhaupt eine Wahrheit gab? Tina Merz seufzte, gab sich einen Ruck, stand auf und öffnete die Tür zu Martin Biasottos Büro.
Der Assistent sass an seinem Schreibtisch und schrieb an einer Aktennotiz über die Befragung des Zeugen Bässler. «Wir haben keine Zeit, um auswärts zu essen. Ich habe Brötchen gekauft und Äpfel», informierte er sie, ohne von seiner Arbeit aufzuschauen.
Ohne Begeisterung öffnete Tina Merz die Papiertüten, die auf dem Tisch lagen. Sie war hungrig und hatte sich auf das Gespräch mit ihrem Assistenten während des Essens gefreut. Widerwillig nahm sie einen Apfel und biss in ein Brötchen mit Schinken und Käse. Während sie kaute, gab sie die Neuigkeiten aus Bern weiter. Biasotto hörte zu, nickte hin und wieder, hackte aber mit fünf Fingern weiter auf der Tastatur seines Computers herum und deklarierte damit, dass er die begonnene Arbeit erledigen wollte, bevor er sich zu den übermittelten Informationen äusserte. Die Kommissarin ging schliesslich ziemlich frustriert in ihr Büro zurück.
Sie suchte im Durcheinander auf ihrem Schreibtisch nach den aktuellen Listen der Toten und Verletzten. Sie fand sie zwischen zwei Dossiers, setzte sich und begann die Namen durchzugehen. Lofti el-Haddad und Hani Moussa waren unter den Verletzten registriert; Mirza Aschari, Mehmet Sengül und Mesut Aydin standen auf der Liste der Toten. Sie griff zum Telefon, legte den Hörer aber wieder auf, ohne eine Nummer eingegeben zu haben. Ihr war aufgefallen, dass der Name el-Haddad mit dem Vermerk ‹St. Claraspital› versehen war. Bei Hani Moussa fand sich kein Hinweis auf den derzeitigen Aufenthaltsort. Sie erhob sich und ging wieder ins Büro ihres Assistenten, um mit ihm den Grund für diese bemerkenswerte Differenz zu diskutieren.
Martin Biasotto hatte einen Besucher, mit dem er sich angeregt unterhielt. Tina Merz erkannte Urs Bertschmann, einen Untersuchungsbeam-

ten, der vor drei Jahren in Pension gegangen war. Bis zu diesem Zeitpunkt hatte er öfter für sie gearbeitet, und sie hatte seine Tüchtigkeit, seine Zuverlässigkeit und seine Fachkenntnis ausserordentlich geschätzt. Sie begrüsste den ehemaligen Mitarbeiter mit echter Freude.

«Man holt die Alten und Lahmen aus der Versenkung», lachte Bertschmann, als er ihr mit kräftigem Druck die Hand schüttelte.

Sie betrachtete den Gast eingehend und rechnete kurz nach. Er musste inzwischen achtundsechzig Jahre alt sein und wirkte mit seinem sonnengebräunten Gesicht und seinen lachenden hellen Augen weder alt noch lahm, sondern ausgeruht und unternehmungslustig.

«Wenn alle Alten und Lahmen so aufgestellt und Energie geladen sind wie Sie ...»

«Das ruhige Leben und der fehlende Ärger wirken Wunder», lachte Bertschmann. «Aber ich bin gern zurückgekommen. Jedenfalls für ein paar Tage.» Er zwinkerte ihr zu. «Auch wenn das Aufstehen am Morgen nicht leicht fällt, tut es uns Alten gut, zu spüren, dass man sich an uns erinnert und uns braucht.»

Martin Biasotto verfolgte belustigt das Geplänkel zwischen seiner Chefin und dem ehemaligen Mitarbeiter, der offensichtlich zu ihrem Fanclub gehörte; dann übermannte ihn der Arbeitseifer, und er erinnerte an den Grund für Bertschmanns Anwesenheit.

«Unser Kollege im aktiven Ruhestand hat mich über zwei wichtige Zeugenaussagen informiert.» Er schob der Kommissarin die unterschriebenen Aussageprotokolle zu. «Aber erzählen Sie doch selbst», forderte er den Gast auf.

«Ich hatte den Auftrag, die Frau zu befragen, die im Kiosk am hinteren Ausgang der Bahnhofüberführung angestellt ist», begann Bertschmann seinen Bericht. Er lehnte sich im Stuhl zurück und liess die Kommissarin, die er tatsächlich sehr schätzte, nicht aus den Augen. «Frau Joos überstand den Anschlag unverletzt und konnte gestern nach Feierabend bei mir vorsprechen.»

Er überlegte, ob er eine Beschreibung der befragten Person abgeben sollte, und entschied sich für einen einzigen Satz: «Bei der Zeugin handelt es sich um eine jüngere Frau – knapp fünfunddreissig Jahre alt; sie wirkt intelligent, ist offensichtlich eine gute Beobachterin, besonnen und hat keinerlei Tendenz, sich in Szene zu setzen.»

Tina Merz nickte. Das waren die Eigenschaften, die sie an Bertschmann schätzte. Kurze, klare Worte, die alle wesentlichen Voraussetzungen klärten.

Bertschmann war schon weiter. «Die Zeugin hat am vergangenen Mittwoch einen jungen Mann mit typisch orientalischem Aussehen bedient. Er sei wie fast jeden Tag zum Kiosk gekommen, um Zigaretten zu kaufen. Er habe stets eine schwarze Wollmütze getragen und kaum gesprochen. Da ihr in den letzten Wochen immer wieder Ware gestohlen worden sei, habe sie den jungen Mann nicht aus den Augen gelassen.»
«Wie alt war er?»
«Frau Joos schätzt ihn auf sechzehn bis zwanzig Jahre.»
«Gross? Klein? Dick? Dünn?»
«Er sei klein und zierlich gewesen. Fast wie ein Mädchen.»
Die Kommissarin und ihr Assistent wechselten einen kurzen Blick.
«Gibt es äussere Auffälligkeiten?»
«Da ist einmal die schwarze Wollmütze, die der Junge immer trug. Seine Haare hat die Zeugin nie zu sehen bekommen, aber sie vermutet, dass sie schwarz sind, denn – wie gesagt – an dem Kunden sei alles dunkel gewesen. Er habe nie gelacht und sei ihrem Blick immer ausgewichen, was sie misstrauisch und vorsichtig gemacht habe. An seiner Kleidung sei ihr nichts aufgefallen und auch in seinem Gesicht habe es keine Auffälligkeiten gegeben, höchstens ein paar Pickel und einen flaumigen Oberlippenbart.»
Bertschmann überflog das Zeugenprotokoll. Plötzlich lachte er. «Da sind noch die schmutzigen Fingernägel. Frau Joos meinte, sie sei noch nie so dicken Trauerrändern begegnet.»
«Wie hat der Mann gesprochen», wollte Martin Biasotto wissen. «Ich meine, welche Sprache? Deutsch?»
«Er hat jeweils nur seine Zigarettenmarke verlangt und bezahlt. Die Zeugin sagt, es sei ihr nicht möglich gewesen, aus den paar Worten eine Muttersprache zu identifizieren.»
«Und wann genau hat der Junge die Zigaretten gekauft?»
«Es sei zwanzig Minuten bis eine halbe Stunde vor der Explosion gewesen.»
«Hatte er etwas bei sich?»
Bertschmann nickte. «Er trug einen prall gefüllten schwarzen Rucksack; dieser muss ziemlich schwer gewesen sein. Der Junge hat ihn auf den Boden gestellt, um sein Portemonnaie heraus zu holen; und als er ihn hochhob, um in die Träger zu schlüpfen, habe er sichtbar Kraft gebraucht.»
«Würde Frau Joos den Mann wieder erkennen?»
«Sie meint, ja.»

«Dann soll man ihr die Photos aller Toten und Verletzten zeigen. Vielleicht kann sie den Jungen identifizieren», wies die Kommissarin den Untersuchungsbeamten an.
«Hat die Zeugin gesehen, wohin der junge Mann ging, nachdem er die Zigaretten gekauft hatte?», wollte Biasotto wissen.
«Leider nein. Er habe einen Blick auf die Uhr geworfen, hastig sein Portemonnaie und seine Zigaretten eingepackt und sei davon gelaufen. Ihre Aufmerksamkeit sei in dem Augenblick abgelenkt worden.»
«Durch einen anderen Kunden?»
Bertschmann schüttelte den Kopf. «Während sie den jungen Ausländer bediente, sei ein schwarzer Roller direkt vor ihrem Kiosk durchgefahren. Ziemlich schnell. Wenig später sei der Lenker an ihr vorbei gerannt. Dabei sei er fast mit einer alten Kundin zusammengestossen, die mit ihrem Hund auf den Kiosk zusteuerte.»
«Wo rannte der Mann hin?»
«Zur Rolltreppe, die hinauf zur Überführung geht.»
«Wie sah der Motorradfahrer aus?»
Bertschmann suchte in der schriftlichen Zeugenaussage nach der Beschreibung. «Gross, mit dunkler Jacke. Das Gesicht konnte die Zeugin nicht sehen; es ging alles zu schnell. Zudem trug der Mann einen Helm.»
Wieder wechselten die Kommissare einen kurzen Blick.
«Hatte er etwas bei sich?»
Bertschmann schüttelte den Kopf. «Frau Joos erinnert sich nicht.»
«Hat sie den Mann nach der Explosion wieder gesehen? Kam er zurück, um seinen Roller abzuholen?»
Wieder schüttelte Bertschmann den Kopf. «Deshalb habe ich mir heute morgen den Platz am hinteren Ausgang der Bahnhofüberführung angesehen.» Er genoss sichtlich die angespannte Aufmerksamkeit der beiden Kommissare und blätterte länger als erforderlich in seinen Akten. «Es standen zwei Roller dort. Ich notierte die Nummern und erkundigte mich bei der Verkehrskontrolle nach den Eigentümern. Und jetzt halten Sie sich fest: Eines der beiden Fahrzeuge ist auf einen Aziz Kumari zugelassen, einundzwanzig Jahre alt, libanesischer Staatsangehöriger, wohnhaft an der Kannenfeldstrasse ....» Bertschmann suchte in seinem schriftlichen Bericht nach der Hausnummer, fand sie aber nicht.
Martin Biasotto liess ein leises Pfeifen hören. «Sieh da, ein arabischer Name. Und was macht dieser Aziz ... ?»
«... Kumari. Er studiert angeblich Wirtschaft an der hiesigen Universität.»

Tina Merz hatte die Listen mit den Toten und Verletzten noch vor sich. Ihr Blick suchte unter den alphabetisch aufgereihten Namen. «Ein Aziz Kumari ist hier nicht verzeichnet.»
«Das heisst, er lebt und ist nicht verletzt.»
«Oder er ist einer der noch nicht identifizierten Toten.»
Die Kommissarin wandte sich an Urs Bertschmann. «Sie haben gute Arbeit geleistet. Wir werden den Rollerfahrer überprüfen. Für Sie habe ich einen neuen Auftrag.»
«So?»
Tina Merz bat den Untersuchungsbeamten abzuklären, wo sich der Palästinenser Hani Moussa zur Zeit aufhalte. Im weiteren wäre in Erfahrung zu bringen, wo er während seines Aufenthalts in Basel gewohnt und welche Kontakte er gepflegt habe. Während sie sprach, registrierte sie Enttäuschung auf dem Gesicht ihres Assistenten; er war offensichtlich unglücklich darüber, dass der pensionierte Kollege und nicht er mit diesen spannenden Nachforschungen betraut wurde.

Urs Bertschmann verabschiedete sich und Tina Merz holte am Automaten zwei Kaffees. Schweigend und in Gedanken sass sie mit ihrem Assistenten am Tisch. Es war ein trüber Tag, und obwohl es erst gegen drei Uhr ging, zog bereits die Dämmerung in den Raum ein. Trotzdem zündete keiner der beiden Kommissare das Licht an.
«Was denkst du», erkundigte sich Tina Merz schliesslich.
«Ich mache mir Gedanken über unsere neuen Informationen. Und wie wir damit weiterkommen.»
«Zu welchem Ergebnis führt dein Nachdenken?», wollte sie wissen. Und um das Gespräch zu ordnen: «Reden wir zuerst über Bässler. Was hat deine Befragung ergeben?»
«Leider nichts Neues. Aber der Zeuge bestätigte alles, was uns Beat Schuler übermittelt hat.»
«Immerhin etwas.» Die Kommissarin war vorerst zufrieden. «Was hältst du von den Neuigkeiten aus Bern?»
«Endlich etwas Handfestes», stellte Biasotto trocken fest.
«Gehen wir die Leute einzeln durch», schlug Tina Merz vor, «und beginnen wir mit den beiden Türken.»
Biasotto stützte sein Kinn in die Hände und hob die Augen zur Zimmerdecke. «Ich glaube nicht, dass sie als Attentäter in Frage kommen. Türken haben sich in Europa noch nie als Terroristen betätigt.»

«Das ist falsch. In Deutschland sind von Türken schon mehrfach Anschläge vorbereitet worden; glücklicherweise konnten sie immer noch rechtzeitig verhindert werden.»
«Tatsächlich?»
«Wir wollen die beiden Türken überprüfen lassen. Immerhin sind sie schon negativ aufgefallen, und ich will wissen, wo und mit wem sie verkehrt haben.»
Biasotto nickte. «Ich werde das erledigen. Aber kommen wir zu diesem Algerier. Wie hiess er doch gleich?»
Tina Merz warf einen Blick auf ihre Notizen. «Lofti el-Haddad.»
«Wir wissen, dass das Attentat in Madrid von Nordafrikanern verübt wurde; und der gescheiterte Anschlag auf den Strassburger Weihnachtsmarkt wurde von Algeriern geplant.»
Mit den Augen signalisierte die Kommissarin Zustimmung. «El-Haddad wurde verdächtigt, mit den Strassburger Attentätern in Verbindung zu stehen.»
«Ein Grund, ihn näher anzuschauen.»
«Er liegt im Claraspital. Wir werden ihm in den nächsten Tagen einen Besuch abstatten.» Die Kommissarin griff nach ihrer Agenda. «Es wäre gut, wenn wir vorher noch etwas mehr über ihn wüssten. Mit wem er verkehrt. Wo er seine Freizeit verbringt. Was sein Arbeitgeber von ihm hält etc. etc.»
«Ich klemme mich dahinter, kann aber nicht garantieren, dass ich bis zu unserem Besuch auf all deine Fragen eine Antwort habe.»
«Dann steht der Palästinenser Hani Moussa noch auf unserer Liste», ging die Kommissarin weiter, ohne auf den Einwand ihres Assistenten einzugehen. «Ursula Mansour meint, er sei einer der Hauptverdächtigen. Er wurde beim Attentat verletzt, aber ...»
«... man weiss nicht, wo er sich aufhält.»
«Richtig. Darum der Auftrag an Bertschmann.»
«Dann warten wir ab, was seine Nachforschungen ergeben.»
Sie nickte. «Bleibt noch der tote Iraner Mirza Aschari.»
«Sind Anschläge bekannt, an denen Iraner beteiligt waren?»
«Klär das ab. Bis dahin stellen wir ihn zurück. Was ist mit den beiden Tschetschenen?»
Biasotto überlegte einen Moment. «Wir sollten sie ebenfalls zurückstellen. Wir wissen nicht einmal, ob sie sich am Mittwoch in der Schweiz aufgehalten haben.»

Die Kommissarin machte auf ihrer Liste einen entsprechenden Vermerk. «Jetzt zum Rollerfahrer, diesem Aziz Kumari. Könnte er einer der beiden Männer sein, die sich vor dem *Caffe Spettacolo* gestritten haben. Zeitlich würde das hinhauen. Er müsste der grössere sein, der mit dem Motorradhelm.»
Biasotto nickte eifrig. «Natürlich. Das muss er gewesen sein.» Er stockte. «Aber er trug nichts bei sich. Keine Taschen mit Sprengstoff.»
Bevor die Kommissarin sich dazu äussern konnte, spann er den Faden weiter. «Der Kleine mit den schmutzigen Fingernägeln, er hatte einen voll gepackten Rucksack.»
«Ein einziger Rucksack reicht für die Menge des gezündeten Sprengstoffs nicht aus», gab Tina Merz zu Bedenken. «Zudem waren die Bomben mit an Sicherheit grenzender Wahrscheinlich in den Gepäckstücken versteckt, die der Zeuge Bässler neben dem *Caffe Spettacolo* gesehen hat.»
Biasottos Gedanken hefteten sich am Rollerfahrer fest. «Abgesehen vom Gepäck würde bei Kumari alles passen: Zeit, Name, Religion, Alter, Grösse ...» Er erhob sich und begann im Zimmer auf und ab zu gehen. «Wir sollten ihn verhaften lassen. Es sind ausreichende Gründe vorhanden: Er hielt sich zur Zeit der Explosion in unmittelbarer Nähe des Tatortes auf und er ist Muslim und Ausländer, das heisst, es besteht Fluchtgefahr ....»
«Das geht mir zu schnell», winkte die Kommissarin ab. «Wir wollen nicht in einen falschen Dampfer einsteigen. Zudem würden wir mit dieser Verhaftung allfällige Komplizen warnen und ihnen die Möglichkeit geben, sich abzusetzen.»
Sie erhob sich, liess sich vor dem PC nieder und gab im Twixtel den Namen Aziz Kumari ein.
Biasotto war hinter sie getreten und schaute über ihre Schultern erwartungsvoll auf den Bildschirm.
«Unbekannt», meldete das Programm.
Die Kommissarin überlegte einen Moment; dann löschte sie den Vornamen. Jetzt erschien eine Meldung: G. Kumari, Kannenfeldstrasse 141.
«Aziz Kumari hat keinen eigenen Telefonanschluss. Aber dieser G. könnte sein Vater oder Onkel oder älterer Bruder sein.»
«Na, dann wollen wir mal.» Martin Biasotto griff zum Telefon und tippte die Nummer ein.
Es meldete sich eine Männerstimme.
Biasotto nannte seinen Namen. «Kann ich mit Aziz sprechen?»

«Es tut mir leid», antwortete der Mann abweisend. «Mein Sohn ist nicht zuhause.»
«Und wann kann ich ihn erreichen?»
«Versuchen Sie es in vierzehn Tagen wieder.»
Aber so leicht liess sich Martin Biasotto nicht abwimmeln. «Mein Anliegen kann nicht so lange warten», wandte er ein. «Ich muss jetzt mit ihm sprechen. Ist er irgendwo erreichbar?»
«Wer sind Sie und was wollen Sie von meinem Sohn?», kam die misstrauische Gegenfrage.
«Ich bin ein Studienkollege; Aziz hat ein Buch von mir, das ich dringend benötige», flunkerte Biasotto, ohne rot zu werden.
«Tut mir leid», der Mann wurde etwas freundlicher. «Mein Sohn besucht zur Zeit seine Grosseltern im Libanon. Sie müssen sich schon gedulden, bis er zurück ist.»
«Kann ich die Adresse dieser Grosseltern bekommen?»
«Was wollen Sie damit?» Das Misstrauen war wieder spürbar. Und ohne die Antwort abzuwarten: «Ich bitte Sie, mich zu entschuldigen. Für uns Muslime ist heute Sonntag.»
Jetzt gab Biasotto klein bei. Er wollte sich noch höflich verabschieden, aber Kumari hatte bereits aufgelegt.
«Interessant», stellte die Kommissarin fest. «Der Rollerfahrer ist auf Reisen.»
«Das heisst», überlegte Biasotto, «es liegt kein Selbstmordattentat vor.»
«Du bist wieder zu schnell», pfiff Tina Merz ihren eifrigen Assistenten zurück. «Kumari war am Tatort und hat die Explosion offensichtlich unverletzt überlebt. Aber er könnte einen Komplizen gehabt haben, der sich als Märtyrer in die Luft sprengte.»
«Zugegeben.»
«Zudem», argumentierte die Kommissarin weiter, «wäre er der falsche Überlebende. Kumari, also der Rollerfahrer mit dem Helm, blieb in der Überführung zurück, und der Kleinere lief weg. So hat es der Zeuge Bässler beobachtet. Demnach müsste Kumari umgekommen sein, nicht der kleinere Mitstreiter.»
Nach diesem Einwand blieb es still im Raum. In den Köpfen der Kommissare arbeitete es. Sie suchten nach Möglichkeiten, Varianten und Erklärungen. Tina Merz eröffnete die weitere Diskussion.
«Vielleicht befinden wir uns überhaupt auf dem Holzweg, und der Rollerfahrer ist völlig harmlos, hat nichts mit dem Anschlag zu tun. Wir dür-

fen uns auch nicht auf die beiden streitenden Männer festlegen, auch sie sind möglicherweise nur unbeteiligte Passanten.»
Biasotto gab nicht so schnell auf. «Wenn die Bombe mit einem Handy gezündet wurde, könnte sich auch Aziz Kumari noch in Sicherheit gebracht haben.»
«Frau Krieger, die Zeugin aus dem *Caffe Spettacolo* sagt, die Explosion sei erfolgt, unmittelbar nachdem die beiden streitenden Männer aus ihrem Blickfeld verschwunden seien. Der Kleinere lief davon, der Grössere blieb zurück. Er müsste also von der Bombe etwas abbekommen haben. Dafür spricht auch, dass er seinen Roller nicht abgeholt hat.»
Biasotto nickte nachdenklich. «Vielleicht ist Kumari gar nicht im Libanon. Vielleicht liegt er verletzt oder tot zuhause. Oder man hat ihn in den Libanon gebracht, um ihn nach muslimischem Brauch zu begraben. Viele Muslime bringen ihre Toten dafür zurück in die Heimat; das weiss ich von Silvia.»
Die Kommissarin reagierte nicht auf diese Äusserungen und ihre hochgezogenen Brauen machten deutlich, dass sie die Gedanken ihres Assistenten für unausgegorene Phantasien hielt.
«Wir werden alles überprüfen», kündigte sie an. «Ursula Mansour wird uns sagen, ob Aziz Kumari schon negativ aufgefallen ist. Ich werde sie auch bitten, die Adresse seiner Grosseltern im Libanon ausfindig zu machen. Und du erteilst einem unserer Leute den Auftrag, den jungen Mann unter die Lupe zu nehmen.»
Biasotto war noch immer am Nachdenken. «Mir geht der Kleine mit der Wollmütze und den schmutzigen Fingernägeln nicht aus dem Kopf. Er könnte doch der zweite der beiden streitenden Männer gewesen sein? Die Beschreibung der Zeugin würde gut auf ihn passen.»
«Könnte. Würde.»
«Er sei klein und zierlich gewesen, wie eine Frau», erinnerte Biasotto.
Tina Merz lachte. «Von der Sorte gibt es mehrere. Und die Kioskfrau hat nichts bemerkt, was darauf schliessen lässt, dass er und der Rollerfahrer sich kannten. Warum also sollten sich die beiden streiten? Zudem trug der Kioskkunde eine Wollmütze, und sowohl Frau Krieger wie Herr Bässler sagen, der Kleine in der Überführung habe eine Baseballmütze aufgehabt.»
«Vielleicht hat er die Kopfbedeckung gewechselt.»
Die Kommissarin stand auf. «Wir werden den Zeugen unsere Photos zeigen. Vielleicht haben wir Glück, und die eine oder andere der beobachteten Personen bekommt einen Namen.»

«Und warum sollen wir zwei nicht einmal Glück haben?», seufzte Biasotto.
«Mir ist noch etwas aufgefallen», erinnerte sich Tina Merz. «Der Palästinenser», sie suchte in ihren Notizen, «dieser Hani Moussa studiert angeblich Wirtschaft – wie Aziz Kumari.»
«Dann müssten sich die beiden eigentlich kennen.»
Die Kommissarin nickte.
Frau Simon kam herein und legte ein grösseres Kuvert auf den Tisch. «Hier ist es ja dunkel wie in einer Kuh», stellte sie trocken fest, zündete das Licht an und verschwand wieder.
Tina Merz griff nach dem Kuvert und öffnete es. Es enthielt eine Reihe von Photos. Sie nahm ein paar heraus und betrachtete eins nach dem anderen. Das letzte, auf dem ein gut aussehender, etwa dreissigjähriger Mann abgebildet war, drehte sie auf die Rückseite. «Lofti el-Haddad», war in Blockbuchstaben darauf vermerkt. Darunter standen Adresse und Aufenthaltsdauer in der Schweiz sowie die berufliche Tätigkeit. Sie nickte zufrieden und reichte das Kuvert an ihren Assistenten weiter.
«Klär ab, wo überall es in der Region Moscheen gibt. Zudem wäre interessant zu erfahren, wo unsere Verdächtigen ihre Gebete verrichten. Und schliesslich könntest du dich bei den dafür zuständigen Kollegen erkundigen, ob es mit dem einen oder anderen muslimischen Gotteshaus schon Schwierigkeiten gegeben hat.»
Zufrieden und laut pfeifend wechselte Martin Biasotto in sein eigenes Büro, um sich an die Erledigung der erhaltenen Aufträge zu machen, und Tina Merz begann, die neuesten Berichte der Ermittlungsgruppen durchzugehen.
Nach der Lektüre der ersten beiden Dossiers, die nichts von Interesse enthielten, blätterte sie den Stoss der noch zu bearbeitenden Akten durch und überlegte, ob sie nicht alles einpacken und mit nach Hause nehmen könnte. Es war Freitagabend und Sebastian und Lukas würden bestimmt auf sie warten. Aber die Menge des vorhandenen Papiers machte ihren Wunsch unmöglich, und so öffnete sie mit einem müden Blick auf die Uhr und einem langen Seufzer das Dossier der Ermittlungsgruppe 3, die von Daniel Turnheer geleitet wurde, einem temperamentvollen jungen Baselbieter, der ihr am Meeting vom Donnerstag durch seine engagierte Aufmerksamkeit angenehm aufgefallen war.
Daniel Turnheer war von einem Karl-Heinz Clausen aus Karlsruhe angerufen worden. Dieser war am Mittwochmorgen mit einem Intercity ver-

spätet in Basel angekommen und hatte deshalb den Anschlusszug nach Mailand verpasst. Um sich die Wartezeit zu verkürzen, hatte er sich ins *Caffe Spettacolo* gesetzt und gelesen. Dabei waren ihm zwei Mädchen mit riesigen Rucksäcken aufgefallen, dunkle Typen mit einer Sprache, die er nicht einordnen konnte. Sie lagen in der Überführung direkt vor dem Café auf dem Boden, kauten an einem Brötchen und dösten. Als Clausen zum Perron ging, befanden sie sich noch an der gleichen Stelle und beschäftigten sich mit ihrem Gepäck. Etwa zehn Minuten später verliess der Zug des Zeugen den Bahnhof; kurz darauf explodierte die Bombe.
Turnheer schrieb dazu: «Ich habe mich bei Kurt Schmiedlin erkundigt. Man hat die Leichen der beiden jungen Frauen gefunden und identifiziert. Sie befanden sich direkt neben dem Explosionszentrum. Es handelt sich um zwei Studentinnen aus Mazedonien, die laut Auskunft ihrer Angehörigen auf einer Europareise waren. Wir glauben nicht, dass sie mit den Terroristen in Verbindung standen. Jedenfalls waren sie keine Muslime, sondern griechisch-orthodoxe Christen.»
Der Griff der Kommissarin ging einmal mehr zur Liste der Toten. Sie fand die beiden jungen Frauen. Nach kurzem Nachdenken, nahm sie den Bericht Turnheers aus dem Dossier und legte ihn zu denen, die sie zurückgestellt hatte. Die Mazedonierinnen gehörten nicht zu den Hauptverdächtigen; sie hatten sich vermutlich rein zufällig in der Bahnhofüberführung aufgehalten.
Kein guter Ort an diesem Mittwochmorgen, ging es Tina Merz durch den Kopf, während sie sich den nächsten Bericht aus dem Dossier der Ermittlungsgruppe 3 vornahm.
Ein Mann namens Ueli Strübi aus Thun hatte sich ebenfalls telefonisch gemeldet. Turnheer hatte seine Aussage als besonders interessant eingestuft, und deshalb am Donnerstagnachmittag ein Mitglied seiner Gruppe ins Berner Oberland geschickt, um sie zu protokollieren.
Ueli Strübi war am Mittwochmorgen um 7 Uhr 20 auf dem Weg von Thun nach Baden-Baden im Bahnhof SBB eingetroffen. Er wollte seinen Zwischenhalt in Basel nutzen, um in Riehen die Fondation Beyeler zu besuchen. Um seine schwere Aktentasche loszuwerden, begab er sich nach seiner Ankunft unverzüglich zu den Schliessfächern. Dort traf er einen jungen Mann, der im Begriff war, mit viel Mühe einen dicken schwarzen Rucksack aus einem Fach zu ziehen. Ein zweites Schliessfach stand offen. Als der Zeuge den Raum betrat, schob der Mann rasch einen grösseren runden Gegenstand in dieses offene Fach und schloss die Tür mit einem

gezielten Fusstritt. Er lud seinen Rucksack auf einen bereitstehenden Gepäckwagen, setzte sich danach auf die lange Bank in der Mitte des Raumes und wartete. Da er sichtlich nervös war – er wippte permanent mit dem rechten Fuss – kam Strübi dieses Verhalten sonderbar vor. Darum kehrte er, nachdem er den Raum bereits wieder verlassen hatte, nochmals zum Eingang zurück und beobachtete, wie der Mann dem zweiten, wieder geöffneten Schliessfach eine dunkle Reisetasche entnahm und zum Rucksack auf den Gepäckwagen lud. Auch diese Tasche müsse ziemlich schwer gewesen sein.
Strübi beschrieb den Mann wie folgt: achtzehn bis fünfundzwanzig Jahre alt. Gross, breitschultrig, aber schlank, dunkelblondes, kurz geschnittenes Haar, blass. Er habe ein schwarzes T-Shirt und eine blaue Jeans getragen.
Tina Merz gab Turnheer per Email die Anweisung, dem Zeugen unverzüglich alle zur Verfügung stehenden Fotos der Toten und Verletzten zuzustellen. Noch während sie den Auftrag abfasste, wurde ihr bewusst, dass die Beschreibung des jungen Mannes, abgesehen vom Alter, keines der Merkmale enthielt, die sie als Kennzeichen für die Terroristen festgehalten hatten. Er schien eher ein mitteleuropäischer Typ zu sein. Möglicherweise ein harmloser Tourist. Aber die beiden schweren schwarzen Gepäckstücke und das sonderbare Verhalten ...?
Sie warf einen Blick auf die vom Zeugen angegebene Zeit und rechnete nach: Strübi musste den Raum mit den Schliessfächern kurz vor halb acht betreten haben; er benötigte etwa drei Minuten, um seine Aktentasche zu verstauen. Wenn der Unbekannte sein Gepäck Minuten später durch die Bahnhofhalle zur Überführung gerollt hatte, war er dort etwa um 7 Uhr 40 angekommen. Es wäre ihm also möglich gewesen, Rucksack und Reisetasche neben dem *Caffe Spettacolo* abzustellen und die Bombe zu zünden. Aber er könnte den Bahnhof mit seinem Gepäck auch verlassen haben oder in einen abfahrenden Zug gestiegen sein. Beides wäre noch vor der Explosion möglich gewesen.
Tina Merz stiess einen langen Seufzer aus und wandte sich dem nächsten Bericht zu.

Als Martin Biasotto eineinhalb Stunden später erschien, um sich von der Kommissarin zu verabschieden, fand er sie immer noch in ihre Akten vertieft am Schreibtisch.
«Weisst du etwas, was ich nicht weiss?», erkundigte er sich, während seine Augen prüfend über ihr Gesicht glitten.

Sie erzählte ihm zuerst von den beiden Mazedonierinnen, dann vom jungen Mann im Schliessfachraum. «Was hältst du davon», stellte sie ihrem Assistenten am Schluss die übliche Frage.
«Die beiden Mädchen haben bestimmt nichts mit dem Anschlag zu tun.»
«Ich habe sie zurückgestellt.»
«Auch gut», stimmte der Assistent zu. «Hast du den Namen des Rollerfahrers zur Überprüfung nach Bern geschickt?»
Die Kommissarin schüttelte den Kopf. «Danke für die Erinnerung. Ich werde das noch erledigen. Aber es ist Freitagabend; da wird im Bundeshaus wohl niemand mehr anzutreffen sein.»
«Wer weiss. Vielleicht geschehen auch dort noch Zeichen und Wunder.»
Martin Biasotto stand neben ihr, während sie das Email verfasste und abschickte.
Sie fuhr den PC herunter und erhob sich. «Wir werden morgen Lofti el-Haddad besuchen, Wir können uns nicht leisten, das Wochenende untätig verstreichen zu lassen.»
«Alles klar. Ich hole dich um 9 Uhr 30 ab.»

18

Pünktlich zur vereinbarten Zeit klingelte Martin Biasotto am anderen Morgen an der Wohnungstür der Kommissarin. Sie war bereits eine gute Stunde auf, hatte Frühstück gemacht, die Zeitung gelesen und den behandelnden Arzt von Lofti el-Haddad angerufen. Obwohl es in Strömen regnete und sich ein grauer Tag ankündigte, war sie gut gelaunt.

Martin Biasotto setzte sich an den gedeckten Frühstückstisch. Er trank einen Kaffee, verdrückte ein knuspriges Croissant und unterhielt sich dabei mit Sebastian, der für einen Augenblick sein Buch zur Seite gelegt hatte, um dem Assistenten seiner Mutter Gesellschaft zu leisten. Als die Uhr zehn schlug, brachen die beiden Kommissare auf.

Auf der kurzen Fahrt zum Claraspital berichtete Biasotto, er habe mit dem Chef der Basler Muslim-Kommission telefoniert und erfahren, dass es in der Stadt rund ein Dutzend islamische Gebetszentren gebe; ausserdem stünden den Gläubigen in Liestal, Muttenz, Pratteln und Bottmingen Räume für Gottesdienste zur Verfügung. Die Gebetshäuser seien lose mit einander verbunden. Die in der Region wohnhaften Muslime seien je nach Glaubensrichtung, Herkunft und Sprache in einem der Zentren eingeschrieben.

«Wo Lofti el-Haddad Mitglied ist, konnte mir der Mann nicht sagen», bedauerte Biasotto. «Es gebe kein zentrales Register. Zudem wusste ich nicht, ob el-Haddad der sunnitischen oder der schiitischen Glaubensrichtung angehört. Der Mann von der Muslim-Kommission riet mir, mich direkt bei den einzelnen Zentren zu erkundigen und damit in Basel zu beginnen. Viele Muslime hätten ihren ersten Wohnsitz in der Stadt und würden die einmal begründete Mitgliedschaft auch nach dem Umzug auf die Landschaft beibehalten. Am Schluss sagte er mir noch, dass alle Gläubigen der Umma angehören würden – darum seien sie grundsätzlich in jedem Gebetshaus willkommen.»

«Eigentlich müsste el-Haddad in Liestal eingeschrieben sein, wenn er in Sissach wohnt», überlegte Tina Merz.

«Dort habe ich schon angefragt», ergänzte Martin Biasotto seine bisherigen Ausführungen. «Der Mann, der meinen Anruf entgegen nahm, war sehr zuvorkommend. Er stellte sich als Imam Ali Samaha vor und sagte mir spontan, el-Haddad sei ihm nicht bekannt. Er schaute trotzdem noch in seinem Mitgliederbuch nach, fand aber keinen Eintrag. Wir plauderten noch eine Weile und Samaha vertraute mir an, dass er sehr erleichtert wäre, wenn wir die Terroristen bald finden würden; er wäre auch bereit, uns im

Rahmen seiner bescheidenen Möglichkeiten bei unseren Ermittlungen zu unterstützen.»

«Um Gottes Willen! Noch einer, der uns helfen will.»

«Immerhin hat dieser Ali Samaha für sein Hilfsangebot eine plausible Erklärung.» Biasotto bog in die Kleinriehenstrasse ein, reduzierte die Geschwindigkeit und hielt Ausschau nach einer Parklücke. «Das Attentat sei eine Katastrophe, sagte er. Dieser Terrorakt würde bei der Schweizer Bevölkerung Misstrauen gegen alle hier lebenden Muslime wecken, und bevor die Täter nicht verhaftet seien, gebe es keine Entspannung.»

Biasotto hatte gefunden, was er suchte, und trat auf die Bremse, um den Wagen rückwärts in die Parklücke zu fahren. «Ich habe Samaha alle Namen von unserer Liste genannt. Er kannte nur den Perser Aschari. Er sei ihm vor einem Jahr im Kantonsspital Liestal begegnet, als seine Frau ihre Gallensteine operieren liess. Er meint, Aschari sei auf keinen Fall ein Terrorist.»

Biasotto hatte sein Parkmanöver beendet und stellte den Motor ab.

«Das ist ja alles sehr interessant», murmelte die Kommissarin abwesend. Sie war dabei, sich Stichworte für die Fragen an el-Haddad zu notieren.

«Ich habe noch mehr Interessantes, wenn du zuhören würdest», stichelte der Assistent.

«Tu ich doch», lachte sie und schob den Zettel mit den Notizen samt Stift in ihre Handtasche. «Leg los.»

«Ich habe mich bei unseren Kollegen erkundigt», rapportierte Biasotto folgsam. «Man sagte mir, dass über die muslimischen Gebetshäuser in Basel bisher keine nennenswerten Klagen eingegangen seien. Und jetzt pass auf: Nur im Kannenfeld habe die Polizei schon ausrücken müssen. Dem dortigen Zentrum sei ein Jugendtreff angegliedert, und da gehe es hin und wieder ziemlich laut zu.»

«Kannenfeld,» erinnerte sich die Kommissarin sofort. «Ist das nicht der Jugendtreff, in dem Lofti el-Haddad als Sozialarbeiter tätig ist?»

«Woher hast du die Information?»

Tina Merz suchte in ihrem Gedächtnis. «Das habe ich auf der Rückseite seiner Photographie gelesen. Dort stand unter dem Vermerk ‹berufliche Tätigkeit›: arbeitet als Sozialarbeiter im muslimischen Jugendzentrum Kannenfeld. Im Übrigen hat mich Ursula Mansour schon auf diese Nebentätigkeit el-Haddads hingewiesen. Sie sagte nur nicht, wo er sie ausübt.»

«Kannenfeld», murmelte Biasotto. «Erinnerst du dich? Unser Rollerfahrer, dieser Kumari, der wohnt doch an der Kannenfeldstrasse.»

«Wow! Das ist ein Treffer ins Schwarze.» Tina Merz blieb einen Augenblick mit offenem Mund mitten auf dem Trottoir stehen und klopfte ihrem Assistenten auf die Schulter. «Das kann kein Zufall sein!»

Ein paar Minuten später betraten die Kommissare das Zimmer, in dem Lofti el-Haddad zusammen mit einem zweiten Verletzten untergebracht war. Tina Merz identifizierte den Algerier rasch als den älteren der beiden Patienten. Sie erschrak bei seinem Anblick; sie hatte sein Photo in Erinnerung und einen gut aussehenden Mann erwartet.
Lofti el-Haddad hatte bei der Explosion multiple Kopfverletzungen erlitten und ein Auge verloren. Er war mehr als drei Stunden operiert worden. Seine rechte Gesichtshälfte war durch einen Verband völlig zugedeckt, die offene linke Seite wies zahlreiche kleinere Wunden auf, die durch fliegende Glassplitter verursacht worden waren. Die linke Hand war einbandagiert; mehrere Röhrchen zum Abfluss des Wundblutes hingen aus dem Verband heraus.
Lofti el-Haddad wusste, dass es noch mehrere Wochen dauern würde, bis er wieder hergestellt war. Er hatte in den letzten Tagen, eingehend über sein bisheriges Leben nachgedacht. Schon als kleiner Junge hatte er davon geträumt, nach Europa auszuwandern und sich dort ein modernes Leben in Freiheit und Wohlstand einzurichten. Als Zwanzigjähriger hatte er seine Heimat Algerien verlassen. Nach einem zweijährigen Aufenthalt in Frankreich war er vor sechs Jahren in die Schweiz gekommen. Sein Jugendtraum hatte sich also erfüllt. Aber el-Haddad war in Europa nicht glücklich und dachte immer häufiger daran, nach Algerien zurückzukehren. Er war schockiert über die dekadente Lebensweise der Europäer, ihren Materialismus, ihre ungezügelte Sexualität und ihren Mangel an geistigen und religiösen Werten. Dazu kam eine tief sitzende Wut auf die Schweizer, die er für rassistisch, kleinlich und arrogant hielt, denn er war in den vergangenen Jahren immer wieder Menschen begegnet, die aus ihrer Verachtung und Abneigung gegen Fremde keinen Hehl machten. Er hatte bei seiner Nebentätigkeit im muslimischen Jugendzentrum an vielen Gesprächen über Religion, Staat, Scharia und Dschihad teilgenommen und, obwohl seine Familie in Algerien nicht zu den streng gläubigen Moslems zählte, hatte er im Laufe der Zeit immer mehr Verständnis für die Glaubensbrüder gefunden, die sich fundamentalistischen Organisationen anschlossen.
Tina Merz blieb nach dem Betreten des Krankenzimmers am Fussende der beiden Betten stehen; sie stellte sich und ihren Assistenten vor, indem

sie Namen und Funktion nannte. El-Haddad schaute ihr aus seinem Kopfverband mit einem müden dunklen Auge entgegen; als sie ihm die Hand reichte, überflog ein flüchtiges Lächeln sein entstelltes Gesicht.
Die Kommissarin wandte sich dem zweiten Patienten zu. Dieser drehte sich aber weg und machte keinerlei Anstalten, die ihm hingestreckte Hand zu ergreifen oder ihren Gruss zu erwidern..
Warte nur, Bürschchen, sagte sich die Kommissarin, du kommst auch noch dran.

Martin Biasotto hatte zwei Stühle ans Bett von Lofti el-Haddad gestellt und packte seinen Laptop aus. Unterdessen versuchte Tina Merz mit freundlicher Konversation unsichtbare Mauern abzubauen. Wie es ihnen gehe, wollte sie von den beiden Verletzten wissen, und ob sie im Claraspital gut aufgehoben seien.
El-Haddad war ein intelligenter Mann, der sich nicht so schnell einnehmen liess. Er antwortete zuerst freundlich, wurde aber zunehmend abweisend, was sich darin äusserte, dass er nur noch einsilbig antwortete, sich von der Kommissarin abwandte und scheinbar interessiert zusah, wie sich Biasotto für die Protokollführung bereit machte.
«Was wollen Sie von mir?», erkundigte er sich schliesslich.
Aus dem Nebenbett kam ein höhnisches Lachen.
«Wir möchten Sie kennen lernen und Ihnen ein paar Fragen stellen», antwortete die Kommissarin wahrheitsgemäss. «Je präziser Sie antworten, desto schneller sind Sie uns wieder los.»
El-Haddad versuchte ein Lächeln, was ihm aber nur halbwegs gelang.
«Sie hielten sich am Mittwochmorgen in der Bahnhofüberführung auf», begann Tina Merz die Befragung. «Was führte Sie dorthin?»
«Ich war auf dem Weg zur Arbeit. Wie jeden Tag. Ich kam mit dem Zug von Sissach.»
«Allein?»
El-Haddads Blick bekam etwas Lauerndes: was willst du mit dieser Frage? war in seinem gesunden Auge zu lesen. Schliesslich nickte er. «Als die Bombe hochging, war ich allein.»
«Und vorher?», hakte Biasotto sofort nach, während er die letzte Antwort in seinen Laptop hackte.
Der Algerier antwortete nicht.
«Wo genau befanden Sie sich im Zeitpunkt der Explosion?», wollte die Kommissarin wissen.

El-Haddad erkannte rasch, was sie mit der Frage bezweckte. Er schätzte die Distanz ab und gab noch ein paar Meter dazu. «Mein Arbeitsort befindet sich im Gundeldingerquartier. Ich kam vom Perron die Rolltreppe hoch und wandte mich nach links. Als die Bombe hochging, befand ich mich etwa fünf Meter vor dem hinteren Ausgang der Überführung.»
«Sie gingen also direkt vom Zug zur Rolltreppe und zum hinteren Ausgang?»
El-Haddad nickte.
«Sie waren im Zug, der um 7 Uhr 37 den Bahnhof erreichte?»
Wieder ein stummes Nicken.
«Die Explosion erfolgte um 7 Uhr 47. Sie benötigten also für den kurzen Weg vom Perron bis zum hinteren Ausgang der Überführung zehn Minuten?»
Die Frage verunsicherte den Algerier. «Was soll das? Was unterstellen Sie mir?»
«Ich unterstelle Ihnen nichts. Ich glaube nur, dass ein gesunder, sportlicher Mann, wenn er direkt vom Perron zum hinteren Ausgang geht, dafür keine zehn Minuten benötigt.»
«Ich habe mich oben an der Rolltreppe noch mit Freunden unterhalten.»
«Und wie heissen diese Freunde?»
«Mesut und Mehmet, beides Türken. Man sagte mir, sie seien tot.»
Die Kommissarin nickte stumm.
«Sie liefen direkt in die Explosion. Sie wollten zur Tramhaltestelle auf dem Bahnhofplatz.»
«Das tut mir leid.»
Ein bitterer Ausdruck flog über el-Haddads Gesicht; dann zuckte er mit der Achsel. «Sie müssen sich nicht entschuldigen; Sie haben die Bombe ja nicht gezündet.»

«Sie sind Muslim?», nutzte Biasotto das folgende kurze Schweigen, um das Thema zu wechseln.
El-Haddad nickt. «Was sonst? Ich bin Algerier.»
«In welcher Moschee beten Sie?»
Die Antwort kam mit einiger Verzögerung. «Ich gehe nur zum Freitagsgebet.»
«Wohin?»
«Normalerweise gehe ich ins Gebetszentrum im Kannenfeld.»
«Und warum ausgerechnet dorthin?», bohrte die Kommissarin. «Es gibt

doch bestimmt ein näher gelegenes Gebetshaus für jemanden, der in Sissach wohnt. In Liestal zum Beispiel.»
«Im Kannenfeld sind immer interessante Leute. Und ein kluger Imam, mit dem man reden und diskutieren kann.»
Jetzt griff Biasotto wieder ein. «Was sind das für Leute, die Sie als interessant bezeichnen? Nennen Sie uns die Namen.»
«Muss ich diese Frage beantworten?» El-Haddad forschte im Gesicht der Kommissarin. Er konnte die Antwort ablesen. «Ich kenne keine Namen», flunkerte er. «Ein Bekannter hat mich in dieses Gebetszentrum eingeführt, und ich bin geblieben, weil es mir gefiel.» Sein Auge wich dem Blick der Kommissarin aus.
«Den Namen dieses Bekannten möchten wir wissen», hakte Biasotto sofort nach.
«Er hält sich nicht mehr in der Schweiz auf.»
Der Assistent liess nicht locker. «Den Namen.»
«Ich kannte nur seinen Vornamen».
«Und wie lautete der?»
«Mohammed. »
«Wo wohnte er?»
«Das weiss ich nicht. Irgendwo im Kleinbasel.»
«Wo arbeitete er?»
«Das weiss ich auch nicht. Wir haben uns darüber nie unterhalten.»
«Trägt Ihre Frau ein Kopftuch?»
«Was soll das?» Jetzt war el-Haddad echt empört. «Verdammt noch mal, ich bin doch nicht so blöd, mir selbst ein Auge wegzusprengen.»
«Es gibt bekanntlich Menschen, die sich mit einer Bombe schon mehr weggesprengt haben», parierte Biasotto trocken.
«Sie haben meine Frage nicht beantwortet», erinnerte Tina Merz. «Trägt Ihre Frau ein Kopftuch?»
El-Haddad nickte wütend
«Die Türken, mit denen Sie sich in der Bahnhofüberführung unterhielten, wie gut kannten Sie die beiden?», setzte die Kommissarin die Befragung fort.
El-Haddad zuckte mit der Achsel. «Sie wohnten auch in Sissach. Wir sind mehrmals pro Woche mit dem selben Zug in die Stadt gefahren.»
«Wie gut kannten Sie die beiden?»
«Nicht sehr gut. Sie waren eine Zufallsbekanntschaft.»
«Und Sie haben sie nur im Zug getroffen?»

«Normalerweise, ja.»
«Und nicht normalerweise? Zum Beispiel in der Moschee?»
«Warum wollen Sie das wissen?»
Wieder kam ein höhnisches Gelächter aus dem Nebenbett.
«Ihre beiden türkischen Freunde gingen auch in die Moschee am Kannenfeldplatz?»
El-Haddad nickte. «Hin und wieder. Aber sie hielten sich vor allem im Jugendzentrum auf.»
«Und Sie?»
Der Algerier überlegte sich die Antwort eine ganze Weile. Dabei begegnete sein gesundes Auge dem Blick der Kommissarin; er schaute rasch weg. «Finden Sie nicht, ich sei etwas zu alt für ein Jugendzentrum?», erkundigte er sich schliesslich mit einem fast verzweifelt anmutenden Grinsen. Dann dreht er sich weg und schloss sein Auge. «Ich bin müde und erschöpft», murmelte er ins Kissen. «Lassen Sie mich in Ruhe.»
Die Kommissarin blieb noch einen Moment stumm am Bett des Algeriers sitzen und wandte sich dann dem anderen Patienten zu. Dieser hatte sich auf die Seite gedreht und zeigte ihr nur seinen schmalen, fast kindlichen Rücken. Er hatte bei der Explosion seinen rechten Arm verloren und der Stumpf lag wie ein gebrochener Flügel auf der Bettdecke.
«Wir möchten uns auch mit Ihnen unterhalten», sprach sie ihn an.
Es kam keine Antwort.
«Wie heissen Sie?»
Da auch diese Frage unbeantwortet blieb, öffnete Biasotto die Tür zum Korridor und las den Namen vom Schild an der Wand ab: «Khima. Er heisst Khalil Khima.»
Den Namen habe ich doch schon einmal gehört, ging es der Kommissarin durch den Kopf; und es dauerte nur wenige Sekunden, dann erinnerte sie sich auch an den Zusammenhang.
«Wo wohnen Sie?»
Khalil Khima hatte in seinem bisherigen Leben nur schlechte Erfahrungen mit Behörden gemacht und so hasste er alles, was mit Staatsgewalt ausgestattet war. Er war Tunesier und gerade achtzehn Jahre alt geworden. Er wohnte mit seinem älteren Bruder in St-Louis. Weil er dort keine Arbeit gefunden hatte, jobbte er seit einem halben Jahr als Hilfsarbeiter in einem Basler Baugeschäft. Jetzt lag er mit geschlossenen Augen im Bett und machte keinerlei Anstalten, den Mund zu öffnen und die gestellten Fragen zu beantworten.

«Hören Sie.» Geduld gehörte bekanntlich nicht zu den Stärken der Kommissarin. «Wir werden alles herausfinden, was wir wissen wollen. Das ist für uns kein Problem. Aber es ist besser für Sie, wenn Sie uns antworten. Sonst müssen wir Sie in Gewahrsam nehmen, bis das, was uns interessiert, geklärt ist.»

Das half. Resigniert und zornig drehte Khima sich halbwegs um.

«Ich wohne in Frankreich», sagte er in gebrochenem Deutsch.

Martin Biasotto ahnte, was das Problem war. «Sie arbeiten illegal in der Schweiz?»

Khima nickte matt.

«Das interessiert uns nicht», beruhigte die Kommissarin den jungen Mann. «Wir ermitteln wegen des Bombenanschlags. Mit Ihrer fehlenden Arbeitsbewilligung beschäftigt sich eine andere Stelle.»

Biasotto hatte wenig Sinn für die beruhigenden Worte seiner Chefin und griff ein, um die Befragung weiterzuführen. «Woher kommen Sie.»

«Ich bin in Frankreich geboren», flunkerte Khima rasch und fast trotzig.

«Und Ihre Familie, woher stammt Sie?»

«Das habe ich vergessen.»

Einen Augenblick war es still im Raum. Die Kommissarin musterte das abweisende, fast noch kindliche Gesicht. «Sie sind Nordafrikaner», stellte sie schliesslich fest. «Algerien? Tunesien? Marokko?»

Khimas Miene verzerrte sich; Wut, Verachtung und Verzweiflung war darin zu lesen.

«Wo wohnen Sie? Wir brauchen Ihre Adresse.»

«In Frankreich.»

«Frankreich ist gross. Wie heisst der Ort? die Stadt?»

«Das geht Sie nichts an.»

«Und Sie kommen jeden Tag über die Grenze nach Basel?»

«Natürlich. Wie sonst?»

«Sie sind Muslim?»

Keine Antwort.

«Wo beten Sie?», übernahm Martin Biasotto die Befragung.

«Ich brauche nicht zu antworten. Sie haben kein Recht, mich das zu fragen.»

«Wo waren Sie im Zeitpunkt der Explosion?»

«Auf der Rolltreppe.»

«Auf welcher?»

«In der grossen Halle.»

«Warum hielten Sie sich überhaupt im Bahnhof auf? Was hatten Sie dort zu tun?»
«Ich war auf dem Weg zur Arbeit.»
Tina Merz ersparte sich die Frage nach dem Arbeitgeber; Khima würde sie nicht beantworten. Sie erhob sich.
«Wir werden wiederkommen.»
Die beiden Männer nahmen diese Eröffnung, die fast wie eine Drohung geklungen hatte, ohne sichtbare Reaktion auf. Als die Kommissare zur Tür gingen, hob Lofti el-Haddad seinen bandagierten Kopf.
«Kann ich eine Liste mit den Toten bekommen?»
«Was wollen Sie damit?»
«Nachschauen, ob Freunde darunter sind.»
«Sorry, aber unsere Akten sind nicht öffentlich.»

Die beiden Kommissare verliessen das Claraspital und gingen stumm nebeneinander zurück zum Dienstfahrzeug.
«Was denkst du?», erkundigte sich Biasotto.
«Lofti el-Haddad ist intelligent und wirkt eigentlich ganz sympathisch.»
«Mohammed Atta, der Anführer der Attentäter vom 11. September, soll auch einen ganz netten Eindruck gemacht haben.»
Tina Merz lachte. «Trotzdem, meine Intuition sagt mir, el-Haddad ist kein Terrorist.» Sie suchte nach einer sachlichen Begründung für ihre Bauchdiagnose. «Er ist kein Radikaler. Ihm geht es gut. Er hat eine qualifizierte Arbeit und verdient seinen Lebensunterhalt. Er hat also einiges zu verlieren. Zudem ist er verheiratet. So einer zündet keine Bombe.»
«Seine Frau trägt Kopftuch.»
«Wenn alle Männer, deren Frauen Kopftuch tragen, Terroristen wären, dann gnade uns Gott.»
«Was ist mit dem anderen?»
«Kein sympathischer Bursche. Wenn er mir nachts auf dem Trottoir entgegen käme, würde ich auf die andere Strassenseite wechseln. – Aber er ist noch jung und ... »
« ... doch schon voller Wut.»
«Er provoziert. Das ist ein Ausdruck von Jugend.»
«Oder von mangelnder Reife.»
«Wie du willst.» Die Kommissarin blieb stehen. «Er ist der Patient, der nirgends registriert war.»

«Natürlich», erinnerte sich Biasotto. «Der Junge, der versuchte durch die Maschen unserer Kontrollen zu schlüpfen.»
«Oder einfach vergessen wurde.»
«Er verbirgt etwas.»
«Sicher, er arbeitet illegal in der Schweiz», stellte die Kommissarin trocken fest und setzte sich wieder in Bewegung. «Aber wir werden ihn überprüfen lassen.»
«Wäre es nicht angezeigt, vor dem Zimmer der Beiden eine Wache zu postieren?», erkundigte sich der Assistent, während er seiner Chefin die Autotür öffnete.
«Die zwei sind noch zu krank, um abzuhauen», meinte diese nach kurzer Denkpause. «Und in ein paar Tagen wissen wir, ob sie als Täter in Frage kommen.»

Sie fuhren zum Waaghof, parkten ihr Fahrzeug im Hof und stiegen die Treppe zum zweiten Stock hoch.
Tina Merz legte ihre Jacke ab und setzte sich an den PC. Sie schrieb ein Email an Eugen Theiss – selbstverständlich mit Kopie an Ursula Mansour – und informierte mit ein paar Sätzen über ihren Besuch im Claraspital; zum Schluss bat sie um Überprüfung von Khalil Khima. Sie hatte das Email gerade abgeschickt, als die Tür zum Nebenzimmer aufflog und Biasotto herein stürmte.
«Warum hat uns el-Haddad verschwiegen, dass er als Sozialarbeiter im Jugendzentrum Kannenfeld arbeitet?»
Die Kommissarin lächelte. Ihr war schon bei der Befragung aufgefallen, dass der Algerier seine Vorliebe für das Gebetszentrum Kannenfeld mit interessanten Leuten und einem netten Imam begründete, aber seine dortige Tätigkeit mit keinem Wort erwähnte. Sie hatte nicht nachgefragt, weil sie überzeugt war, dass ein besonderer Grund hinter diesem Schweigen steckte, ein Grund, den el-Haddad nicht zur Sprache bringen wollte. Aber der Algerier war ein kluger Mann. Er wusste, dass sie früher oder später von seiner Nebenbeschäftigung erfahren würden. Er konnte also nur auf Zeitgewinn aus sein.
Sie stand auf. «Lass uns etwas essen. Am Nachmittag wollen wir diesem interessanten Gebetszentrum einen Besuch abstatten.»
«Es ist Samstag, Chefin.»
«Richtig», grinste sie. «Aber als Eingeweihte wissen wir, dass die Muslime am Freitag Sonntag haben, und heute für sie Montag ist.»

19

Während des anschliessenden Mittagessens diskutierten die Kommissare, ob sie ihren Besuch im Gebetszentrum anmelden oder den Imam überraschen wollten. Sie entschieden sich für letzteres.

Sie fuhren zum Kannenfeldplatz. Im Auto herrschte angespanntes Schweigen. Beide waren neugierig und unruhig. Sie würden bald eine fremde Welt betreten, eine Welt mit vielen unverständlichen Regeln und Traditionen. Sie stellten ihren Wagen in einer Seitenstrasse ab und suchten nach der im Twixtel verzeichneten Adresse. Es dauerte einige Zeit, bis sie fündig wurden, denn der Eingang zum Gebetszentrum lag in einem gut versteckten kleinen Hinterhof.

Martin Biasotto hatte bereits den Finger auf dem Klingelknopf, als er die Kommissarin mit dem Ellbogen in die Seite stiess. «Hast du das gesehen?».

«Was?», fragte sie gereizt zurück.

«Den Namen. Schau dir den Namen an.»

Jetzt las auch Tina Merz, was auf dem Schild neben der Glocke in kleiner, verschnörkelter Schrift stand: G. Kumari.

«Das ist doch ... »

«Der Imam ist der Vater von Aziz Kumari, dem Rollerfahrer, der angeblich seine alten Grosseltern im Libanon besucht.»

«Mit diesem Imam haben wir telefoniert!»

Biasotto antwortete nicht. Mit grimmiger Entschlossenheit drückte er auf den Klingelknopf.

Der Mann, der eine Minute später die Tür öffnete, war eine imposante Erscheinung und entsprach überhaupt nicht den Erwartungen der beiden Besucher.

Imam Kumari war siebenundvierzig Jahre alt, eins fünfundachtzig gross, schlank, aber von stattlicher Figur. Sein üppiges hellbraunes Haar ging unter den Schläfen direkt in einen gepflegten, leicht ergrauten Vollbart über. Was die Besucher aber vor allem faszinierte, waren seine Augen, die unter den buschigen Brauen blau leuchteten wie Kornblumen auf einer Sommerwiese. Auf der schmalen Nase trug Kumari eine kleine Brille mit rundem Drahtgestell, die immer wieder unter das Nasenbein rutschte, was ihm jeweils das Aussehen eines Gelehrten aus dem 19. Jahrhundert verlieh.

Die Kommissarin war beeindruckt und irritiert zugleich. Sie hatte einen dunklen, schmächtigen Geistlichen in traditionellem Gewand erwartet. Vor ihr stand ein gross gewachsener Mann in Kordhose und Pullover, der alle Attribute eines gut aussehenden Mitteleuropäers aufwies.

Kumari hörte mit unbewegter Miene zu, als Biasotto ihm den Grund ihres Kommens erläuterte. Er prüfte eingehend ihre Ausweise, liess sie widerwillig eintreten und führte sie durch einen schlecht erleuchteten, kahlen Korridor zu einer Treppe, die in den ersten Stock hinaufging. Dort schloss er eine schwere, dunkle Tür auf, hinter der sich ein grosszügiges, düsteres Entrée öffnete. Ein scharfer Geruch nach verschiedenen Gewürzen stieg den Besuchern in die Nase; aus einem Zimmer drang laute arabische Musik. Ohne das Licht anzuzünden, schloss Kumari eine weitere Tür auf, die in ein geräumiges Studierzimmer mit einem dunklen, schweren Schreibtisch führte; dort bot er seinen Besuchern zwei Stühle an.
Bevor sie sich setzte, schaute sich Tina Merz im Raum um. Er war voll gestopft mit Büchern und Zeitschriften. Allerlei Krimskrams stand herum: Photographien, Steine, Nippes aus Holz und anderen Materialien, Ansichtskarten, Gefässe etc. An den wenigen Stellen, wo die Wände frei waren, hingen Sprüche aus dem Koran oder grell farbige Bilder von heiligen Stätten der Muslime. Auch der Schreibtisch, hinter dem Kumari Platz genommen hatte, war übersät mit Büchern, Zeitungen und Akten.
Ein Jäger und Sammler, ging es ihr durch den Kopf.
Imam Kumari beobachtete durch halbgeöffnete Augen jede Bewegung der Kommissarin. Als sie schliesslich auf dem ihr zugewiesenen Stuhl Platz genommen hatte, schob er seine Brille zurecht und eröffnete das Gespräch, indem er sich vorstellte. Er stamme aus dem Libanon, teilte er den Besuchern mit. Seine Statur und seine hellen Augen verdanke er seinem Grossvater, einem Österreicher, der im Ersten Weltkrieg als Berater bei der türkischen Armee gedient habe. Er sei im Libanon stationiert gewesen, habe dort die Grossmutter kennen gelernt, geheiratet und sich nach dem Krieg in Beirut niedergelassen. Kumari beendete seine Vorstellung mit der Frage: «Was kann ich für Sie tun?»
Die Kommissarin reichte ihm stumm die um den Namen Khalil Khima ergänzte Liste mit den muslimischen Personen. «Die mit den Kreuzen sind tot», erklärte sie dazu. «Alle Übrigen wurden beim Attentat mehr oder weniger schwer verletzt.»
Sie beobachtete, wie der Imam die Namen überflog, und glaubte, in seinem Gesicht Erleichterung wahrzunehmen. War er froh, dass sein Sohn nicht auf der Liste stand? Oder gab es eine andere Person, die er unter den Toten oder Verletzten erwartet hatte?
Kumari legte das Papier vor sich auf den Tisch, blickte länger stumm auf seine im Schoss gefalteten Hände und dachte nach. «Es tut mit leid um

diese jungen Menschen», murmelte er schliesslich. «Aber was soll ich damit?»
Als er keine Antwort bekam, nahm er die Liste wieder auf und ging die Namen nochmals stumm durch. «Was wollen Sie von mir?» Seine Miene drückte Misstrauen und Vorsicht aus. «Sind das die Terroristen, die Sie suchen? Liegt ein konkreter Verdacht gegen diese Leute vor? Oder sind sie allein schon deshalb verdächtig, weil sie Muslime sind?»
«Wir möchten wissen, ob Ihnen die eine oder andere dieser Personen bekannt ist», wich die Kommissarin der unangenehmen Frage aus.
Wieder glitten die Augen des Imam über die Liste. «Mehmet Sengül und Mesut Aydin kenne ich nicht», bemerkte er schliesslich. «Das sind Türken; die haben ihre eigenen Gebetszentren.» Seine Augen hafteten an dem Papier, das er mit beiden Händen festhielt. Er hob die Schultern. «Vielleicht waren die beiden ab und zu in unserem Jugendzentrum. Da fehlt mir der Überblick.»
«Das Jugendzentrum befindet sich in diesem Haus?»
Der Imam nickte und seine Augen wurden lebhaft. «Ich habe es vor drei Jahren selbst gegründet. Es ist sehr gut frequentiert. Ich hole die jungen Leute von der Strasse und ermögliche ihnen eine sinnvolle Freizeitgestaltung. Sie können bei uns spielen, diskutieren, Hausaufgaben machen, fernsehen und lesen.» Man spürte, wie zufrieden und stolz er war. «Wir haben eine richtige Bibliothek, und viele Jugendliche, auch Mädchen, kommen regelmässig vorbei, lesen hier bei uns oder leihen sich Bücher aus.»
«Das ist praktische Jugendarbeit und entspricht bestimmt einem grossen Bedürfnis», lobte die Kommissarin in der Hoffnung, damit die frostige Stimmung etwas aufzulockern.
«Ich bekomme sogar Subventionen vom Kanton», lächelte Kumari zum ersten Mal und zeigte dabei seine weissen Zähne.
«Aber Sie wissen nicht, wer in Ihrem Jugendzentrum ein- und ausgeht», kehrte Biasotto zum eigentlichen Thema zurück.
«Es gibt Abende, da haben wir über hundert Jungen und Mädchen hier. Sie kommen aus der ganzen Stadt und aus den umliegenden Gemeinden. Es ist unmöglich, dass ich sie alle kenne. Aber ...»
«Aber?»
«El-Haddad könnte Ihnen Auskunft geben.»
«El-Haddad?»
Kumari zeigte auf die Liste. «Er wurde beim Anschlag vom vergangenen Mittwoch verletzt und liegt im Claraspital. Er arbeitet an zwei Tagen bei

uns als Sozialarbeiter. Er kennt vermutlich ziemlich alle Besucher.»
«Sind Sie sein Vorgesetzter?»
Der Imam kratzte sich in seinem gepflegten Bart, atmete tief ein und nickte.
«Und die anderen?» Die Kommissarin hatte das Gefühl, der Mann wisse mehr als er zu sagen bereit war.
Kumari schob sich die Brille zurecht und seine Augen gingen nochmals prüfend über die aufgelisteten Personen. «Ich kenne el-Haddad und den Namen Aschari habe ich schon gehört. Die anderen sind mir nicht bekannt.»
«Was wissen Sie von el-Haddad und Aschari? Könnte einer von ihnen ein Terrorist sein? Ein Kämpfer im Dschihad?» Es war totenstill im Raum; die Augen der beiden Kommissare hafteten voll Spannung auf dem Gesicht des Imam.
«Eine schwierige Frage», murmelte dieser und kratzte sich wieder am bärtigen Kinn. Dann schwieg er für eine Weile. «El-Haddad können Sie als Bombenleger definitiv ausschliessen», erklärte er schliesslich. «Ich kenne ihn und seine Frau; das sind keine Terroristen.»
«Und was macht Sie so sicher?»
«Er ist kein Looser, sondern solider Mittelstand. Er hat es nicht nötig, Bomben zu legen.»
«Hatte Mohammed Atta es nötig?» Die Frage kam von Martin Biasotto und versetzte den Imam wieder in nachdenkliches Schweigen.
«Er ist auch nicht besonders religiös», ergänzte er nach einer Weile matt.
«Wie religiös muss einer sein, um Terrorist zu werden?», lautete die prompte Gegenfrage des Assistenten.
«Nur Fundamentalisten verfallen dem Terror. Und das ist eine kleine Minderheit. Nur sie sind bereit, im Dschihad ihr Leben zu opfern und damit gegen die Gesetze Allahs zu verstossen.»
Kumari deutete das Schweigen der beiden Kommissare als Aufforderung zu weiteren Erklärungen. «Noch vor drei Jahrzehnten stimmten Muslime, Juden und Christen darin überein, dass der Selbstmord eine schwere Sünde sei. Dann stellte Chomeini in Teheran alles auf den Kopf. Er benötigte für den Krieg gegen Saddam Hussein junge Menschen, die bereit waren, als Soldaten zu sterben. Mit seiner Autorität als Gross-Ajatollah verkündete er: ‹Wer Ungläubige tötet und dabei sein Leben hingibt, ist ein Märtyrer, und wird von Allah belohnt.› Ein paar radikale islamische Gruppen übernahmen diese abwegige Lehre.»

«Und Sie glauben, el-Haddad gehört nicht zu diesen Radikalen?»
«So ist es.» Die Antwort liess keinen Zweifel zu.
«Was mich noch interessieren würde», meldete sich Biasotto, «wer sind eigentlich die Ungläubigen? Sadam Hussein war doch Muslim.»
Der Imam tat sich schwer mit der Antwort. «Gemeint sind in der Regel die Nichtmoslems», brachte er schliesslich hervor.
«Also auch Juden und Christen?»
«Leider, ja.»
«Jene, die den Islam ablehnen, müssen getötet werden ... », zitierte Tina Merz aus dem Kopf. «So steht es im Koran.»
«Richtig», seufzte Kumari, «in Sure 4 Vers 89. Aber Sie wissen auch, dass heute die meisten Moslems solche Verse ignorieren. Nur eine kleine Minderheit nimmt das wörtlich.»
«Aber es wird in gewissen muslimischen Staaten noch immer mit dem Tode bestraft, wer sich vom Islam abwendet, sich zum Beispiel zum Christentum bekehrt.»
«Leider hat der seit vielen hundert Jahren währende Krieg zwischen Christen und Muslimen vergessen lassen, dass die drei grossen monotheistischen Religionen einen gemeinsamen Ursprung haben», wich Kumari aus und vermied es, die Kommissare anzuschauen. Dann ging ein Lächeln über sein Gesicht. «Anders war es im frühmittelalterlichen Spanien; dort haben Juden, Christen und Muslime während mehreren Jahrhunderten friedlich zusammen gelebt und gemeinsam eine blühende Wissenschaft und Kultur hervorgebracht.»
«Eine europäische Sternstunde», murmelte die Kommissarin.
«Warum erinnern wir uns nicht an unsere gemeinsamen Wurzeln? Warum rufen Ihre Radikalen zum Dschihad auf?» Martin Biasotto liess nicht locker.
Es war offensichtlich nicht das erste Mal, dass Kumari mit dieser Frage konfrontiert war. Die ausweichende Antwort kam rasch und wohl formuliert. «Der Islam ist mehr als eine Religion; er ist eine Lebensform. Er ist ein himmlisches System, das unserem Propheten durch den Engel Gabriel offenbart wurde.» Die blauen Augen blitzten und leuchteten, als er diese Worte aussprach.
Biasotto war mit der Antwort nicht zufrieden. «Aber warum die Feindschaft? Warum darf nicht jeder nach seiner Façon selig werden? Warum können Christen und Muslime nicht friedlich neben einander oder sogar miteinander leben?»

Der Imam kratzte sich umständlich am Kinn. Er wollte keinen Streit mit den Kommissaren und brauchte Zeit, um die passenden Worte zu finden. «Die Muslime glauben, dass die Christen unseren Gott verraten haben.»
«Verraten?», wiederholte Biasotto ungläubig.
«Weil sie dem Gnadenreichen einen Sohn zugeschrieben haben, während es dem Gnadenreichen nicht ziemt, sich einen Sohn beizugesellen.[4]»
Tina Merz hatte dem Wortwechsel interessiert zugehört. Jetzt griff sie ein. «Denk an unser gestriges Gespräch über den Monotheismus und das Konzil von Nicäa», erinnerte sie ihren Assistenten.
Und zu Kumari gewandt: «Die Teilnahme am Dschihad ist die Pflicht jedes Moslems. Der Koran sagt, dass jeder diejenigen zu bekämpfen hat, die der Ausbreitung des Islam im Wege stehen oder sich weigern, ihn anzunehmen. Das hat mit dem angeblichen Verrat der Christen nichts zu tun.»
«Sure 8 Vers 39», murmelte Kumari. «Sie kennen die Worte, aber Sie haben sie wie viele andere nur halbwegs verstanden. Der Dschihad ist nicht primär der Krieg gegen die Nichtgläubigen, sondern der innere Kampf zur eigenen Vollkommenheit, der Kampf gegen die niedrigen Instinkte und Leidenschaften.»
Seine Augen gingen in die Ferne und nahmen einen verträumten Ausdruck an. Für einen kurzen Moment versank er in einer anderen Welt, kam aber rasch wieder zurück. «Der Dschihad hatte in den letzten Jahrhunderten an Bedeutung verloren. Heute, wo die muslimische Welt zerrissen wird zwischen Tradition und Moderne, ist er für viele Muslime wieder ein wichtiges Anliegen geworden. Aber – und das gilt auch für den Heiligen Krieg gegen die Ungläubigen – der Prophet hat Massstäbe gesetzt: «Kämpft für Gottes Sache gegen jene, die euch bekämpfen, doch überschreitet das Mass nicht, denn Gott liebt nicht die Masslosen.»
«Dann hält sich al-Qaida aber nicht an die Worte des Propheten», entgegnete Biasotto trocken.
Kumari nickte traurig. «Die Dschihad-Werber der al-Qaida haben in den letzten Jahren einen wahren Todeskult entwickelt; sie verheissen dem Märtyrer einen Platz im Paradies. Aber das ist eine Lüge, denn das Paradies verdienen sich nur diejenigen, die zur inneren Vollkommenheit gelangt sind oder den Islam gegen Angreifer verteidigen. Nicht aber die, die Unschuldige töten; und schon gar nicht die, die ihre Glaubensbrüder und -schwestern umbringen. Denn der Prophet selbst hat gesagt, dass das Blut eines Gläubigen nur vergossen werden darf als Strafe für Mord, Ehebruch und den Abfall vom Islam.»

«Nur schade, dass das nicht alle Muslime so sehen», bemerkte Biasotto sarkastisch.
«Es ist nur eine Minderheit, eine verschwindend kleine Minderheit», entgegnete der Imam traurig.
«Und Sie sind überzeugt, dass Lofti el-Haddad nicht zu dieser Minderheit gehört?», erinnerte die Kommissarin an das eigentliche Gesprächsthema.
Kumari nickte.
«Kommen wir zu unserer Liste zurück.» Tina Merz hatte auf die Uhr gesehen und festgestellt, dass die Zeit verflog und noch längst nicht alle Fragen beantwortet waren.
«Khima und Moussa sind mir, wie bereits gesagt, nicht bekannt», stellte der Imam fest, nachdem er nochmals einen längeren Blick auf die aufgelisteten Namen geworfen hatte. «Aber ich kann nicht ausschliessen, dass auch sie hin und wieder unser Jugendzentrum besuchten.» Er schob eine längere Denkpause ein, und Tina Merz hätte viel dafür gegeben, zu erfahren, was in seinem Kopf vorging.
«Woher kommt dieser Khima?», erkundigte er sich plötzlich. «Dem Namen nach stammt er aus Nordafrika.» Und ohne die Antwort abzuwarten. «Wussten Sie, dass mehrere der bisherigen Terroranschläge von Nordafrikanern verübt wurden?» Seine Augen wichen dem forschenden Blick der Kommissarin aus. «Und dieser Hani Moussa? Dem Namen nach ist er Palästinenser. In Israel – aber das ist Ihnen bestimmt bekannt – wurden bisher am meisten Selbstmordattentate verübt. Und es waren meist schiitische Palästinenser, die sich in die Luft sprengten. Diese Verbrechen», er sprach das Wort so aus, dass seine Missbilligung deutlich zum Ausdruck kam – «diese Verbrechen haben dort Tradition.»
Tina Merz ging nicht auf die Äusserung ein; ein unangenehmes Gefühl befiel sie, das Gefühl, Kumari wolle den Verdacht auf bestimmte Personen lenken. Was war der Grund? Versuchte er, jemanden zu schützen, sie auf eine falsche Spur zu führen?
«Sie sagten, sie kennen Aschari?»
Kumari wehrte sofort ab. «Ich sagte, der Name sei mir bekannt. Ob und wann dieser Mirza unser Zentrum besuchte, weiss ich nicht. Da müsste ich das Präsenzbuch konsultieren.»
«Dann konsultieren Sie bitte.»
«Das Buch befindet sich unten im Sekretariat.»
Kumari machte keine Anstalten, aufzustehen, um das Gewünschte zu holen.

Tina Merz hatte den Verdacht, er wolle sie in seinem Büro nicht allein lassen. Fürchtete er, sie könnten sich umschauen und etwas entdecken, was er verstecken wollte? Welche Geheimnisse barg dieses Zimmer? Sie liess ihre Augen langsam über die Wände und den Schreibtisch gleiten. Schliesslich schaute sie zu ihrem Assistenten; seine Miene verriet, dass er die gleichen Gedanken hatte.

Schweigen breitete sich über den Raum. Die beiden Kommissare warteten stumm, bis Kumari nicht anders konnte. Er erhob sich und ging zur Tür.

«Ich bin gleich zurück», versicherte er hastig, bevor er das Zimmer verliess; es klang wie eine Warnung.

«Lassen Sie sich Zeit», rief ihm die Kommissarin boshaft nach. «Wir warten.»

Der Imam liess die Türe offen, um seine beiden Besucher wenigstens akustisch unter Kontrolle zu haben. Als er verschwunden war, stand Tina Merz leise auf und öffnete die Tür zum Nebenzimmer. Sie sah in einen privaten Wohnraum mit Bibliothek, eine Art Herrenzimmer, wie man es im alten England zu haben pflegte, mit Eichendielen, einem etwas muffigen dunkelroten Teppich und riesigen dunklen Ledersesseln. Auf den Bücherregalen, die auch hier alle vier Wände besetzten, standen zahlreiche Photos, die sie sich gern genauer angesehen hätte. Aber sie hörte die eiligen Schritte des zurückkehrenden Gastgebers, schloss die Tür und trat ans Fenster.

«Einen wunderschönen Garten haben Sie», stellte sie scheinheilig fest, als Kumari schwer atmend ins Zimmer zurück kam. «Sind Sie der Gärtner?»

Er trat neben sie und schaute mit ihr hinaus ins Grüne. «Das ist mein Hobby», nickte er. «Oder richtiger: meine Leidenschaft.» Seine blauen Augen glänzten. «Da, wo ich herkomme, sind derartige Gärten ziemlich selten. Darum geniesse ich diese üppige Vegetation und verbringe jede freie Minute mit meinen Pflanzen.»

«Offensichtlich mit Erfolg», lobte die Kommissarin nicht ohne Hintergedanken und wechselte einen raschen Blick mit ihrem Assistenten. «Ich lebe leider in einer Wohnung. Früher hatte ich auch ein Haus mit Garten.» Sie seufzte gekonnt. «Ich vermisse ihn sehr. Es ist wunderbar, die Pflanzen wachsen und blühen zu sehen.» Sie dachte zurück an die Jahre, die sie mit Stephan in dem grossen Haus im Neubad gewohnt hatte und viel Zeit für die Pflege von Bäumen, Blumenbeeten und Rasen aufwenden musste. Da sie schmutzige Hände verabscheute, war ihr diese Arbeit immer ein Gräuel

gewesen. Trotzdem seufzte sie nochmals tief und betrachtete den Imam verstohlen von der Seite.
Und er biss an. «Wenn wir unser Gespräch beendet haben, zeige ich Ihnen meinen Garten gern», bot er ihr an.
Sie schaute kurz zu ihrem Assistenten und akzeptierte das Angebot freudig. «Dann lassen Sie uns jetzt unsere leidige Arbeit rasch erledigen, damit wir uns bald schöneren Dingen zuwenden können.»
Kumari hatte im Sekretariat ein dickes Heft geholt, das er vor sich auf den Schreibtisch legte. Er setzte sich in seinen Stuhl und begann zu blättern. Den Zettel mit den Namen der gestorbenen und verletzten Muslime behielt er im Auge.
Die Kommissarin registrierte, wie er eine Seite umlegte, stutzte, weiterblätterte und zurückging.
«Einen Mirza Aschari habe ich hier verzeichnet», stellte er fest, und aus der Art und Weise, wie er das sagte, hörte Tina Merz, dass er dieses Eingeständnis nur widerwillig machte. Sie überlegte, was der Grund dafür sein könnte. «Aber Sie können sich an den Mann nicht mehr erinnern. Sind Sie ihm nie begegnet?» Sie suchte den Blick des Imam. Er senkte die Augen in sein Buch, nahm die Brille ab und begann, mit seinem Taschentuch die Gläser zu putzen. Plötzlich hob er den Kopf, setzte die Brille wieder auf und fasste sich ans Kinn.
«Doch, ich erinnere mich», stiess er heftig hervor. «Aschari war dieser schiitische Fundamentalist, der sich eine Zeit lang in unserem Jugendtreff herumtrieb und versuchte, unsere Besucher für seine Ideen zu gewinnen. Bis el-Haddad ihm ein Hausverbot erteilte.»
«Weil er ein schiitischer Fundamentalist war?»
Die Frage war Kumari unangenehm. Sein unsteter Blick ging an der Kommissarin vorbei in die Weite, seine Fäuste waren geballt. Plötzlich gab er sich einen Ruck, stand auf und trat ans Fenster.
«Als ich an der Al-Azhar Universität in Kairo studierte, gab es dort einen besonders klugen Lehrer.» Er sprach leise, wie zu sich selbst.
«Taha Hussein war ein Reformer. Er wusste, dass Europa sein hohes zivilisatorisches und kulturelles Niveau erst erreichte, als es das Gleichgewicht zwischen Politik und Religion gefunden hatte, und diese sich auf ihren eigenen Bereich beschränkten und auf gegenseitige Eingriffe verzichteten. Er war überzeugt, dass die arabisch-muslimische Welt sich aus ihrer langen Erstarrung nur lösen kann, wenn auch sie dieses Gleichgewicht findet.»

«Eine weise Erkenntnis. Aber kommen wir zurück auf Aschari.»
«Wir reden bereits von ihm.» Kumaris blaue Augen fixierten das Ohr der Kommissarin. «Aschari lehnte die weise Erkenntnis meines Lehrers ab. Wie alle Fundamentalisten wollte er, dass Staat und Religion eins werden.»
«Wie im Iran?»
«Genau. Er war überzeugt, dass der Iran der real existierende Gottesstaat ist.»
Jetzt erwachte Biasottos Widerspruchsgeist. «Im Iran gibt es keine Menschenrechte. Wie kann ein gebildeter Mann, der in Europa lebt, die Errichtung eines derartigen Staates anstreben?»
«Die Menschenrechte sind ein Produkt westlichen Denkens», belehrte ihn der Imam. «Im islamischen Gottesstaat regiert die Scharia, und ein Gremium von Geistlichen wacht darüber, dass ihre Regeln eingehalten werden.»
«Und Aschari glaubte an diesen Gottesstaat?»
«Nicht nur das; er missionierte, wollte die Besucher des Jugendzentrums für seine Überzeugung, für den Fundamentalismus gewinnen.»
«Darum das Hausverbot?»
Kumari nickte.
«Ich verstehe das nicht.» Biasotto schüttelte fassungslos den Kopf. «Wie kann man einen Gottesstaat einer freiheitlichen Demokratie vorziehen?»
Ein nachsichtiges Lächeln breitete sich auf dem Gesicht des Imam aus. «Für die islamischen Fundamentalisten ist jeder von Menschen geschaffene Staat ein gotteslästerliches Machwerk, weil er die Macht, die nur Gott zusteht, in die Hände von Menschen legt. So steht es im Koran.[5]»
«Und weil es im Koran steht, der vor 1300 Jahren geschrieben wurde, ist es die unabänderliche Wahrheit, sind auch Frauen minderwertige Wesen.» Die Kommissarin musste das loswerden.
«Sorry, aber für mich klingt das wie ein Denkverbot», doppelte Biasotto nach, «wie der Versuch, die Menschheitsgeschichte im Arabien des 7. Jahrhunderts anzuhalten.»
Kumari widersprach nicht. Er stand am Fenster und schaute in seinen Garten hinaus.
«Ich bin überzeugt», Tina Merz nutzte die Gelegenheit, sich nochmals zu einem ihrer Lieblingsthemen zu äussern, «dass die arabisch-muslimische Gesellschaft sich so lange nicht erneuern kann, als sie der Hälfte ihrer Mitglieder – nämlich den Frauen – das Recht auf Teilhabe und Emanzipation, auf Ausbildung und Arbeit verweigert.»

«Diese Einsicht äusserte der Ägypter Qasim Amin bereits im 19. Jahrhundert.» Kumari hatte sich wieder an seinem Schreibtisch niedergelassen.
«Leider hat sie sich nicht durchgesetzt», konstatierte die Kommissarin trocken.
«Als der Koran entstand, lebten die Menschen auf der arabischen Halbinsel in einer nomadischen Kultur, die die Töchter zu einem sorgfältig gehüteten Besitz der Väter machte», verteidigte der Imam seine Religion. «In der damaligen Zeit waren die Frauen überall minderwertig. So gehört zu den mosaischen Gebeten der Dank an den Herrn, nicht als Frau geboren zu sein.»
«Aber die Frauen in Israel sind heute gleichberechtigt bis zur Pflicht, Militärdienst zu leisten.»
«Und im Christentum», fuhr Kumari unbeirrt fort, ohne auf den Einwand Biasottos einzugehen, «hat sich die Abwertung der Frau im Verbot des geweihten Priestertums niedergeschlagen. Es gibt für Juden und Christen also keinen Grund, sich über die Muslime zu erheben.»
«Die Emanzipation musste überall gegen den Widerstand der Kirchen erkämpft werden», ereiferte sich Tina Merz. «Aber nur im Islam verweigern die Männer ihren Frauen im Namen der Tradition auch heute noch die elementarsten Menschenrechte.»
«Die Fundamentalisten», korrigierte Kumari scharf. «Sie reden von den Fundamentalisten.»
In ihrem Eifer wollte die Kommissarin widersprechen. Sie hätte gern von Kopftuch, Zwangsheirat und Ehrenmorden gesprochen. Aber der warnende Blick Biasottos brachte sie zurück zum eigentlichen Gesprächsthema.
«Wenn ich Sie richtig interpretiere, halten Sie es für möglich, dass Aschari ein Terrorist war?»
«Ich weiss es nicht», lautete die ausweichende Antwort.
«Und wie steht es mit Moussa und Khima? Sind sie in ihrem Präsenzbuch auch verzeichnet?»
«Ich habe ihre Namen nicht gefunden», antwortete der Imam rasch.
Tina Merz betrachtete seinen undurchsichtigen Gesichtsausdruck und spürte, dass er log, und sie beschloss, das Gespräch hier zu beenden. Sie wollte über alles, was sie gehört hatte, eingehend nachdenken und dann wiederkommen. Als sie Kumari ihren Entscheid mitteilte, registrierte sie Erleichterung in seiner Miene.
«Eine Frage hätte ich allerdings noch», schob sie rasch nach. «Sie betrifft Ihren Sohn.»

Der Imam starrte auf die Tischplatte. «Ich habe drei Söhne.»
«Wir reden von Aziz», präzisierte Tina Merz leicht gereizt. «Er besitzt einen Roller.»
Kumari nickte, ohne seine Augen von der Tischplatte zu heben.
«Wir hätten gern mit ihm gesprochen.»
«Das ist leider nicht möglich. Aziz ist bei meinen Eltern im Libanon.» Der Imam sprach mit abgewandtem Gesicht. «Mein Vater ist krank, und ich selbst konnte wegen dringender Termine nicht zu ihm reisen. Darum habe ich meinen ältesten Sohn geschickt.»
«Aziz hat am Mittwoch, nur etwa eine halbe Stunde vor dem Terroranschlag, seinen Roller beim Bahnhof abgestellt. Dann ...»
«Das ist nicht möglich», fiel Kumari der Kommissarin ins Wort. «Mein Sohn war am Mittwochmorgen zwar im Bahnhof; ich habe ihn selbst hingebracht. Aber er fuhr mit dem Intercity um 7 Uhr 12 nach Frankfurt, wo er das Flugzeug nach Beirut bestieg.» Er konnte seine Erleichterung nicht verbergen.
«Mit welcher Airline?», wollte Biasotto wissen.
«Mit der Libanesischen», lautete die etwas zögernde Antwort.
«Und wo waren Sie zur Zeit der Explosion?»
«Ich war zuhause.»
«Gibt es dafür Zeugen?»
«Ich sass mit meiner Familie beim Frühstück.»
Für einen kurzen Moment stockte die Befragung. Die Kommissarin warf einen Blick auf ihre Gesprächsnotizen.
«Wie erklären Sie sich die Tatsache, dass wir den Roller Ihres Sohnes beim Bahnhof gefunden haben?»
«Er hat ihn vermutlich jemandem geliehen.»
«Dieser Jemand hat doch bestimmt einen Namen?» Biasotto war hartnäckig.
«Gewiss, aber ich kenne ihn nicht.»
«Wir brauchen die Adresse Ihrer Eltern.»
«Ich möchte nicht, dass Sie meine Eltern belästigen. Sie sind alt und krank.» Kumari fühlte sich in die Enge getrieben. Ein Blick auf die steinerne Miene der Kommissarin liess aber keinen Zweifel: so leicht würde er nicht davon kommen.
«Ich werde Aziz telefonieren und ihn fragen, wem er seinen Roller geliehen hat», lenkte er widerwillig ein.
«Gut, dann erwarten wir morgen Ihren Anruf.» Tina Merz erhob sich und schob dem Imam über den Schreibtisch eine Visitenkarte zu. «Jetzt möch-

te ich Ihren Garten sehen.»
«Darf ich Ihr Telefon benutzen?», erkundigte sich Biasotto, während er seinen Laptop zusammenpackte. «Ich habe mein Handy im Auto vergessen.»
Einen kurzen Augenblick war Kumari ratlos und wusste nicht, wie reagieren. «Es gibt unten ein Telefon für die Besucher des Jugendzentrums», wandte er schliesslich hilflos ein.
«Da braucht man bestimmt Kleingeld, und mein Geldbeutel liegt bei meinem Handy», flunkerte Biasotto schlagfertig und griff nach dem Hörer.
«Kommen Sie schon», drängte Tina Merz, «Es wird bald dunkel und wenn wir Ihren Garten noch ...»
«Ich brauche nur ein paar Minuten», versicherte Biasotto und setzte einen treuherzigen Dackelblick auf.
Der innere Kampf spiegelte sich deutlich im Gesicht des Imam. Die Augen wie giftige Pfeile auf den Assistenten gerichtet, wandte er sich langsam zur Tür und verliess, nachdem er sich auf der Schwelle nochmals umgedreht hatte, mit der Kommissarin den Raum.

Eine halbe Stunde später sassen die beiden Kommissare im Auto. Tina Merz war mit Kumari durch den Garten spaziert. Sie hatte die leuchtend orangen Tigerlilien bewundert und den makellosen Rasen gepriesen (er sei schöner als der im Wembleystadion vor einem Weltmeisterschaftsspiel). Biasotto war zehn Minuten später zu ihnen gestossen. Er hatte pro forma einen Freund angerufen, von dem er wusste, dass er in den Ferien weilte, eine Vorsichtsmassnahme, falls sein Gespräch abgehört oder aufgezeichnet wurde. Er hatte gewartet, bis der Telefonbeantworter abgelaufen war, und dann eine längere Mitteilung aufs Band gesprochen. Dabei war er mit dem schnurlosen Telefon ins Nebenzimmer geschlichen und hatte sich dort umgesehen. Aber er hatte nichts Interessantes entdeckt, nur eine Menge Fotos. Später hatte er mit seinem Handy wahllos ein paar Seiten des Präsenzbuches photographiert, das auf dem Schreibtisch des Imam liegen geblieben war, und sich dann auf die Suche nach seiner Chefin gemacht. Er fand sie mit dem Gastgeber an einem kleinen Gartenteich, wo sie gerade ausgiebig eine Seerose bewunderte.
«Was denkst du», begann Tina Merz wie üblich, während Biasotto das Fahrzeug durch den Abendverkehr lenkte.
«Ich habe die ganze Zeit versucht, mir ein Bild von dem Mann zu machen», murmelte er, «aber es ist mir nicht gelungen. Ich weiss nicht ... »
«Stopp! Halt an!», unterbrach die Kommissarin, drehte sich um und späh-

te durch das Rückfenster auf die hinter ihnen liegende Strasse. «War das nicht Benjamin Mächler, der auf dem Trottoir stand?»
«Der Junge verfolgt dich», lachte Biasotto und fuhr weiter, ohne die Geschwindigkeit zu reduzieren.
Tina Merz hob die Achsel und setzte sich wieder gerade in ihren Sitz. «Red weiter. Ich habe dich unterbrochen.»
«Ich sagte gerade, dass ich nicht weiss, wo ich Kumari einordnen soll. Manchmal wirkte er echt, aber dann hatte ich plötzlich wieder den Eindruck, er ziehe eine gerissene Show ab.»
Sie lachte. «Auch ich bin nicht dahinter gekommen, was er wirklich denkt.»
«Er hat seine Lektion gelernt.»
«Er hat mich nie direkt angesehen, ist meinem Blick ständig ausgewichen.» Im Kopf der Kommissarin zogen die Bilder der letzten zwei Stunden vorbei. «Aber er war zumindest freundlich und gab sich alle Mühe, auf unsere Fragen einigermassen passende Antworten zu geben.»
«Ich würde dem nicht viel Bedeutung zumessen.» Tina Merz sah zum Fenster hinaus. «In dem Buch, das Sebastian mir zu lesen gab, steht ein islamisches Sprichwort: Wenn du deinem Feind nicht die Hand abschlagen kannst, dann küsse sie.»
«Der Mann ist jedenfalls schillernd», stellte Biasotto abschliessend fest. «Wenn wir bei ihm unsere Striptease-Technik anwenden wollen, müssen wir uns etwas einfallen lassen.»
«Und mit seinem Sohn stimmt einiges nicht.» Die Kommissarin suchte in ihrer Handtasche nach einem Taschentuch. «Erkundige dich bei der libanesischen Fluglinie, ob am Mittwoch ein Aziz Kumari von Frankfurt nach Beirut geflogen ist.»
«Wird gemacht, Chefin.»
«Und diese Geschichte mit dem Hausverbot für Aschari. Ob da nicht mehr dahinter steckt?»
«Was tun wir weiter?»
«Ich weiss es nicht.»
«Ich liebe deine präzisen Antworten!»
«Lass mich nachdenken.»
«Tu das, Chefin. Und falls du mich dabei brauchst, ich bin allzeit bereit.»
Eine Weile blieb es still im Auto. Die Gedanken der Kommissarin kreisten weiter um den Imam.
«Wir werden herausfinden, wo er steht», meldete sie schliesslich entschieden. «Ich werde in Bern nachfragen. Vielleicht weiss man dort mehr.»

Biasotto hatte nicht zugehört. Ihn beschäftigte eine andere Frage. «Sag mal, Chefin, was genau ist die Scharia?»
«Die Scharia ist das islamische Gesetz», lautete die Antwort. «Sie wurde im 11. Jahrhundert geschaffen und regelt das gesamte Leben eines muslimischen Menschen. Sie ist auf die Wahrung der Interessen der Glaubensgemeinschaft ausgerichtet, steht also im diametralen Gegensatz zum bei uns hochgehaltenen Prinzip der individuellen Selbstbehauptung.»
«Respekt, deine Kenntnisse sind imposant.»
«Ich weiss noch mehr, wenn es dich interessiert.» Tina Merz freute sich, dass sie ihren Assistenten mit ihrem Wissen beeindrucken konnte. «Für die Islamisten zeigt die Scharia den Weg zurück zur Vollkommenheit. Sie enthält sehr detaillierte Bestimmungen. Zum Beispiel, ob es statthaft ist, goldenen Schmuck zu tragen, wie man reagiert, wenn jemand niest, wie Ehebruch und das Trinken von Alkohol zu bestrafen sind etc. etc.»
«Ein mittelalterliches Rechtssystem also.»
Die Kommissarin nickte.
«Ich bin gespalten, was den Islam angeht», bemerkte sie etwas später. «Dass Menschen es im 21. Jahrhundert noch fertig bringen, ihr ganzes Leben auf die Religion auszurichten, finde ich bewundernswert.»
«Ich bin froh, dass du nicht erstrebenwert sagst.»
«Früher lebten die Menschen in Europa auch so. Heute schliesst die grosse Mehrheit der Bevölkerung die Religion und damit oft auch die Ethik vom Alltag aus. Darum fällt es uns so schwer, die Mentalität der gläubigen Muslime zu verstehen.»
«Du sehnst dich nach der Scharia?»
«Um Gottes willen, nein», wehrte die Kommissarin entsetzt ab.
Danach sagten beide eine Weile nichts mehr.
«Es ist mir heute klar geworden, wie weit der Islam von unserer europäischen Kultur entfernt ist», bemerkte Biasotto plötzlich. «Es muss für einen gläubigen Moslem unglaublich schwierig sein, sich in unsere Gesellschaft zu integrieren.»
«Zumal er kein Wort des Korans anzweifeln darf. Sonst wird er zum Ungläubigen.»
Für einen Moment blieb der Assistent stumm. In seinem Kopf gingen die Gedanken weiter. «Ein Ausgleich zwischen Abend- und Morgenland wird wohl erst möglich sein, wenn die Moderne auch in den islamischen Ländern Einzug gehalten hat.»

«Ich zweifle, ob es je dazu kommt.» Die Kommissarin war sehr nachdenklich geworden. «So lange die Muslime an ihrem mittelalterlichen Rechtssystem festhalten, ist eine Modernisierung chancenlos.»
«Ich teile deine Zweifel», stimmte Biasotto zu. «Modernisierung heisst Übernahme der geistigen, politischen und technischen Errungenschaften des Westens, und so lange sich das nicht ändert, ist sie für gläubige Muslime immer ein Angriff auf ihre islamische Identität.»

20

Am Montagmorgen war die Kommissarin schon kurz nach sieben im Büro. Sie ging die noch nicht gelesenen Berichte der Ermittlungsgruppen durch, nahm die neuesten Ergebnisse der Spurensicherung und des Labors zur Kenntnis – es gab noch immer zwei nicht identifizierte Leichen – und erledigte ein paar dringende Telefonate. Als Frau Simon ihr die Post brachte, suchte sie nach einer neuen Botschaft der Attentäter und war fast enttäuscht, als sie nichts fand. Schliesslich setzte sie sich an den PC und öffnete ihre Mailbox. Sie enthielt unter anderem zwei Mitteilungen von Ursula Mansour. Sie schrieb, Khalil Khima sei bei der Bundesanwaltschaft nicht bekannt. Sie habe aber eine Anfrage nach Frankreich geschickt; vielleicht wüssten die dortigen Behörden mehr. Im zweiten Email gab die Bernerin bekannt, dass die beiden ersten Botschaften der Attentäter, die der Basler Zeitung übers Internet zugekommen waren, im Ausland abgeschickt worden seien. Der amerikanische Geheimdienst werde versuchen, den Absendeort genauer zu ermitteln.

Die Kommissarin war noch mit der Lektüre ihrer Emails beschäftigt, als es leise an die Tür klopfte. Sie reagierte nicht; sie hatte ganz einfach keine Lust, gestört zu werden. Auch beim zweiten Klopfen, etwas lauter als das erste, zeigte sie keine Reaktion. Schliesslich öffnete sich die Tür und ein junger Mann streckte seinen Kopf herein.

«Entschuldigung», murmelte er betreten, als er Tina Merz erblickte. «Ich dachte, sie seien abwesend.»

«Und was wollen Sie in meinem Büro, wenn ich abwesend bin?», fragte sie schärfer als beabsichtigt zurück. «Wer sind Sie überhaupt?»

Der Mann stand wie ein beim Lügen ertapptes Kind in der halb geöffneten Tür. Er war gross und mager mit dünnem dunkelblondem Haar, das ihm wirr in die Stirn hing, und schaute die Kommissarin durch eine dicke Brille verschüchtert und kurzsichtig an.

«Entschuldigung», wiederholte er, «ich wollte Sie nicht stören».

«Aber Sie tun es trotzdem», konstatierte sie barsch.

«Ich ... mein Name ist Daniel Brandenberger», stiess der Eindringling jetzt etwas mutiger hervor. «Ich bin seit einem Monat Praktikant und soll Ihnen sagen, dass man heute morgen im Rechen des Kembser Kraftwerks eine Leiche gefunden hat. Ich wollte Ihnen ... »

Jetzt wurde Tina Merz richtig wütend. «Sie haben sich in der Adresse geirrt», fuhr sie den Mann an. «Ich bin mit dem Attentat vom letzten

Mittwoch beschäftigt. Andere Leichen interessieren mich nicht. Und Wasserleichen schon gar nicht.»
«Ich ... ich ... »
«Sie kennen das Büro von Thomas Morf, meinem Stellvertreter? Es liegt auf der gleichen Etage weiter vorne links», knurrte sie und wandte sich demonstrativ wieder ihrer Lektüre zu.
Daniel Brandenberger stand eingeschüchtert in der Tür, schaute auf das Dossier in seiner Hand und dann zur Kommissarin, die ihm den Rücken zudrehte. Schliesslich trat er einen Schritt zurück und verschwand.

Zwanzig Minuten später meldete Frau Simon, Dr. Moritz Harrer sei eingetroffen. Zudem habe Theiss angerufen, er sei unterwegs, werde sich aber um ein paar Minuten verspäten; er gehe davon aus, dass man mit der Befragung des Psychiaters auf ihn warte.
Tina Merz bat die Sekretärin, Martin Biasotto und Siegfried Schär zu holen, und öffnete die Tür, um Harrer hereinzubitten. Zu ihrem grossen Erstaunen traf sie ihn im Gespräch mit Hans Klement.
«Es ist eine ausgezeichnete Idee, von einem Psychiater ein Täterprofil erstellen zu lassen», lobte der Leiter des Kriminalkommissariats, als er dem Besucher ins Büro der Kommissarin folgte. «Wenn du nichts dagegen hast, wäre ich bei diesem Gespräch gern dabei.»
Tina Merz freute sich so sehr über das Lob und das Interesse ihres Vorgesetzten, dass sie die Mitteilung von Frau Simon, Schär wolle an der Besprechung nicht teilnehmen, weil er von diesem ewigen Getratsche und dieser Weiberart, Ermittlungen zu führen, nichts halte, mit einem gleichgültigen Achselzucken hinnahm. In der Zwischenzeit war auch Martin Biasotto eingetroffen.

Moritz Harrer wirkte mit seinem blassen, sommersprossigen Gesicht, seinen grossen, wimpernlosen blaugrauen Augen und seinem grauroten Haar auf den ersten Blick unscheinbar und wenig beeindruckend. Wenn er sprach, merkte man aber bald, dass er auf seinem Gebiet eine Kapazität war, und wenn er lachte, entwickelte er einen Charme, dem kein Mensch, ob Frau oder Mann, widerstehen konnte. Er begrüsste die Kommissarin mit einem festen Händedruck, sprach aus, was sein Gesicht ohnehin deutlich machte, dass er sich freue, sie bei ihrer Arbeit unterstützen zu können, machte ihr ein Kompliment für ihr gutes Aussehen und schüttelte dann Martin Biasotto herzlich die Hand.

Wenig später sassen die vier am runden Tisch. Frau Simon hatte Kaffee und Mineralwasser aufgestellt, Martin Biasotto seinen Laptop vorbereitet. Man machte Smalltalk und wartete auf Eugen Theiss, der Minuten später atemlos das Büro der Kommissarin betrat und sich nochmals langatmig für seine Verspätung entschuldigte.

«Fang endlich an», raunte Martin Biasotto seiner Chefin zu. «Der Mann wirkt wie eingeschlafene Füsse.»

Tina Merz schüttelte missbilligend den Kopf und wartete geduldig, bis Theiss seinen Sermon beendet und am Tisch Platz genommen hatte. Dann wandte sie sich an Moritz Harrer.

«Wir hoffen, von Ihnen etwas über den, beziehungsweise die Täter zu erfahren. Wie wird man Terrorist? Warum tötet jemand andere Menschen, die ihm nichts getan haben und ihm völlig unbekannt sind?»

«Wer die Psychologie des Terrors verstehen will, muss nach seinen geistigen Wurzeln suchen», begann Harrer, während er seine Aktentasche öffnete, einen weissen Ordner herausholte und vor sich auf den Tisch legte. «Terror entsteht in der Regel, wenn sich ein altes Gesellschaftssystem gegen seine Modernisierung wehrt. In diesem Sinne ist Terrorismus immer ein Akt der Verzweiflung. Er wird aus der Ohnmacht heraus geboren. Die Terroristen können ihre Ziele mit legalen Mitteln nicht erreichen und sind zu schwach, um gegen die Mächtigen zu kämpfen. So versuchen sie, Angst und Schrecken zu verbreiten, indem sie brutale Anschläge verüben, die real und gleichzeitig symbolhaft sind.»

Nach diesen einleitenden gewichtigen Sätzen war es für einen Moment still im Raum; die Zuhörer brauchten Zeit, um die geballte Ladung zu verdauen.

«Warum kommt der Terrorismus heute vor allem aus der arabischen oder besser gesagt aus der muslimischen Welt? Und warum hassen die dort lebenden Menschen uns so?», meldete sich die Kommissarin als erste wieder zu Wort. «Wir haben ihnen doch nichts getan?»

Harrer schloss die Augen, legte sein Gesicht in die Hände und dachte konzentriert nach; er liess sich dabei auch durch die ungeduldige Stille nicht drängen. «Ich glaube, sie verachten unsere Gesellschaft, die in ihren Augen keinen inneren Halt mehr besitzt, ausser dem Materialismus», antwortete er schliesslich. «Und sie befürchten zurecht, dass die Einflüsse der westlichen, durch und durch säkularen und materialistischen Kultur früher oder später auch in die muslimische Welt eindringen. Das wollen sie verhindern.»

«Man nennt das den amerikanischen Kulturkolonialismus», brummte Biasotto.
«Richtig», bestätigte Harrer. «Sofern man Mickey Mouse, Nike-Turnschuhe und Fast Food als Kultur bezeichnen will.» Sein Blick ging zurück zur Kommissarin. «Für die Terroristen sind die Attentate ein Akt der Selbstverteidigung. Sie wehren sich für ihre Religion, ihre Kultur und Lebensart, und sie unterstützen letztlich auch ihre muslimischen Brüder und Schwestern im Irak und in Afghanistan, wo die USA zusammen mit europäischen Truppen ihren ‹Krieg gegen den Terror› führen. Diesen Krieg sehen viele Muslime als eine Fortsetzung der Kreuzzüge.»
«Das alles verdanken wir der leuchtenden Weitsicht unseres George W. Bush», kam es giftig hinter dem Laptop hervor, «Seine Berater – Veteranen des Kalten Krieges – wollen eine ausschliesslich auf amerikanische Interessen ausgerichtete Weltordnung schaffen.»
Als niemand seine Zwischenbemerkung kommentierte, wandte sich Biasotto mit einem Seufzer wieder seinem Protokoll zu. «Dieser Bush hat vierzig Jahre lang gesoffen, dann wurde er abstinent; – hätte er bloss weiter gesoffen!»
«Lassen Sie mich noch etwas Grundsätzliches festhalten», referierte Harrer mit einem amüsierten Seitenblick auf den Assistenten weiter. «Die Kämpfer der al-Qaida sind nicht etwa geistesgestört.» Er machte eine Pause, um für seine Gedanken unmissverständliche Worte zu finden. «Sie sind intelligente, klar denkende Menschen, die ihre verbrecherischen Vorhaben minutiös planen und durchführen und deren Auswirkungen präzis kalkulieren.»
Er prüfte die Gesichter der zuhörenden Kriminalisten, schlug den vor ihm liegenden Ordner auf und begann, seinen für die Kommissarin erarbeiteten Bericht zusammenzufassen.
«Es gibt im Wesentlichen drei Kategorien von muslimischen Terroristen», setzte er an. «Beginnen wir mit den Attentätern vom 11. September. Sie waren angesehene Mittelschichtskinder mit guter Ausbildung, aus intakten Familien. Die meisten von ihnen haben längere Zeit Studien halber im Westen gelebt. Man geht davon aus, dass sie unter Heimweh litten, sich einsam und gesellschaftlich ausgeschlossen fühlten.»
«Heimweh allein produziert doch noch keine Terroristen!», wandte Klement spontan ein.
Harrer lächelte. «Der Einwand ist berechtigt. Heimweh allein bestimmt nicht; aber es kann den Einsamen empfänglich machen für Leute, die seine

Situation und Gefühle für ihre Zwecke auszunutzen wissen. Und al-Qaida ist in dieser Beziehung Weltmeister.» Er nahm einen Schluck aus seinem Glas, während er über seine nächsten Worte nachdachte.

«Die Attentäter vom 11. September waren ursprünglich keine tief gläubigen Menschen. Weil sie in der Fremde Heimweh hatten und keinen Anschluss an die Gesellschaft ihrer Gastländer fanden, suchten sie Moscheen auf. Dort gelangten sie unter den Einfluss radikaler Moslems, die ihnen erzählten, sie seien unglücklich, weil ihr Lebensumfeld – die westliche Gesellschaft – durch allgemeinen Wertezerfall, Korruption, Materialismus und Dekadenz völlig verdorben sei.»

«Die Männer vom 11. September wurden also nicht in Kabul, Kairo oder Teheran zu Terroristen, sondern in London, New York und Hamburg», folgerte Tina Merz.

«Richtig», bestätigte Harrer. «Sie waren keine orientalischen Fanatiker, die beschliessen, den Terror nach Europa zu tragen. Die Ursache ihrer Gewalt ist vielmehr im Umstand zu suchen, dass es uns nicht gelingt, die Immigranten in unsere Gesellschaft zu integrieren und ihnen eine sinnvolle Perspektive zu bieten.»

«Genau so ist es», stimmte Biasotto zu und hackte Harrers letzten Satz mit grimmiger Miene in seinen Labtop. «Das Gefühl der Isolation und Entfremdung quält uns alle. Wir alle sind von zunehmender Illusionslosigkeit und sozialem Pessimismus befallen.»

«Wie Recht Sie haben», nickte Harrer. «Aber schauen wir uns die zweite Gruppe an.»

«Das geht mir zu schnell», unterbrach Tina Merz. «Wenn ich Sie richtig verstanden habe, dann befanden sich die Terroristen des 11. September aus Heimweh, Einsamkeit etc. in einer persönlichen Krise. Sie suchten deshalb eine Moschee auf und wurden dort von Mitgliedern der al-Qaida für den Dschihad angeworben.»

«Zusammenfassend kann man es so sagen», bestätigte Harrer, «und der zweiten Gruppe geht es ähnlich. Nur sind die Voraussetzungen für ihre persönliche Krisensituation anders. Ein gutes Beispiel dafür sind die Bombenleger von London. Es sind junge Menschen mit Migrationshintergrund, die bei uns geboren oder aufgewachsen sind. Sie fühlen sich als Underdogs. Sie leiden unter unseren Ressentiments. Wenn solche Jugendliche mit dem Gefühl kollektiver Frustration und Wut gegen eine Gesellschaft, von der sie sich abgelehnt und unterdrückt fühlen, unter den Einfluss von radikalen Gruppen geraten, können sie leicht zu Terroristen werden.»

«Das heisst», sinnierte Tina Merz, «fundamentalistische Gruppen machen sich eine jugendliche Sinnkrise zu nutze.»
«Die Jugendlichen kommen in der Regel aus einer Kultur, die von den Kindern uneingeschränkten Respekt und Gehorsam gegenüber den Eltern verlangt», erläuterte Harrer weiter. «Der Vater ist der Chef der Familie. In der westlichen Fremde verliert er aber rasch an Autorität. Vielleicht kann er Frau und Kinder hier noch selbst ernähren, er erreicht aber normalerweise keinen sozialen Status, der Achtung einflösst. Die Jugendlichen wenden sich deshalb einer heroischen Gruppe zu, die ihnen ideologisch-weltanschaulichen Schutz verspricht.»
«Die Religion, der Islam wird zur Heimat, zur Identität», murmelte Klement, wie wenn ihm soeben eine Erleuchtung gekommen wäre.
«Nike tragen, Coca-Cola trinken und MTV schauen mag für gewisse Jugendliche identitätsstiftend sein», bestätigte Harrer, «andere finden ihre Identität, wenn sie gemeinsam alte Volkslieder beleben, gleiche Parolen brüllen oder den Koran lesen.»
«Dass sie hier geboren und aufgewachsen sind, heisst also nicht, dass sie unsere Werte anerkennen und verinnerlichen», grübelte Biasotto, «insbesondere wenn sie realisieren, dass sie in unserer Gesellschaft keine wirkliche Chance haben.»
Harrer nickte. «In einem jungen Mensch, der immer wieder erfahren muss, dass ihm aus Gründen, die er nicht ändern kann, Chancen verweigert werden, wachsen Wut und Rachegefühle. Ob und wie er sie ausdrückt, hängt von seiner Persönlichkeitsstruktur ab. Kain hat in einer solchen Situation seinen Bruder Abel erschlagen.»
Er lächelte zufrieden, als er bemerkte, dass seine Worte angekommen waren.
«Sehen wir uns die dritte Kategorie von Terroristen an.» Der Psychiater blätterte in seinem Ordner und fand die Stelle, die er gesucht hatte. «Dabei handelt es sich meist um Jugendliche, deren Lebensumstände so elend sind, dass sie nichts mehr zu verlieren haben. Sie stellen sich für Selbstmordattentate zur Verfügung, weil sie von Kindsbeinen an einer permanenten Traumatisierung ausgesetzt waren. Sie erfuhren ihr ganzes Leben lang extreme Formen von Gewalt, Ohnmacht, Hilf- und Hoffnungslosigkeit. Der Anschluss an eine fanatische Gruppe erscheint ihnen in dieser Situation als letzter Rettungsanker. Wie armselig und aussichtslos das eigene Leben auch sein mag, die unbedingte Identifikation mit den Idealen der Gruppe entschädigt sie für ihr persönliches Unglück. Sie werden zum

willenlosen Instrument dieser Gruppe und opfern für diese ihr Leben.»
«Sie denken an die Jugend Palästinas?»
Harrer nickte. «Radikalismus gedeiht gewöhnlich in der Kluft zwischen steigenden Erwartungen und schwindenden Möglichkeiten, dort, wo man es mit einer jungen, arbeitslosen und gelangweilten Bevölkerung zu tun hat, wo die Kunst verkümmert, wo Unterhaltungsmedien – Kino, Theater und Musik – kontrolliert werden oder fehlen, und wo den jungen Männern der besänftigende und ausgleichende Umgang mit Frauen verwehrt ist. Viele der muslimischen Jugendlichen leben mit materiellen und existenziellen Ängsten, was in Palästina bei einem jährlichen Bevölkerungszuwachs von rund 3,5%, einer Arbeitslosigkeit von 40% und einem Bevölkerungsanteil der unter 14-Jährigen von 45% nachvollerziehbar ist. Demgemäss wollen im Gazastreifen laut einer Umfrage des Gaza Community Mental Health Programme 37% der befragten Jungen nicht Arzt oder Pilot, sondern Selbstmordattentäter werden!»
Harrer spürte die Betroffenheit seiner Zuhörer.
«Fassen wir zusammen: die bei uns agierenden Terroristen sind in der Regel junge muslimische Männer mit Migrationshintergrund zwischen 18 und 30 Jahren, unverheiratet und äusserlich angepasst; sie sind meist von labiler Persönlichkeit, verfügen über eine überdurchschnittliche Intelligenz, die es ihnen ermöglicht, ein komplexes Projekt zu planen und durchzuziehen. Normalerweise haben sie keine Vorstrafen. Sie betrachten den Islam und die Umma, also die Gemeinschaft aller Muslime, als ihre Heimat, sind in unserer Gesellschaft isoliert, oft frustriert und antiwestlich eingestellt.»
«Und sie sind gewaltbereit und grausam», setzte Tina Merz spontan dazu. Einen Moment dachte Harrer über die Ergänzung nach. Schliesslich meinte er: «Der Terrorakt vom 11. September war keineswegs von ‹unvorstellbarer› Grausamkeit, wie es in den Kommentaren der Politiker oder in den Medien oft hiess. Vielmehr hat sich Hollywoods Filmindustrie ein solches Szenario bereits vor Jahren in allen Einzelheiten ausgemalt, und ein Millionenpublikum hat sich damit unterhalten lassen.»
«Zudem werden unsere Kriege schon lange nicht mehr mit Hellebarden und Pfeilbogen ausgetragen», pflichtete Biasotto bei. «Wir nehmen es als normalen militärischen Vorgang, wenn Bomben auf Zivilisten geworfen werden. Jedenfalls wenn unsere Seite das tut.» Er sah in die Gesichter der Anderen, bemerkte Unverständnis und doppelte nach. «Es sind doch die Amerikaner, die in den letzten Jahrzehnten ihre Flugzeuge und Rake-

ten immer wieder ausgeschickt haben, um Länder und Völker zur Raison zu bringen; ihrer Raison selbstverständlich. Sie haben im Libanon und in Libyen bombardiert, im Iran und im Irak. Kann mir einer erklären, welcher Unterschied besteht zwischen der Unschuld eines Kindes, das im World Trade Center stirbt, und der eines afghanischen oder irakischen Babys, das im amerikanischen Bombenhagel zu Tode kommt?» Biasotto redete jetzt in missionarischem Eifer. «Die Amerikaner, eines der reichsten und sattesten Völker dieser Erde, bringen permanent Unglück, Not und Leid über die hungrigsten und ärmsten Menschen dieser Welt. Sie verbrauchen dafür Waffen, die Milliarden von Dollars kosten. Würde man dieses Geld für die Entwicklung der bombardierten Länder einsetzen, käme man dem Frieden bestimmt näher.»

Tina Merz teilte die Gedanken ihres Assistenten und wollte ihn unterstützen. «Wir können fliegen wie die Vögel, unter Wasser tauchen wie die Fische, zum Mond reisen und bald jede Krankheit heilen. Wir haben in den letzten Jahrtausenden unglaubliches Wissen gewonnen. Aber wir sind nicht im Stande, aus den Erfahrungen der Geschichte zu lernen, dass Gewalt immer nur Gewalt erzeugt und nur die Kräfte des Friedens und der Versöhnung unsere Probleme lösen können.»

Harrer stimmte nachdenklich zu. «In mancher Hinsicht ist der Mensch nie ärmer gewesen als heute, wo er so reich ist.»

Die schweigende Betroffenheit brachte zum Ausdruck, dass alle Anwesenden dieser traurigen Bilanz zustimmten.

Es war die Kommissarin, die nach einem Moment des stillen Nachdenkens die nächste Frage stellte: «Gäbe es nicht auch andere Möglichkeiten, den persönlichen Frust abzureagieren? Warum nutzen besonders junge Männer die Gewalt so oft als Ventil für Enttäuschung, Wut und Frustration?»

«Du denkst, sie könnten sich auch ins Kloster zurückziehen», grinste Biasotto.

Auch Harrer lächelte, aber sein Ausdruck wirkte dabei eher traurig.

«Leider ist Gewalt für Männer etwas Faszinierendes», stellte er bekümmert fest; «sie führt in der Regel schnell und einfach zum Ziel.»

Jetzt wachte Eugen Theiss auf: «In vielen muslimischen Familien werden Frauen und Töchter geschlagen. Das gehört dort zum normalen Tagesgeschehen.»

«Daran wird sich nichts ändern, so lange die islamische Kultur die Gewalt als Ausdruck von Männlichkeit betrachtet», murmelte Klement.

«Es gibt auch Christen, die Frau und Kinder züchtigen», wandte die Kommissarin ein.
«Richtig», stimmte Theiss zu. «Aber Gewalt gegen Frauen und Kinder gilt bei uns nicht als Zierde der Männlichkeit. Im Gegenteil. Für uns ist sie ein Zeichen von Schwäche. Nur, wer sich nicht anders zu helfen weiss, löst seine Probleme mit den Fäusten.»
«Was mich noch interessieren würde», wechselte Hans Klement das Thema, «welchen Anteil hat Osama bin Laden an all den Terrorakten?»
«Wir sollten bin Ladens Rolle nicht über-, aber auch nicht unterschätzen», antwortete Harrer nach kurzem Nachdenken. «Die Sehnsucht vieler Muslime nach einem Führer, der sich erfolgreich gegen den Westen zur Wehr setzt, macht ihn zum panarabischen Idol. Vor allem Jugendliche verehren ihn als Helden im Kampf gegen die vermeintlichen Feinde des Islam.» Er schaute auf die Uhr. «Ich muss mich leider verabschieden. Ich werde Ihnen meinen Bericht in den nächsten Tagen zuschicken. Eine Zusammenfassung des Täterprofils kann ich Ihnen schon heute zur Verfügung stellen.»
«Ich habe noch eine Frage», kam es zögernd von Tina Merz. «Wäre es theoretisch möglich, dass all die Eigenschaften, die Sie im Täterprofil aufzeichnen, bei unseren Bombenlegern fehlen? Dass es sich dabei gar nicht um Muslime im Dschihad handelt, sondern um gewöhnliche Verbrecher? Oder um einen Psychopathen, der auf sich aufmerksam machen will?»
«Möglich ist alles», antwortete der Psychiater ausweichend. «Sie denken an Herostrat, der den Tempel in Ephesus angezündet hat.»
Tina Merz nickte.
«Ich bin überzeugt, dass es sich um Dschihadisten handelt», mischte sich Theiss in den Dialog. «Es sind alle Merkmale dafür vorhanden. Wir haben das heute morgen noch einmal geprüft. Auch der benutzte Sprengstoff entspricht demjenigen, der in Madrid und in London verwendet wurde. Und die Bomben sind genau nach der Anleitung gebaut, die al-Qaida ins Internet gestellt hat.»
Tina Merz ärgerte sich, dass der Berner Informationen besass, die man ihr noch nicht zugestellt hatte. Aber sie überwand sich. «Wir sollten trotzdem diese anderen Möglichkeit nicht aus den Augen verlieren.»
Theiss nickte widerstrebend.
«Gut», schloss Harrer das Gespräch ab und erhob sich. «Ich hoffe, ich konnte Ihnen helfen. Falls Sie mich wieder brauchen, stehe ich Ihnen gern zur Verfügung.»

«Ihre Ausführungen waren hoch interessant», bedankte sich Hans Klement, «auch wenn Ihre Antwort alles andere als einfach ist.»
Harrer schmunzelte. «Einfache Antworten sind in der Psychiatrie nur selten zu haben, auch wenn wir sie gern hören möchten. Gelegentlich ist die Welt komplizierter als uns lieb ist.»
Er reichte den Männern die Hand, drückte Tina Merz einen Kuss auf beide Wangen und verliess den Raum. Hans Klement folgte ihm. Theiss liess sich Zeit. Er begann mit lauter Stimme über Nutzen und Mängel der Psychiatrie und des forensischen Teils im Besonderen zu dozieren; und weil er nicht unterbrochen wurde, redete er und redete und merkte nicht, dass ihm niemand zuhörte und die Basler Kommissare nur darauf warteten, dass er endlich aufstehen und sich verabschieden würde.
Martin Biasotto, der seine Gesprächsnotiz noch durchgehen und ausdrucken wollte, schaute mehrmals demonstrativ auf die Uhr. Tina Merz schielte immer wieder zu ihrem Schreibtisch, wo sich die Akten türmten. Schliesslich erhob sich Biasotto, murmelte etwas von viel Arbeit und wenig Zeit und verschwand. Tina Merz stand ebenfalls auf. Als sie keine Anstalten machte, sich wieder zu ihm an den Tisch zu setzen, merkte Theiss endlich, dass es auch für ihn Zeit war. Er erhob sich, redete noch ein paar Minuten im Stehen, und erst als die Kommissarin ein paar Schritte zur Tür machte, reichte er ihr die Hand und verabschiedete sich, immer noch über seine Erlebnisse mit Psychiatern dozierend.

21

Theiss war kaum verschwunden, als Martin Biasotto wieder im Büro der Kommissarin erschien.
«Lass uns Essen gehen», schlug er vor. «Kauen regt die Hirnfunktion an.»
Auf dem Weg in die nahe gelegene Pizzeria sprachen sie über den Bericht des Psychiaters.
«Was ich rückblickend an dem wirklich beeindruckenden Statement bemängle, ist die Konzentration auf den islamischen Terror», fasste Biasotto seine Eindrücke zusammen, während er seine Begleiterin mit ausgestrecktem Arm zurückhielt, als sie bei Rot die Strasse überqueren wollte. «Es wäre interessant gewesen, mehr über den Terrorismus im Allgemeinen zu hören.»
Die Lampe hatte auf Grün geschaltet, und die Kommissare wechselten zur anderen Strassenseite.
«Du denkst an die IRA?»
«Zum Beispiel. Oder an den Bombenleger von Oklahoma. Oder die Amokläufer, die in Schulen ihre Mitschüler und Lehrer niederschiessen. Auch eine Form von Terrorismus.»
«Aber das hat alles nichts mit unserem Fall zu tun», tat die Kommissarin den Einwand ihres Assistenten leichtfertig ab. «Unser Fall liegt völlig anders.»
«Meinst du?», zweifelte Biasotto, der nicht so einfach zu überzeugen war.

Am Nachmittag erledigte die Kommissarin eine Menge Kleinarbeit. Sie erteilte Aufträge, telefonierte länger mit dem Bundesanwalt, informierte Regierungsrätin Lilian Blumer über die Fortschritte ihrer Ermittlungen und widmete sich schliesslich den neuesten Berichten von Spurensicherung, Labor und Ermittlungsgruppen. Kurz vor vier Uhr erschien Biasotto und legte ihr seine Aktennotiz vom Gespräch mit dem Psychiater auf den Schreibtisch.
«Lies es durch», instruierte er sie, «und schick es weiter. Es liegt alles in deiner Mailbox. Ich muss zum Zahnarzt.»
Tina Merz tat wie geheissen und stellte wieder einmal fest, dass ihr Assistent hervorragende Arbeit geleistet hatte. Sie schickte die Aktennotiz elektronisch an Moritz Harrer, Hans Klement und Eugen Theiss, übermittelte die Kurzfassung des Täterprofils an die Leiter der Ermittlungsgruppen und beschloss, davon zwanzig Exemplare persönlich in die Telefonzentrale zu bringen.

Auf dem Weg zurück zu ihrem Büro fragte sie sich, ob es nicht sinnvoll wäre, eine Kürzestfassung des Täterprofils in Zeitung, Radio und Fernsehen zu veröffentlichen. Nach kurzem Nachdenken entschied sie, davon abzusehen. Die Veröffentlichung wäre möglicherweise eine hilfreiche Massnahme, könnte aber von fremdenfeindlichen Kreisen als Aufforderung zur Hexenjagd auf Muslime verstanden werden. Die Terroranschläge belasteten die Beziehung der einheimischen Bevölkerung zu den muslimischen Zuwanderern ohnehin, hatten diffuse Ängste und Misstrauen entstehen lassen.
Es ist so schwierig, andere Menschen einzuschätzen, ging es ihr durch den Kopf. Und wenn sie aus einem fremden Kulturkreis kommen, ist es noch viel komplizierter. Kommunikation, Mienenspiel, alles ist anders, als man es gewohnt ist. Und das Unbekannte, Fremde macht unsicher und ängstlich, weil man weiss, dass die eigenen, vertrauten Massstäbe bei der Einschätzung des anderen versagen.
Sie war mit ihren Gedanken so beschäftigt, dass sie nicht bemerkte, wie Siegfried Schär ihr im langen Korridor entgegen kam. Erst als er ihr den Weg verstellte und sie ansprach, wachte sie auf:
«Ich höre», erschreckte er sie mit seiner schrillen Stimme, «Sie treten bei Ihren Ermittlungen an Ort.» Seine Schadenfreude war unverkennbar.
Tina Merz hatte keine Lust auf eine Auseinandersetzung mit dem missgünstigen Kollegen. «Ich wünsche Ihnen einen schönen Abend», sagte sie deshalb nur und versuchte an ihm vorbeizukommen.
Aber Schär wollte die Freude am fehlenden Erfolg der Kommissarin auskosten. Er musterte sie von oben bis unten und brachte mit seiner verächtlichen Miene deutlich zum Ausdruck, dass ihm das, was er sah, nicht gefiel. «Sind Sie sich bewusst, dass jede Stunde, die Sie seit dem Anschlag verstreichen lassen, die Chance der Aufklärung verringert?» Er betonte das «Sie», wie wenn Tina Merz die Einzige wäre, die sich mit der Suche nach den Attentätern beschäftigte. «Aber vielleicht», redete er weiter und hängte seine Mundwinkel auf Halbmast, «vielleicht haben Sie wieder Glück und andere klären den Fall für Sie auf. Wie schon so oft», setzte er bitter dazu. «Aber dieses Mal werde ich nicht zurück stehen, das habe ich dem Klement angekündigt. Ich werde selbst vor die Presse treten und dafür sorgen, dass mein Erfolg meinem Konto gutgeschrieben wird, und nicht Sie die Lorbeeren einheimsen.»
Der Blick in das Gesicht mit dem überheblichen Grinsen liess Tina Merz vergessen, dass sie sich fest vorgenommen hatte, die laufenden Ermitt-

lungen ohne unnötige Auseinandersetzungen hinter sich zu bringen. Ihre Augen sprühten vor Wut, als sie entgegnete: «Ich erinnere mich nicht, mir jemals einen Ihrer Verdienste an den Hut gesteckt zu haben. Im Übrigen ist es in diesem Fall Ihre Pflicht, mich über alle ihre Erkenntnisse zu informieren. Schliesslich bin ich die verantwortliche Leiterin.»
«Da können Sie lange warten», entgegnete Schär hämisch. «Ich kenne Ihre Methode, sich meine Ratschläge anzueignen und meine Arbeit für Ihre persönliche Profilierung zu nutzen.» Wieder glitten seine zu schmalen Schlitzen verengten Augen missbilligend über ihren Körper. «Mein Chef ist der Klement», erklärte er entschieden. «Und auch wenn er leider in mancher Beziehung unfähig und vor allem zu weich ist, ist er mir noch lange lieber als Ihre Weiberherrschaft. Guten Tag.» Damit gab er ihr den Weg frei und eilte mit einem Blick auf die Uhr, seinem, wie er überzeugt war, wohl verdienten Feierabend entgegen.
Als Tina Merz ihr Büro aufschliessen wollte, hatte sie Mühe, das Schlüsselloch zu treffen, so sehr zitterte sie. Sie setzte sich an ihren Schreibtisch und versuchte auf andere Gedanken zu kommen. Dabei blieben ihre Augen an einem Blatt Papier hängen, das Frau Simon während ihrer Abwesenheit für sie bereitgelegt hatte. Es enthielt einen kurzen Text:

«Und das Unheil wird nicht aufhören, die Ungläubigen zu treffen.
al-Qaida Europa.»

Sie stand auf und ging ins Sekretariat. Frau Simon sass vor ihrem Computer.
«Die Botschaft kam heute Nachmittag über die Telefonzentrale herein», informierte sie ihre Chefin, noch bevor diese ihre Frage formuliert hatte. «Eine verstellte männliche Stimme, sei es gewesen. Ich habe den Text sofort an Yesrim von Känel weitergegeben. Sie sagte mir vor wenigen Minuten, der Satz stamme wieder aus dem Koran, aus der Sure 11 Vers 31.»
«Danke.»
Tina Merz lächelte ihrer Sekretärin zu, ging zurück in ihr Büro, setzte sich wieder an ihren Schreibtisch und las die Botschaft nochmals durch. Kam sie von den Terroristen? Oder gab es einen Trittbrettfahrer, der die Situation nutzte, um sich in Szene zu setzen? Bis anhin hatte al-Qaida nach ihren Anschlägen nicht immer wieder neue Botschaften geschickt. Auch von telefonischen Mitteilungen war ihr nichts bekannt. Sie überflog den Text wieder und wieder:

«Und das Unheil wird nicht aufhören, die Ungläubigen zu treffen.» War das nicht eine Warnung? War ein zweiter Anschlag geplant? Sie griff zum Telefon und stellte die Nummer Bärlochers ein. Sie hörte die Ansage über die Öffnungszeiten der Bundesverwaltung und knallte den Hörer zurück, nahm ihn aber sofort wieder auf. Auch Theiss war nicht in seinem Büro und auch bei Ursula Mansour meldete sich niemand. Schliesslich rief sie die Alarmzentrale der Polizei an.

Der Mann am Telefon sprach ihr zu, sich keine Sorgen zu machen. Er habe sich mit der Arbeit von al-Qaida intensiv beschäftigt; diese habe noch nie wenige Tage nach einem Attentat am gleichen Ort ein zweites Mal zugeschlagen. Doch die Kommissarin blieb hartnäckig und nach längerem Insistieren erklärte sich der Mann bereit, alle für die Sicherheit in der Region zuständigen Stellen zu informieren und zur verstärkten Wachsamkeit anzuhalten.

Frustriert wandte sie sich wieder ihrer Arbeit zu. Aber sie konnte sich nicht konzentrieren; ihre Gedanken kreisten um die neue Botschaft. Sie las sie nochmals und ein zweites und drittes Mal; nach jeder Lektüre war sie mehr überzeugt, dass der Text vor einem neuen Anschlag warnte. Schliesslich beschloss sie, ihre Befürchtung Hans Klement mitzuteilen. Sie war unterwegs zur Tür, um ihn in seinem Büro aufzusuchen, als ihr PC den Eingang einer neuen Nachricht meldete. Nach einem kurzen Moment des Zögerns siegte die Neugier. Sie ging zurück zu ihrem Schreibtisch und öffnete die Mailbox.

«Verstummen sollen die Lügenmäuler, die da reden wider den Gerechten, frech, stolz und höhnisch», las sie vom Bildschirm ab. Eine weitere Botschaft der Attentäter? Direkt an sie, die ermittelnde Kommissarin? Sie las den Text nochmals. Dann schüttelte sie ratlos den Kopf. Was wollte ihr der Absender mitteilen? Wer waren die «Lügenmäuler»? Waren das die Christen, die – wie die Muslime meinten – von der reinen Lehre abgewichen und Gott einen Sohn beigegeben hatten? Und enthielt der Text wieder eine Warnung? Enthielt das Wort «verstummen» die Ankündigung, dass man wieder töten werde?

Tina Merz stellte nochmals die Nummer der Alarmzentrale ein. Diesmal nahm ein anderer Mann den Anruf entgegen.

«Das klingt tatsächlich nach der Ankündigung eines neuen Anschlags», bestätigte er ihre Befürchtung. «Nur weiss ich nicht, wie wir diesen verhindern können. Unsere offene westliche Gesellschaft ist verletzlich; wenn wir sie wirklich schützen wollen, geht das nicht ohne Verlust an Freiheit.

Man kann nicht alles haben», moralisierte er wie ein Prediger im Gottesdienst, «entweder hat jeder die Möglichkeit, sich überall frei und unkontrolliert zu bewegen, oder wir führen einen Überwachungsstaat ein. Und nicht einmal der garantiert hundertprozentige Sicherheit.»
Tina Merz fühlte sich rat- und hilflos. Sie hatte zwar endlich jemanden gefunden, der sie ernst nahm, aber er wusste auch keinen Ausweg aus der möglicherweise gefährlichen Situation. So verabschiedete sie sich rasch, entschlossen, den Bundesanwalt zuhause anzurufen. Nach kurzem Suchen im Internet stellte sie fest, dass Bärlocher im Telefonbuch nicht verzeichnet war. Sie schaute auf die Uhr; inzwischen hatte Hans Klement sein Büro bestimmt verlassen. Aber sie musste sich mit jemandem beraten; und Klement war schliesslich der Chef. Er musste entscheiden, was weiter zu geschehen hatte. Fluchend suchte sie im Durcheinander auf ihrem Schreibtisch das interne Telefonverzeichnis mit der Handynummer ihres Vorgesetzten. Als sie es gefunden hatte und die Nummer eingab, vertippte sie sich mehrmals. Endlich traf sie den richtigen Anschluss. Das Besetztzeichen! Wütend legte sie auf, um sofort wieder anzurufen. Immer noch besetzt! Wie ein gefangenes wildes Tier im Käfig lief sie in ihrem Büro auf und ab, um kurz darauf erneut die Nummer ihres Chefs einzustellen. Endlich! Sie hörte das leicht gelangweilte, etwas schleppende «Klement». Ohne ihren Namen zu nennen, begann sie ihrem Vorgesetzten von den beiden neuen Botschaften zu berichten, und setzte gleich hinzu, dass diese offensichtlich einen weiteren Anschlag ankündigten. Sie redete und redete, berichtete von ihren Telefonaten mit der Alarmzentrale und ihren Versuchen, den Bundesanwalt zu erreichen. Schliesslich hielt sie erschöpft inne und fragte gehetzt und verzweifelt: «Was sollen wir unternehmen, um ein neues Attentat zu verhindern?»
Hans Klement hatte seiner Mitarbeiterin ruhig zugehört und keinen Versuch unternommen, ihren Redefluss zu unterbrechen. Als sie endlich innehielt, meinte er nach kurzem Nachdenken:
«Es muss sich beim Absender der beiden Botschaften um einen Trittbrettfahrer handeln. Noch nie hat sich al-Qaida so verhalten. Darum kann ich deine Ängste nicht teilen. Ich bin sicher, es wird keinen weiteren Anschlag geben.»
«Die einzelnen Zellen der al-Qaida handeln selbständig und unabhängig», wandte Tina Merz ein. «Sie haben in der Regel keine Direktiven von oben. Das war jedenfalls bei den bisherigen Attentaten in Europa so.»
Klement wollte ihr nicht folgen. Der Gedanke war ihm zu unangenehm.

«Ich verstehe nicht, was du damit sagen willst.»
«Wenn jede Gruppe selbständig agiert, gibt es kein Handlungsmuster», erläuterte Tina Merz ihrem Chef. «Dann kann nicht ausgeschlossen werden, dass unsere Attentäter sich völlig anders verhalten als die von London, Madrid oder sonst wo.»
«Du meinst ...»
«Ich meine, unsere Terroristen könnten die Situation nutzen; wir konzentrieren zur Zeit alle unsere Kräfte auf die Suche nach den Tätern hier im Raum Basel.»
«Du hast zu viel Fantasie und deine Nerven liegen blank. Geh nach Hause und schlaf dich aus.»
Die Kommissarin fühlte sich unverstanden und resignierte. Sie verabschiedete sich ziemlich abrupt, setzte sich an den PC und hielt alles, was sich in der letzten Stunde zugetragen hatte, in einer kurzen Aktennotiz fest, die sie Klement und dem Bundesanwalt via Email übermittelte. Zuletzt schickte sie den Text der letzten Botschaft an Yesrim von Känel mit der Bitte, herauszufinden, um welchen Koranvers es sich dabei handelte. Als sie alles erledigt hatte, nahm sie ihre Jacke und verliess ihr Büro.

Der Spaziergang durch die abendliche Stadt tat zwar auch dieses Mal seine Wirkung. Aber der Himmel war von einem grauen Meer sich überlagernder Wolken bedeckt, die wie Trauervorhänge schwer über den Dächern hingen. Ein tristes Wetter, wenig geeignet, die Ängste der Kommissarin zu verscheuchen und ihre trübe Stimmung aufzuheitern. Während sie mit eiligen Schritten heimwärts strebte, kreisten ihre Gedanken immer noch um die Frage, wie sie ein neues Attentat verhindern könnte. Sie erreichte ihre Wohnung, glücklich an einen Ort zu kommen, wo unbelastete Menschen und Erholung auf sie warteten.
Lukas sass vor dem Fernseher und schaute die Abendnachrichten.
«Das Essen steht auf dem Tisch», begrüsste er sie und legte ihr den Arm um den Hals. «Sie sagen immer wieder das Gleiche», er zeigte auf den Fernsehapparat, «dass es mehrere Tatverdächtige gebe, und alles auf eine Verbindung der Täter zu al-Qaida hinweise.» Er schob das Kinn nach vorn und zog die Brauen zusammen, was ihm einen energischen Ausdruck verlieh. «Also ich bin immer noch überzeugt, das war ein Wichtigtuer. Einer, der berühmt werden will. Ich denke ...»
«Was du denkst, Kleiner, interessiert niemanden», ging Sebastian dazwischen. Er stand in der Tür und streckte sich. «Ich habe Hunger», wandte

er sich an die Mutter. «Du kommst immer später.»
Sie setzten sich an den Tisch. Lukas hatte tatsächlich alles vorbereitet, und sie tätschelte ihm dankbar den Arm.
«Es ist wunderbar, einen Sohn zu haben, der das Essen vorbereitet hat, wenn man spät und müde nach Hause kommt», lobte sie ihn leise.
«Und ich bin nicht wunderbar?», rebellierte Sebastian sofort. «Ich habe gelesen und nachgedacht», rechtfertigte er schuldbewusst seine Untätigkeit.
«So war das nicht gemeint», entschuldigte sie sich. «Du bist ebenso wunderbar. Aber heute verdient Lukas besonderes Lob. Zudem bin ich müde.»
«Ich wollte ...» Sebastian brachte den Satz nicht zu Ende.
«Schon gut; lass uns das Thema wechseln.»
Lukas plauderte munter drauf los, berichtete von der Zeichnungslehrerin, die ihn vor die Tür geschickt habe, von Thierry, seinem kürzlich aus Belgien zugezogenen neuen Freund, und dass er sich zum Geburtstag ein neues Velo wünsche.
Tina Merz hörte zu, ohne im Einzelnen mitzubekommen, was er sagte. Daneben wunderte sie sich über Sebastian, der den jüngeren Bruder reden liess, ohne seine sonst üblichen Kommentare abzugeben. Er wirkte abwesend und warf ihr hin und wieder einen forschenden Seitenblick zu, wie wenn er ihre Stimmung erkunden wollte. Einmal setzte er zum Reden an, verstummte aber, ohne ein verständliches Wort formuliert zu haben.

Nach dem Abräumen brachte sie die Küche in Ordnung und setzte sich im Wohnzimmer aufs Sofa, um die Zeitung zu lesen. Sebastian tauchte mehrmals in ihrer Nähe auf, und verstärkte damit ihren Eindruck, er wolle ihr etwas mitteilen, ihr ein Anliegen vortragen. Er verschwand aber immer wieder, ohne ein Wort gesagt zu haben, und sie war zu müde, um die Initiative zum Gespräch zu ergreifen.
Kurz vor zehn, sie wollte sich gerade ins Schlafzimmer zurückziehen, kam er erneut ins Zimmer und setzte sich zu ihr.
«Was macht dein Fall?», begann er ziemlich ungewohnt. Da sie spürte, dass ihn die Antwort auf die Frage nur wenig interessierte und er auf etwas anderes hinaus wollte, antwortete sie nur: «Es läuft einigermassen.»
«Aber die Täter habt ihr noch nicht. Gibt es eine heisse Spur?»
Sie wunderte sich über diese Konversation, denn Sebastian zeigte in der Regel wenig Interesse an ihrer Arbeit. «Ich habe den Eindruck, du willst mir etwas sagen», ignorierte sie deshalb seine Frage. «Gibt es ein Problem?»
Er antwortete nicht sofort. Er schaute stumm vor sich auf den Boden, wie

wenn er nach Worten suchte. «Ich möchte ausziehen», stiess er schliesslich hervor.
«Ausziehen?», wiederholte sie, wie wenn sie ihn nicht richtig verstanden hätte. «Wie meinst du das?»
«Ausziehen heisst ausziehen», erwiderte er laut und unwillig. Und in trotzigem Ton setzte er hinzu: «Es ist für meine Entwicklung besser, wenn ich bei Stephan wohne.»
Tina Merz war durch die Mitteilung völlig überrumpelt. Sie schüttelte fassungslos den Kopf. «Du willst weg von hier? Und warum? Was gefällt dir nicht bei uns?»
«Ich sagte es schon», kam es etwas gequält. «Ein Junge in meinem Alter braucht eine männliche Identifikationsfigur. Er braucht einen Vater.»
«Wo hast du das her?»
«Ich habe es gelesen. Und es stimmt. Ein Frauenhaushalt ist für die Entwicklung eines jungen Mannes nicht förderlich. Und warum kann ich nicht bei Stephan wohnen? Er ist mein Vater. Bei eurer Scheidung hat mich niemand gefragt, zu wem ich möchte. Man hat einfach beschlossen, dass ich bei dir und dem Kleinen leben soll.»
Tina Merz spürte keine Müdigkeit mehr. Es war, als hätte eine eiserne Faust ihr Herz im Griff und drücke es zusammen. Sie suchte nach etwas, an dem sie ihren Zorn und ihren Widerstand festmachen konnte, und ihr geschiedener Mann bot sich als Sündenbock geradezu an. «Dann hat Stephan dir diesen Floh ins Ohr gesetzt. Von Entwicklung und männlicher Identifikationsfigur?»
Die Frage verunsicherte Sebastian. Sein Gesichtsausdruck zeigte eine Mischung von Abwehr und Zerknirschung. «Stephan hat damit nichts zu tun», murmelte er und senkte seinen Blick zu Boden.
Sie hatte nicht zugehört. «Ich finde das in höchstem Masse unfair», wütete sie. «Er spielt den spendablen Vater und macht sich damit beliebt. Und ich leiste die erzieherische Kleinarbeit, die mich immer wieder als nörgelnde Mutter erscheinen lässt. Ich bin Alltag, er ist Sonntag. Er hätte zuerst mit mir sprechen müssen ...»
«Er ...» versuchte Sebastian sich dazwischen zu schalten.
«Wann habt ihr das ausgemacht?», schimpfte sie weiter. «Wenn Ihr glaubt, ihr könnt mich einfach zur Seite schieben, dann täuscht ihr euch. Ich werde mich zu wehren wissen.» Tränen liefen ihr übers Gesicht.
Sebastian hasste es, wenn die Mutter weinte. Insgeheim hatte er auch gehofft, sie würde seinem Wunsch ohne Widerstand zustimmen. «Hör auf»,

schrie er sie an. «Es ist nichts ausgemacht. Stephan weiss noch nichts von meinem Entschluss.»
«Das glaube ich nicht.»
«Aber es stimmt», beteuerte Sebastian, jetzt ebenfalls dem Weinen nah. «Ich wollte zuerst mit dir reden. Ich ahnte, dass du wütend wirst. Darum habe ich auch lange nichts gesagt. Aber», sein Gesicht nahm einen trotzigen Ausdruck an, «du wirst mich von meinem Entschluss nicht abbringen. Ich will weg von hier. Von diesem Kindergarten. Ich will ...» Tränen standen in seinen Augen. «Tina, es ist wichtig für mich, glaub mir. Ich ...»
«Und was geschieht, wenn Stephan ‹nein› sagt?» Die Kommissarin forschte im Gesicht ihres Sohnes. «Was lässt dich so sicher sein, dass er einverstanden ist?»
Die Frage kam überraschend. «Er ist doch mein Vater», antwortete Sebastian flau. «Und er sagt immer, er freue sich, wenn wir bei ihm sind.» Er verzog trotzig das Gesicht und überlegte. «Ich glaube ihm. Er ist ehrlich. Er mag uns und ist gern mit uns zusammen. Das spüre ich.»
Jetzt begann er zu weinen.
«Lass uns darüber schlafen», schlug Tina Merz vor und suchte nach einem Taschentuch, um sich und ihrem Sohn die Augen zu trocknen. «Wir werden morgen nochmals miteinander reden.»
Sebastian nickte. «Einverstanden», murmelte er, froh, dass sie sich wieder gefasst hatte. «Aber versuch nicht, mich umzustimmen», schob er fast drohend nach, bevor er das Zimmer verliess.

Tina Merz war am Boden zerstört. Nachdem Sebastian weg war, sprang sie auf, eilte in die Küche und liess sich einen Kaffee aus der Maschine. Mit der Tasse in der Hand rannte sie in ihr Schlafzimmer, verschüttete im Korridor die Hälfte des Inhalts auf den Teppich, stiess einen groben Fluch aus, stellte die halbleere Tasse auf den kleinen Tisch neben ihrem Bett, griff zum Telefon und tippte die Nummer ihres geschiedenen Mannes ein. Er meldete sich sofort.
Sie nannte keinen Namen, formulierte keinen Gruss, sondern überschüttete ihn mit einem längeren Sermon, der sich aus Anklage, Selbstbezichtigung, Verteidigung und vor allem aus mütterlicher Verzweiflung zusammensetzte.
Stephan Merz kannte seine Frau, auch wenn er schon eine ganze Weile nicht mehr mit ihr zusammenlebte. Er wusste wie klug sie war, kannte ihre Verletzbarkeit und war vertraut mit der Intensität ihrer Gefühlswelt;

im Positiven wie im Negativen. Und in stillen Stunden gestand er sich ein, dass er gerade deshalb noch immer viel für sie empfand.
Er machte keinerlei Anstalten, sie zu unterbrechen, sondern liess sie reden, bis sie von selbst aufhörte mit der Frage: «Stephan, sag endlich etwas. Was soll ich tun? Ich möchte jetzt um Himmels Willen nichts falsch machen.»
«Zuerst», stellte er sachlich fest, «zuerst möchte ich festhalten, dass ich mit Sebastians Wunsch nichts zu tun habe. Ich höre zum ersten Mal, dass er bei dir aus- und bei mir einziehen möchte. Dann», fuhr er nach kurzer Denkpause fort, «sollten wir versuchen, seinen Entscheid zu verstehen. So, wie ich ihn kenne, handelt es sich dabei nicht um ein spontanes Anliegen, sondern um das Ergebnis eines längeren Prozesses.»
Tina Merz hatte sich aufs Bett gelegt. Die Worte Stephans beruhigten den Sturm in ihrem Innern, so dass sie zuhören konnte, ohne dazwischen zu fahren.
«Du bist eine gute Mutter, die ihre beiden Kinder über alles liebt. Und ich bin sicher, sie wissen das.» Stephan Merz überlegte genau, was er sagte; er wusste, wie sehr es jetzt darauf ankam, die richtigen Worte zu finden. «Sebastian ist auf dem Weg ins Erwachsenenalter, ein Weg, der mit Unsicherheit, Irrläufen und Illusionen gepflastert ist. Und es ist gar nicht so einfach, auf diesem Weg die richtige Spur und das richtige Ziel auszumachen. Dazu gehört, dass er sich von seiner Mutter emanzipiert. Nur wenn ihm das gelingt, kann er ein selbständiger, unabhängiger Mann werden.»
Er sprach langsam und eindringlich; er wollte Tina Merz nicht noch mehr verletzen. «Du bist in deinen Ansichten und Meinungen, in deiner ganzen Ausstrahlung eine starke Persönlichkeit; es kann einem fünfzehnjährigen Sohn nicht leicht fallen, sich von einer solchen Mutter frei zu machen. Darum möchte er sich deiner Führsorge entziehen, die ihn – so glaubt er – daran hindert, ein Mann zu werden.»
Tina Merz schwieg noch immer. Sie spürte, dass Stephan den Wunsch hatte, ihr zu helfen, aber sie sah noch nicht, welches Ziel er anstrebte, und so wartete sie ganz gegen ihre sonstige Gewohnheit still auf seine weiteren Ausführungen.
«Wir müssen Sebastian helfen», stellte Stephan Merz fest. «Wir lieben ihn, und es liegt uns daran, dass er seinen Weg findet.»
Die Kommissarin spürte schmerzhaft die eiserne Faust, die ihr Herz zusammendrückte. «Ich möchte ihn nicht verlieren», schluchzte sie.

«Gerade deshalb ist es wichtig, dass wir gemeinsam für ihn eine gute Möglichkeit suchen», stellte Stephan Merz sanft fest. «Ich weiss, du hast im Augenblick viel zu tun, aber lass uns morgen zusammen essen. Bis dahin haben wir beide etwas Zeit, um über mögliche Lösungen nachzudenken.»
Sie nickte stumm, dankbar, dass er die Initiative ergriff und mit ihr einen Ausweg aus der ihr hoffnungslos scheinenden Situation finden wollte.
«Treffen wir uns um acht in der Fischerstube», schlug er vor, und als sie nichts dazu sagte, tröstete er sie liebevoll: «Wir werden einen Weg finden, Tina, ich lass dich nicht im Stich. Und ich werde zu nichts meine Zustimmung geben, was nicht mit dir abgesprochen ist.»
«Danke», flüsterte sie.

In dieser Nacht fand die Kommissarin lange keinen Schlaf. Sie wälzte sich im Bett und hörte die Glocken des Münsters die Stunden schlagen. Eine nach der anderen. Im Halbschlaf suchte sie nach Möglichkeiten, Sebastians Wunsch zu entsprechen und ihn doch nicht zu verlieren; aber vor Müdigkeit und Kummer war sie nicht in der Lage, einen vernünftigen Gedanken zu fassen. Was hatte sie falsch gemacht? Sie liebte ihre Söhne, liess ihnen im grosszügig festgesetzten Rahmen alle Freiheit, hielt sich mit Fragen und Ratschlägen zurück. Rückblickend erkannte sie, dass Sebastian ihr im letzten Jahr mehr und mehr entglitten war. Was wusste sie eigentlich von seinen Gefühlen, seinen Enttäuschungen, seinen Träumen? Er war so anders als sie, ihr so fremd geworden, und es war so schwer, seine Reaktionen und Gedankengänge zu verstehen. Vielleicht hätte sie sich mehr um ihn kümmern, sich weniger ihrer Arbeit und mehr ihren Kindern widmen müssen....
Mit diesen wirren, einem ruhigen Schlaf wenig zuträglichen Gedanken und weit entfernt von einer Lösung schlief sie schliesslich ein, kurz nachdem die Münsterglocken zwei geschlagen hatten.

22

Es war logisch, dass der nächste Tag schlecht begann.
Tina Merz erwachte nach kurzem, von Träumen durchzogenem Schlaf. Lukas stand an ihrem Bett und betrachtete sie mitleidig.
«Es ist schon Viertel nach sieben», teilte er mit besorgter Miene mit. «Sebastian macht Frühstück, aber aufstehen musst du schon selbst.»
Als sie zehn Minuten später blass und mit brummendem Kopf in die Küche kam, fand sie ihre beiden Söhne am Tisch. Sebastian schaute sie mehrmals prüfend von der Seite an und verschwand kurz darauf mit knappem Abschiedsgruss.
Sie stand vor dem Spiegel und schminkte sich, als ihr Handy einen Anruf des Bundesanwaltes anzeigte.
«Ich habe Ihr gestriges Email gelesen», begann er nach kurzem Gruss, «und ich wollte Ihnen sagen, dass ich Ihre Sorgen verstehe, aber nicht teile. Die al-Qaida hat noch nie innerhalb von wenigen Tagen zwei Anschläge verübt.»
«Und wenn sich unsere Terroristen nicht an das Muster halten?», wandte sie ein.
«Für diesen Fall haben wir für alle Sicherheitskräfte erhöhte Alarmbereitschaft angeordnet. Mehr können wir nicht tun.»
«Danke», flüstere sie, «danke, dass wenigstens Sie mich ernst nehmen.»
Er habe noch eine Mitteilung für sie, setzte Bärlocher das Gespräch fort. Die deutsche Polizei habe ein Telefonat abgehört, das mit dem Terroranschlag in Basel zu tun haben könnte. Ein bisher unbekannter Mann habe aus einer Bar in Schopfheim ein Mobiltelefon in Damaskus angerufen. Er habe dem Angerufenen mitgeteilt, ein Vogel habe möglicherweise gezwitschert, und sich erkundigt, was dagegen zu tun sei.
«Gezwitschert?», unterbrach die Kommissarin, «was meinte er damit?»
«Die deutsche Polizei denkt, der Unbekannte aus Schopfheim wollte dem Verbindungsmann in Damaskus mitteilen, dass ein Dritter sie verraten hat.»
«Verraten?», wiederholte Tina Merz. «Ich verstehe nicht. Was hat er verraten?»
«Leider kann ich Ihnen nicht mehr sagen.»
«Und was antwortete der Mann in Damaskus?»
«‹Bringt den Vogel zum Schweigen›, soll er befohlen haben.» Bärlocher las den Satz ab, um nichts Falsches weiterzugeben.
«Das klingt wie eine Aufforderung zum Mord.»

«Richtig.»
«Sonst nichts?»
«Doch», antwortete der Bundesanwalt. «Er soll dem Anrufer empfohlen haben, selbst zu pfeifen, und das Gezwitscher des Vogels zu übertönen.»
«Also, lauter zu reden.»
Bärlocher zuckte mit der Achsel. «Vielleicht.»
Die Kommissarin war am Nachdenken: «Sie sagen, der Unbekannte wurde abgehört. Zufällig? Oder steht der Anrufer unter Beobachtung?»
«Die deutsche Polizei schreibt, die Bar in Schopfheim sei möglicherweise ein Treffpunkt islamischer Fundamentalisten. Darum habe man das dortige Telefon angezapft.»
«Weiter.»
Bärlocher schmunzelte über den Wissensdurst der Kommissarin. «Das ist leider alles. Ich weiss nicht mehr. Aber man verspricht, uns sofort zu informieren, wenn weitere beachtenswerte Ereignisse vorliegen.»

Kurz darauf verliess Tina Merz gemeinsam mit Lukas die Wohnung. Unterwegs erzählte er, wie Lehrer und Klassenkameraden das Attentat kommentierten. Am Kunstmuseum, wo er rechts zur Schule abbiegen musste, stellte er stolz fest:
«Alle erwarten, dass ich ihnen Neuigkeiten berichte. Sie wissen, dass du in diesem Fall eine wichtige Rolle spielst. Sie fragen mich aus. Aber ich sage nichts.»
Er schaute sie treuherzig von der Seite an, legte ihr kurz die Hand auf den Arm und wandte sich fröhlich einem Jungen zu, der soeben die Tramgeleise überquerte und auf sie zusteuerte. Lachend bogen die Beiden in die Rittergasse ein und verschwanden kurz darauf aus ihrem Blickfeld.
In ihrem Büro schaute die Kommissarin zuerst die neuesten Emails durch. Turnheer teilte mit, dass er Ueli Strübi alle zur Verfügung stehenden Photos via Internet zugestellt habe. Der Zeuge habe aber leider auf keinem der Bilder den jungen Mann aus dem Schliessfachraum erkannt. Mit einer kurzen Notiz kündigte Schmiedlin an, dass die eine der beiden noch nicht identifizierten Leichen vermutlich bald einen Namen bekomme. Ein Pawel Kraus habe gemeldet, er sei am Sonntagabend aus den Ferien zurückgekommen und vermisse seinen Neffen. Dieser fahre jeden Morgen mit dem Zug von Sissach nach Basel. Seit dem Terroranschlag sei er verschwunden. Als letztes las die Kommissarin die Nachricht von Yesrim von Känel, dass es sich bei der letzten Botschaft nicht um ein

Zitat aus dem Koran, sondern um einen Psalm handle, nämlich um Psalm 31 Vers 19.
Sie hatte keine Zeit, darüber nachzudenken, was das bedeuten könnte, denn Biasotto holte sie für die zweite Sitzung mit den Leitern der Ermittlungsgruppen ab.
Sie referierte selbst über die bisherigen Ergebnisse ihrer Arbeit, berichtete von den letzten Botschaften und ihrer Befürchtung, dass ein neuer Anschlag bevorstehe, und überliess die Leitung der Sitzung dann ihrem Assistenten. Kurz nach zehn Uhr waren die beiden Kommissare auf dem Weg zurück zu ihren Büros.
«Ist dir nicht gut?», erkundigte sich Biasotto, nachdem er sie mehrmals schweigend von der Seite gemustert hatte. «Schon den ganzen Morgen werde ich das Gefühl nicht los, dass du nicht bei der Sache bist.»
Einen Moment war Tina Merz versucht, sich ihrem Assistenten zu öffnen, ihm von ihrem Kummer mit Sebastian zu erzählen; dann wurde ihr bewusst, dass ein kinderloser junger Mann von gut dreissig Jahren unmöglich nachvollziehen konnte, was sie als Mutter durchmachte. «Ich habe schlecht geschlafen», murmelte sie deshalb ausweichend. «Die Arbeit lässt mich nicht los.»
Frau Simon erwartete sie; die Sekretärin kannte ihre Chefin und spürte sofort, dass es mit ihrer Gemütslage nicht zum Besten stand. Sie eilte hinaus und kam mit einem doppelten Espresso zurück, die beste Arznei, um die Energien der Kommissarin zu beleben und ihre Kräfte zu stärken.
Während Tina Merz die Tasse mit ein paar Schlucken leerte, holte die Sekretärin ihren Notizblock und setzte sich zu ihr. «Eine Frau Mächler hat angerufen», begann sie mit ihren Informationen, und als sie den fragenden Blick der Kommissarin registrierte, nickte sie: «Richtig, das ist die Mutter von Benjamin Mächler.»
«Der unbedingt bei den Ermittlungen helfen will.»
«Genau.» Frau Simon schaute wieder auf ihren Notizblock. «Sie macht sich Sorgen, weil ihr Sohn seit Samstag nicht mehr zuhause war. Das sei noch nie vorgekommen.»
Tina Merz runzelte die Stirn. «Ich bin kein Kindermädchen.»
«Die Mutter sagte, er sei so schrecklich deprimiert gewesen in den letzten Tagen.»
«Was verständlich ist; er hat am Mittwoch seine Freundin verloren und ist selbst nur knapp mit dem Leben davon gekommen.»
«Darum sorgt sich die Mutter, er könnte sich etwas angetan haben.»

«Warum ruft Sie mich an? Woher soll ich wissen, was ihr Sprössling tut, wo er sich herumtreibt?»
«Die Frau macht sich Sorgen», wiederholte Frau Simon etwas hilflos. «Und sie weiss offenbar, dass er Sie angerufen und hier vorgesprochen hat. Sie hoffte, Sie wüssten mehr.»
Tina Merz dachte an Sebastian und ihren eigenen Kummer. Junge Menschen waren manchmal so unberechenbar. Und sie verwendeten kaum Zeit darauf, sich darüber Rechenschaft abzulegen, welchen Kummer sie ihren Eltern mit Aussagen, Handlungen oder Unterlassungen bereiteten. Plötzlich tat ihr Benjamins Mutter Leid. Sie war eine Art Leidensgenossin, die sich um ihren Sohn sorgte. Wie oft hatte auch sie schon zuhause gesessen und auf eines ihrer Kinder gewartet, das sich verspätete, aber nicht im Traum daran dachte, die Mutter zu informieren.
«Ich kann dieser Frau nicht helfen», sagte sie leise. «Ich weiss nicht, wo Benjamin sich aufhält. Ich habe kaum mit ihm gesprochen, weiss nichts von ihm. Der Junge ist durcheinander. Er wird schon wieder nach Hause kommen. – Sie soll eine Vermisstenanzeige aufgeben.» Und zur eigenen Beruhigung: «Der wird schon wieder auftauchen. Wenn er Hunger hat. Oder sein Bett vermisst. Ich habe wirklich anderes zu tun, als mich um einen davon gelaufenen, traurigen Jungen zu kümmern.»
Frau Simon schwieg und blätterte die oberste Seite ihres Notizblockes um. «Der Leiter des Labors», berichtete sie nach einer kurzen Pause, «bat mich, Ihnen folgendes auszurichten: Der Sprengstoff für die Bombe war in einem Rucksack und in einer Reisetasche versteckt. Beides schwarz. Bei der Reisetasche handle es sich um ein Fabrikat der Marke Samsonite. Dieser Hersteller verwende für seine Produkte einen klar identifizierbaren Kunststoff. Der Rucksack stamme vermutlich von der Firma Gailway und werde in den grösseren Migros-Filialen verkauft.»
Beim Mittagessen in ihrer Lieblingspizzeria berichtete Martin Biasotto, er habe sich bei der libanesischen Airline erkundigt. Aziz Kumari sei am vergangenen Mittwoch nicht von Frankfurt nach Beirut geflogen.
«Also doch! Der Imam hat uns angelogen», frohlockte die Kommissarin mit vollem Mund.
«Nicht so schnell, Chefin, ich bin noch nicht fertig.» Biasotto drehte seine Gabel im Spaghettiteller. «Es sei ein Ticket auf den Namen Kumari ausgestellt worden, aber der Passagier sei nicht erschienen.»
«Dann war Aziz also doch in Basel und fuhr am Morgen mit seinem Roller zum Bahnhof.»

«Ist er nicht, ich muss dich enttäuschen», widersprach der Assistent kauend. «Ich habe nämlich alle Fluggesellschaften angerufen, die in den Nahen Osten fliegen. Und siehe, ich wurde fündig. Aziz Kumari reiste um 16 Uhr mit den Egypt Airways nach Kairo.»
«Wie das?» Die Kommissarin war verwirrt. «Und warum hat der Imam uns nicht die Wahrheit gesagt?»
«Frag mich etwas Leichteres. Jedenfalls stimmt, dass Aziz kurz nach 7 Uhr mit dem Intercity nach Frankfurt fuhr. Ich habe den Kondukteur des Zuges ausfindig gemacht, und er konnte sich an den jungen Fahrtgast erinnern. Er sei ihm aufgefallen, weil er sichtlich nervös gewesen sei, längere Zeit nach seinem Billet suchen musste und dieses später auch noch im Speisewagen liegen liess.»
Die Kommissarin war enttäuscht. Wenn Aziz Kumari sich zur Tatzeit in Basel aufgehalten hätte, wäre zumindest das Geheimnis des Rollerfahrers gelüftet gewesen. Aber warum behauptete der Imam, sein Sohn sei bei seinen Grosseltern im Libanon? Und warum gab er deren Anschrift nicht preis?
«Ich habe mich inzwischen auch über die beiden Türken Mehmet Sengül und Mesut Aydin schlau gemacht», unterbrach Martin Biasotto ihre Gedanken. «Die Kollegen von der Fremdenpolizei konnten mir aber nicht viel mehr über die beiden sagen, als du schon von Ursula Mansour erfahren hast. Nur einen Hinweis habe ich zusätzlich bekommen: Die beiden scheinen ihre Tage meist auf dem Claraplatz zu verbringen. Dort treffe sich täglich eine Gruppe von etwa zwölf Jugendlichen, alles Muslime, die meisten ohne Arbeit.»
«Und was tun sie den ganzen Tag?»
«Sie trinken und schwatzen, sagte mir der Kollege.»
«Keine Straftaten?»
Biasotto schüttelte den Kopf. «Jedenfalls ist nichts bekannt. Es gibt allerdings Klagen von Ladenbesitzern, die behaupten, die Jungen würden auf den Boden spucken und Passanten belästigen. Aber es liegen keine Strafanzeigen vor.»
«Herumlungern ist für junge Leute keine gute Art, die Zeit zu verbringen.»
«Das sagte auch der ehemalige Lehrmeister, der Mehmet Sengül nach einer tätlichen Auseinandersetzung zum Teufel gejagt hat. Sengül sei ein intelligenter Bursche gewesen und hätte es durchaus zu etwas bringen können. Aber ihm habe die Motivation gefehlt, und er sei zu aufbrausend gewesen. Er habe bei jeder Gelegenheit zugeschlagen. Er hält es für mög-

lich, dass der Junge beim Herumlungern auf der Strasse unter schlechten Einfluss geraten und in die Kriminalität abgerutscht ist.»
«Hat die Befürchtung einen konkreten Hintergrund?»
«Ja und Nein», antwortete Biasotto nachdenklich. «Der Kollege meinte, die Gruppe auf dem Claraplatz würde von einem Iraker namens Ahmed Abdu dominiert, und das sei ein ganz übler Bursche.»
«Inwiefern?»
«Abdu sei aus Ulm zugereist und wohne zur Zeit in Lörrach. Er sei mehrfach vorbestraft wegen Körperverletzung und Raub. Zudem habe er in Ulm regelmässig eine Moschee besucht, in der auch Fundamentalisten verkehrten.»
«Das klingt interessant. Und wie lautet dein Fazit?»
«Ich bleibe dabei, die beiden jungen Türken waren keine Terroristen», antwortete Biasotto ohne zu zögern. «Aber ich habe dir alles aufgeschrieben. Vielleicht kommst du zu einem anderen Schluss.»

Nach dem Mittagessen setzten sich Martin Biasotto und Tina Merz im Büro der Kommissarin an den runden Tisch. Sie gingen gemeinsam die Berichte der Ermittlungsgruppen, der Telefonzentrale, der Spurensicherung und des Labors sowie die Protokolle der Zeugenbefragungen durch und betrachteten die zusammengetragenen Photos. Sie gaben Rückfragen in Auftrag und forderten weitere Informationen an.
Am Ende des Nachmittags tranken sie zusammen einen Kaffee und diskutierten ziemlich enttäuscht das Ergebnis ihrer Arbeit. Es gab wohl verschiedene interessante Feststellungen, aber eine wirklich heisse Spur hatten sie nicht gefunden.

Bevor sie am Abend ihr Büro verliess, warf die Kommissarin nochmals einen Blick in ihre Mailbox. Sie fand eine kurze Mitteilung von Ursula Mansour.
Vater und Sohn Kumari, teilte die Bernerin mit, seien als Terrorverdächtige bei der Bundesanwaltschaft nicht registriert. Im Gegenteil, der Imam sei positiv vermerkt. Er habe in seinem Gebetshaus ein Jugendzentrum eingerichtet, wo sich junge Muslime zusammenfinden, diskutieren und spielen könnten. Zudem habe er Solaiman Fayyad, Mitglied der irakischen Terrorgruppe Ansar al-Islam, als gefährlichen Dschihad-Werber entlarvt und bei der Bundesanwaltschaft angezeigt. Man habe allen Grund, dem Mann dankbar zu sein.

Die Kommissarin nahm diese Mitteilung mit gemischten Gefühlen auf. Einerseits war sie erleichtert, dass Kumari offenbar das war, was er vorgab: ein gläubiger Muslim, aber modern und aufgeschlossen, der die Jugend liebte und sie vor tödlichen Irrläufen schützen wollte. Andererseits – sie sah den Imam vor sich – so ganz mochte das Urteil der Bundesanwaltschaft sie nicht zu überzeugen. Für sie blieb der Mann schillernd, und so schnell würde sie ihn nicht von der Liste der Verdächtigen streichen.
Sie druckte das Email aus und legte es ihrem Assistenten auf den Schreibtisch.

23

«Ich möchte mitkommen, wenn du dich mit Stephan zum Abendessen triffst.» Lukas sass auf dem Bett der Mutter und schaute zu, wie sie sich für den Ausgang zurecht machte.
Tina Merz schwieg. Eigentlich hätte sie ihren Sohn ganz gern mitgenommen. Er heiterte sie auf mit seinem unbeschwerten Geplauder. Zudem war Sebastian im Handballtraining, und sie wusste, dass der Jüngere nicht gern allein zuhause war. Aber sie traf sich mit Stephan, um über Sebastians Wunsch zu reden, und das war in Anwesenheit von Lukas nicht möglich.
«Falls du mit Stephan allein sein willst, um ein Erziehungsproblem zu besprechen, würde ich mich nach dem Essen verdrücken», offerierte Lukas und strahlte sie mit seinen dunklen Augen an.
Wenn er sie mit diesem Blick bedachte, schmolz die Mutter wie ein Käse im Racletteofen. Zudem fand sie das letzte Angebot gar nicht schlecht.
«Hast du die Hausaufgaben gemacht?», erkundigte sie sich zur Sicherheit, und um Zeit zum Nachdenken zu gewinnen.
Lukas witterte die Chance. «Das meiste habe ich schon am Nachmittag erledigt. Und das altertümliche Gedicht, das ich für den Deutschunterricht auswendig lernen soll, kann ich auch schon ziemlich gut. Du könntest mich auf dem Weg zur Fischerstube abfragen.»
Das war eigentlich nicht so ganz nach ihrem Geschmack. Aber sie war weich gestimmt heute Abend, und inzwischen hatte sie die Überzeugung gewonnen, dass es eigentlich nett wäre, wenigstens einen Teil des Abends mit Lukas zu verbringen. Sie war in den letzten Tagen wenig mit ihren Söhnen zusammen gewesen.
«Gut», sagte sie deshalb, während sie sich die Jacke zuknöpfte. «Aber zieh ein neues T-Shirt an und kämm dir die Haare.»

Eine halbe Stunde später betraten Mutter und Sohn die Fischerstube. Stephan Merz erwartete sie bereits. Er hatte ein Glas Weisswein vor sich und betrachtete seine geschiedene Frau, die von der Wirtin herzlich begrüsst wurde, mit Wohlgefallen. Er freute sich besonders, dass sie den Schal trug, den er ihr vor Jahren zum Geburtstag geschenkt hatte. Er stand auf, küsste sie auf die Wange und umarmte seinen jüngeren Sohn.
«Schön, Euch zu sehen», bemerkte er, während er der Kommissarin den Stuhl zurecht rückte. «Von mir aus könnten wir öfter zusammen essen.»
«Warum nicht, wenn du uns einlädst», lachte Lukas mit einem forschenden Seitenblick zur Mutter.

Während Tina Merz die Speisekarte studierte, erkundigte sich Stephan nach ihrer Arbeit. «Gibt es schon einen konkreten Verdacht?»
«Nein», antwortete sie abwesend und ohne aufzuschauen, «Leider. Aber es spricht viel für ein Attentat von al-Qaida, das heisst von radikalen Islamisten. Aber einiges ist untypisch, und der Hinweis auf eine konkrete Täterschaft fehlt noch.»
«Lass dich nicht in eine Sackgasse treiben», mahnte Stephan. «Es gibt heute auch Spinner und Fanatiker, die zu einer solchen Tat fähig sind.»
«Und solche, die berühmt werden wollen», redete Lukas mit. «Ich möchte eine Bratwurst mit Berner Rösti.»
Tina Merz lachte. Und während sie bestellten und einen Aperitiv tranken, berichtete sie von den Botschaften aus dem Koran und neuerdings auch aus dem Alten Testament, von Benjamin Mächler, der seine Freundin verloren hatte und verschwunden war, und von dem interessanten Gespräch mit Imam Kumari. Sie sprachen lange über den Islam und seine verschiedenen Gesichter. Lukas hatte kürzlich einige Geschichten aus ‹Tausendundeiner Nacht› gelesen. Er konnte fast nicht glauben, dass die gleiche Religion, der Harun al Raschid, der weise Kalif aus Bagdad, anhing, Fanatiker und Verbrecher hervorbrachte, die bereit waren, sich selbst zu töten und andere Menschen mit in den Tod zu reissen.
«Wir haben alle gejubelt, als das System des Kommunismus zusammenbrach», stellte Stephan Merz fest und nahm einen Schluck aus seinem Glas. «Dabei hat dieser Zusammenbruch dem islamischen Fundamentalismus den Weg geöffnet.» Er bemerkte die Fragezeichen im Gesicht der Kommissarin. «Als die Lenindenkmäler in Zentralasien fielen, erschallte erstmals der Ruf ‹Allahu akbar› – Allah ist gross», führte er seine Bemerkung weiter aus. «Wer früher für eine andere, bessere Welt und gegen den westlichen Kapitalismus kämpfen wollte, verschrieb sich dem Marxismus-Leninismus. Heute ist der Kommunismus passé. An seine Stelle ist der islamische Fundamentalismus getreten; er hat den Kampf gegen den westlichen Kapitalismus übernommen.»
«So habe ich das noch nie gesehen», staunte Tina Merz. «Aber ich gebe zu, deine Theorie hat einiges für sich.»

Sie widmeten sich dem Essen und diskutierten weiter, bis die Kommissarin feststellte, dass es für Lukas Zeit sei, sich nach Hause und ins Bett zu begeben. Widerwillig stand der Dreizehnjährige auf, verabschiedete sich und verliess das Restaurant.

Stephan Merz bestellte noch etwas Wein. Er lehnte sich zurück und sah zu, wie die Serviererin die Gläser füllte; dann lenkte er das Gespräch auf das eigentliche Thema des Abends.
«Du bist ziemlich überarbeitet und gestresst durch deinen neuen Fall», begann er, eine Eröffnung, die Tina Merz hasste, denn sie diente in der Regel zur Entschuldigung eines Fehlverhaltens.
«Darum nimmst du die ganze Sache mit Sebastian viel zu tragisch», bestätigte er ihre Befürchtung, was sie zu sofortigem Widerspruch ansetzen liess.
«Ich habe gehofft, du verstehst mich. Du weisst, was meine Kinder mir bedeuten.» Ihre Augen füllten sich mit Tränen. «Ich habe mir so viel Mühe gegeben, ihnen ein gute Mutter zu sein, sie zu selbstbewussten, glücklichen Menschen zu erziehen.»
«Niemand bestreitet das», besänftigte Stephan. «Aber Sebastian ist in einer schwierigen Lebensphase. Er ist auf der Suche nach seinem männlichen Selbst und spürt instinktiv, dass die räumliche Distanz zu dir und ein Zusammenleben mit mir, seinem Vater, seine Suche erleichtern könnte.» Er griff in sein Jackett und reichte ihr ein frisches Taschentuch.
Sie trocknete sich die Augen. Sie hatte Stephan gut zugehört. Was er sagte, klang plausibel. Dann hätte der Wunsch Sebastians nichts mit ihrer Qualität als Mutter zu tun. «Ich liebe meinen Sohn», flüsterte sie. «Ich kann ihn nicht ziehen lassen.»
«Früher oder später wird er so oder so seine eigenen Wege gehen», erinnerte Stephan kühl.
«Bis dahin ist er erwachsen», wandte sie ein. «Und», die Tränen liefen ihr über die Wangen, «ich habe mir immer vorgestellt, die Loslösung sei ein längerer Prozess, der den Eltern die Chance gibt, sich an den Zustand zu gewöhnen.» Sie seufzte. «Die Natur ist unfair. Wir sind nie ein Teil unserer Kinder, aber sie bleiben immer ein Teil von uns. Sie lösen sich von uns, aber wir können von ihnen nicht los kommen.»
«Die Natur kennt keine Gerechtigkeit», stimmte Stephan zu. «Diese ist eine Erfindung der Menschen. Aber eigentlich solltest du mit deiner Erziehungsarbeit zufrieden sein.» Er lächelte ihr zu. «Allen Eltern geht es so, Tina; wir verbringen das halbe Leben damit, unsere Kinder gross zu ziehen, und die andere Hälfte warten wir darauf, dass sie anrufen oder vorbeikommen.»
Aber Tina Merz hatte im Augenblick keinen Sinn für Humor. «Was soll ich tun?», jammerte sie. «Soll ich ihn wirklich gehen lassen?»

«Ich mache dir einen Vorschlag», ergriff Stephan die Initiative. «Sebastian hat kürzlich den Wunsch geäussert, mit einem Schüleraustausch für ein Jahr nach Amerika oder Kanada zu gehen.» Er beobachtete aufmerksam ihre Reaktion. «Das wäre für ihn eine fabelhafte Chance, sich von zuhause zu lösen und erwachsen zu werden.»
Tina Merz war hin und her gerissen. Sebastian allein in Amerika? Ein ganzes Jahr würde sie ihn nicht sehen, nicht wissen, wie es ihm ging. Andererseits wäre so ein Austausch wirklich eine Chance. Für ihn und auch für Lukas, der manchmal von der Dominanz des älteren Bruders fast erdrückt wurde. Aber was war mit der Schule? Würde er die Absenz verkraften? Und wie würde er sich verändern? Ein Jahr Amerika ging nicht spurlos an einem jungen Menschen vorüber.
«Und wie stellen wir es an, dass er auf unseren Vorschlag eingeht?», erkundigte sie sich zaghaft.
«Lass mich machen», erwiderte Stephan. «Ich werde das Kind schon schaukeln.»
«Und was ist, wenn er zurückkommt? Wohnt er dann bei dir oder bei mir?»
Stephan lächelte geheimnisvoll, er hatte eine Antwort, wollte der Entwicklung aber nicht vorgreifen, seine Frau nicht damit konfrontieren. Noch nicht. «Vergessen wir dieses Entweder-Oder», wich er aus und legte seine Hand auf die ihre. «Er wird zu uns zurückkommen.»
Sie sah ihn verwundert an, verzichtete aber auf eine Rückfrage. «Lass uns zahlen», sagte sie statt dessen. «Ich bin müde und habe morgen viel zu tun.»

Zehn Minuten später verliessen Tina und Stephan Merz das Restaurant. Es war ein milder, klarer Abend und ein stiller Frieden lag über der nächtlichen Stadt. Sie standen schweigend am Rheinufer und schauten über den langsam abwärts ziehenden Strom hinüber zu den mittelalterlichen Häuserfassaden.
Sie spürte die Ruhe, die von Stephan ausging. Es war schön, die Sorgen mit jemandem teilen zu können. Als er den Arm um sie legte, liess sie es geschehen. Zuversicht strömte in ihren Körper. Sie wusste, dass der Mann neben ihr ein loyaler Freund war. Sie schmiegte sich in seine Achselhöhle und schloss die Augen. Als sie sie wieder öffnete, blieb ihr Blick am Münster hängen, das majestätisch über der Pfalz thronte; ein Symbol der abendländischen Christenheit.
«Warum hassen sie uns so?», murmelte sie.

Stephan brauchte einen Moment, um zu verstehen, wovon sie sprach. «Wir bedrängen sie, stempeln sie zu Verlierern. Sie sind der ökonomisch-militärischen Übermacht des christlichen Westens ausgeliefert, und der amerikanische ‹Way of life› mit seinem Materialismus und seiner Dekadenz erobert ihre Jugend und untergräbt ihre Traditionen und Werte. Sie hassen uns, weil sie sich von uns bedroht fühlen, und wehren sich.»
«Aber warum uns? Die Schweiz tut ihnen doch nichts.»
«Natürlich ist es in erster Linie die rücksichtslose Grossmachtpolitik der USA, die diese negativen Gefühle hervorruft. Aber wir sind Teil der westlichen Welt, die mit Amerika gemeinsame Sache macht.»
Tina Merz schwieg und dachte über die Worte nach. «Ich kann es ihnen nicht einmal verdenken», stimmte sie schliesslich zu. «Die USA spielen sich gegenüber anderen Staaten als Hüter der Menschenrechte auf, scheuen sich aber nicht, diktatorische Herrscher und korrupte Regime zu unterstützen, wenn es ihren Interessen dient.»
«Dann gilt für sie die Maxime: *He is a son of a bitch, but our son of a bitch*», schmunzelte Stephan.
Die Kommissarin schaute nachdenklich in den sternenklaren Himmel. «Ich habe viel Verständnis, wenn sich Menschen, die benachteiligt und unterdrückt sind, wehren und für ihre Eigenständigkeit und ein würdiges Leben kämpfen. Sie tun dies auch für ihre Kinder. Aber mein Verständnis hört dort auf, wo sie zu gemeinen Verbrechern werden und wahllos unbeteiligte und unschuldige Menschen töten.»

24

Der folgende Tag begann mit einem Schock.
Tina Merz war erwacht im Bewusstsein, für ihr persönliches Problem eine annehmbare, wenn auch nur vorläufige Lösung gefunden zu haben. Auch Sebastian und Lukas waren gut gelaunt und verliessen gemeinsam die Wohnung, um mit dem Velo zur Schule zu fahren. Nach der üblichen Morgentoilette meinte sie, noch Zeit für einen zweiten Kaffee zu haben. Sie holte sich dazu die Post vom Vortag, die noch ungeöffnet auf der kleinen Kommode im Entrée lag, setzte sich nochmals an den Frühstückstisch und begann die Sendungen durchzusehen.
Das meiste waren Rechnungen und Bankbriefe. Auch eine Postkarte ihrer Kusine war dabei, die zur Zeit mit ihrem Mann auf einer Kreuzfahrt in der Ägäis weilte. Am Schluss öffnete sie ein unscheinbares graues Kuvert. Die Adresse war mit Computer geschrieben und liess keinerlei Rückschlüsse auf den Absender zu. Sie entfaltete das enthaltene Blatt, breitete es vor sich aus und während sie die Kaffeetasse hob, um einen Schluck daraus zu nehmen, las sie die folgende Mitteilung:

«Allah weiss, aber Ihr wisset nicht.[6]
Allahu akbar – die Partei Gottes.»

Tina Merz starrte auf die Schrift. Was bedeutete dieser Satz? Sie las ihn nochmals. Wer war diese Partei Gottes? Und wie kamen die Absender an ihre Adresse? Was wollten sie von ihr? *«Allah weiss, aber Ihr wisset nicht».* Was wusste Allah, was sie nicht wusste? Ging es um das Attentat? Die Terroristen? War sie mit ihren Ermittlungen auf einer falschen Spur? Ein Schauer glitt über ihren Rücken. Mechanisch steckte sie den Brief zurück ins Kuvert, stand auf, zog ihre Jacke an, nahm ihre Handtasche und verliess die Wohnung. Sie wollte so rasch wie möglich ins Büro. Sie hatte das Bedürfnis, mit jemandem zu sprechen, und sie fühlte sich sicherer, eingebettet in den Polizeiapparat hinter den siebenfach verschlossenen Türen des Waaghofs.
Martin Biasotto sass vor dem PC. Sie legte ihm das Blatt mit der Botschaft schweigend auf die Tastatur, noch bevor sie ihre Jacke ausgezogen hatte.
Er nahm den Zettel auf, las den Text und folgte ihr in ihr Büro.
«Ein Koranvers?»
Sie zuckte mir der Achsel. «Vermutlich.»

«Da macht sich einer wichtig», tröstete er sie. «Wer ist schon die Partei Gottes? Gibt es so etwas überhaupt?» Er stand auf und begann mit gesenktem Kopf im Raum auf- und abzugehen. Schliesslich blieb er vor ihr stehen: «Es würde mich nicht wundern, wenn dir Schär diesen Wisch schickt, um dich zu erschrecken und dich von der richtigen Spur abzubringen. Man hat mir gestern zugeflüstert, er erzähle jedem, der ihm über den Weg läuft, du seist auf dem Holzweg und würdest den Fall nie lösen. Deine linke Weltanschauung lasse nicht zu, dass du die Schuldigen dort suchst, wo sie zu finden seien, unter diesem muslimischen Gesindel.»
Die Kommissarin schüttelte ungläubig den Kopf. «Das glaube ich nicht. Schär würde sich nie die Mühe machen, aus dem Koran zu zitieren. Dafür müsste er das Buch ja lesen.» Sie nahm den Zettel mit der Botschaft wieder an sich. «Dann glaube ich schon eher, dass uns jemand auf eine falsche Spur führen will.»
«Das setzt allerdings voraus, dass wir uns zur Zeit auf der richtigen befinden.»
«Eigentlich haben wir noch gar keine Spur.»
Martin Biasotto sagte vorerst nichts. Er setzte sich an den Besprechungstisch, erhob sich wieder, um ein paar Mal hin- und herzulaufen, und blieb schliesslich am Fenster stehen. «Nein, so etwas wie eine konkrete Spur haben wir noch nicht. Zur Zeit betätigen wir uns noch als Spürhunde. Wir schnüffeln herum und versuchen eine Fährte auszumachen.» Er bewegte den nach vorne geschobenen Kopf aufgeregt hin und her und zog wie ein Jagdhund lautstark in kurzen Atemzügen Luft in sich hinein in der Hoffnung, die Chefin mit dieser Vorstellung etwas aufzuheitern. «Aber wir haben die Nase doch schon ein wenig in Richtung al-Qaida ausgestreckt, weil wir vermuten, dass der Wind von dort bläst.»
«Dann sollten wir jetzt den Kopf drehen und einen anderen Wind suchen.»
«Gemach, gemach, liebe Chefin. Du wirst dich doch von einem lausigen Zettel ohne identifizierbarem Absender nicht beirren lassen.» Biasotto hatte beschwichtigend beide Hände erhoben, wie wenn er die Kommissarin handfest an einer Drehung hindern wollte. «Wir kennen die Absicht dieses Zettelschreibers nicht. Wir wissen nicht, ob er uns helfen oder uns in die Irre führen will. Also, ist freundliches Nichtbeachten angezeigt.»
«Das kann ich nicht», erwiderte Tina Merz mit zusammengezogenen Brauen. «Irgendjemand interessiert sich für unsere Arbeit. Er weiss, wo wir stehen ...»
« ... oder tut wenigstens so.»

«Und er macht sich die Mühe, meine Privatadresse herauszusuchen und mir diese Mitteilung zu schicken.» Die Kommissarin hatte sich vor den Computer gesetzt und das Internet eingeschaltet. «Partei Gottes» gab sie in die Suchmaschine ein. Es vergingen nicht einmal drei Sekunden, bis die Antwort vom Bildschirm abzulesen war:
«Die schiitisch-extremistische, libanesische Hizb Allah (Hizbollah oder Partei Gottes) wurde 1982 nach der israelischen Militärinvasion im Libanon gegründet. Dank iranischer Unterstützung entwickelte sich die anfänglich aus radikalen Splittergruppen um den Schiitenführer Sayyid Musa as-Sadr bestehende Gruppierung innerhalb kurzer Zeit zu einer militanten Sammlungsbewegung libanesischer Schiiten. Die Hizb Allah forderte ursprünglich für den Libanon einen islamischen Staat nach iranischem Vorbild, eine Forderung, die zugunsten einer pragmatischeren Haltung in den Hintergrund getreten ist. Im Vordergrund steht heute die Vernichtung Israels und die ‹Herrschaft des Islam› über Jerusalem.»
Biasotto hatte sich hinter die Kommissarin gestellt und las über deren Schultern den Text mit:
«Die Partei Gottes wurde von Allah selbst ins Leben gerufen, um die Wahrheit des Islam in die eine und das Schwert in die andere Hand zu nehmen, die Reiche des Bösen und die Reiche der Menschheit zu zerstören und sie durch das islamische System zu ersetzen. Die Gruppe wird die falschen Götter vernichten und Allah zum einzigen Gott machen.»
«Also doch», murmelte Tina Merz fassungslos. «Es gibt sie, diese Partei Gottes.»
«Und sie ist nicht von schlechten Eltern», setzte Biasotto anerkennend dazu. «Es scheint, als würde sich nach und nach die ganze Prominenz der internationalen Terrorszene bei uns in Basel versammeln.»
«Immer vorausgesetzt, der Brief stammt tatsächlich vom vorgegebenen Absender», wandte die Kommissarin ein, wobei sie sich durchaus bewusst war, dass der Wunsch der Vater ihres Zweifels war.
«Libanon», grübelte Biasotto, «ist das nicht die Heimat von Ursula Mansour?»
«Ursula Mansour ist Schweizerin», wehrte sich Tina Merz energisch.
«Aber ihr Mann, dieser Mansour, ist doch Libanese.»
«Richtig; aber im Libanon leben ein paar Millionen Menschen, darunter viele Christen. Und von den Muslimen gehört bestimmt nur eine kleine Minderheit dieser Partei Gottes an.»
«Es war ja nur eine spontane Idee», rechtfertigte sich Biasotto. Aber so

schnell kam er davon nicht los. Er suchte nach Argumenten, um seine Überlegungen zu stützen, als das Telefon klingelte. Tina Merz sprang auf und nahm den Hörer ab.

Sie sagte lange nichts, sondern hörte nur zu. Schliesslich stellte sie ein paar kurze Fragen, wie: «In welcher Sprache unterhielten sie sich? und «Kennen Sie die Namen?», nahm die Antworten zur Kenntnis, bedankte sich beim Anrufer für die Information und wünschte ihm gute Besserung. Nachdem sie aufgelegt hatte, griff sie zu Notizblick und Kugelschreiber und schrieb sich ein paar Sätze auf. Dann trat sie ans Fenster und schaute stumm in den hellen Morgen hinaus. Schliesslich drehte sie sich zu ihrem Assistenten, der ungeduldig darauf wartete, über den Inhalt des Telefonats unterrichtet zu werden.

«Das war Lofti el-Haddad.»

«Und was wollte er?»

«Er rief an, um über ein Ereignis vom gestrigen Nachmittag zu berichten.»

«Was für ein Ereignis?» Biasotto war jetzt sehr neugierig.

«Er erzählte mir, Khalil Khima sei von zwei jungen Männern besucht worden. Er selber habe nach dem Mittagessen geschlafen und sei erwacht, als diese mit ziemlichem Getöse das Zimmer betreten hätten. Er habe Schmerzen gehabt und keine Lust auf ein Gespräch; darum habe er sich schlafend gestellt.»

Tina Merz kam zum Tisch zurück und setzte sich.

«Khima und seine Besucher hätten ganz unverhohlen ihre Freude über das Attentat zum Ausdruck gebracht. Sie hätten die Terroristen hoch leben lassen, die es den arroganten Schweizern gezeigt hätten und für die Sache des Islam kämpften. Einer der beiden Besucher habe wichtigtuerisch erklärt, es sei hierzulande nicht schwer, Terrorakte durchzuziehen. Man werde kaum kontrolliert und könne sich unbehelligt fast überall bewegen. Und was die Herstellung von Bomben angehe, seien im Internet alle erforderlichen Instruktionen abrufbar. Dort finde man auch die Adressen, bei denen man das benötigte Material bekomme. Khima habe spontan verkündet, er wäre sofort bereit, bei einem nächsten Anschlag mitzumachen. Darauf sei ihm der zweite Besucher übers Maul gefahren. «Sei kein Idiot», habe er den Tunesier ermahnt. «Ich weiss, wer am Attentat vom letzten Mittwoch beteiligt war, und ich hätte auch mitmachen können. Aber ich lasse mir keinen Bären aufbinden. Wenn Leute wie dieser Fayyad glauben würden, dass das Paradies auf jeden wartet, der im Kampf für den Islam stirbt, würden sie sich selbst in die Luft gehen lassen.» Er richte sich lieber hier auf der Erde ein anständiges Leben ein. Da wisse er, was er habe. Zudem könne man die blöden Schweizer das Fürchten lehren, ohne dass man zum Mörder werde. Khima habe energisch widersprochen, den Besucher auf den Koran hingewiesen, wo das mit dem Paradies stehe, und zum Schluss behauptet, auch er kenne die Namen der Terroristen vom vergangenen Mittwoch.»

«Das hat er tatsächlich gesagt?», zweifelte Biasotto.

«Ich war nicht dabei. Ich kann dir nur berichten, was mir el-Haddad soeben erzählte.»

«Kennt er die beiden Besucher?»

Tina Merz schüttelte den Kopf. «Sie seien aus dem Zimmer verschwunden, ohne ihre Namen zu nennen, und er habe nicht den Mut gehabt, Khima danach zu fragen. Er habe schon Kontakt gehabt zu extremen islamischen Gruppen und wisse, dass mit denen nicht zu spassen sei. Aber Khima habe ihm mehrmals von einer Clique erzählt, die sich regelmässig auf dem Claraplatz treffe. Vielleicht kenne er die beiden Besucher von dort.»

«Liebe Tina», Biasotto spielte die Rolle des mahnenden Kritikers. «In meinen Ohren klingt das alles wenig glaubhaft. Woher soll Khima wissen, wer die Bombe im Bahnhof gelegt hat? Der Junge macht mir keinen sehr cleveren Eindruck.»

«Eindrücke können täuschen.»

«Und diese angebliche Angst vor Extremisten. Warum hat el-Haddad denn angerufen, wenn er sich so fürchtet?»

«Er sagte, er habe die ganze Nacht nicht geschlafen und nachgedacht. Schlussendlich verdanke er den Terroristen, dass er sein künftiges Leben als Halbblinder verbringen müsse. Darum wolle er uns mitteilen, was er gehört habe. Heute morgen habe er nach einer Gelegenheit gesucht, um mit uns Kontakt aufzunehmen. Vor einer Viertelstunde sei Khima für eine Untersuchung weggebracht worden; er habe die Chance genutzt und eine der Schwestern gebeten, ihm unsere Nummer einzustellen.»

Biasotto hatte noch immer Zweifel an der Glaubwürdigkeit des Algeriers. «El-Haddad erwähnte doch diese Clique auf dem Claraplatz. Ob das die der beiden Türken ist? Erinnerst du dich? Ich habe ...»

«Natürlich erinnere ich mich. Wir werden Khima nochmals in die Mangel nehmen. Ich musste el-Haddad allerdings versprechen, dass er nicht erfährt, woher wir unsere Informationen haben.»

«Gut, dann werde ich schauen, ob ich über den kleinen Tunesier noch etwas herausfinde. Haben die in Bern sich schon geäussert?»

Die Kommissarin nickte. «Ich habe nur eine vorläufige Antwort bekommen. Der Bericht der französischen Behörden steht noch aus. Es ist gut, wenn du denen Beine machst.»
Martin Biasotto hob beide Arme und schüttelte grinsend seine Fäuste. Dann wandte er sich zur Tür.
«Wenn du mit Bern telefonierst», gab ihm die Kommissarin noch mit auf den Weg, «dann frag, ob sie die Adresse von Aziz Kumaris Grosseltern endlich gefunden haben. Der Imam hat sich nämlich nicht mehr gemeldet. Und wenn Ursula Mansour ihm auch ein gutes Zeugnis ausstellt, ich bin immer mehr davon überzeugt, dass sich in seinem Gebets- und vor allem in seinem Jugendzentrum Dinge abspielen, die nicht lupenrein sind. Kumari ist klug und weiss, dass er uns letztlich die Adresse seiner Eltern nicht vorenthalten kann; er versucht, Zeit zu gewinnen. Aber wofür?» Sie presste die Lippen zusammen und wiegte langsam den Kopf hin und her. «Irgendetwas sagt mir, dass er mit dem Anschlag zu tun hat. Aber was?» Sie setzte sich in ihren Bürosessel. «In Deutschland soll es mehrere Imame geben, die aus ihren Gebetszentren richtige Schulen für Radikale machen. Warum nicht auch bei uns?»
«Ohne die Hilfe von Bern kommen wir an den Mann nicht heran», gab der Assistent zu bedenken.
«Wir müssen einen Weg finden.»
Biasotto verliess den Raum, und die Kommissarin machte sich daran, den Bericht el-Haddads in den PC einzugeben. Sie war dabei, das Geschriebene nochmals durchzulesen, als ihr Assistent aufgeregt wieder erschien.
«Wie sagtest du, hiess der Mann, den der Besucher Khimas erwähnte?»
«Welcher Mann?»
«Der selbst nicht glaubt, was er anderen predigt.»
Die Kommissarin suchte in ihrem Gedächtnis. «Fayyad ... ?» Sie schlug mit der Faust auf die Tischplatte, während Biasotto in die Hände klatschte. «Das ist doch der Dschihad–Werber, den die Bundesanwaltschaft angeblich mit Kumaris Hilfe entlarvt und ausgewiesen hat.»
Sie lachten sich zu, drehten dann aber beide abrupt den Kopf in Richtung Sekretariat, aus dem durch die nur angelehnte Tür laute Stimmen zu ihnen drangen. Frau Simon stritt sich mit einem Besucher.
«Wenn Sie zu Herrn Schär wollen, müssen Sie mir den Grund Ihres Besuchs schon nennen», hörten sie die Sekretärin dezidiert sagen. Und die männliche Stimme antwortete: «Der Herr Kommissar hat mir absolutes Stillschweigen auferlegt.»

Die Verbindungstür ging auf und auf der Schwelle erschien Frau Simon. «Hier sitzt die Leiterin der Ermittlungen», wies sie den Besucher an, «hier können Sie Ihre Informationen loswerden.»
Hinter ihr tauchte ein älterer Mann auf, leicht gebeugt, mit grauen, müden Gesichtszügen und einer grossen Schildmütze auf dem runden Kopf. Als die Sekretärin zur Seite trat und ihn mit einer Handbewegung zum Eintreten aufforderte, machte er zögernd einige Schritte über die Schwelle. Es war ihm offensichtlich nicht wohl bei der Sache.
«Wer sind Sie?», erkundigte sich Tina Merz, «und was wollen Sie?».
«Der Herr... Herr Ko... Kommi... Kommissar hat mich hierher bestellt», stotterte der Mann.
«Kollege Schär ist leider zur Zeit nicht in seinem Büro», flunkerte die Kommissarin und registrierte, wie Frau Simon die Augen verdrehte, sich rückwärts aus dem Staub machte und rasch die Tür hinter sich schloss.
«Setzen Sie sich», wies Tina Merz den Besucher an und zeigte auf einen freien Stuhl. Sie hatte kein schlechtes Gewissen. Offensichtlich stellte Schär hinter ihrem Rücken eigene Ermittlungen an. Dies, obwohl er die Pflicht hatte, sie über alle Vorgänge zu informieren. Und wenn sie flunkerte, um ihm auf die Schliche zu kommen, war das in ihren Augen nur Selbstverteidigung. Irgendwie musste sie dem intriganten Kollegen das Handwerk legen.
«Also, wer sind Sie, und was wollen Sie hier?», wandte sie sich nochmals forsch an den eingeschüchterten Gast.
Der Mann suchte in seiner Manteltasche. «Ich heisse Heinz Mundwyler und habe ein Aufgebot für ein Gespräch mit dem Herrn Kommissar ...», er suchte nach dem Namen, der ihm aber nicht einfallen wollte.
Tina Merz warf einen kurzen Blick auf das Papier, das Mundwyler inzwischen aus seiner Tasche gezogen hatte und ihr mit zittriger Hand entgegenhielt.
«Und was ist der Grund für die Vorladung? Haben Sie etwas ausgefressen?» Martin Biasotto versuchte, dem Mann mit dieser locker formulierten Frage die Angst zu nehmen. Er stand hinter dem Besucher und grinste. Er durchschaute das Manöver seiner Chefin und unterstützte es.
«Um Gottes willen, nein», wehrte sich Mundwyler entsetzt. «Ich bin sechsundsiebzig Jahre alt und hatte noch nie mit der Polizei zu tun. Jedenfalls nicht als Angeklagter», setzte er rasch hinzu.
«Also, was wollen Sie hier?» Die Geduld der Kommissarin neigte sich dem Ende entgegen.

«Ich wohne an der Kannenfeldstrasse, direkt neben ...»
So langsam dämmerte Tina Merz, was den Besucher in den Waaghof führte. «Sie wohnen neben dem muslimischen Gebetszentrum.»
Mundwyler nickte eifrig. «Und ich habe der Polizei gemeldet, dass sich dort Dinge abspielen, die sehr verdächtig sind. Verdächtig sind», wiederholte er.
«Und was sind das für Dinge?» Martin Biasotto hatte sich an den PC der Kommissarin gesetzt und begann, mitzuschreiben.
Der alte Mann senkte den Kopf und atmete tief ein.
«Es hat im letzten Sommer angefangen. Da standen manchmal die Fenster des grossen Saals offen. Und an einem Freitag – ich weiss, dass es ein Freitag war, weil meine Frau dann immer ins Altersturnen geht, und ich allein zuhause bin – hörte ich jemanden schreien. Mit lauter, hoher Stimme. Zuerst dachte ich, es hätte drüben Streit gegeben. Später merkte ich, dass das, was ich hörte, eine Predigt war.» Er kicherte.
«Haben Sie verstanden, was gesagt oder geschrieen wurde?»
«Nur Wortfetzen. Aber das reichte mir. Der Tonfall des Predigers war so aggressiv, dass ich gar keine Lust hatte, genauer hinzuhören.»
«Sprach er Deutsch?»
«Manchmal. Manchmal predigte er auch in einer anderen Sprache. Ich glaube, es war arabisch. Mit diesen Kehllauten und den vielen CHs. Ich habe mehrere Monate auf Baustellen in Libyen gearbeitet. Dort sprachen die Leute auch so.» Mundwyler war jetzt sichtlich erregt. Er spielte mit seiner Mütze, die er beim Eintreten abgenommen und beim Sitzen mit beiden Händen auf den Knien festgehalten hatte. Sie fiel zu Boden, und er bückte sich, um sie aufzuheben. Unterdessen warteten die beiden Kommissare stumm und ungeduldig auf die Fortsetzung seines Berichtes.
«Etwa zwei Wochen später habe ich am Fernseher eine Sendung über einen Hassprediger gesehen. Und da wurde mir klar, dass der Mann, den ich gehört hatte, ein solcher Hassprediger war.»
«Sie haben den Mann nur ein einziges Mal gehört?», erkundigte sich Tina Merz.
Mundwyler schüttelte den Kopf. «In den Wochen, in denen es so heiss war, hat er immer wieder laut gepredigt. Und einmal habe ich ihn sogar gesehen.» Ein triumphierender Blick ging zur Kommissarin. «Er war im Hof und sprach auf ein paar Jugendliche ein. Ich kannte ihn an der Stimme. Er redete wieder so laut und hektisch und aggressiv und fuchtelte mit den Händen wild in der Luft herum. Dann hob er den Kopf und entdeckte mich am Fenster.»

«Und was tat er?»
«Er brach seine Schimpftirade ab und dirigierte die Jugendlichen ins Haus.»
«Wie sah der Mann aus?», erkundigte sich die Kommissarin.
«Genau kann ich ihn nicht beschreiben», antwortete Mundwyler bedauernd. «Er war zu weit entfernt. Ich weiss nur, dass er einen langen zottigen Bart hatte. Auf dem Kopf trug er eine Kappe und statt eines Anzuges hatte er ein langes Hemd an.»
«Warum haben Sie Ihre Beobachtungen nicht der Polizei gemeldet?»
«Das habe ich ja», wehrte sich Mundwyler energisch und unterstrich seine Worte mit einer geballten Faust. «Man sagte mir, ich soll den Mann weiter beobachten und mich wieder melden, wenn ich etwas Ungewöhnliches bemerken würde.»
«Und haben Sie das?»
Mundwyler schüttelte den Kopf. «Ich habe den Prediger noch ein paar Mal gehört, aber nicht mehr gesehen. Und plötzlich war er weg.»
«Das Unheil naht mit schnellen Pferden», raunte Biasotto in diesem Augenblick und deutete mit den Augen auf die Tür im Rücken der Kommissarin.

Als sie sich umdrehte, stand Siegfried Schär auf der Schwelle. Sein Mund war kreisrund und seine Augen sprühten vor Wut.
«Was unterstehen Sie sich», kreischte er. «Das ist mein Zeuge. Und Sie haben kein Recht, ihn zu befragen.»
«Ich wusste gar nicht, dass es bei Zeugen ein Mein und Dein gibt», lautete die spitze Entgegnung der Kommissarin.
Sie lehnte sich provokativ lässig in ihrem Stuhl zurück, was Schär veranlasste, ein paar drohende Schritte auf sie zuzugehen. «Nur weil Ihnen dieser Fall über den Kopf wächst, grasen Sie in meinem Garten», zischte er. «Aber ich lasse das nicht zu. Diesmal werden Sie mir meinen Erfolg nicht stehlen. Und Sie», er wandte sich an den Zeugen, «Sie wurden von mir vorgeladen, nicht von ihr. Was also tun Sie hier?»
Mundwyler war völlig verdattert; er zog an seiner Mütze herum. «Ich ... ich wollte ...doch ...», begann er.
«Sie brauchen sich nicht zu rechtfertigen», unterbrach ihn Tina Merz. «Vergessen Sie ganz einfach, was Sie gerade erlebt haben.» Sie stand auf. «Gehen Sie jetzt mit Herrn Biasotto. Er hat alles notiert, was Sie uns erzählten. Wenn es richtig ist, setzen Sie Ihre Unterschrift darunter.»

Jetzt ging Schär drohend auf den Zeugen zu, wie wenn er verhindern wollte, dass dieser den Raum verliesse. Unmittelbar vor dem Mann blieb er stehen, besann sich, winkte mit der Hand ab, drehte sich um und ging aus dem Raum, die Tür mit einem lauten Knall hinter sich zuschlagend. Angesichts der bedrohlichen Nähe des stattlichen Kommissars war Mundwyler aufgestanden. Fassungslos sah er dem Mann nach, der sich so völlig anders verhielt, als er es von einer Respektsperson erwartete.

Nachdem Biasotto mit dem Zeugen das Zimmer verlassen hatte, öffnete sich die Tür zum Sekretariat und Frau Simon erschien auf der Schwelle.
«Es tut mir so Leid», murmelte sie. «Kurz nachdem ich Mundwyler zu Ihnen gebracht hatte, kam Schär ins Sekretariat und erkundigte sich nach seinem Zeugen. Ich tat so, als wüsste ich von nichts. Dann aber bemerkte er den Mantel des alten Mannes, den ich neben der Tür aufgehängt hatte. Den Rest kennen Sie.»
«Ich bin Ihnen sehr dankbar, dass Sie den Zeugen zu uns geführt haben», lobte die Kommissarin ihre Mitarbeiterin. «Nicht vorzustellen, was geschehen wäre, wenn er seine Aussage unserem Kollegen gebracht hätte.»
Biasotto, der sich inzwischen von Mundwyler verabschiedet hatte, trat zu den beiden Frauen. «Unser lieber Kollege ist ein Tierfreund», spottete er. «Er macht jeden, der ihm begegnet zur Sau.»
«Lass deine faulen Sprüche», wies die Kommissarin ihren Assistenten zurecht. «Lass uns lieber nachdenken, was uns die neue Information bringt.»
«Nichts einfacher als das», lautete die spontane Antwort. «Der Dschihad-Prediger, den die Bundesanwaltschaft angeblich mit Kumaris Hilfe entlarvt und ausgewiesen hat, trieb sein Unwesen direkt vor dessen Nase und zwar über längere Zeit. Da passt doch einiges nicht in das aufrechte Bild des Imam, das uns von Bern übermittelt wurde!»
«Richtig. Und aus der Tatsache, dass Khima und seine Besucher diesen Solaiman Fayyad kennen, was schliessen wir daraus?»
«Dass sie im Jugendzentrum Kannenfeld ein- und ausgingen.» Biasotto klatschte in die Hände. «Alle Wege führen nach Rom, Chefin», flüsterte er mit glänzenden Augen. «Und in unserem Fall heisst die Heilige Stadt: Gebetszentrum Kannenfeld!»

Die Kommissarin ging zurück in ihr Büro, trat ans Fenster und schaute hinunter auf die Strasse. Eigentlich hätte sie zufrieden sein müssen. Die

Aussage Mundwylers hatte sie einen wichtigen Schritt vorwärts gebracht. Aber es war nur einem glücklichen Zufall und der Loyalität von Frau Simon zu verdanken, dass der Zeuge sein Wissen an sie und nicht an Schär weitergegeben hatte. Der verhasste Kollege führte hinter ihrem Rücken eigene Ermittlungen! Sie spürte einen massiven Druck in der Magengegend, hatte Lust zu schreien, gegen die Wand zu laufen oder wenigstens eine Vase dagegen zu schmeissen. Schliesslich entschloss sie sich, bei Hans Klement vorstellig zu werden. So konnte und wollte sie nicht weiterarbeiten. So nicht.

In diesem Augenblick klopfte es. Ihr «Herein» fiel nicht gerade freundlich aus mit der Folge, dass der Besucher einige Zeit verstreichen liess, bis er die Tür zögernd einen Spalt öffnete und seinen Kopf hineinstreckte, einen blassen Kopf mit randloser Brille und trotz seiner Jugend schon ziemlich lichtem Haar.
Tina Merz erkannte den Praktikanten. Sie fühlte sich belästigt. Schon am Montag hatte er sie wegen der Wasserleiche gestört. «Was wollen Sie schon wieder», schnauzte sie ihn wütend an.
Der Besucher, der über kein starkes Selbstbewusstsein verfügte, liess sich durch den Tonfall einschüchtern. Er komme nochmals wegen der Leiche aus dem Rechen des Kembser Kraftwerks, brachte er zaghaft hervor und senkte seinen Kopf, wie wenn er darauf gefasst wäre, Schläge einzustecken. Sie sei nämlich total betrunken gewesen und ...
«Ich habe Ihnen doch bereits gesagt, dass der Fall mich nichts angeht», fiel ihm die Kommissarin heftig ins Wort und bestätigte damit die schlimmsten Befürchtungen des jungen Mannes. «Wenden Sie sich an jemand Anderen, wenn Sie Instruktionen benötigen. Ich habe den Kopf voll und weiss Gott Wichtigeres zu tun, als einem Praktikanten Nachhilfeunterricht zu erteilen.»
Ohne ein weiteres Wort zog der so Gescholtene seinen Kopf aus dem Türspalt zurück und verschwand.
Die Kommissarin stand noch immer am Fenster. Jetzt ging sie zum Schreibtisch und setzte sich. Sie war unzufrieden und unglücklich. Auch unzufrieden und unglücklich über die Art und Weise, wie sie den Praktikanten abgefertigt hatte. Sie hatte sich nicht unter Kontrolle gehabt und war sich bewusst, dass der junge Mann dafür hatte büssen müssen, dass Sebastian ihr Probleme machte, ihr Fall sich als ziemlich kompliziert erwies und Schär gegen alle Regeln verstiess. Auf der anderen Seite – sie

suchte nach Argumenten, um sich zu rechtfertigen – dieser Praktikant war eine Nervensäge. Wahrscheinlich war er schlicht unfähig, das, was er auf der Universität gelernt hatte, in die Praxis umzusetzen und hier ohne den Schürzenzipfel der *alma mater* brauchbare Arbeit zu leisten. Es gibt immer mehr derartige Uniabsolventen, redete sie sich ein, die für praktische juristische Tätigkeiten nicht zu brauchen sind. – Aber eigentlich war das kein Grund, den armen Mann so abzukanzeln.
Ihre Selbstvorwürfe wurden durch das Telefon unterbrochen; aber sie hatte keine Lust auf Konversation. So liess sie es klingeln; als das Klingeln nicht aufhören wollte, griff sie schliesslich wütend nach dem Hörer. Es war Kurt Schmiedlin, der Leiter der Spurensicherung. «Ich muss mit Ihnen reden», teilte er ihr nach ungewohnt kurzem Gruss mit. «Und zwar sofort. Jetzt gleich.»
Tina Merz war versucht, den Anrufer abzuwimmeln. «Ich bin sehr im Druck», erklärte sie schwach, brüskiert durch den forschen Ton.
«Ich brauche nicht viel Zeit», erwiderte Schmiedlin so, dass kein Widerspruch möglich war. «Ich werde in zwei Minuten bei Ihnen sein.»
Die Kommissarin legte den Hörer langsam zurück. Was war los? So unfreundlich war ihr der Leiter der Spurensicherung noch nie begegnet. Er war sonst immer charmant und zuvorkommend. Lief da etwas gegen sie? Eine Intrige?

Aber sie hatte keine Zeit, nach einer Antwort zu suchen, denn es klopfte bereits energisch an die Tür und auf ihr zögerliches «Herein» stürmte Schmiedlin mit rotem Kopf in ihr Büro.
«Frau Merz», begann er ohne Gruss, «Sie wissen, wie sehr ich Sie schätze. Sie und Ihre Arbeit.» Er atmete tief durch. «Aber jetzt muss ich doch ein paar kritische Worte loswerden. Bitte», er schaute ihr direkt in die Augen, «nehmen Sie mir meine Offenheit nicht übel, ich will nur verhindern, dass Sie einen kapitalen Fehler machen.»
Die Kommissarin hatte bei den ersten Sätzen ihr Gesicht trotzig zum Fenster gewandt; jetzt drehte sie es wieder dem Besucher zu.
«Bitte.»
«Daniel Brandenberger versuchte schon zweimal, Sie über ein wichtiges Ereignis zu informieren.»
«Brandenberger? Wer ist das?» Tina Merz wollte Zeit gewinnen, um die unangenehme Situation unter Kontrolle zu bekommen.
«Der Praktikant von Thomas Morf. Er ist ein kluger, gewissenhafter jun-

ger Mann, der zur Zeit die Tötungsdelikte bearbeitet, die von Ihnen ferngehalten werden.»
«Der Blasse mit der Brille und dem schütteren Haar?»
«Genau der. Und seine Gehirnsubstanz ist weder blass noch schütter, sondern dynamisch und produktiv.»
«Sorry, aber so hat er nicht auf mich gewirkt.»
«Sie haben ihn ja nicht zu Wort kommen lassen.»
«Hat er das gesagt?»
«Lassen wir das», wehrte Schmiedlin ab. «Sie mögen in diesen Tagen viel um den Kopf haben, aber gerade deshalb müssen Sie sich Zeit für wichtige Informationen nehmen, die möglicherweise für Ihre Arbeit von Bedeutung sind.»
Die Kommissarin fühlte sich unbehaglich. Sie wurde von einem Kollegen, der ihr eigentlich sehr zugetan war, getadelt, eine Situation, bei der es die Gefühle in Schach zu halten galt. Zudem war ihr klar, dass Schmiedlin Recht hatte; was ihr Unbehagen noch verstärkte.
«Und? Wie lautet die Information?» Sie hoffte mit ihrem schnippischen Ton die Peinlichkeit der Situation zu überspielen.
«Bei dem Toten, den wir am Montag aus dem Rechen des Kraftwerks Kembs gefischt haben, handelt es sich um Benjamin Mächler.»
«Was?!»
Der Ausruf brachte sowohl die Überraschung, wie auch den Schrecken der Kommissarin zum Ausdruck. Aber Schmiedlin ging weder auf das eine noch auf das andere ein. Sachlich berichtete er weiter: «Aufgrund der eingegangenen Vermisstenmeldung konnten wir die Identität rasch feststellen; zudem hatte der Tote ein Taschentuch bei sich, das mit seinen Initialen bestickt ist. Die Eltern wurden benachrichtigt. Sie haben die Identifikation bereits vorgenommen.»
Die Kommissarin war noch immer sprachlos.
«Im Blut des jungen Mannes wurden Drogen und Alkohol nachgewiesen», fuhr Schmiedlin unbeirrt fort. «Er muss einen Vollrausch gehabt haben, als er ins Wasser stürzte.»
«Weiss man, wo er hineinsprang?»
«Bis jetzt nicht. Wir haben weder an seiner Kleidung noch an seinem Körper Spuren gefunden, die auf den Ort schliessen lassen. Das Wasser wäscht vieles ab.»
«Selbstmord?»
Der Gefragte zögerte. «Es sieht alles danach aus. Und trotzdem ...»

«Trotzdem?»
«Es gab vor kurzem einen jungen Mann mit einem ähnlichen Gemisch im Blut. Er wurde im Matthäusquartier überfahren.»
Die Kommissarin erinnerte sich schwach an den Fall, von dem ihr Heinz Baumann, der Leiter der Verkehrsabteilung erzählt hatte. «Ich habe davon gehört», murmelte sie. Selbstvorwürfe, Aggressionen, Müdigkeit, alles war wie weggeblasen. Ihr Interesse war geweckt und ihre Arbeit stand wieder an erster Stelle.
«Die Mischung aus Alkohol und Drogen, die wir im Blut der beiden Leichen nachgewiesen haben, ist uns in dieser Zusammensetzung noch nicht vorgekommen. Sie ist ausserordentlich.»
«Und was ist daran ausserordentlich?», wollte Tina Merz wissen. «Heute stopfen sich viele junge Leute mit dem absonderlichsten Zeug voll.»
«Da haben Sie leider Recht», bestätigte Schmiedlin. «Aber dieses Gemisch ist uns bisher noch nicht begegnet. Und dass sich innert wenigen Wochen gleich zwei junge Männer damit in den Tod manövrieren, scheint doch bemerkenswert.»
«Woran denken Sie?»
«Die harmlose Variante – bitte verstehen Sie mich nicht falsch, angesichts der beiden Toten ist auch diese Variante nicht harmlos – also, die harmlose Variante wäre, dass sich in der Stadt ein paar Jugendliche herumtreiben, die dieses Teufelszeug einnehmen, bis sie so berauscht sind, dass sie nicht mehr wissen, was sie tun, meinen, sie seien Superman, und vor fahrende Autos oder in den Rhein springen.»
«Und die schlimme Variante?»
«Dass ein Mörder unterwegs ist, der Jugendlichen diese gefährliche Mischung aus Drogen und Alkohol gezielt verabreicht und sie anschliessend vor ein Auto stösst oder in den Rhein wirft.»
«Und warum sollte er das tun?»
«Liebe Frau Kommissarin, das herauszufinden ist nicht mein, sondern Ihr Bier.»
«Gibt es abgesehen von der Giftmischung im Blut noch andere Hinweise auf ein Verbrechen?»
«Wenn Sie so fragen ...» Schmiedlin zögerte. «Beide Toten hatten nichts bei sich. Nach unseren Erfahrungen gehen Jugendliche heutzutage nicht ohne Handy aus dem Haus. Und auch etwas Geld sollten sie auf sich tragen.»
«Immerhin haben Sie bei Mächler ein Taschentuch gefunden.»

«Richtig. Aber weiter nichts.»
«Dann könnte das Motiv des Täters Raub sein. Also ein Vermögensdelikt.»
Der Leiter der Spurensicherung zog den Mund zusammen und schüttelte stumm den Kopf.
«Mächler könnte seinen Rucksack oder seine Tasche auch verloren haben, als er in den Rhein sprang. Oder ...»
«Theoretisch wäre das möglich.» Der Besucher wandte sich zur Tür. «Das alles wollte Ihnen Daniel Brandenberger mitteilen.»
«Danke», kam es kleinlaut von der Kommissarin. «Ich werde mich bei ihm entschuldigen.»
«Tun Sie das», schmunzelte Schmiedlin, «und informieren Sie mich, wenn Sie eine Erklärung für die beiden Leichen gefunden haben. Die Sache interessiert mich. Und wenn ich Ihnen helfen kann, Sie kennen meine Telefonnummer.»
Er lächelte der Kommissarin wohlwollend zu und verliess versöhnt und zufrieden den Raum.

25

Nachdem Schmiedlin gegangen war, blieb Tina Merz deprimiert und wie erstarrt sitzen. In ihrem Inneren tobte es. Warum war ihr das passiert? Warum stiess sie gerade jene vor den Kopf, die ihr gut gesinnt waren? Sie hatte doch nichts gegen diesen Brandenberger; und für Schmiedlin empfand sie echte Freundschaft.

Sie stützte die Ellbogen auf den Tisch und legte ihr Gesicht in die offenen Hände, fast, wie wenn sie sich vor der Welt verbergen wollte. Sie sah den verzweifelten Benjamin Mächler vor sich. Wenn der Junge sich umgebracht hatte, war sie mitschuldig. Sie hatte sich geweigert, ihn bei den Ermittlungen mitarbeiten zu lassen. – Energisch schüttelte sie die Selbstanklage ab. Nein, die Weigerung war mehr als gerechtfertigt gewesen; sie durfte nicht jeden Möchtegerndetektiv engagieren.

Sie wandte sich dem Telefon auf dem Schreibtisch zu. Während sie die Nummer des Kollegen von der Verkehrsabteilung eintippte, arbeitete es in ihrem Kopf weiter. Ob Benjamin Mächler ermordet worden war? Was gab es für ein Motiv, einen Neunzehnjährigen umzubringen? Und dieser andere Junge, der vom Auto überfahren worden war? Hatte er Mächler gekannt? Gab es ein gemeinsames Geheimnis, das den beiden zum Verhängnis geworden war? Vielleicht sogar ein Geheimnis, das mit dem Terroranschlag im Zusammenhang stand?

Sie schüttelte den Kopf. Die beiden Toten entsprachen nicht dem von Harrer gezeichneten Täterprofil. Zumindest Benjamin Mächler war kein Aussenseiter. Er war in gut bürgerlichen Verhältnissen aufgewachsen, besuchte eine höhere Schule, hatte eine Freundin und eine viel versprechende Zukunft vor sich. Es gab für ihn keinen Grund, seine Mitmenschen zu hassen.

Heinz Baumann, Leiter der Verkehrsabteilung, versprach, ihr die Akte Tobias Maurer so rasch wie möglich zukommen zu lassen. Was sie mit dem Fall wolle? Er enthalte nichts Aufsehen erregendes. Eine Fahrerflucht, wie sie leider immer öfter vorkomme. Er habe das Verfahren eingestellt; die Chance, den Täter mehrere Wochen nach der Tat noch zu finden, sei gleich Null. Nein, er habe keine Nachforschungen über das Leben des Opfers angestellt. Warum auch? Der Junge sei tot, und es hätten sich keine Hinweise auf eine vorsätzliche Tötung gefunden.

Nach diesem Gespräch tippte sie Biasottos Nummer ein, legte den Hörer aber wieder auf, bevor der Assistent sich gemeldet hatte. Sie wollte zuerst diesen Brandenberger anrufen und sich entschuldigen. Hektisch begann

sie wieder einmal, im Chaos auf ihrem Schreibtisch nach dem internen Telefonverzeichnis zu suchen.
«Sie brauchen bestimmt die Nummer des Praktikanten», hörte sie Frau Simon hinter sich sagen.
Sie nickte stumm.
Die Sekretärin, die auf der Schwelle der Verbindungstür stehen geblieben war, kam ein paar Schritte in den Raum hinein und reichte ihrer Chefin einen Zettel. «Er wird zufrieden sein, wenn Sie ihn anrufen. Er war nicht böse auf Sie. Aber er war unglücklich, dass er Ihnen die Information vom Tod Mächlers nicht selbst bringen konnte.»

Tina Merz stellte die Nummer ein und war froh, als sich Daniel Brandenberger nach zweimaligem Läuten meldete. Seine Stimme klang jung und unbeschwert.
«Ach, Sie sind es, Frau Merz. Es tut mir leid, dass ich Herrn Schmiedlin bitten musste, Sie über die Identität unserer Leiche zu informieren. Aber...»
«Ich möchte mich entschuldigen», ging Tina Merz dezidiert dazwischen. Aber Brandenberger, dem das Gespräch mindestens so peinlich war wie ihr, sprach einfach weiter.
«Ich habe Sie gestört. Obwohl ich weiss, dass Sie alle Hände voll zu tun haben», machte er sich ohne Auftrag zu ihrem Verteidiger. «Aber ich war nicht beleidigt. Ich habe Sie schon verstanden. Sie hatten den Kopf anderswo. Ich kenne das von meiner Mutter. Die reagiert manchmal auch so heftig, dass man kaum zu Wort kommt. Aber sie meint es auch nicht böse. Sie müssen sich nicht entschuldigen. Es ...»
«Aber ich möchte mich entschuldigen, Herr Brandenberger», stoppte Tina Merz jetzt energisch den Redefluss des jungen Mannes. «Es tut mir Leid, dass ich Sie unflätig behandelt habe. Sie sind nicht zu Wort gekommen. Das nächste Mal werde ich mir Zeit nehmen und Ihnen zuhören.»
«Danke, Frau Kommissarin», kam es eifrig durchs Telefon. «Und ich werde mir alle Mühe geben, nicht wieder in einem Moment bei Ihnen hereinzuplatzen, wo Sie so beschäftigt ...»
Tina Merz hatte bereits aufgelegt; sie stellte die Nummer ihres Assistenten ein. Sekunden später stand dieser in ihrem Büro.
«Ich hatte Ärger», eröffnete sie ihm kleinlaut.
Biasotto sagte eine ganze Weile nichts. Er musterte seine Chefin von oben bis unten und lachte plötzlich los.
«Was hast du?», fuhr sie ihn wütend an. «Mir ist höchst elend zumute; ich

bekomme heute einen Tiefschlag nach dem anderen, und mein Assistent lacht mich aus.»

«Ich lache dich nicht aus», widersprach Biasotto. «Aber das war schon lange fällig. Wieder einmal. Und ich spiele gern den Seelentröster. Also, was ist passiert? Spuck es aus.»

Sie erzählte ihm alles. Sie begann mit Sebastian, ihren Zweifeln und Ängsten, und endete mit Schmiedlins Information.

Biasotto hörte lächelnd zu. Er lehnte an die Wand, kratzte sich hin und wieder kreisend am Türrahmen den Rücken und seine Mimik drückte aus, was in seinem Innern vorging: eine Mischung von Belustigung und Mitgefühl. Als Tina Merz mit ihrem Bericht zu Ende war, blieb er eine Weile stumm und überdachte, was er gehört hatte. Das Schweigen im Raum wirkte bedrückend.

«Sag endlich etwas, Seelentröster», forderte die Kommissarin ihn ungeduldig auf.

Aber Biasotto brauchte noch einen Moment, bis er seine Gedanken formulieren konnte.

«Zu den Vorgängen mit Sebastian äussere ich mich nicht», begann er weise, «denn ich habe keine Erfahrung im Umgang mit Teenagern. Und auch die Geschichte mit dem Praktikanten solltest du schnell vergessen. Sie ist vorbei; du hast dich entschuldigt. Was mir immer noch Kummer macht, ist die Botschaft von heute morgen. Ich habe weiter darüber nachgedacht, und der Gedanke geht mir nicht aus dem Kopf, dass sie uns doch von jemandem zugeschickt wurde, der über unsere Arbeit ziemlich genau Bescheid weiss.» Er fiel wieder in Schweigen und seine Miene wurde düster. «Ob es hier im Kriminalkommissariat eine undichte Stelle gibt?»

Dieser Gedanke war der Kommissarin auch schon gekommen. Sie hatte ihn verworfen, weil nicht sein konnte, was nicht sein durfte.

«Es hat keinen Sinn über so etwas nachzudenken, so lange wir nicht wissen, was genau der Absender der Botschaft weiss. Ob er überhaupt etwas weiss oder ob er nur vorgibt, etwas zu wissen», gab sie zu bedenken. «Was will er überhaupt mit seiner Botschaft? Will er uns helfen oder uns auf eine falsche Spur führen? Hat er etwas mit dem Attentat zu tun oder ist er ein Trittbrettfahrer?» Sie versank in Gedanken.

«Und was ist mit Benjamin Mächler?», erkundigte sich Biasotto. «Mord oder Selbstmord?»

«Darauf wüsste ich gern eine Antwort.» Und nach kurzem Nachdenken fügte die Kommissarin bei: «Für einen Mord haben wir kein Motiv. Für

einen Selbstmord dagegen hatte Mächler ausreichend Gründe. Allein der Verlust der Freundin kann einen Neunzehnjährigen umhauen.»
Biasotto nickte. «Die Konfrontation mit dem Tod geht in diesem Alter sehr tief. Junge Menschen denken nicht ans Sterben, das Leben liegt vor ihnen, sie planen die Zukunft.»
«Mächler wollte hier arbeiten, uns helfen, und ich habe ihn abgewiesen. Ich ...»
«Hör auf, dir Vorwürfe zu machen. Wir können nicht jeden beschäftigen, der das Bedürfnis verspürt, Detektiv und Rächer zu spielen. Er hat sich umgebracht, weil er die Ereignisse der letzten Tage nicht verkraften konnte. Nicht nur die Neunzehnjährigen, auch wir Erwachsene können mit dem Tod nicht mehr umgehen. Weil wir ihn aus unserem Leben verdrängen und meinen, er sei eine Angelegenheit, die nur andere treffe. Viele hoffen im Stillen, dass sie ums Sterben herumkommen, dass die Wissenschaft, noch bevor sie selbst am Rande des Grabes stehen, etwas findet, was Unsterblichkeit verleiht.»
«Ein schrecklicher und absurder Gedanke.»
«Schrecklich ja, aber absurd? Die medizinische Wissenschaft arbeitet doch unentwegt an der Unsterblichkeit. Sie schiebt den Tod immer weiter hinaus in der Absicht und Hoffnung, ihn so in die Ferne rücken zu können, dass wir tatsächlich bald eine Ewigkeit leben.»
«Ich habe kürzlich im Radio gehört», sinnierte die Kommissarin, «dass Eisenbahn und Tram den Begriff «Endstation» aus allen Fahrplänen und Ansagen gestrichen und durch «Zielbahnhof» ersetzt haben. Der Terminus ‹Endstation› erinnere die Leute an den Tod, und das sei unerwünscht.»
«Vermutlich aus dem gleichen Grund heisst die Tramhaltestelle ‹Wolfsgottesacker› heute ‹MPark›. Einkaufszentren sind besser für die Befindlichkeit einer oberflächlichen, leichtlebigen Gesellschaft als Friedhöfe.»
«So verlernen wir, Sterben und Tod als einen Teil des Lebens zu akzeptieren.» Die Kommissarin rutschte ins Philosophieren. «Es würde mancher Entscheid anders aussehen, wäre weitsichtiger und nachhaltiger, wenn die Menschen sich ihrer Sterblichkeit bewusst wären. Das Wissen um den eigenen Tod relativiert vieles ... »
« ... und sorgt dafür, dass wir uns nicht so tierisch ernst nehmen. Wir sind ein Sandkorn an den unendlichen Stränden der Weltmeere.»
«Lehre uns bedenken, dass wir sterben müssen, auf dass wir weise werden.»
Biasotto runzelte die Stirn. «Wo hast du denn diese Weisheit wieder her?»

«Dort, wo es viele Weisheiten zu lesen gibt, aus der Bibel. Das steht im Psalm 90 Vers 12.»
«Eigentlich schade, dass das Bibellesen aus der Mode gekommen ist. Gewisse Inhalte wären durchaus wert, verbreitet und verinnerlicht zu werden.»
«Kommen wir zurück zu unserem Fall. Ich meine, wir sollten uns eingehender mit dem Tod von Benjamin Mächler befassen.»
Biasotto zögerte. «Dein schlechtes Gewissen? Was hat Mächler mit dem Attentat zu tun? Ausser, dass er seine Freundin dabei verlor? Zudem: Morf und Brandenberger sind mit dem Fall beschäftigt. Wir sollten uns auf unsere Terroristen konzentrieren.»
Die Begründung der Kommissarin kam zögernd. «Vielleicht hast du Recht. Und doch sagt mir meine Intuition, dass es nicht schaden kann, wenn wir uns das Umfeld Mächlers etwas genauer ansehen.»

26

Die Eltern von Benjamin Mächler bewohnten am Dorfrand von Sissach ein kleines, freistehendes Holzhaus älteren Datums. Als die Kommissarin das Gartentor öffnete, fiel ihr erster Blick auf eine Gruppe von Gartenzwergen, die mit Schubkarre, Hacke und Schaufel um einen kleinen Teich gruppiert waren. Sie konnte sich ein Schmunzeln nicht verkneifen, obwohl ihr eigentlich nicht danach zumute war. Martin Biasotto hatte während der Fahrt nochmals mit schlagenden Argumenten vorgetragen, dass dieser Besuch überflüssig sei und sie damit nur ihre kostbare Zeit verschwenden würden.

Während sie neben ihrem Assistenten den schmalen Weg vom Gartentor zur dunklen, mit altem Messingknauf verzierten Haustür schritt, musterte sie die Umgebung. Überall standen Töpfe, teils mit, teils ohne Pflanzen. Holz und Steine waren aufgeschichtet. Werkzeug, zum Teil defekt, lag herum. Der Garten war wild bepflanzt. Und es gab keine grössere Rasenfläche, die ihm Weite und Grosszügigkeit verliehen hätte.

Hatte Benjamin sich in dieser Umgebung wohl gefühlt?

Nach kurzem Klingeln öffnete eine verhärmte, magere Frau mit geblümter Schürze über grauer Hose und grüner Bluse. Sie mochte etwa fünfzig Jahre alt sein. Ihre graubraunen Haare hatte sie im Nacken zu einem dürftigen Pferdeschwanz zusammengebunden; ein paar Strähnen hingen ihr über die Ohren bis auf die Schulter. Sie war sehr blass, fast durchsichtig; nur ihre Augen waren gerötet; offensichtlich hatte sie geweint.

Edith Mächler war von Frau Simon über den Besuch der beiden Kommissare informiert worden. Bevor sie ihnen die Hand reichte, legte sie ihre Schürze ab, faltete sie säuberlich zusammen und deponierte sie auf einem kleinen Tisch, der unter einem schwarz umrandeten Spiegel im winzigen Entrée stand. Dann führte sie die Besucher in ein kleines Wohnzimmer, das von einer schäbigen, mit blass grünem Samt bezogenen Sitzgruppe fast völlig ausgefüllt wurde. Eine offene Schiebetür aus hellem Holz gab den Blick in das Esszimmer frei, wo auf einem ovalen Tisch mit klein karierter Plastikdecke noch die Reste des Frühstücks standen.

Bevor sie sich setzte, wechselte die Kommissarin einen Blick mit ihrem Assistenten; sein Gesicht sprach Bände. Die Besucher liessen sich auf dem grünen Sofa nieder, und Edith Mächler erkundigte sich, ob sie ihnen einen Tee oder einen Kaffee anbieten dürfe. Sie nahm die Wünsche entgegen, strich mechanisch die Häkeldecke auf dem kleinen, in der Mitte platzierten wackligen Holztisch zurecht und verliess den Raum.

Die Kommissare blieben schweigend zurück, sahen sich um und warteten. Nach einer Weile hörten sie das Rauschen der Wasserspülung und wenig später erschien Erwin Mächler, ein älterer, schlanker Mann mit grauem, zurückgekämmtem, glattem Haar und dem weissen Gesicht eines Greises. Er trug eine schwarze Trainerhose und ein altes grüngraues Militärhemd. Er reichte den Besuchern die Hand.
«Ich bin der Vater», bemerkte er dazu. «Auch wenn es nicht so aussieht.» Er lachte gezwungen. «Meine Frau ist zwanzig Jahre jünger als ich. Sie ist meine zweite.» Er liess sich in einen der grünen Sessel fallen.

Eine Weile herrschte verlegenes Schweigen. Tina Merz musterte den Mann, der ihr direkt gegenüber sass und sich mit seinen Fingernägeln beschäftigte. Der verbitterte Zug um die schmalen Lippen und der abgelöschte Ausdruck der blassblauen Augen über den schweren Augensäcken erzählten von einem unerfüllten Leben. Er war unrasiert und seine ganze Erscheinung wirkte ungepflegt, was durch eine dicke, rötliche Fettgeschwulst über der linken Augenbraue noch betont wurde.
«Wir haben ihn sehr geliebt», murmelte Mächler plötzlich. «Aber wir haben ihn irgendwann verloren. Er schlief noch hier, aber er lebte schon lange woanders.»
Edith Mächler erschien mit einem Tablett, auf dem vier Kaffeetassen standen. Sie stellte es auf den Tisch und nahm sorgfältig eine Tasse nach der anderen auf, platzierte sie vor die beiden Besucher, dann vor ihren Mann.
«Milch und Zucker?», fragte sie fast tonlos.
Tina Merz schüttelte den Kopf und wandte sich an den Vater. «Können Sie uns das erläutern? Was heisst, er lebte woanders?»
Die Antwort kam mit einiger Verzögerung. «Er verliess das Haus am frühen Morgen und kam meist erst abends gegen acht oder neun zurück.» Mächler beugte sich mühsam vor, nahm seine Tasse auf, blies hinein, trank einen Schluck und stellte sie klirrend zurück auf den Unterteller. «Seit etwa drei Jahren ging das so. Er sprach kaum noch mit uns. Und wenn, dann nur, weil er etwas brauchte.»
«Mach ihn nicht schlecht», jammerte Edith Mächler. «Ich ertrage das nicht. Er war ein guter Junge.» Sie wandte sich an Tina Merz. «Er war in einem schwierigen Alter. Aber er war auf dem Weg zurück zu uns. Seit er dieses Mädchen kannte, diese Karin, war er zugänglicher.»
«Das redest du dir ein, Mutter», kam es hart von der Gegenseite. «Nur zufällig haben wir erfahren, dass er ein neues Mädchen hat. Er brachte sie

nicht nach Hause, stellte sie uns nicht vor.» Mächler seufzte. «Aber was machen wir uns Gedanken. Er ist tot und sie auch.»
«Ich bin sicher, er hätte den Weg zurück zu uns gefunden. Dieses Mädchen kam aus gutem Haus, aus einer Familie wie wir», wehrte sich Edith Mächler für ihren Sohn.
Der Vater lachte bitter. «Verkriech du dich in deine Illusionen. Aber ich bleibe bei der Wahrheit. Wir haben unseren Sohn nicht mehr verstanden. Er lebte in einer anderen Welt. Und wenn wir ihn ansprachen, ihn etwas fragten, kam keine oder nur eine unwillige, gereizte Antwort. So nach dem Motto: «Was wollt ihr eigentlich. Das alles geht euch nichts an.» Und gnade uns Gott, wenn wir es wagten, etwas an seinem Verhalten, seinem Lebensstil zu kritisieren. Dann explodierte er wie ein Vulkan, wenn der Druck im Krater zu gross wird.»
Tina Merz hatte Mitleid mit diesen unverstandenen Eltern, die für ihren Sohn immer nur das Beste gewollt hatten und nicht begriffen, warum alles falsch gelaufen war. Während sie zuhörte, wanderten ihre Gedanken zu Sebastian. Sie durfte ihn nicht verlieren, auch wenn sie ihn nicht mehr verstand und im Augenblick nicht mehr an ihn heran kam. Sie musste sich bemühen, die Kommunikation mit ihm nicht abbrechen zu lassen.
«Es ist nicht einfach, Eltern zu sein», hörte sie sich sagen, «ich kenne das. Unsere Kinder entziehen sich, werden uns fremd. Aber», sie wandte sich an Edith Mächler, «ich teile Ihre Ansicht. Das alles ist eine Frage des Alters. Eines Tages kehren sie zu uns zurück.» Sie realisierte, dass sie sich selbst Hoffnung zusprach.
«Unser Sohn hatte schlechten Umgang. Er verkehrte mit den falschen Leuten», klagte Erwin Mächler. «Sie sind schuld, dass er uns verachtete und nicht mehr mit uns sprach. Schmarotzer, die sich herumtreiben und auf Kosten der Gesellschaft leben. Herrgott, was ist das für eine Jugend?» Sein Ton wurde bitter.
Biasotto hatte bisher schweigend zugehört. Das Elend und die verzweifelte Trauer der zurückgelassenen Eltern berührten auch ihn, und er ahnte, dass die Kommissarin an ihren Sohn dachte. Er wandte sich an den Vater. «Was waren das für Leute, mit denen Benjamin verkehrte? Schulkameraden?»
«Nein», schüttelte Erwin Mächler den Kopf. «Wenn das so wäre, wäre alles anders gelaufen.»
Edith Mächler zog ihre Mundwinkel herab. «Jetzt machst du dir etwas vor», widersprach sie verhalten aggressiv. «Dieser Jan, dieser ewig trauri-

ge Jan, ist doch ein Schulkamerad, und er hatte keinen guten Einfluss auf unseren Jungen.»
«Da muss ich dir ausnahmsweise Recht geben», nickte der Vater.
«Worin bestand der schlechte Einfluss dieses Jan?», hakte Biasotto sofort nach.
Die Eltern starrten vor sich hin und überlegten. «Benjamin verlor seine kindliche Fröhlichkeit», antwortete die Mutter schliesslich.
«Er verschloss sich, und man konnte nicht mehr mit ihm reden», ergänzte der Vater. «Er wusste alles besser.»
«Er war so hoffnungslos. Ein Zustand, der so gar nicht zu einem jungen Menschen passt. Das kam von den pessimistischen Büchern, die er las. Und eben von Jan.»
«Wer ist dieser Jan?», erkundigte sich Biasotto. «Kennen Sie den Nachnamen?»
«Er ist ein Ausländer. Aus Jugoslawien, glaube ich. Unser Sohn bewunderte ihn, weil er im Krieg war.»
«Im Krieg?»
«Im Jugoslawienkrieg», präzisierte Mächler die Aussage seiner Frau.
«Er hat dort angeblich seinen Vater verloren», berichtete diese weiter. «Darum war er immer so traurig.»
«Er ist Mohammedaner und ein Fanatiker. Er hat keine Lebensfreude.»
Die Bemerkung provozierte den Widerspruch Biasottos. «Woher wissen Sie das?
«Dass er Mohammedaner war?»
«Nein, das mit dem Fanatiker und der Lebensfreude.»
Erwin Mächler zog die Brauen hoch und kratzte sich am Kopf. «Alle Mohammedaner sind Fanatiker», antwortete er schliesslich. «Das liegt im Charakter dieser Religion – und dieser Menschen. Die wollen doch die Weltherrschaft, darum reden sie alle vom Heiligen Krieg. Und wir werden noch unsere blauen Wunder erleben», er hob die Faust mit ausgestreckten Zeigefinger, um seinen Worten Nachdruck zu verleihen, «wenn wir uns nicht endlich wehren und denen verständlich machen, was wir von ihnen halten.»
Tina Merz fühlte sich unbehaglich. «Kennen Sie ausser diesem Jan noch andere Leute, mit denen ihr Sohn verkehrte?»
Beide Eltern schüttelten den Kopf. «Er brachte nie jemanden nach Hause», kommentierte der Vater.
Die Kommissarin wollte das Thema wechseln. «Man hat bei der Leiche

Ihres Sohnes nichts gefunden, kein Handy, kein Geld. Ging er tatsächlich aus dem Haus, ohne etwas mitzunehmen?»
«Wir sind überzeugt, unser Sohn wurde beraubt und umgebracht», flüsterte Edith Mächler mit starren, auf einen fixen Punkt des Fussbodens gerichteten Augen. «Er verliess das Haus nie ohne seinen Rucksack. Und er hatte bestimmt sein Portemonnaie mit etwas Geld und dem Zugsabonnement bei sich. Auch sein Handy nahm er immer mit.»
«Der Rucksack könnte im Wasser verloren gegangen sein. Oder er hat ihn irgendwo liegen lassen. Er war ja sehr betrunken.»
«Unser Sohn trank keinen Alkohol.»
«Da sind Sie ganz sicher?»
«Absolut sicher», bestätigte Erwin Mächler die Aussage seiner Frau in festem Ton. «Das war einer der wenigen guten Einflüsse von Jan.»
«Manchmal kennen wir unsere Kinder schlecht; manche wechseln die Haut und damit ihr ganzes Wesen, wenn sie ihr Heim verlassen, und werden anderswo zu uns völlig fremden Menschen.»
«Nicht Benjamin. Er lebte in der Wahrheit. In seiner Wahrheit und Realität. Er hätte nie etwas getan, was seinen Überzeugungen und Worten widersprach.»
«Was ist schon Wahrheit?», warf Biasotto dazwischen. «Sie ist immer subjektiv und oft weniger fassbar als ein fliegendes Blatt im Herbststurm.»
«Unser Sohn verachtete und hasste Menschen, die nicht echt, nicht ehrlich sind, die Versprechen abgeben, von denen sie wissen, dass sie sie nicht einhalten können oder wollen.»
«Politiker?»
Mächler lachte böse. «Zum Beispiel.»
«Nahm er Drogen, Medikamente?»
«Benjamin?» Die Mutter hob entsetzt die Hände.
«Er hat in letzter Zeit viel erlebt. Er verlor seine Freundin und ...»
«Wir glauben nicht, dass er sich selbst getötet hat. Er wurde umgebracht.»
Tina Merz versuchte es nochmals. «Was er in den letzten Tagen erlebt hat, kann auch erfahrene Erwachsene aus der Bahn werfen. Er könnte Alkohol getrunken und Drogen konsumiert haben, um seinen Kummer zu vergessen.»
«Nicht Benjamin», schüttelte die Mutter dezidiert den Kopf. «Nicht Benjamin.»
«Es gab so manches an unserem Sohn, was wir uns früher nicht hätten vorstellen können.» Erwin Mächler hatte sich nach vorne gebeugt und sein Gesicht in beide Hände gelegt. Er versank in dumpfes Brüten.

Eine Weile blieb es still im Raum. Die Anwesenden hingen ihren Gedanken nach. Schliesslich griff die Kommissarin nach ihrer Tasse und trank sie aus. Der Kaffee war lauwarm und schmeckte nach nichts. Wie Wasser. Sie stellte die Tasse zurück und stand auf.
«Dürfen wir einen Blick in Benjamins Zimmer werfen?»

Im Zimmer des Verstorbenen herrschte das Chaos der Stunde null vor der Schöpfung. Der Schreibtisch war über und über mit Büchern, Ordnern, losem Papier, Schreibutensilien, CDs und anderem belegt. Auf den Bücherregalen, die drei Wände des Zimmers besetzten, herrschte ein Durcheinander und auch der Nachttisch, das Bett und der Fussboden waren mit Büchern, Heften, CDs und losen Zetteln übersäht.
Während Tina Merz sich dem Bücherregal zuwandte, versuchte Martin Biasotto den Computer zu starten.
«Er hat jede Menge Literatur über Klimaveränderung, Luft-, Wasser und Bodenvergiftung», stellte die Kommissarin fest. «Wenn ich all das gelesen hätte, wäre ich auch depressiv – sogar ohne den Verlust der Freundin.» Sie zog einen der Bände heraus und blätterte darin.

«Die Meere sind in der Krise! Sie sind überfischt, verschmutzt, verlärmt und verbaut. Jeden Tag sterben viele Arten von Meerestieren unwiederbringlich aus. Die Wale als sanfte Riesen der See stehen als Sinnbild für den rücksichtslosen Umgang des Menschen mit dem Meer. Wenn wir die Wale nicht retten können, werden auch die Meere sterben.»

Kopfschüttelnd stellte sie das Buch zurück ins Regal und nahm ein anderes.

«Regenwälder schrumpfen weiter rapide.
Die Massnahmen zum Schutz des tropischen Regenwaldes sind weitgehend nutzlos. Experten der europäischen Raumfahrtbehörde Esa sind zu dem Ergebnis gekommen, dass die Regenwälder genauso schnell abgeholzt werden wie vor zehn Jahren.»

Rasch klappte sie das Buch zu. «Das ist wirklich deprimierend», murmelte sie. «Hatte der Junge keine andere Lektüre?» Ihre Augen überflogen die Bücherwände. Wieder griff sie nach einem Band und besah sich die Frontseite. «Er muss sich auch mit dem Islam beschäftigt haben», kommentierte sie, während sie eine Seite überflog. Sie schloss das Buch

und griff zum nächsten, dessen Titel ihr Interesse geweckt hatte. *«Toleranz und Vergebung»,* las sie laut. Der Name des Autors deutete auf eine arabische Herkunft. Sie schlug die erste Seite auf. Mit grosser Handschrift hatte hier jemand eine Widmung geschrieben:
«Für Jan, Gott will, dass wir vergeben.»
Die Unterschrift war unleserlich.

«Schon wieder dieser Jan», murmelte sie.
Martin Biasotto hatte die Bemerkung nicht gehört. Er versuchte verbissen, den PC zu öffnen. «Wie hiess die Freundin?», erkundigte er sich.
«Karin», antwortete die Kommissarin nach kurzem Nachdenken. Mit ihrem Buch in der Hand trat sie neben ihren Assistenten und beobachtete gespannt, wie er die fünf Buchstaben eintippte.
Der PC blieb verschlossen.
«Wir lassen ihn abholen und durch unsere Fachleute öffnen», tröstete sie ihren Assistenten, der ungeduldig und in rascher Folge beliebige Wörter eingab. «Du wirst das Passende nicht finden.»
Während sie mit der Spurensicherung telefonierte, entnahm Biasotto seiner Aktentasche einen Plastiksack und begann, die herumliegenden CDs einzupacken. Auch die externe Festplatte musste mit; ebenso alle Speichersticks. Ganz am Schluss schob Tina Merz auch das Buch über Toleranz und Vergebung in die schon übervolle Tasche.

27

«Bist du zufrieden?», erkundigte sich Martin Biasotto, als sie wieder im Auto sassen und zurück zum Waaghof fuhren. «Ist dein schlechtes Gewissen beruhigt?»

«Willst du mich ärgern?»

Biasotto sah seine Chefin von der Seite prüfend an. Sie war offensichtlich nicht in der Laune für ein leichtes verbales Geplänkel. «Das war doch ein Kondolenzbesuch», brummte er über dem Steuer. «Oder glaubst du immer noch, Mächler sei ein Terrorist? Ein Sprössling aus diesem Haus?»

Die Kommissarin blieb stumm, und so suchte er selbst eine Antwort auf seine Frage. «Es fehlt das Motiv, Chefin. Warum sollte der Junge eine Bombe legen und so viele Menschen töten? Und dabei auch noch seine eigene Freundin umbringen?»

Er hoffte, die Kommissarin teile seine Schlussfolgerungen. Als diese in ihrem Schweigen verharrte, spann er seine Gedanken weiter.

«Mächler verhält sich ganz normal; viele Jugendliche schotten sich in ihrer Emanzipationsphase von den Eltern ab. Zudem verfügt er nicht über das gesuchte Täterprofil. – Gut, er interessierte sich für den Islam. Aber das ist doch kein Beweis, nicht einmal ein Indiz für seine Mittäterschaft. Er tat nur das, was wir alle tun sollten; er informierte sich über eine Religion, die bei uns zunehmend an Einfluss gewinnt.»

«Okay», brach die Kommissarin endlich ihr Schweigen. «Aber was wollte er bei uns? Nur die Mörder seiner Freundin suchen? Zudem hast du die entscheidende Frage vergessen: warum wurde er umgebracht?»

«Wurde er umgebracht? – Auch dafür haben wir bisher keinen Beweis. Nur weil er die gleiche Mischung von Drogen und Alkohol im Blut hatte wie eine Leiche, die vor ein paar Wochen überfahren wurde?» Biasotto schüttelte den Kopf. «Wir driften ab, Tina. Wir sollten uns auf unseren Fall konzentrieren.»

«Aber die Eltern sagten ...»

«Sie sagten, Benjamin sei einem Raubüberfall zum Opfer gefallen.»

Der Assistent hob die Hand und machte eine abwinkende Geste. «Die beiden wissen nichts von ihrem Sohn. Was er dachte und trieb. Zudem – was Eltern über ihre Kinder faseln! Wenn ich meine Mutter höre, wie sie mich sieht und beschreibt, kann ich mich selbst kaum wieder erkennen. Eltern haben manchmal doch keine Ahnung.»

Tina Merz dachte an Sebastian. Stimmte das? Hatte sie keine Ahnung, was in ihrem Sohn vorging? Was er dachte und trieb?

«Was tun wir jetzt?», unterbrach Biasotto ihre trüben Gedanken. «Ich finde, wir sollten diesen Mächler vergessen und dort weitermachen, wo wir gestern aufgehört haben.»
«Warten wir ab, was der Computer bringt. Ich komme von dem Gedanken nicht los, dass der Junge mehr wusste, als er uns sagte. Vielleicht kannte er einen der Attentäter? Zudem», sie wies mit der Hand auf das Buch, das im Plastiksack auf dem Rücksitz lag, «ich werde die Widmung von unserem Schriftexperten analysieren lassen.»
«Tu das, Chefin.» Biasotto war inzwischen sicher, dass eine Beschäftigung mit Mächler reine Zeitverschwendung war. «Aber vergiss nicht, so langsam kommen wir zeitlich unter Druck. Die Öffentlichkeit wartet auf Ermittlungsergebnisse; und wenn wir ihr nicht bald etwas liefern, wird sie sich auf uns stürzen wie hungrige Raubvögel auf zwei niedliche kleine Mäuschen.»
Die Kommissarin hörte die Warnung ihres Assistenten nicht. «Dieser Jan», überlegte sie weiter, «dieser traurige Freund. Der Vorname ist nicht häufig bei uns. Also finde heraus, wie er mit Nachnamen heisst, damit wir mit ihm reden können. Er kann uns vermutlich einiges über Benjamin erzählen, von dem die Eltern nichts wissen.»
«Wenn wir Glück haben, Chefin.» Biasotto hielt vor einem Rotlicht. «Ob Jan wirklich Muslim ist?», grübelte er. «Die Menschen im ehemaligen Jugoslawien sind doch römisch-katholisch oder russisch- beziehungsweise griechisch-orthodox.»
«Im Kosovo ist man Muslim.»
«Ach ja», stimmte der Assistent zu und fuhr mit quietschenden Rädern an. «Dann wäre Jan ein Kosovo-Albaner. Sein Vorname klingt allerdings seltsam für diese Gegend. Ich werde mich erkundigen.»
«Tu das», murmelte die Kommissarin.
«Ich hoffe nur», seufzte Biasotto, «dass wir unsere Zeit nicht sinnlos mit Benjamin und Jan verplempern. Ich würde mich lieber eingehender mit Kumari, seinem Sohn und den anderen Muslimen befassen.»
Tina Merz war anderer Meinung. «Wir können es uns schlicht und einfach nicht leisten, eine Spur, und sei sie auch noch so dürftig, aus den Augen zu lassen.»
«Dein Spürsinn in Ehren», schloss Biasotto die Diskussion ab. «Aber ich sehe hier nicht einmal die Spur einer Spur.»
Die Kommissarin war durch den beharrlichen Zweifel ihres Assistenten verunsichert. «Ich verspreche dir», gestand sie ihm zu, «dass ich den Na-

men Mächler nicht mehr erwähne, es sei denn, die Untersuchung des Computers oder dieses Buch», sie wies wieder zum Plastiksack auf dem Rücksitz, «bestätigen meine Eingebung.»
Martin Biasotto fuhr die Kommissarin zum Waaghof. Es war zwar bereits nach siebzehn Uhr, aber sie wollte noch die Berichte ihrer Gruppenleiter durchsehen. Zudem hoffte sie auf neue Informationen von Spurensicherung und Labor.

Frau Simon hatte auf sie gewartet und brachte ihr die Post und einen Kaffee. Während die Kommissarin in ihren Akten blätterte, berichtete die Sekretärin über die eingegangenen Neuigkeiten. Nach einer knappen Viertelstunde ging sie in ihr eigenes Büro zurück und Tina Merz begann, sich mechanisch durch die Berichte der Gruppenleiter zu lesen. Sie fand nichts von Belang. Sie war fast fertig mit ihrer Lektüre, als ihr Telefon klingelte.
Ein Bruno Hofer meldete sich. Er habe zur Zeit Dienst in der provisorischen Telefonzentrale. Er habe soeben den Anruf eines Lehrers aus dem Wirtschaftsgymnasium erhalten, der behaupte, bei einem seiner Schüler eine Broschüre und eine DVD mit islamistischer Propaganda gefunden zu haben.
«Islamistische Propaganda?», wiederholte Tina Merz ungläubig.
«So ist es», bestätigte Hofer. Der Lehrer sei noch in der Leitung, ob sie mit ihm sprechen wolle?
Sekunden später war die Kommissarin mit dem Anrufer verbunden. Er stellte sich als Werner Bläsi vor, sei Lehrer für Geschichte und Deutsch. Er entschuldigte sich, dass er sie so kurz vor sechs noch belästige, und kam sofort zur Sache. In seiner Klasse seien zwei Schüler beim Attentat vom vergangenen Mittwoch umgekommen, nämlich Benjamin Mächler und Andreas Weiss; ein dritter, Jan Zubak, werde seit dem Anschlag vermisst.
Tina Merz wollte widersprechen, den Lehrer darüber informieren, dass Benjamin Mächler nicht beim Attentat ums Leben gekommen sei; sie hielt sich aber zurück und liess den Anrufer weiterreden.
«Bei Jan ist man noch nicht sicher, ob er unter den Toten ist», berichtete dieser. «Aber sein Onkel sagte mir gestern am Telefon, es gebe noch immer Leichen, die nicht identifiziert seien.»
Die Kommissarin hatte inzwischen begriffen, dass es sich bei Jan Zubak um den Freund von Benjamin Mächler handeln musste, den Empfänger des Buches, das im Plastiksack neben ihr auf dem Schreibtisch lag.

«Woher stammt dieser Jan?», unterbrach sie den Anrufer, der bereits zum nächsten Satz angesetzt hatte.
«So viel ich weiss, kommt er aus dem ehemaligen Jugoslawien.»
«Kosovo?»
«So genau weiss ich das nicht. Er ist auf jeden Fall schon viele Jahre hier und spricht akzent- und fehlerfrei Deutsch. Auch Schweizerdeutsch.»

Die Kommissarin war vorerst zufrieden; sie hatte sich den Nachnamen Jans notiert und wartete neugierig, was der Lehrer weiter zu berichten hatte.
«Ich rufe Sie nicht wegen Jan an, sondern wegen Benjamin», stellte Bläsi klar; er hatte das Schweigen seiner Gesprächspartnerin zurecht als Aufforderung zum Weiterreden interpretiert. «Ich habe unter seiner Bank Dinge gefunden, die in mir einen schrecklichen Verdacht aufkommen lassen.»
«Das geht mir zu schnell», unterbrach Tina Merz den Anrufer, «erzählen Sie langsam und schön der Reihe nach.»
«Gut», nahm Bläsi die Ermahnung auf. «Heute, in der Mittagspause, hat mir Frau Mächler telefonisch mitgeteilt, ihr Sohn sei gestorben. Sie bat mich, alle Gegenstände, die er in der Schule zurückgelassen hat, zusammenzupacken. Sie werde gelegentlich vorbeikommen und alles abholen.» Er machte eine Pause, um sich zu vergewissern, dass die Kommissarin ihm folgte. «Bevor der Unterricht am Nachmittag begann», setzte er wenig später seinen Bericht fort, «ging ich ins Klassenzimmer, um Benjamins Sachen zusammenzusuchen. Was ich unter seiner Bank fand, hat mich zutiefst erschreckt.»
«Was haben Sie denn gefunden?»
«Als ich seine Bücher und Hefte hervorholte, fiel aus einem grossen Kuvert eine DVD heraus. Ich öffnete den Umschlag, um sie wieder hinein zu schieben. Dabei trafen meine Augen auf das Bild eines Mannes, der mir irgendwie bekannt vorkam. Neugierig nahm ich es heraus. Es war ein Photo Osama bin Ladens. Er war auf dem Cover einer Broschüre abgebildet, und nachdem ich den zugehörigen Text gelesen hatte, war mir klar, dass es sich dabei um Propagandamaterial einer fundamental-islamischen Organisation handelt.»
«Und woran haben Sie das erkannt?»
«Der Text verherrlicht den Chef der al-Qaida. Preist ihn als Helden und Führer der Unterdrückten. Als moralische Autorität, die den Mut habe, sich gegen die Verderbtheit Amerikas zu stellen, die drohe, den Islam zu zerstören. Die DVD, ich habe sie mir vorhin angeschaut, enthält Aufnah-

men von entsetzlichen Exekutionen, dazu Kampflieder und Reden, die zum Dschihad aufrufen.»
«Und Sie glauben, dass die Broschüre und die DVD Benjamin Mächler gehörten?»
Bläsi antwortete nicht sofort. «Ich weiss nur, dass beides bei seinen Sachen lag.»
Jetzt hörte die Kommissarin ein Rascheln.
«In dem Kuvert befand sich ein Zettel mit einer Adresse.»
«Lesen Sie vor.»
«Ich kann nur den Namen lesen. Die Adresse ist arabisch geschrieben.»
«Und wie lautet der Name?»
«Aziz Kumari.»
«Kennen Sie den Mann?»
«Nein.»
«Konnte Benjamin Mächler arabisch lesen?»
Über die Antwort musste der Lehrer einen Moment nachdenken. «Ich glaube nicht», antwortete er langsam. «Wo sollte er diese schwierige Sprache gelernt haben.»
«Wer war der Banknachbar Mächlers?»
«Jan Zubak. – Sie meinen, der Umschlag könnte ihm gehören?»
«Ich meine gar nichts. Ich checke nur alle Möglichkeiten ab.»
Die Kommissarin teilte dem Anrufer mit, dass ein Polizeibeamter bei ihm vorbeikommen werde, um den Briefumschlag abzuholen. Dann packte sie die Gelegenheit beim Schopf, um mehr über den geheimnisvollen Jan zu erfahren, von dem sie in den letzten Stunden viel gehört hatte.
Er habe ihn in den zwei Jahren, in denen er ihn unterrichte, noch nie lachen gesehen, antwortete Bläsi auf ihre Frage, wie er den Jungen beurteile. Von einer Kollegin habe er erfahren, dass Jans Vater im Krieg gefallen sei und der Junge auch sonst Schweres erlebt habe. Er sei ein guter Schüler, spreche allerdings nur, wenn er aufgefordert werde, und auch dann kein Wort mehr als unbedingt nötig. Er sei ein Einzelgänger und habe in der Klasse keine Freunde.

Nach dem Gespräch mit Bläsi überlegte die Kommissarin, was sie mit der Information des Lehrers anfangen sollte. Sie entschied sich, die Schlussfolgerungen am kommenden Morgen gemeinsam mit ihrem Assistenten zu ziehen; bis dahin würde sie im Besitz des angeblich islamistischen Propagandamaterials sein, und vielleicht war dann auch klar, ob es sich

bei einer der noch nicht identifizierten Leichen um Jan Zubak handelte. Mein Gefühl, frohlockte sie, hat mich nicht getäuscht: irgendwo gibt es eine Verbindung zwischen Benjamin Mächler und dem Attentat.
Sie schaltete ihren PC auf und öffnete ihre Mailbox, um den Auftrag für die Analyse der Buchwidmung zu erteilen. Anschliessend schaute sie der Reihe nach die neuen Eingänge durch.
Als sie das vierte Email anklickte, öffnete sich der folgende Text:
«Wie lang willst du in der Irre gehen, du abtrünnige Tochter?[7]
Und wenn ihr mir zuwiderhandelt und mich nicht hören wollt, so will ich euch noch weiter schlagen, siebenfältig, um eurer Sünden willen. Und ich will wilde Tiere unter euch senden, die sollen eure Kinder fressen.»[8]
Unterschrieben war auch diese Mitteilung von der Partei Gottes.
Das Herz der Kommissarin stockte. «Und wir werden euch noch weiter schlagen ...» Da war sie wieder, die Drohung, die Warnung vor weiteren Attentaten! Sie las den Text nochmals, und schliesslich ein drittes Mal. Plötzlich wurde sie von Panik ergriffen. Mit zittrigen Fingern leitete sie das Email an Stephan weiter, griff zum Telefon und stellte seine Nummer ein.
Die Dame am Empfang meldete sich in unpersönlich freundlichem Ton. Als Tina Merz ihren Namen genannt hatte, begann sie ein unverbindliches Schwätzchen:
«Wie geht es Ihnen, Frau Kommissarin? Sie sind in der Zwischenzeit ja richtig berühmt geworden. Ich werde viel nach Ihnen gefragt und bin sehr stolz, dass ich Sie kenne.»
Tina Merz war nicht in der Stimmung für Smalltalk. «Ich muss dringend mit meinem Mann reden – meinem geschiedenen Mann», korrigierte sie rasch. «Er ist doch im Büro?»
Die Telefonistin gab sich nicht so schnell geschlagen. «Wir haben zur Zeit viel zu tun», plauderte sie munter weiter. «Ein schwieriger Haftpflichtfall mit einer amerikanischen Firma. Und die beiden anderen Chefs sind abwesend, so dass alles auf den Schultern Ihres Mannes lastet. Er ist jeden Abend bis nach 11 Uhr im Büro.» Ihre Stimme wurde leiser, und sie sprach wie eine Mutter, die einer anderen berichtet, dass ihr Sohn vor lauter Hausaufgaben zu wenig Schlaf bekommt.
«Es tut mir leid, dass ich ihn stören muss, aber ich brauche ihn dringend», unterbrach Tina Merz ungeduldig. «Es geht um unsere Kinder.»
«Aber bitte, Frau Kommissarin, selbstverständlich. Er hat mich zwar angewiesen, alle eingehenden Telefonate von ihm fernzuhalten. Nur wenn

Sie anrufen, hat er gesagt, soll ich sofort durchstellen.»
«Dann tun Sie das bitte.»
Die Empfamgsdame, im Gegensatz zu ihrem Chef mit Arbeit nicht überlastet, war leicht irritiert über die Schroffheit der Anruferin, die sie sonst als freundliche und kommunikative Frau kennen und schätzen gelernt hatte; sie stellte schweigend und frustriert die Nummer des Chefbüros ein, verabschiedete sich dann aber gewohnt freundlich.
Als Stephan Merz sich meldete, überfiel ihn die Kommissarin ohne Gruss: «Sie haben sich wieder gemeldet. Wieder mit einer Drohung. Sie wollen Tiere schicken, die unsere Kinder fressen.»
Stephan Merz lachte. «Tiere? Was für Tiere?»
Der Kommissarin wars nicht ums Lachen; sie warf einen Blick auf den Bildschirm: «Wilde Tiere.»
«Tina, was ist los?»
Die Frage schaltete ihren Verstand ein. «Ich habe wieder eine Botschaft bekommen», teilte sie etwas ruhiger mit und las den Text vom Computer ab. «Das sind bestimmt wieder Sprüche aus dem Koran. Sie nehmen immer Sprüche aus dem Koran.»
«Wer sie?»
«Al-Qaida und die Partei Gottes.»
Stephan Merz hatte die Situation inzwischen erfasst. Er spürte, dass seine Frau Angst hatte, Angst um ihre Kinder. Er konnte zwar nicht beurteilen, ob es dafür einen reellen Grund gab, suchte aber trotzdem nach etwas, womit er sie beruhigen konnte.
«Am besten, wir bringen die Kinder weg», erklärte er spontan. «Kennst du nicht jemanden in Kanada? Die Frau eines früheren Kollegen?»
Tina Merz gefiel der Vorschlag. Ja, sie würde die Kinder wegbringen. Irgendwohin, wo niemand sie kannte. Aber Kanada war ihr zu weit entfernt. «England», murmelte sie aufgeregt. «Wir schicken sie nach England zu meiner Freundin Monika.»
«Eine gute, eine ausgezeichnete Idee», stimmte Stephan sofort zu. «Nur wenig Leute wissen, dass du dort jemanden kennst. Und bis sich das herum gesprochen hat, ist der Fall gelöst, und die Kinder können wieder nach Hause kommen.»
«Meinst du?»

Nachdem sie kurz mit Hans Klement und Samuel Bärlocher Rücksprache genommen hatte, begann die Kommissarin gemeinsam mit Kurt Schmiedlin die Reise ihrer beiden Söhne nach England zu organisieren. Sebastian und Lukas – die beiden wussten noch nichts von ihrem Glück – sollten am kommenden Morgen unter falschem Namen mit der ersten Maschine nach London fliegen, wo Monika sie abholen würde. Die Freundin hatte keine überflüssigen Fragen gestellt, sondern sich sofort bereit erklärt, die beiden Jungen aufzunehmen. Um jedes Risiko auszuschliessen, entschied man sich, von Genf abzufliegen. Stephan Merz hatte das vorgeschlagen; er war überzeugt, dass sich auf der Fahrt von Basel in die Calvinstadt leicht feststellen liess, ob das Fluchtauto verfolgt würde. Er selbst wollte seine Söhne im Abstand von ein paar hundert Metern bis zum Abflug begleiten. Bärlocher hatte sich bereit erklärt, Scottland Yard zu informieren und damit sicherzustellen, dass Sebastian und Lukas in England den erforderlichen Personenschutz bekommen würden.

Als Tina Merz ihr Büro verliess, schlugen die Glocken der Elisabethenkirche 18 Uhr 45.

28

In dieser Nacht war an Schlaf nicht zu denken.
Der Chef der Spezialeinheit, die Sebastian und Lukas mit dem Auto nach Genf bringen würde, hatte der Kommissarin geraten, ein paar Leute einzuladen. Wenn die Gäste um 3 Uhr morgens ihre Wohnung verliessen, würde man die beiden Kinder mit ihnen hinaus schleusen und zum Flugzeug bringen, das um 6 Uhr 30 Genf in Richtung London verliess.
Tina Merz war der Empfehlung gefolgt und hatte für den Abend eine grössere Gesellschaft zusammen getrommelt. Alles Menschen, denen sie vertrauen konnte: Stephan, Martin Biasotto und seine Verlobte Silvia, ihre Freundin Salome, Frau Simon, Hans Klement und seine Frau, Kurt Schmiedlin mit seiner langjährigen Lebensgefährtin, einer kleinen, etwas rundlichen Mittvierzigerin, die strahlend auf sie zukam, sie umarmte und lachend verkündete, es sei an der Zeit, dass sie den Schwarm ihres Kurt endlich kennen lerne. Auch Stephans Bruder Beat hatte der kurzfristigen Einladung Folge geleistet; er war der Pate von Lukas und erklärte, seine Frau sei mit ihrer Schwester in Paris, und er sei dankbar, wenn er den Abend nicht allein zuhause – oder noch schlimmer – im Büro verbringen müsse. Samuel Bärlocher erschien mit seiner Frau und Ursula Mansour; er begrüsste Tina Merz mit einem Kuss auf die Wange und den Worten: «Ich kann meine Mitarbeiterin in dieser belastenden Situation doch nicht im Stich lassen; ich habe selbst drei Kinder, und kenne die Momente, wo man alles vergisst, weil ihnen Gefahr droht.» Kurz vor neun trudelten noch Schwester und Schwager der Kommissarin ein.

Maria, die italienische Haushalthilfe, hatte dafür gesorgt, dass niemand verhungern musste. Zusammen mit ihrem Schwager, der an der Feldbergstrasse ein Lebensmittelgeschäft betrieb, hatte sie ein reichhaltiges kaltes Buffet zusammengestellt; neben vielen italienischen Spezialitäten gab es reichlich kaltes Fleisch, Wurst und Käse, dazu Früchte und Süssigkeiten. Als die geladenen Gäste um neun endlich vollzählig am bunt gedeckten Tisch sassen, stand Tina Merz auf und bedankte sich dafür, dass alle der spontanen Einladung Folge geleistet hatten. Dann weihte sie die Anwesenden in das Geheimnis des Abends ein, ohne den künftigen Aufenthaltsort ihrer Söhne bekannt zu geben, und schloss mit der Ankündigung, niemand werde vor 3 Uhr morgens ihre Wohnung verlassen können.
«Das ist Freiheitsberaubung», stellte Salome trocken fest, machte aber keinerlei Anstalten, gegen das Verdikt der Freundin Widerstand zu leisten,

sondern vertiefte sich sofort wieder in ihr Gespräch mit Samuel Bärlocher, der sie sehr zu beeindrucken schien.

Der Abend verlief – auch dank Stephans *Barolo* – sehr angeregt. Obwohl die Mehrheit der Anwesenden Juristen waren, kam es nicht zur Fachsimpelei, sondern das Gespräch drehte sich bald um den Terroranschlag vom vergangenen Mittwoch, den Terrorismus im Allgemeinen, um islamischen Fundamentalismus und Dschihad.

Es war Frau Simon, die im Verlaufe der Diskussion die stets präsente Frage stellte: warum hassen uns die Islamisten so? Warum kommen sie zu uns und töten unschuldige Menschen, Menschen, die ihnen nichts getan haben?

Die Antwort kam vom Bundesanwalt. «Die Gründe sind vielfältig», stellte er fest. «Eine Ursache liegt sicher in der Religion. Eine zweite in der wirtschaftlichen Situation der arabischen Staaten. Dort herrschen noch immer archaische Gesellschaftsstrukturen, welche die individuelle Freiheit einschränken und die kulturelle, intellektuelle und wirtschaftliche Entwicklung behindern. Die fehlende Beteiligung der Frauen am wirtschaftlichen und öffentlichen Leben tut ein übriges.»

«So ist es», stimmte Salome ihrem Tischnachbar eifrig zu. «Der Verzicht auf die Gleichberechtigung der Geschlechter entzieht einem Land Ideen, Arbeitskräfte und Talente.»

«So schnell wird sich das leider nicht ändern», seufzte Ursula Mansour. «Viele muslimische Männer fürchten sich vor der Frau – speziell vor der emanzipierten, der selbstbewussten, der sexuell aktiven Frau.»

Stephan Merz lächelte und sein Blick ruhte auf der Kommissarin. «Sorry, aber das kann ich nicht verstehen. Es gibt für einen Mann doch nichts attraktiveres als eine Frau, die weiss, was sie will.»

Ursula Mansour hörte diesen Einwand nicht zum ersten Mal. «Viele muslimische Männer, erzogen und aufgewachsen in einer patriarchalischen Kultur mit deutlicher Abwertung der Frau, fühlen sich durch die Forderung nach Gleichberechtigung der Geschlechter bedroht und gekränkt. Der Fundamentalismus gibt ihnen Halt, weil er ihr männliches Selbstwertgefühl stärkt. Besonders drastisch haben wir das bei den Taliban erlebt.»

«Darum bin ich für ein striktes Kopftuchverbot», stimmte Salome zu. «Es ist das Symbol der Unterdrückung.»

Ursula Mansour nickte. «Der Gedanke, der hinter dem Kopftuch steht, hat tatsächlich mit einem abwertenden Frauenbild zu tun. Die Frau rufe bei den Männern unreine Wünsche hervor, deshalb müssten die Männer vor ihrem Anblick geschützt werden.»

«In Frankreich wird das Kopftuchverbot in den Schulen radikal durchgesetzt; jungen Musliminnen sollen die gleichen Chancen und Möglichkeiten offen stehen wie den Französinnen.»
«Leider ist man in anderen europäischen Ländern nicht so konsequent», klagte Stephan Merz. «Immer wieder berufen sich Gerichte zum Nachteil der Frauen auf die Religionsfreiheit und vergessen, dass es eigentlich ihre Pflicht wäre, unsere freiheitliche Verfassung gegen alle widersprechenden und einschränkenden patriarchalischen Traditionen durchsetzen.»
«Wenn das Schule macht, fallen wir ins Mittelalter zurück», stellte Salome trocken fest.
«Gott bewahre», kam es entsetzt von Kurt Schmiedlins rundlicher Begleiterin.
«Kollege Merz hat leider Recht», bestätigte Bärlocher. «Erst kürzlich hat ein italienisches Gericht unter Berufung auf den kulturellen Hintergrund ein muslimisches Ehepaar freigesprochen, das seine Tochter geschlagen und eingesperrt hat.»
«Konsequenterweise müsste das gleiche Gericht auch einen Mafiamörder freisprechen», überlegte Biasotto laut. «In seiner Kultur ist die Blutrache Pflicht.»
«Dann ist die Rückkehr ins Mittelalter perfekt.»
Der Bundesanwalt wandte sich an Frau Simon. «Genügt Ihnen das als Antwort auf Ihre Frage?»
Sie nickte.
«Was wird denn getan, um Attentate zu verhindern?», erkundigte sich Stephans Bruder.
Bärlocher antwortete nicht sofort. «Wir tun, was wir können», erwiderte er schliesslich. «Unsere Geheimdienste beobachten die Personen, denen aufgrund von Kontakten, Äusserungen und Verhalten die Begehung von terroristischen Verbrechen zugetraut wird. Aber solange sie nicht zur Tat schreiten, ist der Rechtsstaat machtlos.»
«Und an Selbstmordattentätern mangelt es offensichtlich nicht», bemerkte Stephan Merz sarkastisch. «Lebende Bomben warten in ganz Europa auf ihren Einsatz.»
«Ja, ja», seufzte Biasotto theatralisch. «Die Welt ist eine Pulverfabrik, in der das Rauchen nicht verboten ist.»
Die Runde lachte; ein bitteres Lachen.
«Der Satz ist nicht von mir», erläuterte der Assistent, «er stammt von Friedrich Dürrenmatt.»

«Gibt es einen Ausweg aus dem Problem?», bohrte der Schwager der Kommissarin nach. «Wie können wir die jungen Muslime davon abbringen, uns zu bekämpfen?»
«Es gibt vermutlich nicht eine einzige Lösung», lautete die nachdenkliche Antwort des Bundesanwalts. «Wir müssen auf verschiedenen Ebenen aktiv werden. Da wäre zum Beispiel das Thema Integration. Hier müsste entschieden mehr getan werden.»
«Ich stimme Ihnen selbstverständlich zu, Herr Kollege», räumte Stephan Merz ein. «Aber Integration ist auch eine Bringschuld. Wenn die Muslime sich hier bei uns niederlassen, müssen sie bereit sein, ihre religiösen Traditionen und ihr Verhältnis zu Staat und Gesellschaft zu überdenken und so zu definieren, dass sie mit den Prinzipien eines freiheitlichen Rechtsstaates vereinbar sind. Man kann nicht in einer westlichen Demokratie leben und gleichzeitig die Geltung der Scharia propagieren.»
«Und es braucht den permanenten Dialog», ergänzte die Kommissarin. «Kein Frieden unter den Religionen ohne Dialog.»
«So ist es», stimmte Stephan Merz zu. «Die Welt ist ein Dorf, und wenn wir in Frieden mit einander leben wollen, brauchen wir Brücken, keine Mauern.»
«Ob die Menschheit das rechtzeitig erkennt?», zweifelte die rundliche Lebenspartnerin von Kurt Schmiedlin.
«Es bleibt uns wohl keine andere Wahl, wenn wir überleben wollen.»
«Im Abgrund der Geschichte ist Platz für alle.»
Nach dieser traurigen Feststellung, einem Zitat von Paul Valéry, das natürlich von Martin Biasotto in die Runde geworfen worden war, blieb es eine Weile still. Dann wanderte die Gesellschaft weiter zu einem anderen Gesprächsthema.

Tina Merz war müde von den Ereignissen und Arbeiten des Tages. Sie hörte ihre Gäste reden, aber sie hörte nicht, was sie sagten. Der Gesprächsgegenstand wechselte von Ausländerfeindlichkeit zu Antiamerikanismus, man war interessiert, als Salome von ihren Ferien in Vietnam berichtete, nahm mit Samuel Bärlocher an einer Aufführung im Opernhaus Zürich teil, tauschte sich über Jugendkriminalität und Jugendprobleme aus und landete schliesslich bei der Klimaveränderung.
Als die Runde dieses Thema aufgriff, war es bereits 2 Uhr. Bei einzelnen Gästen zeigten sich Ermüdungserscheinungen, und die Diskussion plätscherte langsam und ohne grosses Engagement dahin.

Tina Merz war beim Kaffeemachen in der Küche, als sie registrierte, dass Kurt Schmiedlin eine längere Rede hielt. Er sprach sehr ernst.
Martin Biasotto, berichtete er, habe ihm verschiedene CDs und Speichersticks übergeben, die bei einer Hausdurchsuchung beschlagnahmt worden seien. Bei der Durchsicht des Materials sei er auf den Bericht eines russisch-englischen Forscherteams gestossen, der ihn nicht mehr los lasse.
«Danach», fasste der Leiter der Spurensicherung das Gelesenen für die mit wachsendem Interesse zuhörende Runde zusammen, «sei die Temperatur in Westsibirien in den letzten vierzig Jahren um drei Grad gestiegen mit der Folge, dass die Permafrost-Böden, die während 40'000 Jahren gefroren waren, auftauten und sich in eine Seenlandschaft verwandelten.»
Tina Merz war aus der Küche ins Esszimmer gekommen, um besser mithören zu können. Schmiedlin realisierte, dass die Aufmerksamkeit aller Anwesenden auf ihn gerichtet war; ein grosses Unbehagen ergriff ihn, und er bekam feuchte Hände. Fasziniert vom Thema sprach er weiter.
«Die Forscher haben herausgefunden, dass aus den entstandenen Seen grosse Mengen an hochwirksamem Methan in die Atmosphäre entweichen, nämlich etwa sechzig Prozent mehr als bisher angenommen.»
«Kann mir jemand sagen, was Methan ist?», unterbrach die Schwester der Kommissarin.
«Methan ist als Klimagas etwa zwanzig Mal wirksamer als Kohlendioxid», antwortete Salome ohne ihren Blick von Schmiedlin abzuwenden.
«Wenn die Forscher Recht haben», berichtete dieser weiter, «dann könnte die globale Erwärmung viel schlimmere Auswirkungen haben als selbst endzeitlich gestimmte Pessimisten vermuten. Heute beträgt der Anteil der sibirischen Methanemissionen nur rund 3,8 der insgesamt etwa sechshundert Millionen Tonnen. In manchen Teilen der Arktis wird für die nächsten Jahrzehnte eine Erwärmung um bis zu zehn Grad Celsius prognostiziert. Die Menge an Methan, die dadurch allein in Sibirien freigesetzt werden könnte, wird auf bis zu fünfhundert Milliarden Tonnen geschätzt – ein Ausmass, das einen nicht mehr rückholbaren Klimaeffekt nach sich ziehen würde.»
Schmiedlin verstummte in der Hoffnung, einer seiner Zuhörer widerspreche, sage laut und deutlich, das das alles dummes Zeug, das Grauenszenario pessimistischer Wissenschaftler sei. Aber niemand meldete Widerspruch an. Alle schwiegen.
«Mir macht Angst, was ich gelesen habe.» Mit diesem schlichten Satz sprach Schmiedlin aus, was sich wie ein grauer Schatten über die Runde

gelegt hatte. «Ich muss an meine kürzlich geborene Enkelin denken. Was für eine Welt hinterlassen wir ihr? Was für eine Zukunft? Und was tun wir, dass sie und die künftigen Generationen auf unserer Erde noch leben können? Mit welchem Recht zerstören wir ihre Lebensgrundlagen?»
Im Raum herrschte betroffenes Schweigen.

Um halb drei weckte Tina Merz ihre beiden Söhne. Maulend stellten sie sich unter die Dusche. Um drei verliessen sie mit den Gästen die Wohnung. Das Taxi, in dem Hans Klement und seine Frau mit Sebastian und Lukas Platz nahmen, war ein Polizeiauto. Es fuhr den Chef des Kriminalkommissariates nach Hause und startete dann in Richtung Genf. Stephan Merz wartete an der Einfahrt zur Autobahn und folgte dem Wagen bis zum Flughafen Cointrin. Er blieb auf der Terrasse des Flughafengebäudes stehen, bis die Maschine nach London gestartet war, informierte Tina Merz, dass bisher alles wie geplant abgelaufen sei, und machte sich auf die Rückfahrt nach Basel.

29

Als die Kommissarin am Morgen mit leichter Verspätung und gezeichnet von ihren Sorgen und einer durchwachten Nacht im Büro eintraf, waren weder Frau Simon noch Martin Biasotto anwesend. Mit einem Seufzer setzte sie sich an ihren Schreibtisch, stützte den wirren Kopf in die Hände und überlegte, mit welcher Arbeit sie beginnen könnte. Sie entschloss sich, mit Kurt Schmiedlin Kontakt aufzunehmen, um mehr über die Dokumente zu erfahren, von denen er in der Nacht so eindrücklich berichtet hatte. Vielleicht gab es irgendwo einen versteckten Hinweis, der Klarheit brachte, wie Benjamin Mächler gestorben war und ob zwischen seinem Tod und dem Terroranschlag ein Zusammenhang bestand.
Der Leiter der Spurensicherung war nicht in seinem Büro. Dafür meldete sich seine Sekretärin. Der Chef sei auf dem Weg zu ihr, berichtete sie; er bringe ihr interessante Neuigkeiten.
Während sie auf Schmiedlins Erscheinen wartete, schaute die Kommissarin in ihre Mailbox. Schon die erste Information erregte ihr Interesse: Der Schriftexperte teilte ihr mit, die Widmung in Jan Zubaks Buch über Toleranz und Vergebung sei von einem Mann mit dem arabischen Vornamen Ghassan geschrieben worden. Der Name sei in allen Ländern des Nahen Ostens bekannt und gebräuchlich. Die handschriftliche Widmung stamme von einer reiferen Person, die ausserhalb von Europa, vermutlich in einem arabischen Land zur Schule gegangen sei und über eine höhere Bildung verfüge. Es sei anzunehmen, dass sie sich schon längere Zeit im deutschsprachigen Gebiet aufhalte, denn der Text sei fehlerfrei und auch in der Schrift seien europäische Einflüsse erkennbar.
Tina Merz schaltete auf das elektronische Telefonbuch um und gab den Namen Ghassan ein. Es gab in der ganzen Schweiz sieben Männer mit diesem Vornamen. Ihre Augen glitten über die aufgelisteten Adressen und blieben am zweitletzten Eintrag hängen: Ghassan Kumari, Kannenfeldstrasse 141, Basel. – Der Imam!
Sie stand auf und trat ans Fenster. Ein belebendes Gefühl durchströmte sie. Was für eine interessante Entdeckung! Es gab eine Verbindung zwischen Kumari und Jan Zubak. Und da Zubak ein Freund oder zumindest ein guter Bekannter von Benjamin Mächler war, hatten sich möglicherweise auch Kumari und Mächler gekannt. Der Imam wurde immer interessanter.

Die Kommissarin war noch in Gedanken, als ihr Telefon klingelte. Eugen Theiss höchst persönlich rief an.

«Ich bringe Ihnen eine Ergänzung zu unserem kürzlichen Bericht über Imam Kumari», kündigte er an, und man hörte wie stolz er war. «Ich habe viele Stunden gebraucht, um diese Informationen zu bekommen.»

Tina Merz erinnerte sich, dass Ursula Mansour ihr gesagt hatte, Theiss schmücke sich gern mit fremden Federn; sie musste sich deshalb alle Mühe geben, nicht laut herauszulachen. Statt dessen heuchelte sie ein nettes «Dankeschön» und wartete voller Ungeduld auf das, was der Anrufer ihr zu sagen hatte. Er wollte aber noch ein paar Klagen loswerden über den Stress und die schlechten Arbeitsbedingungen in der Bundesverwaltung, über Kollegen, die zu häufig in den Ferien und andere, die theoretisch anwesend, aber trotzdem nicht erreichbar seien; am Schluss landete er beim Bundesanwalt, der auch ständig unterwegs sei und seine Dienststelle verludern lasse.

Da die Kommissarin beharrlich schwieg, musste Theiss schliesslich zur Sache kommen:

«Wir hatten den Eindruck, dass Sie Kumari, den Imam vom Kannenfeld, verdächtigen, dem Fundamentalismus nahe zu stehen», leitete er seine Ausführungen ein. «Wir haben uns deshalb nochmals eingehend mit dem Mann befasst und alles zusammengetragen, was sich in der kurzen Zeit über ihn finden liess. Wir haben dabei all unsere Quellen genutzt», erklärte er geheimnisvoll. «Informationswege, die sonst niemandem offen stehen.»

Tina Merz trommelte mit den Fingern auf einen der wenigen freien Plätze auf ihrem Schreibtisch und hatte alle Mühe, ihren Gesprächspartner nicht zu ermahnen, doch endlich loszuwerden, was er an Informationen bereit halte. Aber vor ihren Augen erschien die Schrift: Achtung Fettnäpfchen! Und deshalb wollte sie auf keinen Fall unhöflich sein, auch wenn der Mann nervte. So hielt sie ihre Ungeduld im Zaum und wartete, bis er endlich zum eigentlichen Thema kam.

«Ghassan Kumari stammt aus dem Libanon», meldete der Berner. «Sein Vater war Leiter einer Bankfiliale in Nabatäa, das ist eine Stadt im Südlibanon. Ghassan war ein ausgezeichneter Schüler. Nach dem Abitur studierte er Jura an der Universität von Beirut.» Theiss blätterte in seinen Unterlagen. «Später hielt er sich zwei Jahre in Kairo auf, wo er an der Al-Azhar Universität in Islamwissenschaften promovierte; er ergänzte seine Ausbildung schliesslich mit einem Studienjahr in Teheran.»

«Interessant», murmelte die Kommissarin. «War er auch in Pakistan?»

«Was immer Sie mit dieser Frage beabsichtigen», antwortete der Anrufer

mit ziemlich aggressivem Unterton, «Sie sind auf dem Holzweg. Kumari verfügt über einen einwandfreien Leumund. Er ist ein hochintelligenter Mann, der fünf Sprachen fliessend spricht, und man sagte ihm eine glänzende Laufbahn voraus. Das libanesische Aussenministerium hätte ihn gerne für den diplomatischen Dienst gewonnen, aber er entschloss sich für die Laufbahn eines Geistlichen.»
«Und was waren seine Motive?»
Da Theiss in seinen Notizen auf diese Frage keine Antwort fand, verharrte er einen Moment verdutzt in Schweigen. Er rettete sich mit einer nichts sagenden Floskel. «Geistlicher wird man aus Berufung. Das wird im Islam nicht anders sein als bei den Christen oder Juden.»
Tina Merz hielt den Mund. Sie sah den Gesprächspartner vor sich, wie ein selbstgefälliges Grinsen sein Panzernashorngesicht überflog. Er dozierte jetzt mit der lauten Stimme eines Vereins-Redners über menschliche Eigenschaften und Gepflogenheiten, die in der ganzen Welt dieselben seien, und sie wartete geduldig, bis er zum Thema zurückkehrte.
«Der Imam ist ein loyaler Mann und für die Jugend echt engagiert. Das hat er mehrfach bewiesen», erläuterte er. «Er ist kein Fundamentalist, sondern bekennt sich vorbehaltslos zur Demokratie. Und was die Rechte der Frau angeht, spricht er sich ohne Wenn und Aber für Emanzipation und Gleichberechtigung aus.»
Die Kommissarin nahm die Worte auf, blieb aber skeptisch. «Führen Sie eine Fiche über Kumari?», erkundigte sie sich hinterhältig. «Woher nehmen Sie all diese Details.»
Theiss dachte länger nach, wie wenn er selbst über sein Wissen erstaunt wäre. «Wir kennen sie eben», antwortete er schliesslich und sein Tonfall machte deutlich, dass er nicht bereit war, seine ergiebigen Quellen preiszugeben. Und weil ihm die beharrliche Skepsis der Kommissarin nicht verborgen blieb, fügte er seinen bisherigen Ausführungen abschliessend bei: «Und wir können uns auf unsere Informanten verlassen.»
So langsam begann der Berner sich über die Basler Kommissarin zu ärgern. Seine Stimme wurde lauter. «Wir wissen zum Beispiel, dass Kumari im letzten Jahr einen türkischen Vater dazu überredete, auf die Zwangsverheiratung seiner Tochter zu verzichten.»
«Das ist sehr erfreulich.»
«Und vor ein paar Monaten hat er einen Dschihad-Werber zum Teufel gejagt.»
«So?»

«Eigenhändig hat er den Mann hinausgeschmissen. Er sei ein Lügner, soll er ihm nachgerufen haben. Allah wolle nicht, dass junge Leute sich und andere umbringen.»
Wieder wunderte sich Tina Merz über die Einzelheiten, die Theiss von Kumari wusste. Aber es war diesem mit den letzten Aussagen doch gelungen, bei ihr freundlichere Gefühle für den in ihren Augen nicht über jeden Zweifel erhabenen Imam zu wecken.
Sie schrieb sich ein paar Stichworte auf, um später eine Aktennotiz zu erstellen, und wechselte das Thema. «Gibt es etwas Neues über Mirza Aschari und Hani Moussa?»
«Nein», antwortete Theiss, «aber insbesondere Moussa steht weiter unter Verdacht. Wir wissen immer noch nicht, was er am letzten Mittwochmorgen im Bahnhof suchte. Und dass er so kurz nach dem Attentat plötzlich verschwunden und nicht mehr aufzufinden ist, macht ihn sehr verdächtig. Aber wir werden alles klären. Es ist nur eine Frage der Zeit. Im Übrigen haben wir erfahren, dass nicht nur Moussas Bruder, sondern auch er selbst Mitglied der militanten Hizbollah ist.»
«Und warum weiss ich nichts davon?»
Selbst einem Dickhäuter wie Theiss blieb der leicht gereizte Ton nicht verborgen. «Sie werden alles rechtzeitig erfahren», besänftigte er seine Gesprächspartnerin gönnerhaft. «An der morgigen Sitzung wird es zu einem umfassenden Informationsaustausch kommen. Aber nehmen Sie einen Tipp von mir: konzentrieren Sie Ihre Ermittlungen auf diesen Moussa. Der Mann ist in höchstem Mass verdächtig. Er weiss, wie man sich Sprengstoff verschafft und damit eine Bombe baut. Zudem kommt er aus einem Land, wo die Selbstmordattentäter quasi auf der Strasse wachsen.»
Theiss lachte über die in seinen Augen sehr träfe und witzige Wortwahl.

Tina Merz hörte ein Klopfen. Rasch verabschiedete sie sich vom Berner Kollegen und öffnete Kurt Schmiedlin die Tür.
Die beiden lachten sich ins übernächtigte Gesicht.
«Alles okay?», erkundigte sich der Chef der Spurensicherung ohne den Gegenstand seiner Frage zu nennen.
Tina Merz nickte. «Ich warte auf die Bestätigung, dass sie gut angekommen sind.»
«Sie haben bestimmt in der Zwischenzeit den Bericht unseres Schriftexperten über die Widmung bekommen», begann Schmiedlin. «Können Sie etwas damit anfangen.»

«Und wie», antwortete die Kommissarin strahlend. «Das Gutachten zeigt Zusammenhänge auf, die wir bisher nicht kannten.»
«Das freut mich.» Schmiedlin war stolz. «Unser Schriftexperte hat die halbe Nacht geopfert, um Ihnen die Antwort auf Ihre Fragen noch heute morgen liefern zu können.» Dann kam er auf den eigentlichen Grund seines Besuchs zu sprechen: «Ich habe nach unseren nächtlichen Festivitäten nicht besonders gut geschlafen. Dieser Benjamin Mächler geht mir nicht aus dem Kopf. Was wir an Dokumenten aus seinem Zimmer bekommen und analysiert haben, reicht als Motiv für einen Selbstmord aus. Ich denke, diese Akte können Sie schliessen.»
«Das wäre schön», seufzte die Kommissarin. «Und was hat Sie überzeugt?»
«Einer meiner Mitarbeiter hat den PC geknackt und ein paar aufschlussreiche Dateien gefunden. Leider nur ein paar wenige. Mächler muss seine Festplatte regelmässig mit einem professionellen Washer gereinigt haben.»
«Aber es gab doch noch Neuigkeiten?»
«Wir haben einen Text gefunden, den Mächler vermutlich für die Schule geschrieben hat.»
«Und was stand darin?»
«Dieser Text ist ein eindrückliches Dokument von Verzweiflung und Wut.»
«Erzählen Sie schon.»
«Mächler listet darin auf, was alles geschehen muss, damit der Fortbestand des Lebens auf der Erde gesichert ist. Er stützt sich dabei auf offizielle Berichte über die Klimaerwärmung, über Luft-, Boden- und Meeresverschmutzung. Er kommt zum Schluss, dass die Menschheit keine Überlebenschance hat, wenn sie die fortschreitende Umweltzerstörung nicht sofort stoppt.»
«Und was ist an diesem Aufsatz so bemerkenswert? Die Zerstörung der Umwelt und ihre Folgen sind bekannt.»
«Die Verzweiflung, die aus dem Jungen spricht. Seine Resignation, seine Wut, seine Hoffnungslosigkeit.»
Die Kommissarin schwieg.
«Vor allem seine Hoffnungslosigkeit ist erschütternd.» Schmiedlin hatte die Hände vor seinem Mund gefaltet und die Augen geschlossen, um sich besser konzentrieren zu können. «Er berichtet, er habe Briefe an den Bundesrat, den amerikanischen Präsidenten und den Generalsekretär der Vereinten Nationen geschrieben. Ebenso an die Präsidenten von WWF und Greenpeace. Letzterem habe er angeboten, alles stehen und liegen zu lassen, um seine Organisation bei ihren Aktionen tatkräftig zu unterstützen.»

«Und?»
«Er schreibt, von den Präsidenten der beiden Umweltorganisationen habe er keine Antwort erhalten und die politischen Adressaten hätten ihn mit einem vorgedruckten Schreiben abgefertigt.»
«Armer Junge.»
«Weil mich dieses Dokument nicht losliess, habe ich heute morgen in die Bundeskanzlei telefoniert und mich erkundigt, wer das Schreiben Mächler bearbeitet hat.»
«Und?»
«Man verband mich mit Arturo Volpi, einem Tessiner, der ausgezeichnet Deutsch spricht. Er erinnerte sich sofort an Benjamin Mächler.» Schmiedlin entnahm seiner Aktentasche ein Papier und breitete es vor der Kommissarin aus. «Volpi sagte mir, Mächler habe ihm, nachdem er die Antwort auf seinen ersten Brief erhalten habe, noch ein zweites Mal geschrieben. Minuten später hat er mir dieses Papier durchgefaxt.»
«Ich hasse Euch!
Euer verlogenes Mitgefühl, Euer geheucheltes Interesse, Eure geschwätzige Gleichgültigkeit, Eure geschäftige Tatenlosigkeit, Eure gedankenlose Geld- und Besitzgier!»
«Mächler muss über den Zustand der Erde und die Passivität der Mächtigen völlig verzweifelt gewesen sein», murmelte Schmiedlin. «Als er auch noch seine Freundin verlor, hatte er vermutlich ganz einfach genug vom Leben.»
«So könnte es gewesen sein», stimmte die Kommissarin nachdenklich zu. «Haben Sie in den Unterlagen etwas über einen Freund gefunden, einen Jan Zubak?»
«Jan Zubak? Das ist doch der Junge aus Sissach, dessen Identifikation noch aussteht.» Schmiedlin schüttelte den Kopf. «Der Name taucht nirgends auf.»

Als der Leiter der Spurensicherung gegangen war, schrieb Tina Merz für Frau Simon eine Notiz; sie forderte sie auf, sich nach Jan Zubak zu erkundigen; sie würde auch gern mehr über dessen Herkunft und familiäre Verhältnisse erfahren. Später suchte sie das Papier hervor, auf dem Martin Biasotto die Verdächtigen aufgelistet hatte. Lange starrte sie darauf, überlegte hin und her, wog die Argumente gegen einander ab. Schliesslich legte sie das Blatt zurück auf ihren Schreibtisch, ohne die Namen Ghassan Kumari und Benjamin Mächler darauf gestrichen zu haben.

30

Als die beiden Kommissare ihren Dienstwagen an der Kleinriehenstrasse parkten, hatte der Himmel alle Schleusen geöffnet. Stillschweigend blieben sie im Trockenen sitzen. Biasotto stellte das Radio ein. Sie hörten noch das Ende eines ABBA-Songs, dann kündigte der Sprecher ein Interview mit einem Vertreter des Kriminalkommissariats an.

Tina Merz war erstaunt. Was hatte das zu bedeuten? Völlig irritiert war sie, als der Interviewer das angekündigte Gespräch mit der Mitteilung einleitete, wegen des Anschlags vom vergangenen Mittwoch und der auf Hochtouren laufenden Ermittlungen sei es dem Chef des Kriminalkommissariats leider nicht möglich, selbst ins Studio zu kommen; er habe aber den verdienten Kriminalkommissar Siegfried Schär als Stellvertreter geschickt, einen Mann, den man von früheren Aufklärungserfolgen kenne und der bei der Suche nach den Terroristen mit besonders heiklen Aufgaben betraut sei.

Spontan beugte sie sich vor und streckte den Arm aus, um das Radio auszuschalten, aber Biasotto ging dazwischen.

«Tina, ich will wissen, was er sagt.»

Sie wandte sich abrupt ab, wie wenn sie damit verhindern könnte, dass die Worte Schärs an ihr Ohr drangen.

«Ich muss leider gestehen», hörte sie den verhassten Kollegen mit seiner näselnden Stimme sagen, «dass unsere Ermittlungen nicht so laufen, wie wir es gehofft haben. Es gibt zwar viele hilfreiche Hinweise aus der Bevölkerung; sie haben aber bisher nicht auf eine heisse Spur geführt. Die Ursache der Stagnation liegt ... liegt – unter anderem – in der Tatsache, dass Frau Merz, die leitende Kommissarin, meint, die Ermittlungen breit fassen zu müssen. Dabei ist allen – jedenfalls denen, die es wissen wollen – klar, in welchen Kreisen die Täter zu suchen sind.»

Nach diesem Satz räusperte er sich ausgiebig, Auf die Frage des Interviewers, von welchen Kreisen er denn spreche, stammelte Schär ein paar «Ös», gab letztlich aber keine Antwort. Länger sprach er dann über die Rolle, die ihm selbst bei den Ermittlungen zukam: «Ich habe einen Sonderauftrag und gehe speziell wichtigen Hinweisen nach», berichtete er gestelzt wie ein Pfau. «Diese haben mich ins Umfeld eines islamischen Gebetszentrums im Westen der Stadt geführt. Ich habe nach längeren Recherchen einen Anwohner ausfindig gemacht, der dort während Monaten einen Dschihad-Werber beobachten konnte. Dieser hat gezielt junge Leute zum Mord an unschuldigen Zivilisten aufgehetzt. Darunter zum Beispiel

einen Palästinenser – nennen wir ihn Ali – der Mitglied einer radikalen Vereinigung war und sich vermutlich im Bombenbasteln bestens auskannte. Er kam beim Attentat ums Leben, was für einen Fundamentalisten typisch wäre. Er hatte einen ebenso militanten Bruder, der bei den Juden im Gefängnis sitzt ...»
«Verdammt, stell das ab», fluchte die Kommissarin.
«Stuss aus einem Guss», stellte Biasotto trocken fest und drückte die Off-Taste.
Tina Merz hatte die Autotür geöffnet und war vor dem Radio in den Regen hinaus geflohen. Wie kam der Kollege dazu, derart aus der Schule zu plaudern? Und wer hatte ihn zu diesem Interview ermächtigt? Zitternd vor Wut eilte sie zum Hauptportal des Claraspitals; in der Eingangshalle schüttelte sie heftig den Regen ab, wie wenn sie damit auch den Ärger loswerden könnte, und suchte in ihrer Tasche nach dem Handy. Biasotto kam Sekunden später nach.
«Lass gut sein, Chefin», stoppte er sie, noch bevor sie zu reden begann, und nahm ihr das Handy aus der Hand. «Reg dich nicht auf. Wir werden der Sache nachgehen, sobald wir wieder im Waaghof sind. Von hier aus können wir nichts unternehmen. Im Übrigen», er sah auf die Uhr, «es ist gerade neun, da hört kein Mensch Radio. Die Erwerbstätigen sind an der Arbeit und die Hausfrauen beim Einkaufen. Nur ein paar Pensionierte haben etwas von dem Blödsinn mitbekommen, und die sind infolge ihres Alters schon so vergesslich, dass sie bereits nicht mehr wissen, was sie gehört haben.»
«Er macht sich auf unsere Kosten wichtig.»
Biasotto grinste. «Er hat zwar keine Chance, Chefin, aber er nutzt sie.»
Die Kommissarin hatte keine Lust zum Lachen. Sie presste die Lippen zusammen und schwieg. Sie hätte zwar gerne noch ein bisschen geschimpft; aber wenn ihr Assistent nicht zuhören wollte; für nichts und niemanden wollte sie sich nicht verausgaben.

Khalil Khima hatte ein starkes Schmerzmittel bekommen und dämmerte im Halbschlaf, als Tina Merz und Martin Biasotto sein Zimmer betraten. Die zuständige Schwester hatte dafür gesorgt, dass sie mit dem Tunesier allein waren; el-Haddad war für einen Verbandswechsel weggebracht worden.
Als Khima realisierte, dass der Besuch der beiden Kommissare ihm galt, blinzelte er mit halbgeschlossenen Augen und versuchte ein Lächeln auf

sein Gesicht zu bringen, was ihm aber nicht gelang. Er hatte eine schlechte Nacht gehabt und fürchtete, er sei mit seinem wirren Kopf ausser Stande, die Fragen der Polizei kontrolliert zu beantworten.
Tina Merz schätzte die Situation sofort richtig ein und war bereit, sie für ihre Zwecke zu nutzen. Sie eröffnete dem Patienten, sie hätten zufällig erfahren, dass er mehr über die Hintergründe und Drahtzieher des Attentats wisse, und seien gekommen, ihn dazu zu befragen.
Khima versuchte, der unangenehmen Situation zu entkommen. «Ich habe grosse Schmerzen», hauchte er in seinem mangelhaften Deutsch. «Zudem hat man mir starke Medikamente gegeben; ich kann nicht klar denken. Bitte, kommen Sie morgen, oder besser übermorgen wieder.»
Die Kommissarin war sich bewusst, dass die Aussagen, die Khima in seinem beeinträchtigten Zustand machen würde, insbesondere ein allfälliges Geständnis, einem späteren Widerruf vor Gericht nicht standhalten würden. Aber sie hatte das Gefühl, sie seien nahe dran, und darum mochte sie auf die günstige Gelegenheit nicht einfach verzichten.
«Die Schwester meint, Sie seien vernehmungsfähig», stellte sie entschieden fest, zog einen Stuhl an den Bettrand, setzte sich und betrachtete eine Weile stumm das blasse Gesicht des Tunesiers.
«Herr Khima», begann sie, «wissen Sie etwas über die Attentäter?»
«Ich sagte schon ...»
«Ich habe eine klare Frage gestellt und erwarte eine klare Antwort.»
Khima schüttelte den Kopf. «Ich weiss nichts. Woher auch? Ich wohne in Frankreich, komme nur zum Arbeiten nach Basel. Was sollen die Fragen?»
Aber so schnell liess sich die Kommissarin nicht abfertigen. «Das ist nicht die ganze Wahrheit», stellte sie kühl fest. «Wir wissen, dass Sie Mitglied einer muslimischen Clique sind, die sich regelmässig im Kleinbasel trifft.»
Die Feststellung brachte Khima für einen kurzen Moment aus der Fassung. Dann verzog er gequält sein Gesicht. «Ich habe grosse Schmerzen», hauchte er. «Mein Arm tut weh. Bitte kommen Sie morgen wieder, dann gebe ich Ihnen Antwort.»
«Gehören Sie dieser Clique an? Ja oder nein?», beharrte die Kommissarin, die überzeugt war, der Befragte spiele Theater.
«Ich weiss nicht, wovon Sie reden», gab Khima den Unwissenden. «Ich kenne keine muslimische Clique. Ich gehe nach der Arbeit immer nach Hause – sofort. Ich ...»
«Sie erzählen Märchen», schnitt ihm die Kommissarin hart das Wort ab.

«Man hat Sie gesehen auf dem Claraplatz. Es gibt Zeugen.»
Khima drückte die Augen zu und zog gequält die Mundwinkel nach unten. Er verharrte eine Weile so, wie wenn er das Nachlassen einer Schmerzattacke abwarten müsste. In Wirklichkeit versuchte er, Zeit zu gewinnen, denn inzwischen war er hellwach, und sein Gehirn arbeitete auf Hochtouren. Schliesslich entspannten sich seine Gesichtszüge; langsam bewegte er den Kopf auf dem Kissen hin und her. «Ich habe Ihre Frage nicht verstanden.»
Jetzt wurde Tina Merz echt zornig. «Tun Sie nicht so», fuhr sie ihn an, «Sie wissen genau, wovon ich spreche. Sie waren auf dem Claraplatz.»
«Claraplatz? Wo ist der Claraplatz?», erkundigte sich der Tunesier mit unbewegter Miene.
Die Kommissarin durchschaute das Spiel, aber sie wollte ihre Zeit nicht mit unnützem Wortgeplänkel verbringen. Darum ging sie auf die Frage ein und beschrieb die Lage des Claraplatzes und wie man dorthin gelangt.
Über Khimas Gesicht ging ein Zeichen des Erkennens. «Bon, ich weiss jetzt, von welchem Platz und welcher Clique Sie reden», bekannte er. «Aber ich war nur einmal dort, ein einziges Mal. Mit einem Kollegen. Ich schwöre, nur einmal. Die Leute haben mir nicht gefallen», er schüttelte den Kopf, «darum bin ich nicht wieder hingegangen.»
«Wir werden das nachprüfen», kündigte die Kommissarin unheilvoll an. «Wie hiess der Kollege, der Sie mitgenommen hat?»
Wieder drückte Khalil Khima die Augen zu. «Ich kann mich nicht erinnern. Es war nur ein flüchtiger Bekannter. Ich glaube, er hiess Meme. Das ist die Abkürzung für Mehmet.»
«Ein sehr seltener Name», konstatierte Tina Merz sarkastisch. «Noch eine letzte Frage. Wie hiessen die beiden Besucher, die gestern hier waren?»
«Besucher? Hier waren keine Besucher.»
Die Kommissarin beobachtete den Befragten genau. Sie hatte das sichere Gefühl, dass er Angst hatte. Jedenfalls flackerte ein unruhiges Licht in seinen Augen, und Gegenfrage und Antwort waren sehr rasch, zu rasch gekommen.
«Die Besucher wurden gesehen. Dafür gibt es verschiedene Zeugen.»
«Falsch. Ich hatte keine Besucher.» Und wie einem plötzlichen Einfall folgend, setzte er hinzu. «Aber er hatte Freunde.» Er zeigte mit der unverletzten Hand auf das leere Bett el-Haddads.
«Und wie sahen sie aus, seine Freunde?», erkundigte sich Biasotto.
«Ich habe sie nicht gesehen. Ich habe geschlafen.»

Die Kommissarin war sicher, dass Khima log. Aber im Augenblick konnte sie ihm das nicht nachweisen. So fragte sie nur: «Woher wissen Sie denn überhaupt, dass Ihr Nachbar Besuch hatte.»
«Er erzählte es, später, als ich aufwachte», lautete die rasche Antwort.
«Kennen Sie Benjamin Mächler?» Biasotto sah von seinem Laptop auf.
«Wer ist das? Ein Besucher?»
«Ein junger Mann in Ihrem Alter. Er ist tot.»
Khima blinzelte und schloss die Augen. Als er sie wieder öffnete, wich er dem Blick der Kommissarin aus. «Warum soll ich ihn kennen? Ich kenne nicht alle Leute, die beim Attentat umgekommen sind.»
«Er starb nicht beim Attentat», sagte sie langsam und liess den Tunesier nicht aus den Augen. «Er wurde am Sonntag getötet.»
«Getötet?» Die Stimme klang noch matter als bisher.
«Er wurde mit Alkohol und Drogen voll gepumpt und in den Rhein geworfen.»
«Damit habe ich nichts zu tun.» Jetzt klang die Stimme fast weinerlich. «Ich weiss nicht, was Sie wollen. Ich war hier, im Spital. Lassen Sie mich in Frieden. Ich bin krank und will meine Ruhe.»

Auf der Rückfahrt zum Waaghof stellte Biasotto die übliche Frage: «Was hältst du davon?»
«Schwierig», lautete die unschlüssige Antwort. «Er hatte Angst. Zumindest am Schluss. Aber wovor? Vor uns?» Die Kommissarin schüttelte ungläubig den Kopf.
«Bestimmt hat er Angst vor allzu energischen, emanzipierten Frauen. Du warst hart und rücksichtslos, Chefin. Als Muslim ist der Mann weiche, devote Weiblichkeit gewöhnt.»
«Deine Träume?»
Biasotto kicherte. «Selbstverständlich.» Rasch wurde er wieder ernst. «Aber du hast Recht. Er hatte Angst.»
«Vor uns?»
Der Assistent schüttelte den Kopf. «Seine Angst war bei der ganzen Befragung zu spüren. Und sie hat nichts mit deinem forschen Fragestil und deiner Hartnäckigkeit zu tun.» Er liess das Gespräch im Kopf Revue passieren. «Vielleicht doch», widersprach er sich wenig später. «Seine Angst könnte doch mit der Befragung zu tun haben. Indirekt.»
«Du meinst, er befürchtete, etwas zu sagen, was andere als Verrat taxieren könnten?»

Biasotto nickte stumm. «Seine Angst nahm sichtbar zu, als du ihm vom Tod Benjamin Mächlers erzähltest.»
«Das habe ich auch beobachtet. Vielleicht kennt er Personen oder Gruppen, die gefährlich sind.»
«Die Clique vom Claraplatz?»
«Könnte sein. Aber die Beweise fehlen uns.»
«Noch, Chefin, noch. Was tun wir?»
«Wir schicken jemanden auf den Claraplatz; er soll die Gruppe beobachten. Vorerst unauffällig. Wir brauchen die Namen der Mitglieder. Dann lassen wir Khimas Telefon überwachen. Auch sein Handy.»
«Das wird schwierig sein. Er wohnt in Frankreich. Und sein Handy ist bestimmt dort registriert.»
«Wir müssen mit Bärlocher reden. Er muss das für uns arrangieren.»
«Und was machen wir mit Lofti el-Haddad?»
Tina Merz kratzte sich hinter dem Ohr. «Das ist noch schwieriger. Aus Bern haben wir nicht viel über ihn erfahren. Er sei gut beleumdet.»
«Terroristen sind oft gut beleumdet. Erinnere dich, was Harrer im Täterprofil festgehalten hat. El-Haddad würde genau hinein passen.»
Die Kommissarin nickte nachdenklich. «Aber er macht wirklich einen guten Eindruck. Persönlich, meine ich.»
«Auch das soll bei Terroristen hin und wieder vorkommen. Denk daran: Bestens ausgebildet, aus guter Familie, scheinbar integriert, fleissig, nicht vorbestraft etc. etc.»
«Er könnte ein Schläfer sein.»
«Ein Schläfer?»
Sie nickte. «Das ist ein Mensch, der Mitglied einer Terrororganisation ist, unauffällig unter uns lebt und schläft, bis seine Organisation ihn braucht und weckt.»
«Das tönt plausibel.»
«Aber warum hat er uns den Tipp mit Khima gegeben? Das hätte er nicht tun müssen.»
Biasotto schwieg und dachte nach.
«Vielleicht wollte er unser Vertrauen gewinnen», beantwortete die Kommissarin ihre Frage selbst. «Oder er wollte den Verdacht von sich weg und auf seinen Bettnachbarn lenken.»
«Vielleicht gehört er dieser Gruppe an, vor der Khima Angst hat», schlug Biasotto vor.
«Gibt es irgend etwas, was darauf hindeutet?»

«Nein. Gibt es nicht.»
«Also vergiss es. Lassen wir das Spekulieren. Konzentrieren wir uns auf das, was wir wissen.» Die Ermahnung klang resigniert.
«Liebe Chefin», Biasotto schob das Kinn nach vorn und sprach energisch und mit ermahnendem Unterton. «Der alte Sokrates, der zwar nicht in unserem Metier tätig, aber trotzdem ein kluger Mann war, gab uns eine weise Erkenntnis mit auf den Weg; sie hat uns schon mehrfach geholfen.»
«Und wie lautet seine Erkenntnis?»
«Wissen ist nichts. Phantasie ist alles.»
Sie lachte und tätschelte ihm den Arm.
«Es ist verboten den Fahrer mit Handgreiflichkeiten von der Strasse abzulenken.»
Die Kommissarin war schon wieder ernst. «Wir werden auch jemanden auf el-Haddad ansetzen. Und wir werden einen Polizeimann vor dem Zimmer Khimas postieren.»
«Das finde ich gut», stimmte Biasotto zu. «Und wir lassen auch el-Haddads Telefon überwachen.»

Noch bevor sie ihr Büro betrat, eilte die Kommissarin zu Hans Klement. Sie wollte wissen, ob er Schär die Erlaubnis für das Radiointerview gegeben hatte.
Dem Leiter des Kriminalkommissariats war die ganze Sache peinlich. Soeben hatte Lilian Blumer angerufen, seine vorgesetzte Regierungsrätin, und hatte sich über die Aussagen Schärs und insbesondere über die Seitenhiebe auf Tina Merz beschwert. Er hatte sie beschwichtigt, ihr versichert, Schär habe eigenmächtig gehandelt und er habe ihn deswegen auch gerügt – was er natürlich noch nicht getan hatte. Zu guter Letzt hatte er ihr versprochen, dass es bestimmt nicht wieder zu einer derartigen Entgleisung kommen werde. Jetzt stand die Kommissarin wegen der selben Sache mit vor Zorn funkelnden Augen vor ihm, und Hans Klement wusste, dass er sie nicht so leicht abfertigen konnte wie die viel beschäftigte Justizdirektorin.
Er holte tief Luft, bevor er zu sprechen begann: Schär sei bei ihm vorstellig geworden und habe sich beklagt, er werde laufend von Journalisten bedrängt, die eigentlich mit der leitenden Kommissarin reden wollten. Aber diese sei ja ständig unterwegs. Schär habe um Bewilligung für ein Interview gebeten; er wolle ein paar grundsätzliche Erklärungen abgeben und damit die zeitraubenden und lästigen Anfragen der Medien reduzie-

ren. Er, Klement, habe dieses Ersuchen anfangs energisch zurückgewiesen und den Kollegen darauf aufmerksam gemacht, dass für Medienkontakte in diesem Fall ausschliesslich die Bundesanwaltschaft zuständig sei. Aber Schär habe auf seinem Begehren bestanden, und so habe er ihm schliesslich erlaubt, am Radio ein Statement abzugeben, nur ein kurzes und nur ein einziges Mal.
Zum Schluss ermahnte Klement seine Mitarbeiterin, sich nicht aufzuregen. Es sei ja nichts passiert. Schär habe weder ihr noch der Sache, sondern lediglich sich selbst geschadet. Er werde den Kollegen für seinen unprofessionellen Auftritt angemessen tadeln.
Ohne ein Wort, aber vor Wut schnaubend, verliess die Kommissarin das Büro ihres Vorgesetzten.

An diesem Nachmittag fand im Kriminalkommissariat die zweite Medienkonferenz statt. Tina Merz, die wieder rechts von Samuel Bärlocher sass, bewunderte den Bundesanwalt einmal mehr. Obwohl noch keine konkreten Ermittlungsergebnisse vorlagen und es eigentlich gar nichts zu sagen gab, sprach er gute zwanzig Minuten über ihre Arbeit und ihr Vorgehen, nicht ohne einen Hauch von Geheimniskrämerei, was die Spannung erhöhte. Ohne konkrete Angaben verstand er es, bei den Medienleuten den Eindruck zu wecken, man stehe unmittelbar vor dem Abschluss des Falles, und es sei nur noch eine Frage von wenigen Tagen, bis man einen Täter präsentieren könne.
Tina Merz hatte gleich zu Beginn der Konferenz unter den Medienleuten Konrad Stücklin vom Liestaler ‹Landboten›, einen alten Widersacher, erspäht. In einem früheren Fall hatte er mit seinen Artikeln Lügen und verhängnisvolle Spekulationen über die Täterschaft verbreitet und damit einen Mann in den Selbstmord getrieben. Wie in solchen Konferenzen üblich, gab der Bundesanwalt auch diesmal den Journalisten die Möglichkeit, Fragen zu stellen. Als Stücklin sich zu Wort meldete, schwante ihr nichts Gutes.
«Heute morgen wurde am Radio ein Interview mit einer wichtigen Führungskraft des Kriminalkommissariats gesendet», begann er mit scheinheilig freundlichem Gesichtsausdruck. «Er gab bekannt, dass man noch keine heisse Spur habe. Die Ursachen dafür seien in der Tatsache zu suchen, dass die Kommissarin, welche die Ermittlungen leite, aus weltanschaulichen Gründen gewisse Kreise von vorneherein als Verdächtige ausschliesse. Was sagen Sie dazu?»

Samuel Bärlocher musterte Stücklin schweigend – mindestens zehn Sekunden lang. «Beurteilen Sie uns nicht auf Grund von unqualifizierten Anwürfen aus trüber Quelle oder den Kassandrarufen schlecht informierter Dritter», mahnte er dann. «Frau Merz ist eine tüchtige und erfolgreiche Kriminalistin ohne Vorurteile; sie wird diesen Fall lösen.»
«Was gibt Ihnen diese Gewissheit? Sie kennen sie doch kaum.»
Unwillen zeigte sich auf dem Gesicht des Bundesanwalts. «Am Start erkennt man die Sieger», bemerkte er kurz und abschliessend und wandte sich von Stücklin ab an die Versammlung. «Gibt es weitere Fragen?»

An diesem Abend sass Tina Merz allein und bedrückt am grossen Familientisch. Martin Biasotto hatte sie eingeladen, mit ihm und Silvia zu essen, aber sie hatte abgelehnt. Sie brauchte keine Gesellschaft; sie wollte nachdenken und früh zu Bett gehen, um ihr Schlafmanko aus den vorangegangenen Nächten aufzuholen. Zudem hatte ihre Freundin Monika für neun Uhr einen Anruf angekündigt.
Zehn Minuten früher als abgemacht klingelte das Telefon. Es war Lukas, der nach einem kurzen Gruss sprudelnd zu erzählen begann. Monika habe sie am Flughafen abgeholt, und sie seien, eskortiert von einem echten Scotland-Yard-Mann zu ihrem Haus gefahren. Nach einem englischen Frühstück habe er mit dem jüngeren und Sebastian mit dem älteren Sohn von Monika die Schule besucht. Das sei richtig toll gewesen. Die Lehrerin habe ihn zwar als einen Deutschen aus Stuttgart vorgestellt – wegen der Geheimhaltung – aber die englischen Kinder seien sehr nett gewesen. Das Schulhaus sei toll. Etwas alt zwar, aber es habe riesige Sportplätze und ein richtiges Restaurant für Schüler. Da hätten sie auch gegessen. Nicht viel – schob er nach – das Essen habe nicht besonders gut geschmeckt. Am Nachmittag hätten sie Fussball gespielt; er habe ein Goal geschossen und sei dafür sehr gelobt worden. Auf Englisch natürlich, und er habe nicht alles verstanden. Am Wochenende würde Monika mit ihnen nach London fahren. In den Tower und ins British Museum.
Tina Merz hörte eine Weile schweigend zu. Schliesslich unterbrach sie ihren jüngeren Sohn und erkundigte sich nach Sebastian. Wenig später übernahm dieser das Gespräch. Auch er schien zufrieden. Er sei in seiner Klasse gut aufgenommen worden, habe sich auf Englisch vorgestellt – natürlich bestätigt, dass er aus Stuttgart komme. Dann wollte er wissen, ob er seinen Freunden Emails und SMS schicken dürfe.
«Emails ja, SMS nein», antwortete die Kommissarin nach kurzem Über-

legen. «Es ist wegen der Vornummer, die dem Empfänger verrät, wo ihr euch aufhaltet.»
Mit einem abschliessenden «Alles klar» gab Sebastian das Telefon an Monika weiter, die ihrer Freundin bestätigte, es sei alles in bester Ordnung. Scotland Yard sei permanent anwesend, habe bisher aber nichts Verdächtiges festgestellt. Sie freue sich, dass die beiden Jungen bei ihr Zuflucht gesucht hätten; sie seien willkommen. Auch für längere Zeit.

Die Kommissarin ging zufrieden zu Bett und schlief wie ein Murmeltier in seiner Winterhöhle tief unter dem Schnee.

31

Für den folgenden Tag war eine Sitzung in Bern angesagt.
Die Kommissarin und ihr Assistent machten sich um halb acht Uhr auf den Weg in die Bundeshauptstadt. Da sie den Ausflug nutzen wollten, um bei der Gemeindeverwaltung in Sissach Akten über die Familien Aydin und Sengül abzuholen, fuhren sie mit dem Auto. Kurz nach halb zehn stellten sie ihr Fahrzeug auf dem Parkplatz beim Bärengraben ab und bummelten über die Nideggbrücke hinauf zur Gerechtigkeitsgasse. Sie hatten noch etwas Zeit, denn die Sitzung begann erst um 10 Uhr 15.
Sie spazierten mitten auf der Strasse und bewunderten die geschlossene Altstadt, einer der wenigen UNESCO-Kulturschätze der Schweiz. Vor dem Rathaus blieben sie stehen und betrachteten den gotischen Bau aus dem frühen 14. Jahrhundert, ein Machtsymbol des ehemaligen Bernischen Stadtstaates.
Etwa hundert Meter später machten sie einen Schwenker nach links und bogen durch ein enges Gässchen zum Münster. Die Kommissarin hatte vor Jahren die einmalige Figurenansammlung im Tympanon des grossen Eingangsportals gesehen und nie mehr vergessen. In Erwartung des Kunstgenusses eilte sie mit langen Schritten voraus, versicherte sich aber zweimal mit einem Blick über die Schultern, dass Martin Biasotto ihr folgte. Dieser hätte die Zeit bis zum Sitzungsbeginn eigentlich lieber in einem gemütlichen Café verbracht; aber er wusste, dass die Chefin im kulturellen Bereich nicht frei von missionarischem Eifer war; zudem hatte er heute gute Laune und war darum bereit, sich als Opfer zur Verfügung zu stellen.
Als sie kurz darauf vor dem Münster standen, der grössten und bedeutendsten spätgotischen Kirche der Schweiz, war auch der Assistent beeindruckt, zeigte sogar einen Hauch von Begeisterung. Das Hauptportal mit seinen zweihundertvierunddreissig fein gearbeiteten Sandsteinfiguren, das Jüngste Gericht darstellend, war tatsächlich grandios. Nach eingehender Betrachtung des Tympanons machte die Kommissarin ihren Begleiter auf die prächtige Justitia im modisch-antiken Gewand aufmerksam und auf den Erzengel Michael, der, um eine gute Seele kämpfend, vom Teufel an den Haaren gerissen wird.
«Und wo siehst du dich, Chefin», erkundigte sich Martin Biasotto mit einem Augenzwinkern, «unter dem gemeinen Volk, das im Totenhemd zur Himmelstür drängt, oder dort unten, wo sich die Fürsten von Kirche und Welt versammeln und mit Qualen traktiert werden?»

«Am liebsten wäre ich dort oben.» Tina Merz zeigte auf die himmlische Zone, wo Christus als Richter, umgeben von Engelschören, thronte. «Es muss wunderbar sein, zusammen mit anderen Engeln alle die schönen Chorwerke von Bach, Haydn und Mozart zu singen.»
«Habe ich richtig gehört? Zusammen mit anderen Engeln?» Biasotto hob die Brauen und grinste. «Liebe Chefin, wenn du so hoch hinaus willst, solltest du bald mit der beschwerlichen Kletterei beginnen.»
Sie warfen noch einen Blick auf die Seitenportale und gingen zurück zur Kramgasse. Von dort schlenderten sie vorbei am Zytgloggeturm mit der grossen Räderuhr zum Bundesplatz,

Als sie das Sitzungszimmer in der Bundesanwaltschaft betraten, waren bereits mehrere Personen versammelt.
Ursula Mansour trat mit einem breiten Lachen auf die Kommissarin zu. «Ich begleite Sie täglich mit meinen Gedanken», begrüsste sie die Kollegin und reichte ihr die Hand. «Ich beneide Sie nicht um Ihre schwierige Arbeit und frage mich immer wieder, wie ich Sie unterstützen könnte.»
«Vielen Dank. Wir kommen zurecht», erwiderte Tina Merz, die sich über diesen herzlichen Empfang freute, und wandte sich dem Bundesanwalt zu.
Bärlocher sass am Kopfende des Tisches mit mehreren Dossiers vor sich. Er hob den Kopf und begrüsste die Kommissarin kurz, aber mit einem liebenswürdigen Lächeln. Er brannte darauf, die Sitzung zu eröffnen und keine Minute der kostbaren Zeit ungenutzt verstreichen zu lassen.
Zum Sitzungsbeginn stellte Theiss die Mitarbeiter und Mitarbeiterinnen der Bundesanwaltschaft mit Namen und Funktion vor. Anschliessend fasste Bärlocher den aktuellen Stand der Dinge zusammen. Schliesslich ging man gemeinsam die Dossiers der Verdächtigen durch, wobei die beiden Basler Kommissare ihre Erkenntnisse beisteuerten. Es gab für Tina Merz und Martin Biasotto nur wenige Neuigkeiten; so waren zum Beispiel die Brüder Gakajev aus Tschetschenien wieder aufgetaucht, und zwar in der Nähe von Freiburg im Breisgau. Die Annahme, Salman Gakajev könnte illegal in die Schweiz eingereist sein und hier beim Attentat mitgewirkt haben, erschien somit als höchst unwahrscheinlich.
Nachdem man alle bekannten Personen besprochen hatte, standen der Iraner Mirza Aschari und der Palästinenser Hani Moussa zuoberst auf der Liste der Verdächtigen, gefolgt von Lofti el-Haddad und Khalil Khima. Der Antrag der Basler Kommissare, auch Ghassan Kumari und seinen

Sohn Aziz darauf zu setzen, wurde von Eugen Theiss und Ursula Mansour vehement abgelehnt. Gegen die beiden liege nichts vor, wiederholten sie mehrmals. Dem Vorwurf, Aziz Kumari habe sich radikal-islamisches Propagandamaterial verschafft und dieses an Freunde und Bekannte weitergegeben, wurde entgegen gehalten, jedem jungen Muslim würden derartige Schriften unaufgefordert zugeschickt.
Bei dieser Gelegenheit erkundigte sich Tina Merz, ob die Adresse von Kumaris Grosseltern inzwischen bekannt sei. Ursula Mansour verneinte mit Bedauern; der Libanon sei nicht die Schweiz, und behördliche Nachforschungen dauerten dort mitunter recht lange.
Beeindruckt zeigten sich die Vertreter der Bundesanwaltschaft vom Bericht über Benjamin Mächler. Trotz der merkwürdigen Umstände seines Todes war die Mehrheit aber überzeugt, dass er mit dem Attentat nichts zu tun habe. Er passe nicht ins Täterprofil.
Pünktlich um 12 Uhr schloss Bärlocher den ersten Teil der Sitzung mit der Bemerkung, man wolle um 14 Uhr 30 nochmals zusammenkommen, um das weitere Vorgehen zu besprechen.

Tina Merz stand auf, streckte sich, trat ans Fenster und schaute in den sonnigen Tag hinaus. Was sich ihr darbot, glich dem Bild aus einem Werbeprospekt von *Schweiz Tourismus:* Ein blauer Himmel, dekoriert mit ein paar wenigen Wattebauschwolken, wölbte sich über der Stadt. Am Horizont konnte man die frisch verschneiten Alpen sehen.
«Wo wollen Sie essen?» Ursula Mansour war neben sie getreten. «Bei diesem schönen Wetter sollte man die Mittagszeit unter freiem Himmel verbringen. Ich muss nach Hause. Ich hüte zur Zeit den Hund meiner Eltern. Wenn Sie Lust haben, können Sie und Ihr Assistent mich begleiten. Ich bin glückliche Eigentümerin eines hübschen Gartens, in dem es sich ruhig sitzen lässt. Ich kann Ihnen zwar kein fünfgängiges Menu servieren, aber etwas Essbares wird sich in meinem Kühlschrank schon finden.»
Die Kommissarin trat einen Schritt zurück und lächelte der Bernerin zu. «Diese freundliche Einladung nehmen wir gerne an. Wenn es Ihnen nicht zu viel Umstände macht.»
Sie fuhren mit der Marzilibahn vom Bundeshaus hinunter zur Aare; nach einem kurzen Spaziergang erreichten sie das Haus, in dem Ursula Mansour wohnte.
«Mein Mann ist verreist», erklärte die Bernerin, als sie die Haustür aufschloss. «Er flog heute morgen mit seinem Botschafter nach Schweden

und wird erst übermorgen zurückkommen. Irgendwelche wichtige Besprechungen über finanzielle Hilfe beim Wiederaufbau eines durch israelische Raketen zerstörten Freizeithauses in Nablus.»
Sie wurden von einem mittelgrossen schwarzen Pudel leidenschaftlich begrüsst, bewunderten das Haus mit seiner orientalischen Einrichtung und sahen sich die Bilder und Wanddekorationen an.
«Mein Mann sammelt altes Geld», erklärte die Gastgeberin, als Tina Merz mehrere in einer kleinen Vitrine ausgestellte Goldmünzen betrachtete. «Das, was Sie sich gerade anschauen, sind griechische Olympia-Stater aus der Zeit Philipps von Makedonien. Drei besonders wertvolle Stücke. Sie sind vor allem interessant, weil an den antiken Olympischen Spielen ursprünglich nur griechische Wettkämpfer teilnehmen durften; und die Makedonier zählten nicht dazu. Erst, nachdem sie die Griechen im Kampf gegen die Perser unterstützt hatten, wurde die makedonische Königsfamilie zur Olympiade zugelassen.»
Ursula Mansour öffnete die kleine Vitrine und nahm eine der Goldmünzen heraus. «Auf der einen Seite findet sich das Porträt des griechischen Gottes Apollon, und umseitig», sie drehte das Geldstück, «sehen Sie ein Doppelgespann mit Wagenlenker. Mit dieser Münze feierte Philipp, der Vater Alexanders des Grossen, den olympischen Sieg seines Pferdegespanns; im damaligen Griechenland die höchste Ehre, die man erringen konnte.»
Tina Merz bewunderte die Münze eingehend; danach legte Ursula Mansour diese wieder in die Vitrine zurück und führte ihre Besucher durchs Wohnzimmer in einen kleinen, dicht bewachsenen Garten mit angenehm kühlem, vor Blicken geschütztem Sitzplatz. Der Duft von Jasmin und das leise Summen fliegender Insekten lag in der Luft.
«Schön haben Sie es hier», bewunderte die Kommissarin und liess sich auf der Hollywoodschaukel nieder.
«Machen Sie es sich gemütlich», ermunterte die Bernerin ihre Gäste. «Ich hole etwas zu trinken und kümmere mich nachher um unseren Imbiss.»
Sie verschwand im Haus und kam wenige Minuten später mit einem buntbemalten Tablett wieder zurück, auf dem zwei grosse Gläser mit Orangensaft standen.
«In ein paar Minuten können wir essen», kündigte sie an, als sie die Getränke auf den Tisch stellte. Sie verschwand wieder, ohne auf die Frage der Kommissarin, ob sie etwas helfen könne, zu antworten.

Tina Merz und Martin Biasotto unterhielten sich über die vorangegangene Sitzung und tranken durstig den frischen Saft. Der schwarze Pudel, der auf den Namen Lisa hörte, hatte sich zu Füssen der Kommissarin niedergelassen, den nach vorne gestreckten Kopf auf den Boden gelegt und döste. Plötzlich sprang er auf und lief ins Haus. Tina Merz sah ihm nach und bemerkte eine Gestalt, die kurz in der Tür zum Wohnzimmer erschien und sofort wieder verschwand.

Der Mann hatte offensichtlich realisiert, dass er gesehen worden war; jedenfalls erschien er wieder, kam durchs Wohnzimmer auf die Besucher zu und begrüsste sie. Es war ein attraktiver Mann, nicht sehr gross, aber sportlich, mit Julius-Caesar-Frisur, einem eleganten dunklen Bärtchen rund um den Mund und einer eindrücklichen Römernase.

«Pierre Mansour», stellte er sich vor. Er verzog den Mund zu einem mechanischen, etwas steifen Lächeln. «Eigentlich bin ich gar nicht hier, sondern auf dem Weg nach Stockholm.»

Jetzt erschien die Gastgeberin in der Tür. «Du bist zuhause?», konstatierte sie überrascht. «Ich dachte du wärst unterwegs.»

«Sollte ich auch sein», bestätigte der Ehemann. «Aber der Chef musste heute morgen unbedingt noch an einer Besprechung teilnehmen; darum nehmen wir einen späteren Flug. Eigentlich bin ich auf dem Weg zum Flughafen. Und da meine Sekretärin mich darauf aufmerksam gemacht hat, dass es in Schweden regnet und die Temperatur nur gerade 10 Grad beträgt, wollte ich meinen Mantel holen, den dickeren, damit ich nicht frieren muss.» Er wandte sich den beiden Gästen zu. «Ich habe mich an die hiesigen Temperaturen nie gewöhnen können. Auch nach Jahren nicht.»

Pierre Mansour nahm vom gläsernen Tablett, das seine Frau auf dem Gartentisch abgestellt hatte, einen Zahnstocher mit einem Stück Käse und einem Radieschen, gab ihr kauend einen flüchtigen Kuss auf die Wange, nickte den Gästen zu und verschwand. Wenig später hörte man die Haustür.

Im Garten blieb es eine Weile still. Ursula Mansour deckte den Tisch, goss Wasser ein, verteilte Servietten. Tina Merz hatte sich zurückgelehnt und schaute zu. Sie hatte Hunger und freute sich auf die einladende Fleischplatte mit den Häppchen und dem frischen Brot. Martin Biasotto grübelte. Er hielt den Kopf gesenkt, das Glas in den Händen und traktierte mit den Zähnen die Unterlippe.

Um halb drei Uhr begann die Nachmittagssitzung.
In den folgenden eineinhalb Stunden beschloss man, die Ermittlungen vorerst auf Hani Moussa, Mirza Aschari, Khalil Khima und Lofti el-Haddad zu konzentrieren. Die Bundesanwaltschaft würde nochmals bei den ausländischen Geheimdiensten intervenieren, um mehr Informationen über die betreffenden Personen zu bekommen. Insbesondere über Khalil Khima wollte man mehr in Erfahrung bringen. In Basel seien vor allem die Nachforschungen über die Kontakte der Verdächtigen voranzutreiben. Am Ende der kommenden Woche wolle man sich mittels Konferenztelefon kurzschliessen und – gestützt auf die vorhandenen Ergebnisse – über das weitere Vorgehen entscheiden.
Nach der Sitzung begleitete Ursula Mansour die beiden Basler Kommissare zum Parkplatz am Bärengraben. Tina Merz war voller Bewunderung für die Bernerin, die viel von dem besass, was sie sich wünschte: sachliche Intelligenz, einen schlanken, eleganten Körper und eine Menge natürlicher Kommunikationsfähigkeit. In der Sitzung hatte sie auch beobachtet, dass die Kollegin von den Mitarbeitern der Bundesanwaltschaft respektiert und geachtet wurde; man hörte ihr zu und folgte ihren Anträgen.
Die beiden Frauen liessen auf dem Spaziergang zum Bärengraben die Sitzung nochmals Revue passieren, kommentierten einzelne Voten, machten Witze über Eugen Theiss und tauschten Ratschläge für die übernommenen Aufträge aus. Als sie den Parkplatz erreichten und vor dem Auto standen, plauderten sie munter weiter. Biasotto, der seit dem Ende der Sitzung kein Wort von sich gegeben hatte, begann nach wenigen Minuten zu maulen und zum Aufbruch zu drängen. Er habe noch wichtige Arbeit zu erledigen, begründete er seine Eile. So verabschiedeten sich die beiden Frauen herzlich von einander und vereinbarten, bei der nächsten Gelegenheit in Basel zusammen essen zu gehen.
Als die beiden Kommissare endlich allein im Auto sassen – Tina Merz hatte ihre Jacke abgelegt, das Radio eingestellt und sich wohlig in den Beifahrersitz gekuschelt – bemerkte der Assistent mit einem forschenden Seitenblick:
«Du scheinst dieser Frau viel Sympathie und Vertrauen entgegen zu bringen.»
Überrascht drehte die Kommissarin den Kopf. «Warum nicht? Ich mag sie und finde, sie ...»
«Ihr Mann war auf einem Photo, das ich bei Kumari gesehen habe.»
«Was?»

«Erinnerst du dich? Du gingst mit dem Imam in den Garten, und ich nutzte die Gelegenheit, um einen Blick ins Nebenzimmer zu werfen. Auf dem Bücherregal stand ein Photo. Es waren drei Personen darauf abgelichtet: Kumari, eine Frau mit Kopftuch und dieser Mansour.»
«Du täuschst dich bestimmt.»
Jetzt wurde Biasotto heftig. «Chefin, wenn du glaubst, ich erzähle Märchen, dann such dir bitte einen anderen Assistenten.»
«Sorry, so war das nicht gemeint. Aber du hast nur einen kurzen Blick auf dieses Foto werfen können.»
«Der Mann trägt eine nicht ganz alltägliche Frisur. Und seine Nase, diese unverkennbare Römernase.»
Die Kommissarin schüttelte ungläubig den Kopf. «Du musst dich täuschen», wiederholte sie, aber bereits in weniger bestimmtem Ton. Und nach einem Augenblick des Nachdenkens: «Das würde doch… Die verschleierte Frau, war das ...»
«Nein, es war nicht Ursula Mansour. Vielleicht hat sie das Trio photographiert.»
«Vielleicht, vielleicht…», äffte Tina Merz ihren Assistenten nach. Danach blieb es still im Auto. Die Kommissare waren verstimmt; er, weil die Chefin an seiner Beobachtung zweifelte, sie, weil das, was er gesehen haben wollte, nicht in ihr Konzept passte. Und während der Wagen auf der Autobahn in Richtung Basel fuhr, kämpften in ihren Köpfen das Wenn und Aber, die Pro- und Gegenargumente.
Sie fuhren an der Ausfahrt Kirchberg vorbei, als die Kommissarin mit einer heftigen Bewegung in ihre Handtasche griff, ihr Handy herausholte und im Register nach der Nummer von Eugen Theiss suchte. Biasotto beobachtete sie schweigend mit gerunzelter Stirn.
Theiss meldete sich nach zweimaligem Klingeln. Ohne lange Einführung erkundigte sich die Kommissarin, wer die letzte Auskunft über Ghassan Kumari erarbeitet habe.
Theiss zögerte: «Warum wollen Sie das wissen?»
«Ich habe meine Gründe», lautete die lakonische Antwort.
«Wenn ich Ihre Frage beantworten soll, muss ich Ihre Gründe kennen», hielt er ihr spitz entgegen.
Tina Merz überlegte kurz und entschied sich für verdeckte Offenheit: «Ich habe einen Verdacht und möchte ihn nicht aussprechen, bevor ich weiss, dass er begründet ist.»
«Verdacht gegen wen? Gegen mich?»

«Nein, selbstverständlich nicht», versicherte sie hastig.
«Gegen die Mansour?» Der Unterton zeigte unverkennbar Hoffnung und Schadenfreude.
Tina Merz antwortete nicht.
«Also», erklärte Theiss beruhigt, fast eifrig, «die Information über den Imam kam von Frau Mansour. Sie erledigt Derartiges für mich. Sie spricht arabisch und hat gute Beziehungen zu muslimischen Kreisen, die mir nicht offen stehen. Nicht nur zur Botschaft.» Er lachte, ein fast anzügliches Lachen. «Stimmt etwas nicht damit?»
«Danke.» Die Stimme der Kommissarin wirkte resigniert und verunsichert. «Das war alles, was ich wissen wollte.»
Bevor Theiss seine Frage wiederholen konnte, hatte sie die Kommunikation abgebrochen.
«Zufrieden?» Biasotto sah sie neugierig von der Seite an.
«Ursula Mansour hat die Auskunft über den Imam zusammengestellt.» Der Blick der Kommissarin ging in die Ferne.
«Wenn sie den Mann so gut kennt, wie wir auf Grund dieses Photos vermuten können, hätte sie das nicht tun dürfen; dann ist sie befangen.»
«Zumindest hätte sie ihre Beziehung offen legen müssen.»
«Das heisst», Biasotto lenkte den Wagen auf die Überholspur, «wir können ihre Auskunft nicht für bare Münze nehmen. Sie schützt ihn.»
«Zumindest besteht die Möglichkeit.»
«Ihn und seinen Sohn.»
«Du fährst zu schnell», mahnte die Kommissarin nach einem kurzen Blick auf den Tachometer. «Wir dürfen diesen Kumari nicht aus dem Kreis der Verdächtigen entlassen.»
«Richtig. Er kehrt zurück auf die Liste. Zumindest auf unsere Liste.»
Tina Merz nickte nachdenklich. «Ein schwerwiegender Verdacht gegen eine Bundesangestellte.»
«Ein Fettnäpfchen!»
«Vermutlich. Aber wir müssen ein niederträchtiges Verbrechen aufklären. Wir dürfen niemanden schonen.» Sie brauchte ihren Assistenten nicht zu überzeugen. Er teilte ihre Meinung.

Biasotto fuhr jetzt permanent auf der Überholspur. Es schien, als könne er nicht schnell genug nach Basel kommen, um Kumari am Kragen zu packen.
«Hast du tatsächlich noch dringende Arbeit?»
Er schüttelte den Kopf.

Tina Merz verstand die Unruhe ihres Assistenten. Seine Entdeckung stellte vieles in Frage, tat Abgründe auf. Vielleicht war diese beeindruk-kende Ursula Mansour eine Agentin? Vielleicht stimmte nichts von dem, was sie sagte. Vielleicht… Spontan griff sie wieder zu ihrem Handy, das sie nach dem Gespräch mit Theiss in ihre Handtasche zurückgelegt hatte.
«Wen rufst du an?» Biasotto war auf der Hut. Kein unüberlegter Schritt durfte an falscher Stelle das Geheimnis ihrer Entdeckung lüften und den scheinheiligen Imam warnen.
«Bärlocher. Er soll wissen, was wir herausgefunden haben. Vielleicht gibt es für alles eine harmlose Erklärung.»
Biasotto schickte seiner Chefin einen zweifelnden Blick. «Sei vorsichtig. Tina. Der Mann schätzt seine Mitarbeiterin. Das ist offensichtlich.»
«Er schätzt sie. Aber kennt er sie auch? Ich muss es ihm sagen.»
«Was?»
«Dass der Imam ein Bekannter von ihr ist. – Dass sie ihre Befangenheit verschwiegen und ihm ein gutes Zeugnis ausgestellt hat. Dass sie ihn schützt.»
«Dass sie Kumari kennt, ist kein Vergehen. Im Übrigen sind wir nicht einmal sicher, dass sie ihn kennt. Wir wissen nur, dass ihr Mann und der Imam gemeinsam für ein Foto posiert haben.»
Verunsichert klappte die Kommissarin ihr Handy wieder zu und legte es zurück. Ihr Blick ging in die vorbeiziehende Landschaft; aber sie sah nichts, keine Bäume, keine Äcker, keine Häuser. In ihren diffusen Gedanken tauchte immer wieder die Frage auf, ob man sich in Menschen so täuschen könne. Plötzlich griff sie erneut zum Handy und tippte die Nummer des Bundesanwalts ein. Die Vorzimmerdame teilte ihr mit, Bärlocher befinde sich in einer wichtigen Besprechung und dürfe nicht gestört werden. Er werde zurückrufen.
«Bitte. Es ist dringend.»
Sie behielt das Handy in der linken Hand. Mit der rechten trommelte sie ungeduldig auf die Innenverkleidung der Tür. Später legte sie das Telefon in ihren Schoss und begann nervös, an ihren Fingernägeln zu kauen.
Biasotto beobachtet seine Chefin lächelnd. Er war froh, dass sie den Bundesanwalt nicht erreicht hatte. Die Information, die sie diesem übermitteln wollte, musste gut vorbereitet sein; subtile Worte waren angezeigt, wenn sie Bärlocher eine Chance geben wollten, die bittere Pille zu schlucken.
«Wenn wir die Kumaris wieder in den Kreis der Hauptverdächtigen aufnehmen, was bedeutet das für unser weiteres Vorgehen? Wo setzen wir

unsere Prioritäten?», erkundigte er sich, um die nervöse Stille zu unterbrechen.
Tina Merz setzte zur Antwort an, wurde aber von ihrem Handy unterbrochen.
Es war Bärlocher. Sie erklärte ihm mit wenigen, sachlichen Worten, was Biasotto entdeckt hatte.
«Was wollen Sie damit sagen?» forderte der Bundesanwalt sie angespannt zur weiteren Begründung auf.
Jetzt musste Tina Merz Farbe bekennen. «Wir fragen uns, ob es richtig ist, dass eine Mitarbeiterin, die möglicherweise in Verbindung steht zu einem Mann aus dem Kreis der Verdächtigen, Auskünfte erteilt und jeden Schritt unserer Ermittlungen kennt.»
«Was werfen Sie Kumari vor?»
Tina Merz kam ins Schleudern. «Konkrete Vorwürfe haben wir kaum», sagte sie schliesslich etwas kleinlaut. «Aber er ist Imam in einem Gebetshaus, in dem möglicherweise gesuchte Terroristen ein- und ausgingen. Und während Wochen hat nachweisbar ein Dschihad-Werber dort sein Unwesen getrieben. Zudem war sein Sohn im Besitz von radikal islamischem Propagandamaterial; und sein Roller stand am Bahnhof.» Sie merkte selbst, dass ihre Argumente zu vage waren und einer peinlichen Prüfung nicht standhielten.

Der Bundesanwalt schwieg; man hörte durchs Telefon, dass er nachdachte. Schliesslich stellte er fest: «Sie sagten, Frau Mansour selbst sei nicht auf dem Photo, das Ihr Assistent sich angeschaut hat. – Rechtswidrig angeschaut hat. Ohne Durchsuchungsbefehl. – Haben Sie überhaupt Beweise dafür, dass sie den Mann kennt? Eigentlich wissen Sie nur – oder meinen zu wissen – dass ihr Ehemann mit dem Imam bekannt ist. Aber Herr Mansour wird als Angestellter der Botschaft öfters photographiert. Vielleicht ist er mit dem Imam ein einziges Mal zusammengetroffen. Möglicherweise in offizieller Mission. Zudem könnte sich Herr Biasotto auch täuschen.» Bärlocher dachte jetzt laut. «Für viele Europäer sehen sich alle Orientalen ähnlich. Schon ein Typ mit gleichem Bart sieht für Ihren Assistenten sofort aus wie Herr Mansour. Dazu kommt, dass er nur einen verstohlenen Blick auf das Photo werfen konnte. – Also, ich bin sicher, er täuscht sich. Jedenfalls liegt das näher als der Verdacht, dass meine engste Mitarbeiterin mit Verbrechern unter einer Decke steckt.»
«So habe ich das nicht gemeint», stotterte die Kommissarin.

«Aber es ist letztlich das, was Sie mir sagen wollen.» Der Ton des sonst so liebenswürdigen Bundesanwalts wurde immer feindlicher.
«In erster Linie wollte ich Sie informieren.»
«Das haben Sie hiermit getan.»
Damit war das Gespräch beendet. Den Rest der Fahrt verbrachten die beiden Kommissare in bedrücktem Schweigen.

Martin Biasotto brachte die Kommissarin zum Waaghof. Sie tranken in der nahen Bar noch kurz einen Kaffee; dann fuhr er weiter, um seine Freundin Silvia im Spital abzuholen.
Tina Merz stieg mit müden Schritten die Treppe zum zweiten Stock hinauf. In ihrem Büro setzte sie sich an den PC und begann die Aufträge zu verteilen, die sie von Bern mitgebracht hatte. Sie hatte kaum mit ihrer Arbeit begonnen, als Frau Simon erschien.
«Ich habe ein paar unerfreuliche Neuigkeiten», kündigte sie bedrückt an.
«Dann schiessen Sie los.»
«Der Tunesier, den Sie gestern im Spital besucht haben, ist verschwunden.»
«Khalil Khima?» Die Kommissarin war entsetzt.
Frau Simon nickte betreten, wie wenn sie selbst das Unglück zu verantworten hätte. «Die zuständige Pflegerin sagte mir, er sei heute morgen von einem jungen Mann besucht worden. Kurz nach dessen Erscheinen habe er sich ordentlich abgemeldet mit der Bemerkung, er wolle mit seinem Freund unten im Café etwas trinken. Seitdem wurde er nicht mehr gesehen.»
«Aber das ist doch nicht möglich. Ich habe doch gestern den Auftrag gegeben, eine Wache vor sein Zimmer zu stellen.»
Frau Simon nickte betreten. «Der Posten kam zu spät. Er hat seinen Dienst erst heute Nachmittag angetreten.»
Im Kopf der Kommissarin jagten sich die Gedanken. Mit seinem Verschwinden bestätigte Khima, dass er Angst hatte. Aber vor wem?
«Schreiben Sie den Mann zur Fandung aus», ordnete sie an, ohne grosse Hoffnung, dass diese Massnahme etwas bringen würde. Khima war bestimmt untergetaucht; aber die Ausschreibung war die einzige Massnahme, die ihr im Augenblick einfiel. «Und schicken Sie eine Information an alle Spitäler und Arztpraxen. Der Flüchtige ist schwer verletzt und braucht früher oder später medizinische Hilfe.»
«Gut», Frau Simon hatte sich alles notiert. «Kurt Schmiedlin hat mitgeteilt, eine weitere Leiche sei identifiziert. Wie vermutet, handle es sich um Jan Zubak.»

Für die Kommissarin eine weitere Enttäuschung. «Schade. Ich habe gehofft, Zubak sei noch am Leben, und ich könne von ihm einige Informationen über Benjamin Mächler bekommen.» Sie zuckte bedauernd mit der Achsel und wandte sich wieder ihrer Arbeit zu.

«Der Tote war neunzehn Jahre alt und wohnte in Sissach», berichtete Frau Simon weiter. «Er besuchte in Basel das Wirtschaftsgymnasium und befand sich vermutlich auch im Zug aus dem Baselbiet, der kurz vor dem Anschlag in den Bahnhof einfuhr.» Sie blätterte in ihren Zetteln. «Er wohnte bei seiner Mutter, darum habe ich versucht, diese zu erreichen. Ich dachte, sie könne Ihnen anstelle ihres Sohnes ein paar Ihrer Fragen beantworten. Aber es meldete sich immer nur ein Telefonbeantworter. Schliesslich habe ich die Nachbarin angerufen. Sie sagte mir, Frau Zubak sei seit Wochen in der psychiatrischen Klinik.»

«Ich glaube kaum, dass die Mutter meine Fragen beantworten kann. Sie ...»

«Aber ich habe einen Termin vereinbart», fiel ihr die Sekretärin ins Wort. «Für Morgen um 9 Uhr.»

Tina Merz war nicht überzeugt, dass ihr ein Gespräch mit Frau Zubak weiterhelfen würde. Zumindest was Benjamin Mächler anging. Trotzdem zögerte sie, den Termin abzusagen. Vielleicht konnte sie von der Mutter mehr über Jan erfahren und über seine Beziehung zu Ghassan Kumari.

Frau Simon ahnte, was im Kopf ihrer Chefin vorging. «Es war nicht einfach, diesen Termin zu bekommen», rechtfertigte sie die Abmachung. «Frau Zubak sei seit Jahren schwer depressiv. Der behandelnde Arzt hatte Bedenken, sie einem Gespräch mit Ihnen auszusetzen, und gab meinem Ersuchen erst nach längerem Drängen nach.»

Die Kommissarin schwieg, was der Sekretärin die Möglichkeit gab, weiter zu sprechen.

«Der Arzt sagte mir, die Frau müsse starke Medikamente nehmen und wisse erst seit gestern, dass ihr Sohn tot ist.»

«Okay, dann werden wir morgen als erstes in die psychiatrische Klinik fahren», gab Tina Merz zögernd nach. «Anschliessend werden wir dem Gebetszentrum im Kannenfeld einen Besuch abstatten. Ich brauche einen Durchsuchungsbefehl.»

Frau Simon schrieb den Auftrag auf ihren Notizblock, machte aber noch keine Anstalten, den Raum zu verlassen.

«Gibt es noch etwas?»

«Der Chef will Sie sprechen. Es scheint dringend zu sein. Er hat bereits zweimal angerufen und beim letzten Mal war er sehr ungehalten.»

Tina Merz griff sich theatralisch mit beiden Händen an den Kopf. «Auch das noch.»
«Ich hole Ihnen zur Stärkung einen Kaffee, bevor Sie gehen», anerbot sich die Sekretärin.
«Ich nehme ihn lieber später – zur Erholung», lächelte die Kommissarin.

Hans Klement hatte auf sie gewartet. Er war tatsächlich ungeduldig, denn er war mit Freunden zum Kartenspiel verabredet, und es war bereits eine Viertelstunde über der vereinbarten Zeit. «Gut, dass du kommst», stiess er deshalb mit einem Blick auf die Uhr vorwurfsvoll hervor, als die Kommissarin sein Büro betrat.
«Man hat mich angerufen», begann er jammernd, noch bevor sie sich auf dem Stuhl vor dem Schreibtisch niedergelassen hatte. «Du hast offenbar einen bösen Verdacht gegen eine Mitarbeiterin der Bundesanwaltschaft geäussert.»
Für Tina Merz stürzte eine Welt zusammen. Das hatte sie nicht erwartet. Dann war der Bundesanwalt also auch ein Schwächling, ein Petzer. «Ich habe keinen Verdacht geäussert», rechtfertigte sie sich matt. «Ich habe Bärlocher lediglich gesagt ... »
«Bärlocher?» Klement war echt überrascht. «Theiss hat mich angerufen.»
«Theiss? Was für ein falscher Fünfziger», die Kommissarin war echt empört. «Ich habe ihm nichts, aber auch gar nichts gesagt. Ich habe ihn lediglich um eine Auskunft gebeten.»
Hans Klement atmete erleichtert auf. «Dann habe ich mich nicht getäuscht. Ich hatte nämlich den Eindruck, er wolle mich ausnehmen. Und er war sehr enttäuscht, als ich immer nur wiederholen konnte, ich wisse nichts.» Dann wurde er wieder ernst. «Tina, ich hoffe, du suchst die Bombenleger nicht im Bundeshaus.»
«Ich suche dort allenfalls ihre Komplizen.» Sie lachte verschmitzt. «Das gäbe doch eine tolle Schlagzeile: Terroristen aus dem Bundeshaus jagen den Basler Bahnhof in die Luft.»
Sie hatte den Satz noch nicht zu Ende gesprochen, als sie hinter sich ein lautes Räuspern vernahm. Sie drehte sich um und sah sich Siegfried Schär gegenüber. Er stand mit einem Dossier in der Hand unter der Tür.
«Dacht ich mirs doch», murmelte er mit hämisch heruntergezogenen Mundwinkeln, während er mit grossen Schritten an ihr vorbei zum Schreibtisch Klements ging und sein Dossier ablegte. «Sie sind dabei, uns Schande zu machen. Herr Theiss hat mich darüber informiert, dass Sie einen absur-

den Verdacht gegen eine seiner Mitarbeiterinnen hegen. Er wollte wissen, worum es geht. – Aber ich weiss ja nichts. Ich bin zwar Ihr Stellvertreter», er sprach das Wort mit Verachtung aus, «aber ich bin nicht informiert.»
Er wandte sich an Klement. «Es wird Zeit, dass Sie endlich ein Machtwort sprechen. Diese Frau blamiert uns alle. Sie arbeitet im Alleingang. – Sie ist nicht teamfähig. Wie oft muss ich das noch sagen. Wie oft, bis endlich etwas geschieht.» Seine Stimme wurde schrill und überschlug sich.
Klement sah sprachlos vom einen zum anderen. «Kollege Schär», stammelte er, «ich weiss nicht, wovon Sie sprechen.»
«Das ist es ja, genau das», kreischte Schär. «Sie schützen sie. Aber Sie werden es noch bereuen; sie wird uns vor der ganzen Schweiz lächerlich machen. Sucht die Täter im Bundeshaus! So ein Affront. Nur, weil sie nicht wahrhaben will, dass dieses arabische Pack für alles Unglück in diesem Land verantwortlich ist.»
Er verliess schnaubend den Raum und liess zwei völlig irritierte Kollegen zurück.
«Nimm es nicht tragisch», tröstete Klement, der als erster seine Fassung wieder fand, die Kommissarin. «Er ist nun mal so. Er wird nicht damit fertig, dass du ihm über den Kopf gewachsen bist.»
Tina Merz warf ihrem Vorgesetzten einen ungnädigen Blick zu und verliess niedergeschlagen den Raum.

Sie war kaum zuhause, als Stephan anrief. Ob sie mit ihm essen gehe? Sie dankte für die Einladung, lehnte aber ab. Sie habe einen anstrengenden Tag hinter sich und müsse über einiges nachdenken. Dafür brauche sie Ruhe.
«Nachdenken lässt sich besser zu zweit», beharrte er. «Wenn du zu müde zum Ausgehen bist, dann komme ich zu dir. In einer halben Stunde stehe ich vor deiner Tür mit einer Pizza und einer guten Flasche Wein. Dann denken wir nach und reden.»
Bevor sie widersprechen konnte, hatte er aufgelegt.
Sie ging in die Küche und öffnete den Kühlschrank. Maria hatte ihn aufgefüllt, wie wenn sie den Besuch zum Abendessen erwartet hätte. Sie stellte einen reichhaltigen Teller mit italienischem Antipasto zusammen und war im Begriff, den Salat zu waschen, als Lukas und Sebastian anriefen.
Beide waren guter Dinge. Sebastian klagte allerdings, er habe die mitgenommenen Bücher bald gelesen; ob es möglich sei, dass sie ihm etwas

nachschicke. Ganz zum Schluss erkundigte er sich, wie es ihr gehe und ob sie nicht in Gefahr sei. Sie beruhigte ihn und versicherte, sie passe gut auf sich auf.

Nach diesem Gespräch ging es ihr besser, und als Stephan mit Wein und Pizza eintraf, hatte sie den Tisch gedeckt und freute sich auf das Gespräch und das gemeinsame Essen.

Im Verlaufe des Abends berichtete sie ihm, was sie beschäftigte, und wie immer zeigte er sich als Meister der Problemanalyse.

«Beginnen wir mit dem Einfachen, mit Theiss», eröffnete er seinen Exkurs. «Der Mann ist ein Schwächling. Sein Problem bist nicht du, sondern seine überaus fähige Mitarbeiterin Ursula Mansour. Wie alle Schwächlinge ist er neugierig und intrigant. Nimm ihn wie er ist und stell dich darauf ein: Vertraue ihm keine Geheimnisse an und verlass dich nicht auf seine Ratschläge und Aussagen; vor allem rede mit ihm nicht über andere Leute und lass dich nicht in seine Intrigen hineinziehen, kurz sei auf der Hut.» Nach diesem Rat nahm Stephan Merz einen Schluck aus seinem Glas und ging zum nächsten Thema über.

«Was das andere angeht, wird die Sache heikler.» Er stützte die Ellbogen auf den Tisch, legte das Kinn in die offenen Hände und richtete seinen Blick zur Zimmerdecke. «Du beschreibst den Bundesanwalt als einen klugen Mann, der seine Aufgaben gut vorbereitet und wohlüberlegt handelt. Ich versuche, mich in seine Lage zu versetzen.» Er verstummte und gab sich seiner Vorstellung hin, während Tina Merz mit der Serviette spielte und ungeduldig auf seine Beurteilung wartete.

«Ich finde, du hast richtig gehandelt, als du Bärlocher über eure Entdekkung informiertest. Er hat deinen Verdacht zurückgewiesen, weil er überrumpelt war und Zeit braucht, um die Ungeheuerlichkeit, die deine Information beinhalten könnte, anzunehmen und zu überdenken. Wenn er so klug und überlegt ist, wie du ihn beschreibst, wird er dem Hinweis nachgehen; denn wenn stimmt, was du als Möglichkeit aufgezeichnet hast, könnte ihn das den Kopf kosten.»

Die Kommissarin nickte. «Die Sache ist nicht eindeutig; es gibt verschiedene denkbare Möglichkeiten.»

«Richtig», fiel ihr Stephan Merz ins Wort. «Und die einfachste wäre, dass dein Assistent sich täuscht, dass der Mann auf dem Photo nicht der Ehemann von Ursula Mansour ist. Zudem, wenn ich dich richtig verstanden habe, glaubst du nicht, dass der Imam einer der Bombenleger ist.»

«Ja und nein», präzisierte die Kommissarin. «Wir nehmen nicht an, dass er selbst die Bombe legte, aber er könnte im Hintergrund die Fäden gezogen haben. So jedenfalls dachten Martin und ich noch vor ein paar Tagen. Dann kam das positive Zeugnis aus Bern, und wir haben ihn aus der Liste der Verdächtigen gestrichen.»

«Und was spricht gegen ihn?»

«Sein Gebetszentrum wird von Jugendlichen besucht, die zum Kreis unserer Verdächtigen gehören. Zudem haben wir den Roller seines Sohnes auf einem Parkplatz beim Bahnhof gefunden. Wir wissen zwar, dass Aziz kurz vor dem Anschlag mit dem Zug nach Frankfurt abgefahren ist; er selbst hat den Roller also vermutlich nicht am Fundort geparkt. Aber vielleicht hat er ihn einem der Terroristen zur Verfügung gestellt. Schliesslich behauptet der Imam, sein Sohn sei bei den Grosseltern im Libanon, aber er will uns deren Adresse nicht geben, und Martin hat herausgefunden, dass Aziz nicht nach Beirut, sondern nach Kairo geflogen ist. Und zu guter Letzt war im Gebetszentrum Kumaris, direkt vor seiner Nase also, ein militanter Dschihad-Werber aktiv, der ....»

Die Kommissarin brach ab. Sie hatte sich erinnert, dass Ursula Mansour in der Sitzung in Bern behauptet hatte, die Adresse von Aziz Grosseltern noch nicht in Erfahrung gebracht zu haben. Ob das der Wahrheit entsprach? Eine Adresse herauszufinden, war doch keine Hexerei! Auch im Libanon nicht. Möglicherweise hatte die Bernerin nie danach suchen lassen. Oder sie war schon lange im Besitz der Anschrift, wollte aber nicht damit herausrücken, um Kumari und seinen Sohn vor weiteren Nachforschungen zu schützen.

Stephan Merz ahnte nicht, was im Kopf seiner Gesprächspartnerin vorging. Er kratzte sich nachdenklich am Kinn. «Das sind in meinen Augen ziemlich schwerwiegende Verdachtsmomente. Aber kommen wir zu Pierre Mansour zurück. Es wäre denkbar, dass er Kumari nur flüchtig kennt und keine Ahnung hat von allfälligen verbrecherischen Machenschaften. Möglich ist auch, dass er zum Imam nur geschäftliche Beziehungen unterhält, von denen seine Frau nichts weiss. Wo kommt sie denn her, deine Berner Kollegin?»

Die Frage wirkte auf die Kommissarin wie ein elektrischer Schlag. Sie fuhr sich mit der flachen Hand an die Stirn. «Dass mir das nicht früher in den Sinn gekommen ist. Ursula Mansour ist Schweizerin; aber Pierre Mansour und Kumari kommen beide aus dem Libanon, sie stehen etwa im gleichen Alter und haben beide Jura studiert.»

«Jetzt wird die Sache konkreter. Sie könnten Studienkollegen sein.»

Tina Merz nickte stumm. In ihrem Kopf wirbelten die Gedanken durcheinander wie Schneeflocken im Wintersturm. «Ich habe einen Durchsuchungsbefehl für das Gebetszentrum beantragt. Ich muss dieses Photo haben, um den Verdacht zu verifizieren.»
«Damit wirst du unter den Muslimen kaum Freunde gewinnen.»
«Ich weiss. Ein Fettnäpfchen. Deshalb habe ich bis jetzt auch auf derlei harte Massnahmen verzichtet. Und im Grund habe ich auch jetzt wenig Lust, wie Winkelried gegen die feindlichen Speere anzurennen. Aber es muss sein.»
Stephan Merz lächelte. «Immerhin bist du mit der Winkelried-Methode ziemlich weit gekommen.» Der Stolz in seiner Stimme war unverkennbar.
«Aber es sind mir darüber auch einige graue Haare gewachsen und meine Seele ist voller Narben», seufzte sie.
«Das ist der aufrechte Gang, liebe Tina, und der ist nicht umsonst zu haben.»

32

Am folgenden Morgen rief die Kommissarin um acht ihren Assistenten zuhause an; sie informierte ihn darüber, dass Theiss versucht hatte, bei Hans Klement und Siegried Schär mehr über ihren Verdacht gegen Ursula Mansour zu erfahren.
«Er lechzt offenbar nach einer Gelegenheit, seiner Kollegin und Mitarbeiterin eins auszuwischen.»
«Es sieht ganz danach aus.»
«Abgesehen davon, dass sie mich am Samstag in aller Frühe mit zweifelhaften Informationen aus dem Bett holt, bin ich mit meiner Chefin besser dran», bemerkte Biasotto grinsend. «Was Theiss abzieht, ist dem Arbeitsklima nicht gerade zuträglich.»
«Du sagst es. Aber ungleiche Fähigkeiten und unterschiedliches Engagement sind erfahrungsgemäss Konfliktfaktoren. Insbesondere, wenn andere den Erfolg verzeichnen, den man trotz minimalem Aufwand selbst gern haben möchte.» Die Kommissarin schaute auf die Uhr; sie hatten keine Zeit für einen zwar reizvollen, aber belanglosen Wortwechsel. «Es gibt noch mehr Informationen», teilte sie ihrem Assistenten mit und erzählte ihm, was sie von Frau Simon erfahren und mit Stephan diskutiert hatte. «Ich glaube, ich sehe das Licht am Ende des Tunnels», schloss sie ihre Ausführungen ab.
«Vorsicht, Chefin», mahnte Biasotto, «es könnten auch die Scheinwerfer eines entgegenkommenden Zuges sein.»
Sie ging nicht auf die Warnung ein. «Ich werde heute morgen der Mutter von Jan Zubak einen Besuch abstatten und anschliessend mit einem Durchsuchungsbefehl ins Gebetszentrum Kannenfeld fahren. Hast du Zeit?»
«Was für eine Frage!»
«Dann let's go.»
Biasotto schmunzelte. Wenn die Chefin Englisch sprach, stand ein Fall normalerweise kurz vor der Auflösung.

Sie fanden die Psychiatrische Klinik auf Anhieb, stellten den Dienstwagen auf dem Parkplatz ab und spazierten den Weg hinauf zum Haupteingang. Frau Simon hatte ihren Besuch für 9 Uhr angekündigt; sie waren zu früh und konnten sich noch etwas umsehen.
Die Klinik bestand aus verschiedenen Gebäuden, die in einer gepflegten Grünanlage gruppiert waren.

«Es sieht eigentlich ganz nett aus», stellte die Kommissarin fest und blieb neben einem mit Rosen bepflanzten Blumenbeet stehen.
«Was hast du erwartet?», erkundigte sich Martin Biasotto schmunzelnd. «Gummizellen und Gitter vor den Fenstern? Aber warten wir ab, wie sich die Innereien präsentieren. Ich habe noch nie einen Menschen getroffen, der sich gern an seinen Aufenthalt hier erinnert.»
«Das liegt vermutlich mehr an der Krankheit, die einem hierher bringt, als an der Anlage», gab sie zu bedenken.
Sie betraten das Hauptgebäude und erkundigten sich bei der Dame am Empfang nach Irène Zubak.
«Sie werden erwartet?»
Die Kommissarin nickte, worauf die Empfangsdame zum Telefon griff und die Station informierte, dass eine Frau Merz, die angeblich angemeldet sei, Frau Zubak besuchen wolle.
«Das ‹angeblich› können Sie sich beim nächsten Mal sparen», kommentierte Biasotto spitz, als die Dame das Telefon wieder aufgelegt hatte. «Wir sind angemeldet. Und zwar beim behandelnden Arzt höchst persönlich.»
Die Empfangsdame verstand die Welt nicht mehr und zeigte stumm zum Ausgang des Gebäudes; dann fuhr ihr ausgestreckter Zeigefinger einem imaginären Weg entlang und zeichnete eine Kurve nach rechts. «Seniorenabteilung», kommentierte sie, ohne die Besucher anzusehen. «Erster Stock, rechts.»
Die Kommissare gingen auf dem beschriebenen Weg zu einem älteren Gebäude, stiegen die Treppe hoch, wandten sich nach rechts und blieben vor einer Tür stehen, deren weisse Farbe an verschiedenen Orten abblätterte. Vergeblich suchte Tina Merz nach der Türfalle. Es gab nur einen abgegriffenen Knauf; irritiert drückte sie auf den schwarzen Klingelknopf.

Danach vergingen etwa drei Minuten, in denen sie immer ungeduldiger wurde. Sie presste ihre Nase an das kleine Türfenster und schaute in den dahinter liegenden langen, leeren Korridor, an dessen Seiten sich je sechs Türen reihten. «Ist da niemand?», fragte sie mehrmals, ohne eine Antwort zu erwarten. Sie war im Begriff, den Klingelknopf ein zweites Mal zu drücken, als sie aus der ersten Tür einen Pfleger kommen sah, der sich in Latschen mit schlurfenden Schritten näherte. «Die scheinen ja reichlich Zeit zu haben», knurrte sie.
Der blasse, dunkelblonde junge Mann, der ihnen öffnete, begrüsste sie mit verhaltener Freundlichkeit und erkundigte sich nach ihren Wünschen.

«Wir sind angemeldet», wiederholte Tina Merz. «Wir möchten Frau Zubak sprechen.»
«Eigentlich ist Frau Zubak nicht in der Lage, Besuch zu empfangen.» Der Pfleger setzte eine wissende Miene auf. «Aber Sie sind ja von der Polizei.» Er drehte sich, um ihnen vorauszugehen; bevor er sich in Bewegung setzte, wandte er ihnen sein Gesicht nochmals zu. «Ich muss Sie bitten, sich noch etwas zu gedulden. Dr. Lanz will beim Verhör dabei sein.»
«Es handelt sich nicht um ein Verhör», korrigierte die Kommissarin energisch. «Wir möchten Frau Zubak nur ein paar Fragen stellen.»
«Für mich gibt es keinen Unterschied», beharrte der Pfleger. «Und was immer es ist, Sie können die Patientin nur in Anwesenheit des Arztes befragen. Ich habe meine Anweisungen.»
Er ging den beiden Kommissaren voraus in den weiss gestrichenen, kahlen Korridor hinein und zeigte auf ein paar an der Wand aufgereihte, wenig einladende, abgenutzte Holzstühle. «Nehmen Sie Platz. Dr. Lanz kommt, sobald er kann.»
Dann verschwand er wieder hinter der Tür des Stationszimmers.
Die Kommissare warteten stumm. Es war totenstill im Korridor. Keine Menschenseele schien in der Nähe zu sein. Die Minuten vergingen. Für die ungeduldige Kommissarin eine Tortur, für den Assistenten, der seine Chefin immer wieder von der Seite musterte, ein Test. Nach zehn Minuten erhob sie sich und begann, im Korridor auf- und abzulaufen.
«Was meinen die eigentlich?», schimpfte sie, «wir hätten nichts anderes zu tun, als hier zu warten, bis der Herr Doktor geruht, uns zu empfangen?» Sie erwartete keine Antwort.
«Die Halbgötter in Weiss», lachte Biasotto. «Im Übrigen ist doch sehr bemerkenswert, dass du deinen Unmut fast eine Viertelstunde zügeln konntest. Du machst dich, Chefin.»
Die Kommissarin stoppte ihren Lauf und setzte sich wieder. «Wir sind hier offensichtlich nicht erwünscht», murmelte sie. «Die Herrschaften fühlen sich gestört.»
In diesem Moment öffnete sich eine der gegenüber liegenden Türen. Im Spalt erschien der Kopf einer älteren Frau mit wirrem Haar. Nachdem sie die Besucher aus sicherer Distanz ausgiebig gemustert hatte, schlich sie sich langsam in Halbkreisen heran und stellte sich vor ihnen auf. Sie trug einen schäbigen blauen Trainingsanzug und war barfuss.
«Sind Sie zu Besuch hier?», erkundigte sie sich.
Die Kommissarin bejahte.

«Zu wem wollen Sie?» Die Neugier war offensichtlich.
«Zu Frau Zubak.»
«Die Stumme!» Die Frau machte mit der Hand eine wegwerfende Bewegung. Sie hielt offensichtlich nicht viel von ihrer Mitpatientin.
«Kennen Sie sie?»
«Sie wohnt dort hinten, im zweitletzten Zimmer. Sind Sie verwandt?»
Plötzlich stand der Pfleger neben der Patientin. «Frau Loretan, wir belästigen unsere Gäste.» Er legte der Frau den Arm um die Schulter. «Warum sind wir nicht in unserem Zimmer? Wir wollen doch auf den Doktor warten. Er kommt jeden Moment vorbei.» Sanft, aber energisch schob er die Patientin vorwärts.
Die Frau, die wohl oder übel mitgehen musste, versuchte, sich dem festen Griff zu entziehen und nach den Kommissaren umzudrehen. «Wir warten hier den ganzen Tag auf jemanden – oder etwas», lachte sie schrill. «Ich will nach Hause. Was soll ich hier. Alles verrückte Leute.»
Der Pfleger hatte die Frau in ihr Zimmer geschoben. Er schloss die Tür und kam zurück zu den beiden Kommissaren.
«Dr. Lanz hat angerufen. Er braucht noch ein paar Minuten.»
Jetzt platzte Tina Merz der Kragen. «Wir hatten einen Termin für 9 Uhr. Jetzt ist es bald halb zehn. Glauben Sie, wir hätten nichts anderes zu tun, als hier im Korridor zu sitzen und Ihre kahlen Wände anzustarren?»
Der Pfleger zuckte mit der Achsel und verkroch sich eilig hinter der geschlossenen Tür des Stationsbüros.
Es dauerte nochmals zehn Minuten, bis Dr. Lanz, ein junger Assistenzarzt mit randloser Brille und dunklem Bürstenschnitt, endlich erschien.
«Es tut mir leid, dass Sie warten mussten», sagte er im Ton einer abgegriffenen Floskel und ohne ein weiteres Wort über seine Verspätung zu verlieren, forderte er die beiden Kommissare mit einer Handbewegung auf, ihm zu folgen. Sie gingen durch den Korridor nach hinten. Vor der zweitletzten Tür blieb der Arzt stehen.
«Frau Zubak leidet an einer schweren Depression. Sie steht unter starken Medikamenten und ist nicht in der Lage, einem längeren Verhör stand zu halten.»
Die Kommissarin verzichtete auf die Berichtigung. «Weiss sie, dass ihr Sohn tot ist.»
Dr. Lanz nickte. «Wir können allerdings nicht beurteilen, ob sie die Nachricht, die wir ihr gestern überbrachten, in ihrer ganzen Tragweite erfasst hat.»

Irène Zubak lag mit geschlossenen Augen auf ihrem Bett. Auch sie trug einen Trainingsanzug; er war ihr viel zu gross und wies mehrere Flickstellen auf.
Tina Merz betrachtete die Frau voller Mitgefühl. Sie war vermutlich erst Mitte fünfzig, wirkte mit ihrem blassen, eingefallenen Gesicht und dem dünnen weissen Haar aber wie eine Greisin. Als die Besucher an ihr Bett traten, öffnete sie die Augen und richtete sich mühsam auf; ihre Züge zeigte keine Regung, blieben wie erstarrt.
Die Kommissarin suchte einen Einstieg ins Gespräch. «Ich bin Tina Merz», stellte sie sich vor, «und das ist Martin Biasotto.» Sie zeigte auf ihren Assistenten, der sich an dem kleinen Tischchen am Fenster niedergelassen hatte und seinen Laptop bereit machte. «Wir möchten mit Ihnen über Jan reden.»
Sie hatte einen Stuhl genommen und neben das Bett gestellt. Dr. Lanz blieb stehen, lehnte sich mit dem Rücken an die Wand und liess seine Patientin nicht aus den Augen.
«Erzählen Sie uns von Ihrem Sohn», forderte die Kommissarin die Kranke auf. «Was Sie an ihm liebten, von seinen Hobbys und seinen Zielen und Träumen.»
Irène Zubak liess sich Zeit. Schliesslich seufzte sie tief. «Jan ist tot. Er war der letzte, den ich noch hatte. Die einzige Freude meines Lebens.» Sie wandte ihr Gesicht ab und verstummte.
Tina Merz wartete. Einmal strich sie sanft über die Hand der liegenden Frau. «Sie sind sehr traurig, ich weiss», sagte sie dazu. «Aber es tut Ihnen bestimmt gut, wenn Sie von Jan sprechen. Er war doch bestimmt ein guter Junge.»
Wieder vergingen ein paar lange Minuten des Schweigens. Plötzlich glitt ein Lächeln über das Gesicht der unglücklichen Frau. Sie hob den Kopf. «Er war ein guter Junge», flüsterte sie. «Aber wir waren beide traurig. Traurig und unglücklich, und so hilflos.» Eine grosse Träne lief ihr über die Wange bis zum Kinn. «Ich weiss nicht, was ich erzählen soll. Ich war in den letzten Jahren viel krank, und Jan lebte bei meinem Bruder.» Sie verstummte und liess ihren Kopf zurück ins Kissen fallen.
«Lassen Sie sich Zeit.»
Die Minuten verstrichen. Die Kommissarin bemerkte, wie Dr. Lanz auf die Uhr sah.
«Jan war ein guter Junge», wiederholte Irène Zubak in diesem Augenblick. «Ein guter Junge. Aber er konnte auch nicht vergessen, was man

uns angetan hat. Und ich dachte, in der Schweiz würde alles wieder gut. Aber wir können nicht vergessen.»
«Was hat man Ihnen denn angetan?», erkundigte sich Tina Merz leise und übersah die entsetzte Gestik des Arztes.
«Zlata ...» Irène Zubak liefen dicke Tränen übers Gesicht.
«Was ist mit Zlata?»
Die Kommissarin reichte der Frau ein Papiertaschentuch und wartete geduldig, bis sie ihre Wangen getrocknet hatte.
«Er wurde immer stiller. Er sprach kaum; er war voller Trauer – und voller Hass.»
«Hass auf wen?»
Irène Zubak suchte in ihrem wirren Kopf nach der Antwort. «Auf alles», sagte sie schliesslich stockend. «Aber vor allem auf die, die Jovan und Zlata getötet haben und ...» Die Stimme der Frau versagte.
«Und?»
«Und auf die, die ihre Verbrechen ungesühnt lassen.» Sie richtete sich auf. «Verstehen Sie doch, die laufen frei herum.» Ihre Stimme war schrill und laut geworden. «Jovan und Zlata sind tot, und die freuen sich ihres Lebens. Tun, wie wenn nichts geschehen wäre. Und wir…, unser Leben ist zerstört.» Sie sank in ihr Kissen zurück, die Augen starr zur Decke gerichtet.
«Besuchte Jan deshalb ein muslimisches Gebetszentrum?»
Die Kranke wandte ihre Augen langsam der Kommissarin zu und schaute sie stumm und ungläubig an.
«War er Muslim?»
Jetzt schüttelte Irène Zubak energisch den Kopf. «Er war römisch-katholisch. Auch Zlata war katholisch. Aber es hat uns nichts genützt. Sie haben uns leiden lassen, weil Jovan Muslim war. Er starb für einen Glauben, der ihm kaum etwas bedeutet hat.»
«Aber Sie wissen, dass Jan sich für den Islam interessierte?»
«Jovan ging nie in die Moschee. Er war kein gläubiger Mensch. Religion spielte für ihn keine Rolle.»
«Jan war mit einem Imam befreundet.»
Die kranke Frau schaute die Kommissarin wie durch eine Glasscheibe aus weiter Ferne an. «Jan? Jan ging zu einem Imam?» Sie schüttelte den Kopf.
«Haben Sie den Namen Ghassan Kumari schon gehört?»
Irène Zubak versank in längeres Nachdenken. «Das glaube ich nicht»,

murmelte sie mehrmals ins Kissen. «Was will Jan in der Moschee? Das muss ein Irrtum sein.»
Tina Merz wiederholte ihre Frage nach Ghassan Kumari.
Die Antwort kam mit einiger Verzögerung in Form eines heftigen Kopfschüttelns. «Wer soll das sein?»
«Ein Imam; wir vermuten, dass Jan regelmässig in sein Gebetszentrum ging.»
Der Blick der Frau wurde unruhig, ging hin und her, wie wenn sie in ihrem Gedächtnis etwas suchen würde, was sie nicht finden konnte. «Jan war ein guter Junge», sagte sie schliesslich und schloss die Augen. «Er konnte nicht vergessen. Einmal sagte er ...»
«Was sagte er?»
«Er sagte..., er meinte...» Irène Zubak brach ab.
Die Kommissarin wartete.
«Einmal sagte er, wenn...»
«Wenn?»
«Wenn sein Vater ein Christ gewesen wäre und die Mörder Muslime, hätte man diese... diese schon lange zur Rechenschaft gezogen.»
Tina Merz wartete, bis die Worte verklungen waren. Dann stellte sie, einem spontanen Einfall folgend, die nächste Frage. «Besitzen Sie eine Samsonite-Tasche?»
Verständnislos starrte Irène Zubak sie an. «Eine was?»
«Eine Reisetasche der Marke Samsonite.»
Verwirrung zeichnete sich auf dem Gesicht der Kranken ab. «Ich verreise nicht mehr. Nie mehr», schluchzte sie. «Ich war einmal reich, hatte einen Mann und zwei Kinder. Der Krieg hat mir alles genommen. Und wir wollten doch nur leben und glücklich sein.» Sie wandte sich erschöpft ab und drehte der Kommissarin den Rücken zu. «Jetzt habe ich nichts mehr. Nichts als meine Erinnerung. Die schöne Erinnerung an ein paar glückliche Jahre ...»
Tina Merz streichelte ihre Hand. «Halten Sie sie fest», sagte sie leise. «Die schönen Erinnerungen wird ihnen niemand nehmen können.»
Sie wandte sich zum Gehen. An der Tür blieb sie stehen und drehte sich nochmals um. «Frau Zubak, dürfen wir uns das Zimmer Ihres Sohnes ansehen?»
Vom Bett kam ein schwaches Nicken. «Die Nachbarin hat einen Schlüssel. Lotti... Lotti Bachmann.»
Die beiden Kommissare verabschiedeten sich von Dr. Lanz.

«Hat sie eine Chance, gesund zu werden?», erkundigte sich Tina Merz, als sie ihm die Hand reichte.
«In der Medizin ist nichts unmöglich», lautete die unverbindliche Antwort.

«Dieser Jan ist ein interessanter Mensch», stellte die Kommissarin fest, als sie neben ihrem Assistenten zurück zum Parkplatz ging.
«Denkst du, er hat etwas mit dem Attentat zu tun?»
«In der Medizin ist nichts unmöglich», äffte sie Dr. Lanz nach. «Aber ernsthaft. Es könnte doch sein, dass er seinem Leben ein Ende machen und sich dabei an all jenen rächen wollte, die die Verbrechen des Jugoslawienkrieges vergessen haben.»
Martin Biasotto schwieg. Die Bilder der vergangenen Stunde liefen durch seinen Kopf. Als er schliesslich antwortete, sassen sie bereits im Auto und fuhren hinunter zur Hauptstrasse.
«Die Frau hat immer wieder von Jovan und Zlata gesprochen, die getötet worden sind. Ich nehme an, Jovan ist ihr Mann und Zlata ihre Tochter. Deine Idee ist gar nicht so abwegig; Jan könnte sich am Bombenanschlag beteiligt haben aus Hass auf die, die seinen Vater und seine Schwester umgebracht haben.»
«Und du glaubst, dieser Hass sei Motiv genug, um unseren Bahnhof in die Luft zu sprengen?.
Biasotto hob die Hände. «Offen gesagt, es scheint mir auch etwas sehr weit her geholt. Zumal Jan annehmen musste, dass die Mörder von Vater und Schwester nicht unter den Passanten im Basler Bahnhof promenieren. Warum also sollte er dort eine Bombe legen?»
«Es muss unerträglich sein, wenn die Mörder deines Vaters unbehelligt ihr Leben geniessen und nicht zur Rechenschaft gezogen werden», grübelte die Kommissarin. «Obwohl man weiss, wo sie sich verstecken.»
«Eigentlich verständlich, wenn ein junger Mann an diesem Unrecht verzweifelt.»
«Und einen Bahnhof in die Luft sprengt?»

33

In Begleitung von vier Mitarbeitern der Spurensicherung fuhren Tina Merz und Martin Biasotto fünfzig Minuten später beim muslimischen Gebetszentrum im Kannenfeld vor.
Die Kommissarin stieg aus dem Dienstwagen und begab sich zu den begleitenden Polizeileuten, die dicht hinter ihnen geparkt hatten. «Bitte, warten Sie hier, bis wir Sie rufen», ordnete sie an. «Ich hoffe, der Imam ist kooperativ; dann können wir auf die Hausdurchsuchung verzichten. Das würde uns eine Menge Ärger ersparen.»
Es schien, als habe Kumari sie erwartet. Er zeigte jedenfalls keine Überraschung, als er auf ihr eindringliches Läuten die Tür öffnete. Nach knapper Begrüssung ging er den Besuchern voraus in den selben Raum, in dem er sie schon ein paar Tage zuvor empfangen hatte. Die Tür zum Nebenzimmer war auch diesmal geschlossen.
«Was führt Sie schon wieder zu mir?», erkundigte er sich mit verschlossener Miene, nachdem sie Platz genommen und ein paar Belanglosigkeiten über das Wetter und den Garten ausgetauscht hatten.
Die Kommissarin wartete, bis Martin Biasotto seinen Laptop ausgepack und betriebsbereit hatte. Sie nutzte die kurze Zeit, um im Kopf den Einstieg ins Gespräch vorzubereiten und sich auf den richtigen Ton einzustimmen. Als sie zu sprechen begann, gab sie sich bewusst freundlich.
«Wir sind bei unseren bisherigen Ermittlungen auf ein paar Fragen gestossen, die wir mit Ihrer Hilfe klären möchten.»
«Wenn ich kann ...» Kumari lächelte zaghaft und werbend. «Sie wissen, dass ich diese Terroristen als Feinde des Islam betrachte. Sie schaden unserem Ansehen, schüren Ängste und Misstrauen und verhindern, dass wir mit den Christen in Frieden zusammenleben können.»
Die Kommissarin suchte den Blickkontakt mit dem Sprechenden; sie fühlte sich verunsichert. Er wirkte offen, und was er sagte, klang glaubhaft.
«Wir möchten uns mit Ihnen über Jan Zubak unterhalten.»
«Bitte.» Die Aufforderung klang unbefangen.
«Sie kannten ihn?»
Der Imam blinzelte, dann nickte er stumm.
«Gut?»
«Die Frage könnte ich nur beantworten, wenn ich wüsste, was Sie unter ‹gut› verstehen. Es war sehr schwer zu erfahren, was in Jans Kopf und Herz vorging. Er war verschlossen und vertraute sich niemandem an.»

«Sie müssen aber einiges von ihm gewusst haben», hielt die Kommissarin dagegen. «Wir haben ein Buch gefunden, das Sie ihm geschenkt haben, ein Buch mit sehr persönlicher Widmung.»
«Kennen Sie Jans Lebensgeschichte?», erkundigte sich Kumari anstelle einer Antwort. Und als die Kommissarin verneinte, ergänzte er: «Wenn Sie den Jungen kennen und beurteilen wollen, müssen Sie wissen, was er erlebt hat.»
Es war still im Raum; die Kommissare warteten auf das, was man ihnen erzählen wollte, der Imam sammelte seine Gedanken.
«Ist Ihnen Srebrenica ein Begriff?»
Die Kommissarin nickte.
«Jan Zubak ist der Sohn eines bosnischen Vaters und einer aargauischen Mutter, deren Familie 1968, nach der Niederschlagung des Prager Frühlings aus der Tschechoslowakei in die Schweiz kam und hier eine neue Heimat gefunden hat. Seine Eltern lernten sich bei einem Ferienaufenthalt an der dalmatinischen Küste kennen. Der Vater war Ingenieur, die Mutter Röntgenassistentin. Jan hatte eine sechs Jahre ältere Schwester.»
Der Imam legte sein Gesicht in die Hände; er atmete schwer und seine Haltung zeigte, wie erschüttert er war über das, was er erzählen wollte.
«Die Familie Zubak lebte in einer kleinen Stadt nahe der Grenze zur heutigen Republik Srpska. Im Verlaufe des Bosnienkrieges flüchtete sie vor der serbischen Armee nach Srebrenica, wo sie sich – wie zahlreiche andere Flüchtlinge – unter dem Schutz der UNO sicher wähnte.»
Kumari schloss die Augen. Er verharrte einen Augenblick in erstarrtem Schweigen. Dann berichtete er weiter.
«Srebrenica liegt wie viele Orte in Bosnien in einer hügeligen Landschaft. Die Stadt wurde von der serbischen Armee umstellt und mit Granaten beschossen. Im Juli 1995 wurde sie trotz UNO-Präsenz von den Soldaten des Generals Ratko Mladic besetzt.»
Martin Biasotto hatte alles mitgeschrieben; dabei hatten ihm die vielen fremden Namen Schwierigkeiten bereitet. Jetzt hob er die Hand zum Zeichen, dass er nicht mitkomme. Aber Kumari achtete nicht auf ihn.
«Am 11. Juli trieben die Serben alle bosnischen Männer und älteren Jungen – man vermutet, es seien etwa 8000 gewesen – unter den Augen der UNO-Soldaten zusammen, führten sie in einen Wald und töteten sie. Jovan Zubak war unter den Ermordeten; Jan überlebte nur, weil ein holländischer Soldat ihn aus der Schar der Zusammengetriebenen herausholte und versteckte.

«Wie alt war er damals?»
«Noch nicht einmal zehn Jahre alt.»
«Ein Kind!»
Der Imam nickte. «Wir wissen heute, dass das Verbrechen – es war das schlimmste Massaker seit dem Zweiten Weltkrieg – von den Serben von langer Hand geplant war. Sie wollten die bosnische Bevölkerung von Srebrenica vernichten.»
«Grauenvoll. Der Junge tut mir leid.»
«Das ist leider noch nicht alles.» Der Imam seufzte tief. «Jans Schwester war damals sechzehn, ein fröhliches, hübsches Mädchen. Sie wurde entführt, in einer Kaserne eingesperrt und während Wochen von serbischen Soldaten vergewaltigt. Schliesslich gelang es der Mutter mit Hilfe des schweizerischen Botschafters, ihre Tochter zu befreien; sie floh mit den beiden Kindern nach Sarajewo und von dort in die Schweiz. Hier stellte sich heraus, dass Jans Schwester, die infolge ihrer traumatischen Erlebnisse unter schweren psychischen Störungen litt, ein Kind erwartete. Obwohl sie mehr oder weniger dauernd überwacht wurde, gelang es ihr, aus der psychiatrischen Klinik zu fliehen. – Sie warf sich zwischen Muttenz und Pratteln vor einen Schnellzug.»
Tina Merz lief es kalt den Rücken hinunter. «Das ist ja entsetzlich.»
Der Imam nickte. «Jans Mutter hatte im Kantonsspital Liestal eine Arbeit gefunden. Nach dem Tod der Tochter wurde sie depressiv, so dass sie wiederholt hospitalisiert werden musste.»
«Und Jan?»
«Wenn seine Mutter im Spital war, wohnte er bei seinem Onkel in Sissach. Die Erlebnisse des Krieges haben sein Leben überschattet und geprägt. Er war besessen von der Idee, die Mörder seines Vaters und Vergewaltiger seiner Schwester zu finden und Rache zu nehmen. Er ging fast zugrunde am Gedanken, dass sie unbehelligt weiter leben konnten.»
Kumari hob den Kopf. «Mehr als achthundert Männer stehen auf der Liste der so genannten Srebrenica-Kommission als mutmassliche Täter des Massakers. Nur ein paar wenige konnten bisher zur Rechenschaft gezogen werden.»
«Ist Jan Muslim?»
Der Imam schüttelte den Kopf. «Er ist wie seine Mutter römisch-katholisch. Er interessierte sich aber in den letzten Jahren immer mehr für den Islam – die Religion seines Vaters.»
«Kam er deshalb hierher?»

Mit stummem Kopfnicken bejahte Kumari die Frage. «Obwohl er von seiner Mutter die schweizerische Staatsangehörigkeit geerbt hat, fühlte er sich als Bosnier und identifizierte sich mit dem Schicksal des Vaters und des bosnischen Volkes; und dazu gehört auch der Islam.»
«War er ein Fundamentalist?»
«Um Gottes willen, nein!» Kumari hob entsetzt die Hände. «In Bosnien war der Islam sehr liberal. Vor dem Jugoslawienkrieg haben Sie dort kaum eine verschleierte Frau gesehen. Erst als sich die Bosnier vom christlichen Europa verraten und verlassen fühlten, man ihre Moscheen anzündete, sie vertrieb und ermordete und sie nur von ihren muslimischen Brüdern und Schwestern in Saudi-Arabien, Libyen und anderen Ländern Hilfe und Unterstützung bekamen, besann sich eine Minderheit auf die strengen Regeln der Scharia.»
«Sie haben Jan ein Buch über Toleranz und Vergebung geschenkt und eine nicht ganz alltägliche, sehr persönliche Widmung hineingeschrieben. Wie kam es dazu?»

Der Imam stand auf, machte einige Schritte, die Augen vor sich auf den Boden geheftet, kam zurück und setzte sich wieder. Seine Hände, die sich ständig bewegten, spiegelten seine heftigen Gefühle.
«Ich mochte den vaterlosen, vom Schicksal so arg gebeutelten Jungen. Er tat mir leid. Sein Hass gegen die Mörder seines Vaters und Vergewaltiger seiner Schwester, sein Gefühl der Ohnmacht, weil niemand diese zur Rechenschaft zog, sondern das Massaker von Srebrenica mehr und mehr in Vergessenheit geriet, quälten ihn in jeder Stunde seines Lebens. Er konnte nicht vergessen, nicht fröhlich und unbeschwert sein.» Er seufzte. «Ich habe viel Zeit aufgewendet, um mit ihm zu reden, ihn aus der Vergangenheit herauszuholen und für die Zukunft zu gewinnen.»
«Ist es Ihnen gelungen?»
«Ich glaube nicht.» Die Antwort wurde von einem nachdenklichen Kopfschütteln begleitet.
«Was macht sie unsicher?»
Kumari sass am Schreibtisch, hielt die Ellbogen aufgestützt und hatte das Gesicht in den Hände vergraben. So verharrte er längere Zeit, ohne zu antworten. Als er schliesslich den Kopf hob und sein Gesicht der Kommissarin zuwandte, hatte er Tränen in den Augen.
«Ich sagte schon», wiederholte er leise, «Jan liess niemanden an sich heran. Niemand weiss, was in dem Jungen wirklich vorging.»

«Sie haben die Frage nicht beantwortet, die Frage nach der Widmung in dem Buch», erinnerte Biasotto.
«Die Widmung?», wiederholte der Imam abwesend. «Ich mahnte Jan immer wieder, dass unser Gott, sei er nun christlich oder muslimisch, will, dass wir vergeben. Darum habe ich ihm auf den letzten Geburtstag dieses Buch geschenkt und diesen Text hineingeschrieben.»
«Und hat er vergeben?»
Die Augen Kumaris wichen dem Blick der Kommissarin aus. «Ich weiss es nicht.»
«Hatte er Freunde?»
«Er hat sich mit anderen Jungen unterhalten. Hin und wieder auch mit jemandem Billard oder Karten gespielt. Aber Freunde?» Kumari schüttelte den Kopf.
«Hatte er Kontakt mit… mit einem Dschihad-Werber?»
«Wie kommen Sie darauf?»
«Wir wissen, dass ein Werber hier aktiv war.»
«Ich habe ihn zum Teufel gejagt.»
«Davon haben wir gehört.»
Tina Merz suchte Kumaris Blick. «Hatte Jan Kontakt zu diesem Werber? Oder anders gefragt: Halten Sie es für möglich, dass er ein Terrorist war?»
Rasch wandte der Imam seine Augen ab und schüttelte stumm den Kopf.
Die Kommissarin drehte sich zu Biasotto. «Gibt es noch Fragen zu diesem Thema?»
«Ist Ihnen Benjamin Mächler bekannt?»
Die Antwort kam mit einiger Verzögerung. «Den Namen habe ich schon gehört. Ich kann im Augenblick nicht sagen, wo. Dem Mann selbst bin ich nie begegnet.»
«Khalil Khima?»
Tina Merz, die den Imam scharf beobachtete, glaubte in seinen Augen ein kurzes Aufflackern zu erkennen.
«Haben Sie mich das nicht schon einmal gefragt? Wer soll das sein?» Die Stimme klang flau.
«Ein junger Muslim aus St-Louis?»
«Ich habe mit St-Louis nichts zu schaffen», wehrte sich Kumari sofort heftig und hob abwehrend die Hände. «Die haben dort ihre eigenen Vorbeter.»
«Der Junge arbeitet in Basel», kam die Kommissarin ihrem Assistenten zu Hilfe. «Wir wissen, dass er Solaiman Fayyad kannte und nehmen an,

dass er ihm hier begegnet ist.»
«Ich kann das leider nicht ausschliessen», erwiderte der Imam bedrückt.
Jetzt war auch dieses Thema ausgeschöpft, und Tina Merz wandte sich dem nächsten Fragenkomplex zu.
«Kennen Sie Pierre Mansour?»
«Warum fragen Sie mich das?»
«Kennen Sie ihn?»
«Ich nehme an, Sie wissen die Antwort», erwiderte Kumari verschlossen und senkte seinen Blick.
«Ich will sie von Ihnen hören.»
«Ja, ich kenne Pierre Mansour.»
«Woher?»
Der Imam sagte eine Weile nichts. Er hatte von seinem Schreibtisch einen Stift aufgenommen und spielte nervös damit, während er sich seine Antwort überlegte. «Pierre und ich haben zusammen studiert.»
«In Beirut?»
Ein leichtes Kopfnicken signalisierte Zustimmung. «Wir haben gleichzeitig die dortige juristische Fakultät besucht.»
«Hatten Sie nach dem Studium noch Kontakt?»
Kumari atmete mehrmals kurz ein und sank in sich zusammen. «Muss ich die Frage beantworten?»
«Ich kann Sie nicht zwingen. Wir werden die Antwort aber so oder so bekommen. Wir haben unsere Beziehungen. Es braucht nur etwas Zeit.»
Der Imam starrte auf die Tischplatte, während er mit unbewegtem Gesicht und monotoner Stimme sprach. «Nach dem Studium haben Pierre und ich uns mehrere Jahre nicht mehr gesehen. Er suchte sein Glück im diplomatischen Dienst, ich ging nach Kairo, um meine Ausbildung fortzusetzen.»
«Weiter.»
«Pierre bekam eine Anstellung in Santiago de Chile, später in Islamabad und schliesslich in Bern, wo er seine Frau kennen lernte. Seit fünf Jahren arbeitet er als Dolmetscher für die dortige libanesische Botschaft. Hier in der Schweiz haben wir uns zufällig wieder getroffen.»
«Sehen Sie sich regelmässig?»
«Alle paar Monate.»
«Kennen Sie Ursula Mansour?»
«Ich habe sie zwei-, dreimal gesehen.»
«Das ist alles?»

Kumari nickte und schwieg.
Martin Biasotto war noch nicht zufrieden. «Es ist Ihnen offensichtlich nicht Recht, dass wir von Ihrer Bekanntschaft mit Pierre Mansour Kenntnis haben. Was ist der Grund?»
Der Befragte tat sich schwer mit der Antwort. «Wir haben unsere Beziehung verheimlicht», erklärte er zögernd, «weil wir annehmen, dass es nicht gut ist für Ursula, wenn ihr Mann mit einem Imam befreundet ist.»
«Nicht gut ....?»
«Sie wissen schon, ihr heikler Job bei der Bundesanwaltschaft.»
Die Antwort konnte den Assistenten nicht überzeugen. Er kam aber nicht dazu, eine weitere Frage zu stellen; Kumari kam ihm zuvor: «Wie haben Sie erfahren, dass Pierre und ich uns kennen?»
«Tut mir leid», wich Tina Merz aus, «das ist unser Geheimnis.»
«Gibt es Nachrichten von Ihrem verschollenen Sohn?», erkundigte sich Martin Biasotto scheinheilig.
«Ich versuchte wiederholt, ihn telefonisch zu erreichen. Aber es ist mir bislang nicht gelungen», lautete die sehr sachliche Antwort. «Meine Mutter sagte mir, er habe sich einer Gruppe von jungen Archäologen angeschlossen, die Ausgrabungen im Süden des Landes planen. Ich bin sicher, er wird mich bald anrufen.»
Tina Merz hatte Kumari bei dieser letzten Antwort nicht aus den Augen gelassen. Er war verunsichert und fühlte sich unbehaglich. Sie wusste, dass er log. Und sie spürte, dass in seinem Inneren ein Kampf tobte, ein Kampf zwischen dem Rückzug in die Lüge und der Flucht nach vorne in die Wahrheit.
«Sie haben doch bestimmt darüber nachgedacht, ob nicht einer Ihrer jugendlichen Besucher am Terroranschlag beteiligt war?», versuchte sie die Seite der Wahrheit zu stärken.
Die Miene des Imam verschloss sich sofort. «Selbstverständlich habe ich das. Und ich bin überzeugt, dass der Palästinenser, den Sie früher erwähnten, dieser Hani Moussa, die Bombe gelegt hat.»
«Wissen Sie, wo sich Moussa zur Zeit aufhält?»
Die Antwort war ein heftiges Kopfschütteln. «Ich habe mit diesem Mann nichts zu schaffen.»
Wieder versuchte die Kommissarin, den Blick des Imam einzufangen; aber er drehte seinen Kopf weg und begann stumm in einem Buch zu blättern. Sie beschloss, das Gespräch hier abzubrechen. Sie wusste, es würde bald eine Fortsetzung geben.

34

Tina Merz war auf das Donnerwetter gefasst, das Martin Biasotto im Auto über ihrem Kopf niedergehen liess.

«Dein Vorgehen ist manchmal unverständlich, absolut unverständlich», begann er, während er den Dienstwagen startete. «Da sitzt der Mann vor dir, und es ist nur eine Frage der Zeit, bis er so weich geklopft ist, dass er ein Geständnis ablegt. Und was tut meine Chefin? Sie bricht die Einvernahme ab und lässt ihn laufen. Nicht einmal nach dem Photo hast du gefragt.»

Sie wusste nicht, wie sie ihr Vorgehen rechtfertigen sollte. Sie hatte intuitiv gehandelt. Die Zeit war noch nicht reif für den abschliessenden Paukenschlag.

«Dieser Mann ist in den Anschlag verwickelt», schimpfte Biasotto weiter. «Das sieht doch ein Blinder. Und du gibst ihm Zeit, mit Hilfe seiner einflussreichen Freunde in Bern Spuren zu verwischen und abzuhauen.»

Er hatte weitere schwarze Prophezeiungen auf der Zunge, musste sich aber auf den regen Verkehr konzentrieren. Nachdem er den Schützenmattpark hinter sich gelassen hatte, und auf dem Viadukt in der Schlange stand, legte er wieder los, angeregt durch das beharrliche Schweigen seiner Chefin.

«Ich verstehe dich wirklich nicht», stellte er etwas ruhiger fest. «Jeder andere an deiner Stelle, hätte den Verdächtigen mit Fragen in die Enge getrieben. Und was tust du? Du ... »

«Ich bin halt nicht jeder andere», unterbrach Tina Merz die Tirade. «Ich marschiere nicht gern auf ausgetretenen Wegen. Da lässt sich kein Neuland entdecken.»

Martin Biasotto sagte nichts mehr. In resigniertem Schweigen fuhr er zum Waaghof, parkte das Auto und verschwand, ohne ein weiteres Wort zu verlieren.

Verstimmt und allein stieg die Kommissarin die Treppe in den zweiten Stock hinauf. Als sie ihr Büro aufschloss, hörte sie ihr Telefon klingeln. Sie warf ihre Handtasche auf den Schreibtisch und griff zum Hörer.

«Habe ich Sie gesprengt?», vernahm sie die Stimme des Bundesanwalts, nachdem sie atemlos ihren Namen genannt hatte. «Ich rief bei Ihnen zuhause an, und als sich dort niemand meldete, nahm ich an, Sie seien im Büro.» Er holte tief Atem. «Ich muss mich bei Ihnen entschuldigen. Die Sache mit Pierre Mansour hat mir keine Ruhe gelassen. Ich nahm heute morgen Kontakt mit einem Angehörigen der Britischen Botschaft auf, der gute Beziehungen zum israelischen Geheimdienst unterhält.»

Tina Merz hielt den Atem an.

«Ich bekam soeben einen Anruf und möchte, dass Sie als erste erfahren, was man mir mitgeteilt hat. – Pierre Mansour ist aktives Mitglied der Hamas. Und Ihr Imam ebenso. Die beiden kennen sich seit ihrer Jugend. Sie haben fast das gleiche Alter und sind in der gleichen Stadt im Süden des Libanon aufgewachsen. Die Familie Mansour lebte in einem der dortigen Flüchtlingslager.»

«Palästinenser?»

«Beide. Mansour ist der Pate von Kumaris ältestem Sohn Aziz.»

Die Kommissarin musste sich setzen. Das hatte sie nun doch nicht erwartet. «Was wirft man den beiden vor?»

«Ausser ihrer Mitgliedschaft in der Hamas, nichts. Der Verbindungsmann in der britischen Botschaft wusste jedenfalls nichts von allfälligen Straftaten, zumindest hat er mir nichts davon gesagt.»

«Aber?»

«Ich besuchte vor drei Jahren mit einer Delegation des Roten Kreuzes ein palästinensisches Flüchtlingslager. Die Situation dort ist fürchterlich. Ein Boden, auf dem Terroristen wachsen wie Tulpen im Frühlingsbeet.

«Verstehe ich Sie richtig? Sie halten es für möglich, dass Pierre Mansour oder der Imam oder beide am Terroranschlag hier in Basel beteiligt waren?»

«Das wollte ich damit nicht sagen», berichtigte der Bundesanwalt rasch. «Ich kenne weder den einen noch den anderen gut genug, um einen derartigen Verdacht zu äussern. Aber wir sollten die beiden im Auge behalten.»

«Und was machen Sie mit Frau Mansour? Weiss sie von der Zugehörigkeit Ihres Mannes zur Hamas?»

«Ich habe sie noch nicht darauf angesprochen. Ich wollte zuerst Sie informieren.»

«Wäre es nicht klug, sie im Unklaren zu lassen? Sie wird ihren Mann warnen, und das könnte unsere Ermittlungen erschweren.»

«Lassen Sie mich darüber nachdenken. Ich werde Sie von meinem Entscheid in Kenntnis setzen.»

Nach dem Gespräch mit dem Bundesanwalt holte sich die Kommissarin einen Kaffee, schaltete ihren PC ein und gab den Suchbegriff ‹Hamas› ein. Sie erhielt folgende Erklärung: *«Die Hamas ist eine palästinensische sunnitisch-islamistische Organisation, die vor allem wegen ihrer Selbst-*

mordattentate auf israelische Zivilisten bekannt geworden ist. Ihre Mitglieder sind überzeugt, dass den Muslimen eine Führungsrolle in der Welt zusteht, weil Gott ihnen seine Religion zuletzt offenbarte – nachdem Juden und Christen vom rechten Weg abgewichen waren. Sie vertreten die Meinung, dass Länder, die einmal unter muslimischer Herrschaft standen, nicht von Nichtmuslimen beherrscht werden dürfen. In ihren Augen ist die Existenz Israels ein Unrecht und muss mit dem Dschihad bekämpft werden.»
Tina Merz begann, auf ihrem Schreibtisch nach dem Text über die Hizbollah zu suchen, den sie kürzlich vom PC ausgedruckt hatte. Sie fand ihn, setzte sich hin und las ihn nochmals aufmerksam durch. Nach der Lektüre versank sie in Gedanken. Mansour und Kumari waren sunnitische Palästinenser und Mitglieder der Hamas; Hani Moussa kam ebenfalls aus Palästina, war aber Mitglied der schiitischen Hizbollah. War der Verdacht Kumaris gegen Moussa darin begründet, dass er religiös und politisch zu einem anderen Lager gehörte?
Als Martin Biasotto ins Büro der Kommissarin trat, fand er sie tief in Gedanken. Er hatte sich wieder beruhigt und lächelte ihr zu, wie wenn er nie wütend auf sie gewesen wäre.
«Hallo. Muss ich mich entschuldigen?»
Sie hatte keine Lust, die Frage zu beantworten. «Ich habe soeben eine wichtige Information bekommen», informierte sie ihn stattdessen.
«Das wäre?»
«Kumari und Mansour sind Mitglieder der Hamas.»
«Was heisst das?»
«Und Hani Moussa gehört der Hizbollah an.»
«Was willst du damit sagen?»
«Kumari und Mansour sind Sunniten, Moussa ist Schiit.»
Biasotto verstand. «Du meinst, Ursula Mansour und Kumari lenken den Verdacht auf Moussa, weil er einer anderen Glaubensrichtung anhängt?»
«Sunniten und Schiiten hassen und bekämpfen sich. Schau in den Irak.»
Biasotto nickte nachdenklich. «Sie haben den Verdacht gegen Moussa nie näher begründet.» Er setzte sich. «Woher hast du deine Weisheit?»
Jetzt berichtete die Kommissarin ihrem Assistenten vom Anruf des Bundesanwaltes.
«So ist das also», kommentierte dieser die Information. «Was heisst das für uns?»
«Wir haben einen Verdächtigen mehr.»
«Du glaubst doch nicht ernsthaft, dass der geschniegelte Mansour sich

mit einer Bombe unter dem Arm in unseren Bahnhof geschlichen hat?»
Sie sah das Bild vor sich und konnte sich nur mit Mühe einen Lacher verkneifen. «Nein, das glaube ich nicht; aber er könnte die Bombenleger angeworben haben.»
«Und Ghassan Kumari?»
Sie antwortete nicht sofort. Sie sah den Imam vor sich, sein männliches Gesicht, seine kornblumenblauen Augen, seine imposante Statur. «Er könnte mit ihm unter einer Decke stecken», kommentierte sie fast widerwillig.
«Aber er hat den Dschihad-Werber doch weggejagt.»
«Behaupten er und Ursula Mansour. Ob das die Wahrheit ist? Und selbst, wenn es so gewesen wäre», die Kommissarin liess ihre Gedanken laufen, «vielleicht hat er ihn in die Wüste geschickt, weil er keine Konkurrenz wollte. Oder es war ein Täuschungsmanöver, um einen guten Eindruck zu machen und den Verdacht auf andere zu lenken.»
«Das sind alles Vermutungen, Spekulationen; Beweise sehen anders aus», hielt Martin Biasotto dagegen. «Ich glaube eher, dass er den Attentäter schützen will. Zum Beispiel seinen Sohn Aziz.»
«Und Mansour, der Patenonkel, hilft ihm dabei.»
«Genau.»
«Und du sagst mir, meine Gedanken seien nichts als Vermutungen und Spekulationen», lachte Tina Merz ihren Assistenten aus. «Aziz kann nicht der Attentäter sein, Aziz war im Zeitpunkt des Anschlags im Zug nach Frankfurt.»
«Die Explosion wurde mit einem Handy ausgelöst.»
Im Kopf der Kommissarin gingen die Gedanken wirr durcheinander. «Wir machen irgendwo einen Überlegungsfehler», murmelte sie. «Kumari schützt jemanden. Aber wen?»
«Ich bin überzeugt, Aziz ist unserer Mann.» Biasotto betrachtete seine Chefin lächelnd, während sie die Ellbogen aufgestützt, die Hände vor dem Mund gefaltet, mit geschlossenen Augen die Ergebnisse ihrer bisherigen Arbeit vor sich ablaufen liess. Plötzlich hob sie den Kopf.
«Wer ist eigentlich Hani Moussa? Wir wissen nichts von ihm, ausser dass er der militanten Hizbollah angehört und sein Bruder in einem israelischen Gefängnis sitzt.»
«Und er sich nach dem Anschlag fluchtartig aus dem Staub gemacht hat, was man nur tut, wenn man etwas auf dem Kerbholz hat.»
«Weiss man inzwischen, wo er sich aufhält?»
Biasotto schüttelte den Kopf.

Tina Merz war in ihren Gedanken schon weiter. «Es gibt noch etwas, was es zu bedenken gilt.»
«Ja?»
«Mansour hat in der libanesischen Botschaft in Pakistan gearbeitet. Er könnte dort Mitglied der al-Qaida geworden sein!»
Eine Weile schwiegen beide.
«Mir gehen die beiden Männer nicht aus dem Kopf, die sich vor dem *Caffe Spettacolo* gestritten haben», nahm die Kommissarin das Gespräch wieder auf. «Wer waren sie? Moussa? El-Haddad? Khima? Zubak? Mansour? Aziz Kumari?»
Biasotto zuckte mit der Achsel. «Es könnte jeder dabei gewesen sein. Auf alle trifft sowohl das Täterprofil, als auch die beschriebene Statur zu.» Er seufzte. «Schär hat Recht: wir treten an Ort.»
Zu seiner grossen Verwunderung reagierte die Kommissarin nicht auf diese Provokation. Sie hatte gar nicht zugehört, so sehr war sie mit ihren Gedanken beschäftigt. Plötzlich sprang sie auf, nahm das Dossier mit den Zeugenaussagen vom Schreibtisch und begann, darin zu blättern.
«Diese Kioskfrau, hat man ihr die Photos der Verdächtigen gezeigt?»
Biasotto hob die Hände. «Ich glaube, ja. Bestimmt weiss ich es nicht.»
«Und der Zeuge aus dem Schliessfachraum? Hat er alle Photos gesehen? Auch die von Aziz Kumari, von Benjamin Mächler und Jan Zubak?»
«Ich weiss es nicht.»
«Dann frag nach.»
«Ich werde das erledigen.» Martin Biasotto sah auf die Uhr. «Aber wie steht es mit dem Essen?»
«Erledige die Aufträge. Dann sehen wir weiter.»

Biasotto verschwand, kam aber schon nach wenigen Minuten wieder zurück.
«Ich habe Bertschmann angerufen. Er sagte mir, er habe dir den Bericht über Moussa gestern geschickt.» Seine Augen gingen forschend über den belegten Schreibtisch seiner Chefin.
«Was sagt er?», erkundigte sich diese und machte keine Anstalten, aufzustehen und ihrem Assistenten bei der Suche nach dem gewünschten Papier zu helfen.
«Die Kioskfrau hat Khalil Khima identifiziert. Er sei der Junge mit der Mütze und den schwarzen Fingernägeln, der kurz vor dem Anschlag bei ihr Zigaretten gekauft habe.»

«Weiter.»
«Das Photo von Jan Zubak steht erst seit gestern Nachmittag zur Verfügung. Es wurde bisher weder der Kioskfrau noch dem Zeugen Strübi gezeigt. Auch das von Benjamin Mächler nicht.»
«Das muss nachgeholt werden.»
Martin Biasotto hatte den gesuchten Bericht Bertschmanns gefunden und die letzte Seite aufgeschlagen, wo er eine Zusammenfassung vermutete.
«Hani Moussa», las er laut vor, «erlitt bei der Explosion einen Bruch des Schlüsselbeins und verschiedene Schnittwunden im Gesicht und am Oberkörper. Er wurde im Bruderholzspital medizinisch versorgt. Bereits am frühen Nachmittag verliess er das Spital auf eigenen Wunsch wieder und fuhr mit einem Auto, das er am Abend zuvor unter dem falschem Namen Omar Kaaf gemietet hatte, nach Paris, wo er das Fahrzeug im Kurzzeitparking des Flughafens abstellte. Um 22 Uhr bestieg er als Geschäftsmann Khaled Esid ein Flugzeug nach Damaskus. Seither wurde er nicht mehr gesehen.»
«Und woher weiss Bertschmann das alles?», staunte die Kommissarin.
Biasotto streckte ihr die zusammengehefteten Blätter hin. «Um das zu erfahren, müsstest du das hier alles lesen.»
Sie stand auf und griff nach ihrer Jacke. «Wenn wir unsere Terroristen hinter Schloss und Riegel haben, werde ich mir dafür Zeit nehmen. Lass uns jetzt essen gehen.»

35

Tina Merz verbrachte den Sonntagmorgen vor dem Computer beim Lesen und Nachdenken. Sie nahm keine Anrufe entgegen, las keine Zeitung und vergass sogar das Essen, was ausserordentlich selten vorkam.
Am Sonntagnachmittag sass sie am Tisch, einen grossen Notizblock vor sich; sie schrieb die Namen ihrer Hauptverdächtigen jeweils oben auf eine leere Seite, setzte mögliche Tatmotive dazu und notierte sich die Pro- und Contra-Argumente. Zwei Stunden später lagen neun mehr oder weniger dicht beschriebene Blätter vor ihr; jedes stand für einen möglichen Täter.

Am Montagmorgen versammelten sich die Leiter der Ermittlungsgruppen zum Rapport. Eugen Theiss war für die Sitzung extra von Bern angereist, Schär hatte sich wie üblich entschuldigen lassen.
Tina Merz überliess die Sitzungsleitung ihrem Assistenten. Sie war noch immer mit ihren Täterpapieren beschäftigt und hörte nur wie aus weiter Ferne, was um sie herum gesprochen wurde. Sie hatte sich vorgenommen, Moritz Harrer, den Psychiater, zu konsultieren, und notierte die Fragen, die sie ihm stellen wollte.
Auf dem Weg zurück vom Sitzungszimmer zu ihren Büros erkundigte sich Martin Biasotto, was sie während der Sitzung so eifrig geschrieben habe.
«Du bekommst meine Texte bald zu lesen», versprach sie ihm. «Aber ich muss vorher noch ein paar Dinge klären.»
«Was für Dinge?»
Ich muss wissen, was Fundamentalismus ist.»
Biasotto machte ein erstauntes Gesicht. «Ist das so wichtig?»
«Für mich schon.»
Er schüttelte verständnislos den Kopf. «Deine Probleme möchte ich haben!»

Sie konnte Moritz Harrer nicht sprechen. Er sei mit einem Patienten beschäftigt, werde aber so bald wie möglich zurückrufen, teilte seine Praxisassistentin mit.
Während sie auf das Telefon wartete, blätterte sie im Bericht, den der Psychiater zum Täterprofil erarbeitet hatte.
«... in der Regel zwischen achtzehn und 30 Jahre alt, unverheiratet und äusserlich völlig unauffällig. Sie verfügen oft über eine überdurchschnittliche Intelligenz, die es ihnen ermöglicht, ein komplexes Projekt zu planen und durchzuziehen. In der Regel weisen sie keine Vorstrafen auf ...»

Sie blätterte zurück:
«... sie erfuhren ihr ganzes Leben lang extreme Formen von Gewalt, Ohnmacht, Hilf- und Hoffnungslosigkeit ... »
Das Telefon klingelte. Tina Merz hob den Hörer ab in der festen Überzeugung, beim Anrufer handle es sich um Moritz Harrer. Sie war sehr überrascht, als sie die Stimme Kumaris vernahm.
«Frau Kommissarin, hätten Sie morgen Zeit für ein Gespräch?»
«Worum geht es?»
Der Imam atmete tief ein, bevor er sich erklärte: «Ich habe meinen Sohn Aziz zurückbeordert. Er wird heute noch in Basel eintreffen. Wir möchten mit Ihnen reden.»
«Ich bin um neun im Gebetszentrum.»
Sie legte den Hörer zurück, griff nach den am Sonntagnachmittag beschriebenen Blättern, suchte das von Aziz Kumari heraus und legte es zuoberst auf das Bündel.
Kurz darauf rief Moritz Harrer zurück. Nach einer herzlichen Begrüssung und ein paar unverbindlichen Freundlichkeiten, stellte Tina Merz ihre erste Frage:
«Was ist Fundamentalismus?»
«Sie überfordern mich», lachte der Psychiater. «Aber der Gegenstand ist interessant; lassen Sie mich nachdenken.»
«Fundamentalismus», teilte er wenig später das Ergebnis seiner Überlegungen mit, «Fundamentalismus im weitesten Sinne ist eine Antwort auf die Moderne; eine religiöse oder weltanschauliche Gegenbewegung, die eine Rückbesinnung auf die Wurzeln einer bestimmten Religion oder Ideologie fordert.»
«Das heisst», hakte die Kommissarin nach, «es gibt nicht nur religiösen, sondern auch ideologischen, also weltanschaulichen Fundamentalismus.»
«So ist es», bestätigte Harrer. «Wenn ich mich richtig erinnere, entstand der Begriff in Amerika und bezeichnete eine Kraft innerhalb des amerikanischen Protestantismus. Aber er ist heute auch für ideologische, also nicht religiöse Bewegungen durchaus gebräuchlich.»
«Kennen Sie Beispiele?»
Harrer nahm sich Zeit: «Politisch-fundamentalistische Gruppen sind beispielsweise die deutsche *RAF,* der peruanische *Sendero Luminoso* und der amerikanischen *Ku Klux Klan.*»
«Und was kennzeichnet die Fundamentalisten?»
«Sie sind überzeugt, die absolute Wahrheit zu besitzen. Sie sind à priori

radikal, intolerant und meist auch fanatisch. Sie sehen sich als Verteidiger des Wahren und Guten im Kampf gegen die Schlechten, das Böse oder auch nur gegen anders Denkende und anders Gläubige.»
«Sind sie bereit, diesen Kampf mit terroristischen Mitteln auszutragen?»
Harrer brauchte eine Weile, bis er seine Antwort gefunden hatte. «Fundamentalisten sind nicht zwangsläufig Terroristen und umgekehrt. Aber es ist möglich, dass sie zu Terroristen werden und undifferenziert Gewalt auch gegen Unbeteiligte ausüben.»
«Und wann ist das der Fall?»
«Wenn sie ihre Ziele nicht anders erreichen können.»
«Terrorismus ist immer ein Akt der Verzweiflung», las Tina Merz dem Arzt aus dem vor ihr liegenden Bericht vor. *«Er wird aus der Ohnmacht heraus geboren. Die Terroristen können ihre Ziele mit legalen Mitteln nicht erreichen und sind zu schwach, um gegen die Mächtigen zu kämpfen.»*
«Das ist es genau», bestätigte Harrer.
«Das sind Ihre eigenen Worte.»
«Ihnen ist nichts beizufügen.»
«Die Macht der Ohnmächtigen!»

Als Stephan Merz am späten Nachmittag seine geschiedene Frau anrief, um sich nach ihrem Befinden zu erkundigen, hörte er an der Art und Weise, wie sie ihren Namen nannte, dass es ihr gut ging. Ihre Stimme war hell und melodisch, ihr ‹Tina Merz› klang unbeschwert und fröhlich wie ein Frühlingslied.
«Du bist zufrieden, fühlst dich gut», stellte er fest. «Du hast deinen Fall gelöst.»
Sie lachte. «Formulieren wir es korrekter: Ich glaube, ich weiss, wo es lang geht.»

36

Am nächsten Morgen machte sich die Kommissarin zeitig auf den Weg ins Büro. Sie hatte tief und ruhig geschlafen und fühlte sich stark und sicher. Auf der Wettsteinbrücke, kurz bevor sie das Grossbasler Ufer erreichte, blieb sie stehen und schaute hinüber zum Münster. Wie so oft war der eine Turm wegen Renovierungsarbeiten eingerüstet, was die Würde und Erhabenheit der alten Kirche stark beeinträchtigte. Aber sie suchte an diesem Morgen nicht den kunsthistorischen Genuss; sie wollte dieses Gefühl von Beständigkeit und Ewigkeit spüren, von Liebe, Vertrautheit und Verbundenheit, das sie beim Anblick der ehrwürdigen Kirche stets erfüllte und ihr in den Stürmen der Vergangenheit immer wieder Kraft und Halt gegeben hatte.

Martin Biasotto sass vor dem Computer und wartete auf sie. Er rieb sich immer wieder die Hände und seine dunklen Augen blitzten vor Unternehmungslust.
«Erwartest du ein Geständnis?», überfiel er sie, als sie die Tür zu seinem Büro öffnete.
Er bekam keine Antwort.
«Wie du das wieder hingekriegt hast!»
Sie lächelte still. «Manchmal muss man eben warten können, dann lösen sich die Probleme von selbst.»
«Nimm auf jeden Fall den Durchsuchungsbefehl mit. Vielleicht brauchen wir ihn.»
Sie nickte. «Ich nehme ihn mit; aber ich bin zuversichtlich. Wir werden ohne ihn auskommen.»
Pünktlich um neun Uhr drückten sie den Klingelknopf neben der Wohnungstür Kumaris. Der Imam öffnete selbst, bedankte sich für ihr Kommen und führte sie in das ihnen schon vertraute Arbeitszimmer. Sie setzten sich und Biasotto begann, seinen Laptop für die Protokollführung vorzubereiten.
Ghassan Kumari sass derweil hinter seinem mit Akten und Büchern beladenen Schreibtisch, der ihn wie ein mächtiges Bollwerk vor allen Angriffen zu schützen schien. Er war blass und in sich gekehrt. Der Glanz in seinen Augen war erloschen und einer tiefen Trauer gewichen.
«Ich bin froh, dass Sie hier sind», begann er leise und schaute verstohlen auf seine Uhr. «Darf ich Ihnen einen Tee anbieten?»
«Gerne, wenn es Ihnen keine Umstände macht.»

Er stand auf und öffnete die Tür zum Korridor. «Zaide», rief er hinaus, «bring uns Tee.» Dann setzte er sich wieder, warf nochmals einen Blick auf die Uhr und starrte stumm vor sich hin.
Minuten später betrat Aziz Kumari den Raum. Ohne sie anzusehen, reichte er den beiden Kommissaren die Hand, nahm einen Stuhl und setzte sich neben den Imam.
Der junge Kumari war ein hübscher Mann, gross und schlank, mit oliv farbener Haut, einem glänzenden, dunklen Haarschopf und den hellen Augen seines Vaters. Die randlose Brille gab ihm einen intellektuellen Touch. Er war sorgfältig gekleidet mit schwarzer Baumwollhose und einem dazu passenden schwarz-beige gestreiften Pullover mit hellem Kragen.
In der Stille des Raumes betrachtete Tina Merz sein Gesicht. In seiner Miene spiegelte sich der Kampf, den er im Inneren austrug; sie wechselte zwischen Arroganz und Demut, Zorn und Trauer, zwischen Entschlossenheit und Resignation.
«Wir haben Sie hierher gebeten», eröffnete der Imam zögernd das Gespräch, «weil wir Ihnen einiges zu sagen haben.» Er sprach langsam, fast apathisch, stützte seinen Kopf in die Hand und zeichnete mit einem Stift zerstreut Figuren auf ein Blatt Papier. «Wir bitten Gott um Vergebung für das, was geschehen ist, und Sie um Nachsicht und Mitgefühl für eine verzweifelte und irregeleitete Jugend.»
Die Kommissarin wurde das Gefühl nicht los, dass Kumari Zeit gewinnen wollte.
Eine jüngere Frau kam herein, ein Tablett mit Tee in den Händen. Sie deutete einen Knicks an und stellte die gefüllten Gläser und eine Dose mit Zucker auf den Schreibtisch.
«Möchten Sie einfach reden oder ist es Ihnen lieber, wenn wir Fragen stellen?», erkundigte sich Tina Merz ungeduldig, als die Frau den Raum wieder verlassen hatte.
Kumari war aufgestanden und verteilte die Teegläser. «Lassen Sie mich zuerst meine Geschichte erzählen.» Er reichte der Kommissarin den Zucker. «Für Fragen ist nachher noch Zeit.» Er setzte sich und rührte mit einem langstieligen Löffel in seinem Glas, während er stumm und nachdenklich seinen Sohn betrachtete.
Tina Merz wollte ihn auffordern, endlich anzufangen, als sie ein Klopfen vernahm. Der Imam erhob sich wieder und öffnete die Tür. Auf der Schwelle erschien Ursula Mansour. Mit ernster Miene reichte sie den Kommissaren die Hand und begrüsste die beiden Kumaris mit einem Kuss auf

die Wange, wobei sie mit dem Vater ein paar leise Worte in Arabisch wechselte.

«Ich bitte Sie, Deutsch zu sprechen», bemerkte Tina Merz gereizt. «Ich verstehe leider kein Arabisch.»

Ursula Mansour nickte schuldbewusst. «Er», sie zeigte auf den Imam, «hat sich lediglich für mein Kommen bedankt, und ich habe mich für meine Verspätung entschuldigt.»

Man wartete, bis die Bernerin sich ihrer Jacke entledigt und Platz genommen hatte. Während dessen wanderten die Augen der Kommissarin durchs Zimmer, glitten über den Schreibtisch und blieben an einem Buch hängen, das halbverdeckt unter einem Bündel von Akten lag. Sie erhob sich, griff danach und setzte sich damit zurück auf ihren Stuhl.

Sie kannte das Werk. Sie hatte im Internet viel darüber gelesen. Es trug den Titel ‹Wegweiser› (ma'alim fi tariq); als Autor zeichnete Sayyid Qutb, ein Ägypter, der als Vater des Dschihad galt und unter der Herrschaft Nassers wegen dieses Buches zum Tode verurteilt und 1966 hingerichtet worden war. Seither wurde er von vielen radikalen Muslimen als Märtyrer verehrt.

Sie öffnete den Band. Auf der Innenseite des Deckels stand in grossen Buchstaben der Name des Eigentümers: Solaiman Fayyad.

Sie las wahllos einige Sätze und blätterte weiter bis zu einer Seite, die mit einem Buchzeichen markiert war und auf der einzelne Passagen des Textes mit einem schwarzen Filzschreiber dick durchgestrichen waren:

«Es ist alles Heidentum… Diese götzendienerische Welt legt den Vollzug von Gottes Geboten in die Hände von Menschen als wären sie Gott. Diese Heiden verehren und respektieren von Menschen gemachte Verfassungen, Gesetze und Prinzipien… Sie verachten Allahs Gesetz und seine Verfassung für das Leben… Wir müssen zerstören, was immer im Widerspruch zum wahren Glauben steht. Das Reich Gottes kann nur durch eine Bewegung der Macht und des Schwertes herbeigeführt werden.»

Sie überflog Teile des Textes nochmals und plötzlich wusste sie, wo sie diese Sätze früher schon gelesen hatte.

«Das Inserat in der Basler Zeitung», stiess sie hervor.

Die Augen von Ursula Mansour gingen zu Kumari. Er signalisierte Zustimmung.

Die Kommissarin hatte bereits ihre Schlussfolgerungen gezogen. «Das Inserat warnte vor dem Terroranschlag, der am folgenden Tag stattfand», überlegte sie laut, «das heisst, die Autoren des Inserates müssen mit den

Terroristen identisch sein. Sie haben den Text aus diesem Buch abgeschrieben.» Aufgebracht suchte sie Augenkontakt mit dem Imam und klopfte mit dem Zeigfinger auf das Cover. «Reden Sie endlich. Was haben Sie mit dem Anschlag zu tun? Welche Rolle spielte Ihr Sohn?» Sie verstummte, in der Hoffnung, einer der beiden Kumaris würde endlich das Wort ergreifen.
Aber es war Ursula Mansour, die ihr entgegnete. «Frau Kollegin», stellte sie ruhig fest, «Ghassan Kumari ist kein Verbrecher. Er hat mit dem Attentat nichts zu tun.»
«Er soll endlich sagen, was er weiss. Und zwar alles.»
Die Bernerin war aufgestanden und nahe an den Imam herangetreten. Sie legte ihre Hand auf seinen Arm und sprach leise auf ihn ein. In Arabisch; aber Tina Merz verstand, dass sie ihm zuredete, das Schweigen zu brechen und sich endlich zu erklären.
Dann war es wieder still im Raum. Draussen im Hof spielten Kinder Fussball; durch die geschlossenen Fenster hörte man ihre Stimmen. Das Schweigen wurde für die ungeduldige Kommissarin fast unerträglich. Sie war unmittelbar davor, aufzustehen und zu gehen, als das Handy Biasottos klingelte. Nach kurzem Zuhören, schrieb der Assistent ein paar Worte auf einen Zettel und reichte ihn seiner Chefin. Mit zufriedenem Gesicht nahm diese die Mitteilung zur Kenntnis: Der Zeuge Strübi hat Jan Zubak als den jungen Mann bei den Schliessfächern identifiziert. Sie schob den Zettel in ihre Handtasche und wandte sich an den Imam.
«Herr Kumari», sprach sie ihm leise und eindringlich zu, «Sie können Ihrem Sohn nur helfen, wenn Sie uns jetzt die Wahrheit sagen. Sie kennen die Terroristen. Ist er einer von ihnen? War er dabei, als…»
Die Worte weckten den Angesprochenen aus seiner Apathie. «Aziz ist kein Mörder. Auch die anderen sind nur irregeleitete, verzweifelte Kinder. Sie wurden verführt.»
«Sie sind für den Tod vieler unschuldiger Menschen verantwortlich», kam es trocken von Martin Biasotto. «Sie sind bestenfalls irregeleitete und verführte Mörder. Aber Mörder bleiben sie.»
«Nennen Sie uns die Namen», drängte Tina Merz, «und sagen Sie uns, wer sie verführt hat.»
«Du musst der Kommissarin alles erzählen, Ghass», unterstützte Ursula Mansour die Kollegin. «Es wird ohnehin alles herauskommen. Es ist nur eine Frage der Zeit.» Die Bernerin hatte sich wieder auf ihren Platz gesetzt. «Er hat Angst», flüsterte sie, «Angst um seinen Sohn.»

Tina Merz schaute zu Aziz, der bisher noch kein Wort gesprochen hatte. «Sie brauchen sich um Ihren Sohn keine Sorgen zu machen», sprach sie dem Vater beruhigend zu, «selbst wenn er die Bomben eigenhändig gezündet hat, wird ihm kein Haar gekrümmt werden. Die Schweiz ist ein zivilisiertes Land.»

«Mein Sohn hat die Bombe nicht gezündet», stiess der Imam heftig hervor. «Er sass im Intercity nach Frankfurt.»

«Das wissen wir schon.»

«Und von Frankfurt flog er nach Kairo.»

«Auch das ist uns bekannt.»

«Er flog nach Kairo», erklärte Ursula Mansour, «um sich vor Hani Moussa und seinen Komplizen zu verbergen. Vor ihnen fürchtet er sich, nicht vor unserer Polizei.»

Diese Erklärung kam für die Kommissarin völlig überraschend.

«Was hat er ihnen denn angetan?»

«In den Augen Moussas und seiner Komplizen ist Aziz ein Feigling und Verräter.»

Während von ihm gesprochen wurde, sass der junge Kumari teilnahmslos neben seinem Vater und starrte vor sich auf den Boden, wie wenn ihn alles nichts anginge. Jetzt drehte er sein Gesicht der Kommissarin zu.

«Ich habe keine Angst. Ich bin ein gläubiger Moslem; wenn ich sterbe, sterbe ich mit Gott.»

Ghassan Kumaris Augen ruhten voller Trauer auf seinem Sohn. Plötzlich gab er sich einen Ruck. «Ich werde reden», erklärte er mit leiser Stimme. «Ich vertraue darauf, dass Pierre meinem Aziz helfen wird. Ich will ihn nicht verlieren.»

Ursula Mansour nickte. «Wir tun alles, was in unserer Macht steht, Ghass. Die Botschaft wird Aziz eine neue Identität geben, mit der er später, wenn er seine Strafe verbüsst hat, ein neues Leben aufbauen kann.»

Der Imam war zusammengesunken; sein Gesicht in den Händen vergraben, sass er regungslos, während alle darauf warteten, dass er endlich sprechen würde. Schliesslich stiess er einen tiefen Seufzer aus und hob den Kopf; er war leichenblass.

«Im vergangenen Herbst», begann er mit brüchiger Stimme, «erhielt ich von der Al-Azhar Universität in Kairo eine Einladung, im Rahmen eines besonderen Programms als Gastdozent zu lehren.»

Er war aufgestanden und ans Fenster getreten. Während der folgenden zehn Minuten blieb er dort stehen, den Blick starr hinaus in den Garten

gerichtet; seine Stimme war monoton und so leise, dass die Zuhörer zeitweilig Mühe hatten, ihn zu verstehen.
«Zwei Wochen vor meiner Abreise wurde mir angezeigt, dass Solaiman Fayyad hier im Gebetszentrum meine Stellvertretung übernehmen würde. Ich freute mich über diese Nachricht, denn ich kannte Fayyad von meiner Studienzeit her als einen ernsthaften, engagierten und gebildeten Mann. Dass er längere Zeit in Afghanistan verbracht hatte und dort zum Dschihad-Werber ausgebildet worden war, wusste ich nicht.» Kumari verstummte und seufzte tief.
«Ich reiste nach Ägypten, zwei Tage, bevor Fayyad hier eintraf. Als ich zurückkam – das war vor vier Monaten – war auf den ersten Blick alles beim Alten. Fayyad bat mich, noch ein paar Wochen bleiben zu dürfen, und ich war gern damit einverstanden, freute mich auf seine Gesellschaft, auf interessante Gespräche und Diskussionen. Kurz darauf sprach mich nach einem Freitagsgebet ein Gemeindemitglied an; ich müsse unbedingt ein Auge auf meinen Stellvertreter haben, flüsterte mir der Mann zu. Er glaube nicht, dass dieser einen guten Einfluss auf die Jugend ausübe. Fayyad weilte damals in Berlin; ich nahm mir vor, mit ihm zu sprechen, betrachtete das Gespräch aber nicht als vordringlich.»
Kumari verstummte, setzte seinen Bericht aber kurz darauf fort.
«Etwa eine Woche nach Fayyads Rückkehr aus Deutschland – es war an einem Abend kurz vor acht – suchte ich Aziz, weil er im Hof seinen Roller vor mein Auto gestellt hatte und ich nicht wegfahren konnte. Ich ging hinunter ins Jugendzentrum und fand ihn mit etwa sechs Gleichaltrigen in einer Ecke sitzend. Sie hörten Fayyad zu, der über Dschihad und Tod predigte. Sie waren völlig gebannt und niemand achtete auf mich. So konnte ich eine ganze Weile dabei stehen. Was ich zu hören bekam, löste in mir Wut und Entsetzen aus. Fayyad forderte die Jungen auf, Märtyrer zu werden und ihr irdisches Leben für die Herrlichkeit des Paradieses zu opfern. Er sprach mit einem Feuer und einer Suggestionskraft, denen man sich nur schwer entziehen konnte, und ich sah die Hingabe und wachsende Begeisterung in den Gesichtern der jugendlichen Zuhörer.»
Die Kommissare spürten die Fassungslosigkeit, Wut und Verzweiflung des erschütterten Vaters.
«Ich habe Fayyad gestoppt und ihn zur Rede gestellt. Er verteidigte sich, zitierte Stellen aus dem Koran und verhiess auch mir einen Platz im Paradies, wenn ich meinen Sohn für den Märtyrertod hingebe. Ich wies ihn auf die Koranstelle hin, wo steht *‹tötet euch nicht selbst›*. Er zitierte andere,

nannte mich einen Abtrünnigen. Noch in der selben Nacht telefonierte ich mit meinem Freund Pierre Mansour; er sorgte dafür, dass Fayyad am folgenden Tag ausgewiesen wurde. Damals glaubte ich, damit sei der Friede in unserem Haus wieder hergestellt.»

Kumari zog ein Taschentuch aus seiner Hose und schnäuzte sich, worauf Ursula Mansour aufstand und ihm tröstend die Hand auf den Arm legte.

«Vor vier Wochen – es war in der Nacht vom Mittwoch auf den Donnerstag – lag ich nachts wach im Bett und dachte über meine Freitagspredigt nach. Es kamen mir ein paar besonders gute Gedanken, so dass ich gegen drei Uhr morgens aufstand, um mir in meinem Arbeitszimmer ein paar Notizen zu machen. Ich befand mich im oberen Korridor unserer Wohnung, als ich im Badezimmer ein Geräusch hörte. Ich schaute nach und fand Aziz. Er sah jämmerlich aus und erbrach sich ins Klo. Ich half ihm, sich zu säubern und brachte ihn zu Bett. Ich ging davon aus, dass er sich den Magen verdorben hatte.»

Der Imam verstummte und verbarg sein Gesicht in den Händen. Als er seinen Kopf hob, waren seine Augen voller Tränen.

«Am andern Tag blieb Aziz in seinem Zimmer. Meine Frau sagte mir beim Mittagessen, es gehe ihm etwas besser. An diesem Nachmittag hatte Lofti el-Haddad Dienst im Jugendzentrum. Ich traf ihn so gegen fünf im Aufgang zu meiner Wohnung und erzählte ihm beiläufig, dass Aziz krank sei. Er murmelte mit abgewandtem Kopf, es sei eine Darmgrippe im Umlauf. Am Abend begab ich mich ins Jugendzentrum, um el-Haddad zu bitten, auf dem Heimweg für mich am Bahnhof ein paar Briefe einzuwerfen. Ich stand vor der Tür zum Leiterbüro und hatte die Hand zum Anklopfen schon erhoben, als ich innen laute Stimmen vernahm. Lofti el-Haddad stritt mit einem Mann namens Hani Moussa, einem Studenten und Asylbewerber, der seit ein paar Wochen regelmässig unser Jugendzentrum besuchte. «Du bringst die Jungen ins Gefängnis», hörte ich ihn schreien. Und Moussa entgegnete: «Es ist Allahs Wille.» Ich öffnete die Tür und die beiden verstummten sofort. El-Haddad war sehr aufgebracht; er zitterte und rannte im Raum hin- und her. Moussa sass am Schreibtisch, die Beine auf der Platte und lächelte. Dann war noch dieser Khima anwesend; er stand am Fenster und flitzte – als ich in der offenen Tür erschien – unter meinem ausgestreckten Arm hinaus.»

«Der Terroranschlag fand erst zwei Wochen später statt. Was meinte el-Haddad, als er sagte, Moussa bringe die Jungen ins Gefängnis?», erkundigte sich die Kommissarin.

Die Augen des Imam suchten Ursula Mansour; sie nickte ihm zu.
«Khalil Khima war am Nachmittag ins Jugendzentrum gekommen. Er war unruhig und gereizt, schrie jeden an, der ihm begegnete, und irrte durch die Räume auf der Suche nach etwas, das er selbst nicht beim Namen nennen konnte. El-Haddad, dem das merkwürdige Verhalten des Jungen auffiel, nahm ihn beiseite und erkundigte sich, ob er Ärger am Arbeitsplatz habe. Oder mit Behörden. Khima wollte zuerst nicht reden; erzählte dann aber doch, dass eine Gruppe von muslimischen Jugendlichen, die so genannte Claraplatz-Clique, in der Nacht einen Jungen mit Alkohol und Medikamenten abgefüllt, auf die Strasse gelegt und mit einem Auto überfahren habe. Auf die Frage nach dem Motiv, antwortete Khima, der Junge habe sich mit einem muslimischen Mädchen, der Schwester von Mehmet Sengül, angefreundet. Als die Eltern davon Kenntnis bekamen, hätten sie die Tochter unverzüglich in die Türkei verheiratet. Moussa habe zufällig von der Geschichte gehört; er habe Sengül und seinen Freunden im Namen Allahs aufgetragen, den Jungen zu töten, weil er die Ehre der Familie des Mädchens verletzt habe. In der vergangenen Nacht sei der Befehl Allahs vollzogen worden.»
So also war das, ging es Tina Merz durch den Kopf. Kurt Schmiedlin hat wieder einmal Recht gehabt. Tobias Maurer war nicht gestorben, weil er verletzt auf der Strasse liegen gelassen worden war. Man hatte ihn kaltblütig ermordet. Und Benjamin Mächler? War auch er ein Opfer der Claraplatz-Clique? Ungeduldig wartete sie auf die Fortsetzung der Geschichte.
Kumari hatte eine Pause eingeschaltet, in der er seine Gedanken sammelte. Er stand noch immer am Fenster. Sein Gesicht spiegelte Verzweiflung und Wut.
«Ich stellte Moussa zur Rede, und er gestand mir, dass Solaiman Fayyad ihn geschickt habe, um das Werk zu vollenden, das er begonnen hatte. In meiner Hilflosigkeit schrie ich den Palästinenser an, was bei ihm nur ein spöttisches Lächeln hervorrief, und schliesslich erteilte ich ihm und kollektiv allen Mitgliedern dieser mörderischen Claraplatz-Clique ein Hausverbot. Sie können sich nicht vorstellen, wie mir zumute war», murmelte Kumari mit vor Schmerz dunkler Stimme. «Zumal ich rasch eins und eins zusammen gezählt und erkannt hatte, dass die Übelkeit von Aziz nicht von einer Magenverstimmung oder Darmgrippe, sondern durch den Mord an Tobias Maurer hervorgerufen worden war.»
«Warum gingen Sie nicht zur Polizei?»

«Ich hätte meinen eigenen Sohn anzeigen müssen.» Kumari versank in Schweigen. Nach einer Weile des stummen Dastehens, kam er vom Fenster zurück und setzte sich wieder hinter seinen Schreibtisch. «Aziz versicherte mir, er sei an der Tötung des Jungen nicht beteiligt gewesen; er habe lediglich zugeschaut», argumentierte er weiter zu seiner Rechtfertigung. «Ich nahm ihm das Versprechen ab, dass er sich künftig von dieser Clique fernhalte. Zudem beschlossen meine Frau und ich, ihn sobald wie möglich zu meiner Schwägerin nach Kairo zu schicken.»

«Wie ging es weiter?»

Die Augen des Imam ruhten voller Trauer auf seinem Sohn, der sich mit trotziger Miene abwandte und seinem Vater den Rücken zukehrte.

«Ich machte mir damals vor, mit dem Hausverbot die Ruhe in unserem Jugendzentrum wieder hergestellt zu haben», nahm Kumari matt und resigniert seine Erzählung wieder auf. «Ich wollte nicht wahrhaben, dass die Jungen schon tief in den Fängen der Fundamentalisten steckten.»

Er verstummte. Erst als Ursula Mansour wieder ihre Hand auf seinen Arm legte und ihm leise ein paar arabische Worte zuflüsterte, sprach er weiter.

«Vor etwa zehn Tagen suchte ich Aziz am späten Nachmittag in seinem Zimmer auf. Ich wollte ihn bitten, für mich in der Stadt ein Buch zu besorgen. Als ich eintrat, traf ich ihn in der Gesellschaft von Jan und einem anderen Jungen. Wie ich später erfuhr, handelte es sich um Benjamin Mächler. Jan hielt ein Buch in der Hand und diktierte Aziz, der am PC sass, einen Text. Die drei verstummten, als ich erschien. Auf dem Rückgang zu meinem Büro realisierte ich, dass ich sie bei einer Tätigkeit gestört haben musste, die sie vor mir verbergen wollten. Als sie kurz darauf unsere Wohnung verliessen, ging ich – misstrauisch geworden – nochmals ins Zimmer meines Sohnes. Das Buch, aus dem Jan diktiert hatte, fand ich erst nach längerem Suchen unter der Bettdecke. Es war dieses Buch hier.» Kumari zeigte auf Qutbs ‹Wegweiser›, den die Kommissarin inzwischen auf den Schreibtisch zurückgelegt hatte.

«Sie kannten es?»

Der Imam nickte. «Natürlich. Als Student habe ich es selbstverständlich gelesen. Darum war ich im ersten Augenblick fast erleichtert, als ich es fand. Das Werk ist in Ägypten verboten, und so dachte ich, die Jungen hätten es deshalb vor mir versteckt. Als ich den Band aufschlug und den Namen des Eigentümers las, gefiel mir die Sache schon weniger. Ich legte ihn zurück und nahm mir vor, mit Aziz zu sprechen. Dann kam das

Wochenende; wir hatten viel Besuch, und ich verschob das Gespräch auf den Montag. Aber auch an diesem Tag war ich sehr beschäftigt und ich beschloss, mir meinen Sohn am Dienstag vorzuknöpfen.»
Der Imam griff nach seinem Glas und trank mehrere Schlucke vom inzwischen kalt gewordenen Tee.
«Am Dienstagmorgen, die Kinder waren in der Schule und meine Frau und ich sassen gemütlich beim Frühstück, rief mich der befreundete Leiter des Gebetszentrums in Pratteln an. Er erzählte mir von einem merkwürdigen Inserat in der Basler Zeitung. Da ich diese selbst nicht abonniert habe, faxte er mir den Text durch. Als ich ihn las, stieg ein schrecklicher Verdacht in mir auf. Ich holte Qutbs ‹Wegweiser› aus dem Zimmer von Aziz – ich fand das Buch in der Schreibtischschublade – und stiess auf die Seiten mit den schwarzen Streichungen; sofort wurde mir klar, wer die Auftraggeber des Inserates waren. Am Mittag konfrontierte ich Aziz mit meinem Verdacht. Er wich mir aus, flunkerte, fing an zu heulen und erklärte schliesslich, sie hätten den Text publiziert, um den Ungläubigen Angst einzujagen.»
«Sie glaubten ihm?»
Kumari schüttelte den Kopf. «Ich sperrte ihn in sein Zimmer ein, um Zeit zu gewinnen und in Ruhe nachzudenken. Später sprachen wir lange miteinander und dabei erfuhr ich, dass Hani Moussa von Fayyad geschickt worden war, um hier in Basel einen Terroranschlag vorzubereiten. Aziz sagte mir allerdings nicht, dass dieser bereits für den nächsten Morgen geplant war.»
«Ghass hat an diesem Abend lange mit meinem Mann telefoniert», mischte sich Ursula Mansour ins Gespräch. «Pierre riet ihm, Aziz sofort wegzubringen. Er hatte inzwischen über Solaiman Fayyad Erkundigungen eingezogen und erfahren, dass dieser als Dschihad-Werber sehr erfolgreich war.»
«Ich telefonierte noch am gleichen Abend mit meinen Eltern im Libanon», bestätigte Kumari. «Sie waren bereit, Aziz für ein paar Wochen bei sich aufzunehmen.»
«Aber Ihr Sohn war in Kairo?»
Der Imam nickte. «Aziz wollte um keinen Preis zu meinen Eltern. Er tobte und heulte. Und schliesslich gestand er mir, dass Moussa gedroht hatte, jeden Verräter umzubringen. Darum flog Aziz in die ägyptische Hauptstadt, wo er bei einem meiner früheren Studienkollegen Unterschlupf fand.»

«Erzählen Sie weiter.»
«Übers Internet kauften wir ein Flugticket und am anderen Morgen brachte ich Aziz zum Bahnhof. Er war nervös, schaute immer wieder auf die Uhr, und ich war sehr erleichtert, als er endlich im Zug sass und dieser Basel in Richtung Frankfurt verlassen hatte. Auf der Rückfahrt hierher war ich überzeugt, den geplanten Terroranschlag verhindern zu können. Ich wollte noch am gleichen Tag mit Jan reden, um mehr über die Attentatspläne zu erfahren; Pierre wollte dafür zu sorgen, dass Moussa unverzüglich ausgewiesen wurde.»
«Mein Mann hat mich noch am Dienstagabend über die Gefahr eines Terroranschlages in Kenntnis gesetzt», ergänzte Ursula Mansour. «Wir wussten allerdings nicht, wann dieser erfolgen sollte. Ich nahm Rücksprache mit dem Bundesanwalt, und wir beschlossen, am Mittwochmorgen alle Sicherheitskräfte zu informieren und im Raum Basel höchste Alarmstufe anzuordnen. Leider kamen wir zu spät.»
Tina Merz wandte sich an Aziz. «Warum haben Sie ihrem Vater nicht gesagt, dass der Anschlag bereits am nächsten Tag stattfinden wird?»
Der Angesprochene erwachte wie aus einem tiefen Schlaf. «Ich hatte Angst», flüsterte er.
«Angst?», wiederholte Tina Merz.
Aziz hob seinen Kopf und wandte sein Gesicht der Kommissarin zu. Sein flackernder Blick ging an ihr vorbei ins Leere. «Nachdem mein Vater mich in meinem Zimmer eingeschlossen hatte, schickte ich Hani, Jan und Benjamin ein Email. Ich teilte ihnen mit, dass ich aus unserem Projekt aussteigen müsse. Hani antwortete als erster. Er akzeptiere meinen Verrat nicht, teilte er mir mit. Es sei zu spät für einen Rückzug. Er drohte, er würde mich töten und auch meine Eltern und Geschwister nicht verschonen, falls ich unseren Plan verrate.»
«Und Sie glaubten ihm?»
Aziz nickte. «Ich war dabei, als man Tobias Maurer tötete. Ich ...»
«Erzähl weiter», unterbrach der Imam.

Aziz schickte seinem Vater einen langen, nachdenklichen Blick. Dann senkte er seine Augen zu Boden. «Auch von Benjamin erhielt ich Antwort auf mein Email. Er war froh über meinen Entscheid. Er habe nachgedacht und steige ebenfalls aus, schrieb er. Er sei nicht mehr bereit, für eine Sache zu sterben, die ihm nichts bedeute.»
«Was wollte er damit sagen?»

«Benjamin beteiligte sich an den Vorbereitungen zum Attentat, weil er die Leute aufrütteln wollte. Er wollte sozusagen als Märtyrer gegen die Klimaerwärmung sterben. Aber Hani kannte nur den Dschihad. Benjamin und Jan mussten sich unterordnen. Benjamin lehnte sich immer wieder auf. Deshalb traute Hani ihm nicht. Er hielt ihn für unzuverlässig und drohte ihm immer wieder für den Fall, dass er das Projekt verrate.»
«Und Jan? Was sagte er zu Ihrem Ausstieg?»
«Jan antwortete nicht auf mein Email. Er kam aber am Abend ins Jugendzentrum, und ich informierte ihn und versprach, niemandem von unseren Plänen zu erzählen. Damals lieh ich ihm auch meinen Roller.»
«Der Rollerfahrer!», stiess Martin Biasotto hervor. «Jan Zubak.»
«Wie reagierte er auf Ihre Mitteilung?», setzte die Kommissarin nach einem kurzen Seitenblick auf ihren Assistenten die Befragung fort.
Aziz suchte in seiner Erinnerung. «Er nahm sie stumm zur Kenntnis. Ich traf ihn am späteren Abend nochmals im Billardzimmer. Er telefonierte mit Benjamin; wie ich später erfuhr, versuchte dieser, seinen Freund zu überzeugen, vom Attentat Abstand zu nehmen.»
«Was ihm aber offensichtlich nicht gelang.»
«Benjamin hat es am Morgen, kurz vor der Explosion in der Überführung nochmals versucht. Aber Jan war nicht von seinem Vorhaben abzubringen.»
«Die beiden streitenden Männer!» Biasotto war froh, dass auch dieser Punkt geklärt war.
«Woher wissen Sie das alles? Sie waren doch im Zug nach Frankfurt.»
«Ich habe mehrmals mit Benjamin telefoniert. Nach dem Attentat hat man ihn bedroht, und er wollte aus Basel fliehen. Aber er hatte kein Geld für das Ticket.»
Ghassan Kumari bestätigte die Aussage seines Sohnes. «Benjamin Mächler suchte mich drei Tage nach dem Attentat auf. Das war unmittelbar nach Ihrem ersten Besuch. Sie waren kaum weg, stand er vor der Tür.»
«Nicht so schnell», jammerte Biasotto. «Ich komme nicht nach.»
«Mächler war mit seinen Nerven am Ende», fuhr Kumari fort, ohne auf den Assistenten zu achten.
«Ich führte ihn in mein Arbeitszimmer, wo er zusammenbrach. Er weinte um seine Freundin und all die Menschen, die getötet worden waren. Er erzählte mir, dass Jan das Attentat durchgezogen habe, wie sie es geplant hätten.»
«Was wollte Mächler von Ihnen?»

«Er bat mich um Geld. Er werde bedroht und brauche tausend Franken, um zu seiner Tante nach Boston zu fliegen.»
«Haben Sie ihm das Geld gegeben?»
Kumari schüttelte den Kopf. «Ich hatte keine tausend Franken.»
«Haben Sie etwas über das Motiv erfahren? Warum liessen sich Jan und Benjamin von Hani Moussa für den Dschihad anwerben? Sie waren doch keine Muslime.»
Der Imam nickte nachdenklich. «Die Motive der drei Jungen waren verschieden und doch sehr ähnlich. Aziz», ein sorgenvoller Blick streifte den Sohn, «wollte für Allah sterben. Er bekam von Fayyad und Moussa eine Art Hirnwäsche, deren Ausmass ich leider nicht oder erst zu spät erkannte.»
«Die anderen? Warum wurden sie zum Attentäter?»
Kumari wandte seinen Kopf langsam dem ungeduldigen Assistenten zu, der die Frage gestellt hatte; er sah ihn an, aber er blickte durch ihn hindurch. «Ich habe Jan geliebt wie einen eigenen Sohn. Er kam vor zwei Jahren zum ersten Mal hierher. Ich weiss noch genau, es war an einem kalten Dezembertag, als ich gegen siebzehn Uhr die Räume des Jugendzentrums betrat. Er sass allein auf dem alten grauen Sofa und schaute abwesend zu, wie die anderen Billard spielten, eine Beschäftigung, die damals sehr en vogue war. Ich setzte mich zu ihm, wie ich das immer tue, wenn ein neues Gesicht bei uns auftaucht, erkundigte mich nach seinem Namen, seiner Beschäftigung und seinen Interessen. Er sagte mir als erstes, dass er getauft sei; aber sein Vater sei Muslim, darum wolle er mehr über den Islam erfahren.»
«Er sagte nicht, dass sein Vater tot ist?»
«Damals nicht. Erst später erzählte er mir von Srebrenica.» Kumaris Stimme wurde leiser und dunkler. «Schon bei dieser ersten Begegnung spürte ich, dass der Junge unendlich traurig war. Ich dachte mir, er habe familiäre Probleme, was im übrigen auch zutraf, denn, wie sie ja wissen, war seine Schwester tot und seine Mutter krank.»
«Wie ging es weiter?»,
Kumari liess sich nicht drängen. Mit seinem Löffel rührte er abwesend im leeren Teeglas; seine Gedanken weilten in der Vergangenheit. «Nach dieser ersten Begegnung kam Jan regelmässig zu uns.»
«Wussten die anderen Besucher, dass er der katholischen Kirche angehörte?»
Der Imam schüttelte den Kopf. «Man wusste, dass er aus Bosnien stammte, und ging stillschweigend davon aus, dass er Muslim war.»

«Man sprach nicht über Religion?»
«Wenig; die Jungen redeten über ihre persönliche Situation, vor allem über Schule, Lehre, über Mädchen und Motorräder oder Fussball und manchmal auch über Diskriminierung.»
Kumari verstummte und liess seine Gedanken in der friedlichen Vergangenheit ruhen. «Und dann…» Er zögerte und barg sein Gesicht in den Händen, wie wenn er den Bruch nicht zulassen wollte.
«Und dann?», half die Kommissarin nach.
«Jan geriet in den Bann von Solaiman Fayyad. Dieser überzeugte ihn, dass der Dschihad ihm die Möglichkeit bot, sich für das, was man ihm angetan hatte, zu rächen.»
«Die Macht der Ohnmächtigen», murmelte Tina Merz.
«Nach seiner Ausweisung suchte Fayyad jemanden, der das zu Ende bringen sollte, was er begonnen hatte. Er fand Hani Moussa, der hierher kam und Fayyads Aufgaben übernahm. «Mit dem Dschihad bekommt dein Leben einen Sinn», sagte er zu Jan. Das war der entscheidende Satz. Moussa wusste, wie er Jans kranke Seele geschickt für seine Zwecke nutzen konnte.» Kumari seufzte.
«Ich verstehe nicht, warum ein junger Mensch auf so etwas hereinfällt», meldete sich Biasotto. «Das muss doch jeder merken, dass diese Werber als Rattenfänger unterwegs sind.»
Der Imam betrachtete den Assistenten nachsichtig. «Diese Werber sind geschulte Betrüger, die ganze Generationen in eine endzeitliche Auseinandersetzung treiben», widersprach er und während er redete, veränderten sich sein Gesichtszüge. Seine Apathie war verschwunden; er zitterte vor Wut und seine Augen funkelten. «Sie suchen sich gezielt junge Frauen und Männer aus, die in einer Krise stecken. Sie predigen einen politischen Islam, einen aus der Unterlegenheit gespeisten Traum von einem Weltreich, von einem Eroberungsfeldzug wie zu Alexanders Zeiten, von der Aussicht, die Kreuzritter endgültig zu schlagen.»
Nach diesem Ausbruch herrschte betroffenes Schweigen. Der Imam zitterte noch immer am ganzen Körper; Aziz sass mit steinerner Miene neben ihm, die Hände fest in einander verschlungen, wie wenn er sich fesseln müsste, um nicht zu widersprechen.
«Und Benjamin Mächler? Was machte ihn zum Terroristen?»
Kumari gab seinem Sohn mit den Augen ein stummes Zeichen als Aufforderung, die Frage der Kommissarin zu beantworten.
Aziz senkte den Kopf; er sprach leise mit verächtlichem Unterton.

«Benjamin Mächler war das schwächste Glied in unserer Kette. Er hatte keine Religion, war nur überzeugt, dass die Menschheit unaufhaltsam auf ihr Ende zusteuert, und verzweifelte daran, dass niemand etwas dagegen tun wollte. Er hasste das Geschwätz, die Gleichgültigkeit und die Habgier der Mächtigen und hoffte, durch den Terroranschlag, die Menschen aus ihrer Lethargie zu wecken.»
«Warum wollte er am Ende nicht mehr mitmachen?»
«Ben hatte seit kurzem eine Freundin. Ich wusste, dass er aussteigen wollte, dass er sich aber vor Hani fürchtet. Als ich mich auf Druck meines Vaters von unserem Vorhaben zurückzog, packte er die Gelegenheit.»
«Wer hat uns eigentlich die Botschaften geschickt?», erkundigte sich Martin Biasotto, bemüht in seinem Protokoll alle offenen Fragen zu beantworten.
«Die ersten Botschaften sandten Fayyad und Hani Moussa aus Damaskus. Sie wollten unbedingt, dass der von Jan verübte Anschlag dem Konto der al-Qaida zugerechnet wird, um der Welt zu beweisen, dass bin Ladens Netzwerk trotz erhöhter Aufmerksamkeit der Polizei in der Lage ist, den Terror nach Europa zu tragen.»
«Und die späteren Botschaften?»
«Hani Moussa stand in ständiger Verbindung mit Ahmed Abdu, dem Führer der Claraplatz-Clique. Als ihm dieser berichtete, dass es Mächler gelungen sei, mit Ihnen zu sprechen, fürchtete er, Sie hätten die Wahrheit über die Täterschaft erfahren. Er beauftragte die Clique, Mächler zum Schweigen zu bringen und Sie mit weiteren Botschaften davon zu überzeugen, dass er die Unwahrheit gesagt hat. Zudem wollte man Ihnen Angst einjagen, weil man glaubte, Sie so von der Täterschaft der al-Qaida überzeugen zu können.»
Der Kommissarin kam das seltsame Telefongespräch in den Sinn, das die deutsche Polizei in Schopfheim abgehört hatte. «Dann wurde Benjamin Mächler von der Clique getötet?»
Aziz nickte. «Er starb für seinen Verrat.»
«Mir fehlt noch ein wichtiger Punkt», meldete sich Biasotto. «Woher kam die Bombe?»
«Das war kein Problem», erwiderte Aziz stolz. «Hani wusste genau, wie man so etwas bastelt. Und wir besorgten die erforderlichen Bestandteile.»
«Wo?»
«Wir kauften sie zusammen. Das war ziemlich einfach.»
«Und wo fertigten Sie die Bombe an?»

«Bei Hani.»
«Im Asylheim?»
Aziz schüttelte den Kopf. «Hani hatte von Fayyad eine kleine Wohnung im Gundeldingerquartier übernommen.»
«Sie versteckten sie in einem Rucksack und einer Reistasche und deponierten beides am Vorabend des Attentats in einem Schliessfach.»
«Woher wissen Sie das?»
«Ein Zeuge beobachtete, wie Jan die Gepäckstücke vor dem Anschlag herausholte.» Die Kommissarin wandte sich nochmals an Aziz. «Warum hielt sich Hani Moussa zur Zeit des Attentats im Bahnhof auf? Das hätte für ihn doch gefährlich werden können.»
«Nach all den Turbulenzen wollte er sich überzeugen, dass der Anschlag ausgeführt wird, und sich dann rechtzeitig in Sicherheit bringen. Dass er von Glassplittern und einem herumfliegenden Gegenstand getroffen wurde, war Pech.»
«Und Khima? Was war seine Rolle?»
Aziz machte eine abwertende Handbewegung. «Khima war nichts als ein kleiner Gernegross, der in jeder brenzligen Situation in die Hosen macht. Er hat keine wichtige Rolle gespielt.»
«Gestatten Sie mir zum Schluss noch eine persönliche Frage.» Die Kommissarin versuchte erfolglos, Aziz' Blick einzufangen. «Sie leben seit einigen Jahren in der Schweiz, geniessen hier unsere Freiheit und unseren Wohlstand. Wie kommt es, dass Sie trotzdem bereit waren, Hani Moussa zu folgen und unschuldige Menschen zu töten. Warum dieser Hass?»
Aziz erhob sich; als er zur Antwort ansetzte, umspielte ein verächtlicher Zug seinen Mund. «Ihre Frage ist typisch», bemerkte er bitter. «Sie und ihre westliche Gesellschaft glauben, ein Monopol auf das Gute zu besitzen. Sie sprechen von Ihrer Kultur als der Kultur schlechthin und ignorieren die kulturellen Errungenschaften anderer Völker. Sie verstehen nicht, dass es Menschen gibt, die nicht so sein wollen wie Sie, die nicht Ihre Träume träumen und Ihre Interessen und Ziele teilen.»
Er hob den Kopf; in seine Augen war ein sehnsüchtiges Leuchten eingezogen. Er sprach jetzt wie ein Redner vor grossem Publikum.
«Wir wollen ein anderes Leben führen, ein Leben, das höheren Prinzipien folgt. Wir wollen nicht eingebunden sein in das globale Räderwerk der modernen Welt, das ausschliesslich westliche Werte kennt. Wir hassen ihr Konsumdenken, ihre Lasterhaftigkeit und ihren Individualismus und sind überzeugt, dass nur der Islam Gerechtigkeit und Moral wieder herstellen

kann. Wir kennen die heilige Wahrheit und wir werden ihr zum Durchbruch verhelfen.»
«Niemand ist im Besitze der Wahrheit», entgegnete Martin Biasotto ruhig. «Jeder hat das Recht, anders zu sein. Wenn Sie unschuldige Menschen töten, ist das ein Verbrechen, an dem nichts heilig ist, auch wenn es im Namen Gottes begangen wird.»
Die Kommissarin war ebenfalls aufgestanden. «Wir müssen Sie mitnehmen.»
Mit erhobenem Kopf machte Aziz einen Schritt auf sie zu. «Allahu akbar», flüsterte er. «Die stärkste Waffe ist am Ende der Glaube.»

Aziz wurde abgeführt.
Tina Merz verabschiedete sich von Ghassan Kumari.
«Er ist ein guter Junge», flüsterte er mit Tränen in den Augen. «Geben Sie ihm eine Chance.»
«Meine Arbeit ist hier zu Ende», erwiderte sie unmissverständlich, aber voller Mitgefühl. «Alles weitere ist Sache des Gerichts.»
Als sie Ursula Mansour die Hand reichte, konnte sie eine Frage nicht zurückhalten: «Sie haben das alles die ganze Zeit gewusst?»
«Um Gottes Willen, nein», erwiderte die Bernerin entsetzt und sah ihr fest in die Augen, «Ich kannte keine Details, wusste nur, dass Aziz von Fayyad für ein Attentat angeworben worden war.»
«Über die Beteiligung von Jan und Benjamin Mächler waren Sie nicht informiert?»
Stumm schüttelte Ursula Mansour den Kopf.
«Danke», murmelte Tina Merz. «Es wäre eine gewaltige Enttäuschung gewesen.»

37

Am folgenden Tag wollten sich die Kommissarin und ihr Assistent wie immer nach der Lösung eines schwierigen Falles in einem schicken Restaurant zu einem gemeinsamen Essen treffen. Tina Merz hatte Stephan dazu eingeladen, als Dank für seine Unterstützung.

Sie verbrachte den Morgen beim Einkaufen in der Stadt, erstand eine Hose mit Jacke, dazu eine Bluse und ein Paar Schuhe. Sebastian bekam neue Bücher und Lukas den schwarzen Trainingsanzug, von dem er schon lange träumte. Sie gab reichlich Geld aus, was sie aber nicht bekümmerte, denn sie konnte es sich leisten. Hans Klement hatte ihr am Vorabend eröffnet, dass der Regierungsrat ihr und ihrem Assistenten für die ausserordentliche Leistung eine Prämie von je fünftausend Franken zuerkannt habe.

Sie hatte die freudige Botschaft an Martin Biasotto weitergegeben, als er sich kurz darauf von ihr verabschiedete.

«Für den Betrag steht Josef Ackermann nicht einmal auf», kommentierte der Assistent die Mitteilung und verzog seinen Mund zu einem breiten Grinsen.

Am späten Nachmittag fand im Kriminalkommissariat die dritte Medienkonferenz statt. Obwohl die Einladung sehr kurzfristig erfolgt war, nahmen über vierzig Journalisten aus aller Welt daran teil.

Tina Merz sass wieder neben dem Bundesanwalt; an ihrer anderen Seite hatte Martin Biasotto Platz genommen.

Samuel Bärlocher begrüsste die Anwesenden, formulierte ein paar wohlklingende einleitenden Sätze und gab das Wort an die Kommissarin weiter.

Sie redete über die Ursachen des Terrorismus, die Notwendigkeit eines Dialogs zwischen Muslimen und Christen, berichtete über ihr Vorgehen, ihre Irrwege und ihre kleinen Fortschritte und überliess es dann Martin Biasotto, das Ergebnis ihrer Arbeit zu präsentieren.

Zum Schluss sprach der Bundesanwalt den beiden Kommissaren Dank und Anerkennung aus, und die Medienleute klatschten Beifall.

Für ihr gemeinsames Abendessen hatten sie den Rollerhof ausgewählt. Tina Merz zog ihr neu erworbenes Outfit an und machte sich zwanzig Minuten vor acht auf den Weg ins Grossbasel. Sie überquerte mit der Fähre den Rhein, stieg die Treppe zur Pfalz hinauf, bummelte – nicht

ohne vorher einen Blick auf die Galluspforte geworfen zu haben – über den Münsterplatz und betrat pünktlich um acht Uhr das Restaurant.
Stephan Merz sass am reservierten Tisch. Als er sie hereinkommen sah, stand er auf und kam ihr entgegen, gratulierte ihr nochmals zum grossen Erfolg und küsste sie auf beide Wangen. Er bestellte zur Feier des Tages eine Flasche Champagner, und während sie auf Martin Biasotto und seine Freundin Silvia warteten, tauschten sie Neuigkeiten über Sebastian und Lukas aus und kamen dann auf das Attentat zu sprechen.
«Im Radio haben sie Auszüge aus eurer Medienkonferenz gesendet; dein Statement war Klasse.» Stephan Merz hob sein Glas und trank der Kommissarin zu. «Du hast nicht nur mit Wissen gepunktet, sondern auch Weisheit gezeigt. Man gewann den Eindruck, du verstehst, warum jemand zum Terroristen wird.»
Während die Kommissarin ein Wortgefecht am Nebentisch verfolgte, wo ein jüngerer Gast mit gespreizten Sätzen den Kellner davon überzeugen wollte, dass sein Wein einen Korkengeschmack aufwies, dachte sie über die anerkennenden Worte nach.
«Der Eindruck ist falsch», bemerkte sie plötzlich. «Ich kann zwar erklären, warum jemand zum Terroristen wird, aber verstehen kann ich es nicht.»
Bevor Stephan Merz auf diesen tiefsinnigen Satz antworten konnte, traten Martin Biasotto und seine Freundin an den Tisch.
«Die ganze Stadt ist auf den Beinen», keuchte der Assistent atemlos. «Es war unmöglich, einen Parkplatz zu finden.»
«Jedenfalls bin ich heute nicht die Letzte», frohlockte die Kommissarin.
Biasotto musterte sie mit einem langen Blick. «Kunststück. Du hast keine Parkplatzsorgen. Du stellst deinen Besenstiel einfach in die nächste Ecke.»
Sie assen gut, tranken ausgezeichnet und unterhielten sich angeregt.

Als sie sich um Mitternacht von ihrem Assistenten verabschiedete, erkundigte sich die Kommissarin verschmitzt: «Und? Wie stehts mit deiner Zukunft? Kein Wechsel ins Kriminalkommissariat Zürich?»
Biasotto lachte zurück und gab ihr einen dicken Kuss auf die Wange.
«Liebe Chefin, wer im Glück badet, zieht niemals selbst den Stöpsel aus der Wanne.»

Zitate aus Koran und Bibel

[1] Sure 40 Vers 6
[2] Sure 8 Vers 39
[3] Sure 9 Vers 89
[4] Sure 19 Vers 91 und 92
[5] Sure 5 Vers 44 und 47
[6] Sure 2 Vers 216

[7] Jeremia Kapitel 31 Vers 22
[8] 3. Moses Kapitel 26 Vers 18